飞来的紫禁城

Background Story of the Forbidden City

朱元璋父子的定都往事

辰　星◎著

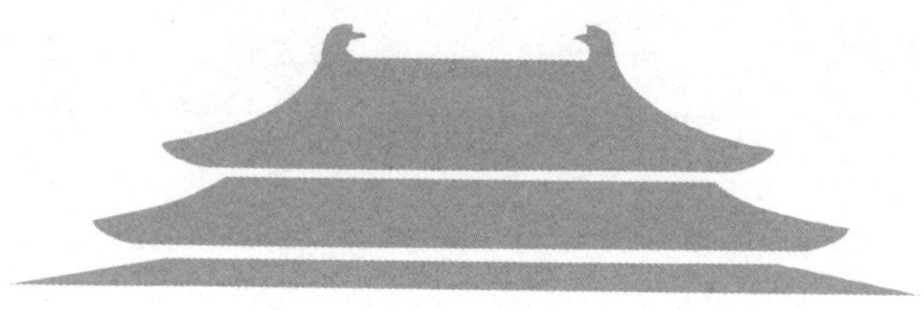

中国财富出版社

图书在版编目（CIP）数据

飞来的紫禁城：朱元璋父子的定都往事 / 辰星著．—北京：中国财富出版社，2017.6

ISBN 978-7-5047-6529-1

Ⅰ.①飞…　Ⅱ.①辰…　Ⅲ.①历史故事—作品集—中国　Ⅳ.①I247.81

中国版本图书馆 CIP 数据核字（2017）第 145802 号

策划编辑　张彩霞　　**责任编辑**　刘瑞彩
责任印制　方朋远　　**责任校对**　孙会香　张营营　　**责任发行**　张红燕

出版发行　中国财富出版社
社　　址　北京市丰台区南四环西路 188 号 5 区 20 楼　　**邮政编码**　100070
电　　话　010-52227588 转 2048/2028（发行部）　010-52227588 转 307（总编室）
010-68589540（读者服务部）　010-52227588 转 305（质检部）
网　　址　http://www.cfpress.com.cn
经　　销　新华书店
印　　刷　北京京都六环印刷厂
书　　号　ISBN 978-7-5047-6529-1/I·0266
开　　本　710mm×1000mm　1/16　　**版　　次**　2017 年 8 月第 1 版
印　　张　28　　**印　　次**　2017 年 8 月第 1 次印刷
字　　数　399 千字　　**定　　价**　49.80 元

人说老宫殿的故事最迷人，这个世界还有比北京紫禁城更精彩的历史故事吗？千山有脉，万水有源，伟大的历史建筑必然牵连着非同一般的历史人物与传奇。这故事犹如银篮中的金苹果，如价值连城的和氏璧，如鲸海东珠，如金刚慧剑，如古井甘泉，如窖香老酒，如芬芳古莲，如灵燕巢窝，更犹如中世纪太行山原始森林中的神秘人参，犹如藏匿在世间的佛法菩提真经。没有历史，便没有未来；了解那些我们未曾经历的故事吧，伟大的传奇一定会际遇真正的读者，读这本书的人有福。

——题记

前言

北京故宫，古人说它的位置对应着天上的紫微星垣，传说那是天帝居住的地方，所以古人认为紫禁城是一座有灵性的城堡，说它有星之气场、地之磁场与人之道场。“紫禁城”一词在中华大地的出现，已是千年以前不知何时的事情，但“北京紫禁城”一词的出现却有准确的年代，它已经有六百多年的历史与故事了。

我国历史上曾有许多规模胜过紫禁城的优秀皇宫，如阿房宫、未央宫、大兴城、元大都和明中都，等等，但这些皇家城堡都遗憾地永远消失、化作历史的尘埃了。北京紫禁城是我国现存完整的古代宫阙，极其珍贵，蜚声海宇。在英文里，故宫被称作“禁城”，一位美国建筑学家说它是这个地球上最巍峨的皇家建筑与思想宝库。丹麦著名学者罗斯穆森也坦言它的布局匀称而明朗，是一个伟大文明的顶峰。

由于紫禁城明朗的紫色、黄色与汉白玉颜色，即使天气不好，游人的心情也很难受影响。但遗憾的是，原来从这座建筑旁缓缓流过的无定河支流已经全部消失了；于是缺少了最灵动的颜色——水色，缺少了倒影天光的那份自然水色。有人说紫禁城的所在地北京是一块风水宝地，是虎踞龙盘的北京湾，在太行山垂青佑护的山窝子里。历史的经验与地理故事已经证明此言真的不谬，紫禁城它确有不俗的历史与地理传奇，它曾经更美，它可是谙于巫仙的老精灵呀。

1978 年，贝聿铭率领美国建筑师代表团访华，登上景山之顶万春亭凭栏远眺，只见眼前以中轴线为中心展开的恢宏浩繁的故宫建筑群，内外分明、主次分明而左右对应；气魄雄伟、前呼后拥却秩序井然，显示出天地君亲师万物谐和与纵横一气的华美、辉煌的理念、安详和礼制的气息；金黄的殿顶、紫红的宫墙与汉白玉台阶，在阳光的照耀下显得分外璀璨而又稳重大方和含蓄内敛。

“我是中国人!”贝聿铭微笑着向他的美国同行说。全团人士也情不自禁地颔首，心领神会。是的，故宫这座巧慧、科学、英雄主义与和平至上的建筑不仅是唯一被保留下来的中国皇宫，也是属于全世界人民的人类文化之大成瑰宝，是世界遗产；尤其是属于亚洲人民的荣光。这是一个古今规划史和建筑史上无法超越的经典，无数的中外参观者都想探究它的奥秘。

但是，这六百年间紫禁城也曾因兴勃亡忽更换过历史主人，故事并非如安徒生童话那般纯净，是殷鉴斑斑，引人深思。今天，在旅游的旺季里，在鉴宝的金梦里，沉浸在金碧辉煌的赞美之声里，人们很容易产生飘在云端的感觉，很容易迷失于光辉的历史道路，而忘记了历史老人的沧桑慨叹与当年的一片深远寄托。易卜生说：“每个人对于他所属于的社会都负有责任，因为那个社会的弊病他也有一份。”这也是笔者创作本作品的一份动力。

紫禁城的辉煌不仅是建筑艺术的大成，还有历史智鉴和迷人的故事，还有轻易不示人的道场密码。它再辉煌，历史也不能忘记它当初赞画与肇建时的困窘，不能忘记营造之路的艰辛与希冀；路走得再远，紫禁城主人也不能忘记当初自己先人们是从哪里来，因何来，背景故事里哪些是骄傲，哪些是曾汗浸血染的殷鉴。而且，在众多的参观者中，大多数人因读不懂故宫，是带着很多遗憾离开的。入宝山而空回，日日如此，年年如此，年华水流，迷感却依旧。

这是因为故宫不是一座简单的博物院，收藏与鉴定文物功能只是它的一部分，它其实还是一所殊胜的历史学院和一片深邃的、有待开垦的历史文化福田，有着丰富的史料与故事。它甚至也是一位会叙说精彩传奇的文艺老人，它也闪烁着历史文艺星帝的光芒，它手中有宝，心头有故事，故事有玄机，价值无法用金钱衡量。可以说它不仅属于帝皇，也属于人民；不仅属于中华，也属于亚洲。但这不能是空谈，要拿出能让人信服的、有力的历史证据来。

一树梅花好画，一枝芦苇难描。紫禁城的故事实在不好讲，讲不好就很容易贻笑大方，还误人子弟。难怪它的管理在新中国成立后归属了文化部，这是明智的划归和伟人们洞悉历史的卓越眼光。世界文明发展到今天，大型博物馆院的发展方向就应当是深邃的与多文化的宝库，它铺陈的就应是启迪人类世界文明进程的一级级峻峭的阶梯。何人塑造修建？修建塑造何人？丘吉尔的话仍没有过时，故宫也在塑造着我们今人。

庄子云："天地有大美而不言，四时有明法而不议，万物有成理而不说。"可就是由于"智者不语"和当初赞画者的"以不辩为解脱"，常常使乘兴而来的普通参观者因读不懂其壶奥，带着迷茫与疲惫而去；他们参观故宫后，印象就是一间又一间的房子，找不到它的赞画者给后人留下的史诗与愿景的秘话。

简短与浮光掠影的旅游解说词怎么可能代替浩瀚的历史与精彩的细节？怎能让满满的收获感代替劳累？故宫里再也听不到后宫的幽怨，却能听到游客一年又一年的埋怨。必须探索历史奥秘，解除这份遗憾。故宫，你确实需要一眼清冽的历史文艺深泉，让参观者探索的灵魂永不再干渴，而不只是呈现给他们一堆又一堆重复了已近百年的所谓大故宫的枯燥数据。

"故宫太厚重了！"就连曾经的故宫博物院院长也如此感叹，很多工作者在院里工作了一辈子，都还认为自己对故宫的了解仍似一粒粟米之在太仓，微小沙粒之在恒河。为此，有专家提出了“故宫学”这门研究课题，并欢迎院外社会工作者也一同探索，依靠集体智慧，结合社会力量。故宫资讯部，这是我青年时期因工作与访友机会常来常往的地方，当年懵懂的我绝没意识到这也是未来岁月恍然之后的创作之缘。

为此，笔者受在院里工作的友人提醒，运用图书馆学的“索隐”这门专业课技能，以宋、元、明、清真实的史料为背景和线索，斗胆修补、推断与介绍了那个岁月的历史风流人物为肇建紫禁城而奋斗了半个世纪的传奇故事。尝试着深度探索发掘紫禁城赞画与肇建的历史背景，并自信愚鲁的俺们在运气的关照下，或许洞开了历史神殿独特的一扇门，也自信掘出了一眼关于紫禁城历史背景的甘甜文艺井泉。

问渠那得清如许？为有源头活水来。紫禁城的背景由来与当初赞画的希冀密码，也就是故宫博物院的前世今生，可谓波澜壮阔、渊源深厚、深藏不露、意味深长和任重道远。这乃六百多年前的大明王朝朱元璋和朱棣父子两代人呕心沥血的奋斗，还要外加一系列神仙般高人的辅佐，才由江淮迁徙北方定鼎而成。其过程相当艰辛，来之不易；几近于偶然，几近于不可能，几近于点石成金，几近于中华古老神话——铁杵成针与愚公移山。

为此，大明开国之君朱元璋焦劳了三十多年，他的四儿子永乐帝朱棣焦劳了几近二十年，把这父子俩的奋斗光阴加起来就是半个世纪。这是为何？肇建与营造一座皇宫为何如此漫长？这在中华的历史上可谓是亘古未有，难道汉家窥见天阙之路要充满荆棘吗？难道求取真经之路必须要经历九九八十一难吗？这正是我们今天要叙说的一段明史传奇。

紫禁城的历史故事烟遮雾笼，雨雪霏霏，曲曲折折，跌宕起伏，云里雾中，若隐若现，令人拍案。其实，前面说花费半个世纪才营造成功了北京宫殿，这还是非常谦虚与谨慎的一种说法。如果把刘伯温家族几代的努力也算上，那甚至可以说北京紫禁城是经过两三百年的努力，才将志士的愿景化作了现实，紫禁城来之不易，“筚路蓝缕”这个词并非夸张。

沉重的历史有时也夹杂着浪漫。民间有一种说法，说紫禁城是漂来的，是从京杭大运河上漂来的。深研历史后我们发现，紫禁城不但是漂来的，而且首先一步还是飞来的；竟然是从刘伯温等志士家族的理想愿景中飞来的，最后才是一砖一瓦和脚踏实地的科学营造。因此紫禁城的历史除了那份沉重与艰辛，竟然也是一曲美妙、可爱和幽默的人间神话，甚至还有孩子们喜欢的、童话般的戏剧性情节。

肃穆厚重的紫禁城居然也有一双隐形于历史的翅膀，庄重而灵动，曾经带领一个民族和整个亚洲爱好和平与健康的人民飞过绝望；其往事的确如同一首传奇的人文史诗，难怪紫禁城能吸引全世界的目光，难怪老外们都喜欢探究它的奥秘。紫禁城营造历史背景的奥秘一旦解开，将震撼和改变人们以往对中华历史的看法和对明史的看法，甚至是对亚洲史和世界史的看法。

人们也将会发现历史并没有死，明史并没有死，元史也没有死，宋史也没有死，甚至南北朝的历史和中华神话也不是僵尸，它们仍在演绎，仍在隐秘处活着。溯源紫禁城历史的来龙去脉，这也是探究中华人文源头的一种大义，不仅仅是讲个睡前故事那样简单。所以，创作本作品的态度与安排历史风流人物们的一一登台演出，在活泼幽默的同时，皆宜笃、宜诚、宜敬、宜合乎礼节。深深地拜过古老的戏神了，大戏启幕！

刘伯温，造北京，造了一座哪吒城。里九外七皇城四，前门楼子在正中。

——北方古老童谣

目录
CONTENTS

序幕

千山有脉，万水有源；夫物芸芸，各有其根；道理万千，各藏其本。欲知北京紫禁事，须从南京金銮说。公元1402年，也就是在中华大明王朝建文四年流火的七月，当朱元璋的四子燕王朱棣，通过靖难之役登上这个中华帝国权力最高峰的几乎同一时刻，他临时理朝办公的武英殿的案几上，被摆上了一封来自中国大西北河西走廊凉州卫最高军事长官宋晟亲笔书写的一封绝密级军事情报。

从此，这一封接一封的用密码书写的秘密军事情报，被驿站的快马不断飞传进京。

甘泉驿、榆林驿、临汾驿、井陉驿、鸡鸣驿、潞河驿、安德驿、永城驿、四堡驿、界首驿、盂城驿……飞骑似飞燕，似闪电，日夜不停，轮番登程，一站一换马。驿兵身上的汗水与骏马身上的汗水混合在一起后，一起洒落在大明的驿路上，真是：马蹄声碎连夜半，大明西疆烽火急，葱岭风云在聚涌，海宇震荡电闪激！

尘扬串串、铜铃叮叮，只见大明西线军事驿路上的驿兵们身形矫健，一骑绝尘，铜铃就犹如警笛一样，触动着刚刚登基不久的将军帝朱棣的神经。时间久了，每一封迟来的军情密信反倒会令朱棣寝食难安，因为信息是他决策王朝下一步攀爬的抓手与登点。朱棣，这个天生的武人，眼下，他的双肩不仅担着大明江山的重任与希冀，也驮着亚洲的溟蒙风雨，因为此刻的亚洲山雨欲来，四方云动，战火欲燃。

从这一刻始，站在军事安全的角度，将京师从南京迁往北京的小范围密议就开始了。但是出人意料的是，把朱棣的迁都决心坐实的除了各种军政原因，竟然还有一首通政司秘密上报来的一首南京的童谣。就是这首歌谣如隐形的翅膀，指引着南京宫殿如灵燕一般最终飞到了北京，并在北方筑巢。为此，朱棣这个有巫气的将军帝几乎焦劳了二十年才如愿，才呕心沥血地把南京宫殿搬到了闻名海宇的卢沟桥畔的北京，这就是北京紫禁城的小简历与前世今生。

人生有几个二十年？且在黄金年龄阶段？朱棣他这样做所为哪般？一首童谣又为何能如此奇葩地指引一个时代的方向、指引一个天下战略平衡点和一个民族集聚中心的方向？这必有历史原因和当时的难言之隐。老话儿说：搬家如同失火，一搬三年穷。朱棣作为一个君王，如此撼动南京帝基，他这是因为什么？是什么人把他逼到了当时多数汉人认为的苦寒之地——胡都北京？当年他为何要振起大明王朝沉重的翅膀，义无反顾地出南京、踏上艰难的北迁之路呢？

江南可采莲，莲叶何田田。永乐帝朱棣他为何要放弃汗浸血染、一刀一枪打下的、丰饶富庶的金粉南京而来到幽燕？秦淮河的桨声灯影为何拴不住他的心？迁都究竟是怎么一回事儿？大明之初的历史给我们留下了什么样的传奇故事与殷鉴呢？当时的亚欧海宇历史风云又是如何云涌变幻的呢？出南京、进北京，这究竟是谁的梦想？其历史的意义何在？与太祖朱元璋当年的思想是否苟同？这汉民族军政中心由南往北、艰难迁徙的明史大舞台上，先后登场的又都是哪些风流的生旦净末丑呢？

没有源头，何来江湖？没有砺石，何来蚌珠？没有礁石，何来浪花？没有曲折，何来精彩？没有风云，何来万变？没有电闪，何来雷隆？没有殷鉴，何来智慧？没有心交，何来共鸣？没有波涛，何来风帆？没有阴晴，何来冷暖？没有万难，何来果敢？没有重任，何来铁肩？没有坚持，何来终点？没有往昔，何来今天？没有史诗，何来名传？没有道纪，何来玄玄？正是：有缘方来紫禁城，此身已近天之庭。欲晓当年风雨事，心静便可闻雷声。

第一章 南京北京

南京，大明朝的开国京师，一个绮丽而充满历史之谜的古城与军镇。古人所称的京师是指今天的首都或直辖市；京，是一个古代的数字，十兆为京；京，也可以是一个虚数，代表高、大、上、全。

时光不得不倒流回到六百多年前的一天，这一天正是永乐元年的正月十三，在江南，在临近早春的南京，郊外飘着片片小雪花，城里则在下着丝丝小雨。此刻，在历史上属于“奇葩”一类的朱棣皇上，大祀天地于南郊天地坛和山川坛刚刚归来，文武群臣并没有回家休息，而是被告知要继续上朝出班，并说有要事商议。

需要交代一句的是，关于南京特殊的气候。由于南京毗邻长江，而江面的开阔与无遮拦，让冷暖气流多情地频繁交融，天气的多变似乎也让这里发生的那些历史故事略显朦胧……

“什么要事?”有臣子低声地问。

“不知道，一点味儿都没有闻到。”有官员答。

……

朝上，大家都在期待着朝议的主题，毕竟这是个刚刚宣布改元永乐才十几天的新政权，文武官员们不知道今天将会发生什么，内心都充满疑惑和惴惴不安，都希望早点知道谜底，官员们的表情十分复杂，仿佛忘记了身上的湿漉。因为何去何从——到底是与时俱进，还是不做贰臣？是换思想，还是换人？这是建文朝官员们的人生十字路口，是踌躇百结而两难的现实抉择。

这时，通政司右通政李至刚，也就是后来的礼部尚书，潇洒出位开言，他单刀直入，陈请永乐朱棣皇上改北平为北京行在，行在就是行宫所在，是直辖市。李至刚说：“自昔帝王或起布衣，平定天下，或由外藩入承大统，而于肇迹之地皆有升崇。窃见北平布政司实皇上承运兴化之地，宜尊太祖高皇帝中都之制，立为京师。”

李至刚的发言打的是太祖朱元璋这张牌，他的话音刚落，庭上起初是鸦雀无声，大家你看着我，我看着你，仿佛木在了那里，但很快尴尬局面就被打破，接着就有人附和上奏：“心系大明，说何先主后主；念归天下，辩啥南京北京。北平为皇上龙兴之地，请立北平府为北京。”但后面人说话的情景就没有李至刚潇洒了，更像鹦鹉学舌，似背完台词就退回了原位，像是完成了什么配合任务。

……

“可!”龙椅上的朱棣皇上似乎对此未加考虑，没有丝毫的踌躇，当即就答允下来了。这时候有官员开始如梦初醒，明白了刚才这是唱了一出戏。的确，这是导演出来的一出小戏，当然也是一部千古大戏。李至刚在南京宫殿上的这出戏，其实是在郑和的鼓励下，遵照永乐皇帝朱棣暗授的旨意的表演。

当然，背后的总导演则是帮助朱棣靖难的谋臣道衍和尚，俗名姚广孝。

道衍，这个法名发音几乎完全等同“导演”一词，巧合的是，他就是明史的“总导演”。道衍和尚这个历史人物是何方神圣？道法自然，衍生万物。这道衍和尚可是一代禅宗大师，最后皈依净土；他禅净双修，是儒、释、道、基督教、伊斯兰教、诸子百家加科学家“多栖明星”，堪称几百年一遇的伟人，中国历史上神一样的人物。

这是佛门的英豪，中华民族的荣耀功臣，大明王朝唯一的荣国公；是北京城与紫禁城的赞画者，让台湾和平回归祖国怀抱的人，让南海诸岛无争议的人，皇上赐名姚广孝。广孝谁呢？当然是孝顺炎黄祖先、人民与儒释道列位仙班。

可以说，假如没有姚广孝这位向导般的历史奇才的参与赞画定鼎，今天的北京城与紫禁城必定要逊色几分，甚至是结局难卜；就连刘伯温放飞的造北京的梦想也不知何日实现与能不能实现。当然，道衍这位国师也是被后人誉满天下和谤满天下的汉家千古奇才。如果要用一个字总结道衍禅师的人生，那就是：谜！

因为禅家以不辩为解脱，道衍他一生不多解释，不抬死杠，不纠结，愿把千秋功罪留与后人评说。所以，很多大明历史真相和紫禁城由来的历史真相及愿景密码就沉到了历史之河的深处，更让刘伯温与定鼎北京的理想故事几乎变成了神话。人的正确思想究竟从哪里来？大明定鼎北京的思想从哪里来？是从神谕中来、神龛中来，还是从社会实践中来？这正是我们要讲的往事传奇。

可以说，如果当时没有道衍这个历史风流人物站在朱棣的身后赞画，那明史的大海将会有多少不靖的波涛，那朱棣在洪武朝或许早被雨打风吹去了，今人在高考历史的卷面与历史竹帛上都难以寻觅朱棣与郑和这些如雷贯耳的姓名，哪会有什么永乐时代，什么成祖，什么郑和下西洋？

朱棣与郑和这类人物不过是奔涌的历史长河中的一个不起眼的气泡，连浪花都算不上，更别提惊涛拍岸和卷起千堆雪。但是历史没有假如，朱棣眼下就是牢牢实实的大明永乐大帝，一个正准备肇建紫禁城和营造北京的人，一个要继承父皇朱元璋迁都遗志、出南京的人，一个要安排下西洋的人。

随着朱棣在南京武英殿里的这一声“可”，闻名遐迩的“北京”一词即于历史的该日诞生，这个明太宗朱棣皇帝，就是听从道衍建议，设想开发营造北京、肇建紫禁城，以及入住紫禁城、迁都北京的第一个主人；他也是选择定都北京的第一个汉人皇帝，这是汉家定都历史的开天辟地之举。以往定都北京的都是中国北方的少数民族政权，也就是史上常说的胡虏与胡都，以前的汉家皇帝在内心里往往是看不起北京这块地方的。

天轮漫漫，大江东流，逝者如斯。六百年后，一位同盟会成员也是孙文先生留日时的战友，他在日本侵华时期，多次代表国民党与日军在华北谈判，备感艰辛、屈辱与失落；抚今追昔，他对大明朝朱棣将国都紫禁定鼎于北平发出深深的历史感叹：“伟哉，成祖!”这感叹里既包含着山河沦陷、被日军将领的傲慢所刺痛内心的屈辱，也包含着对国民党两届党首目光短浅、定都南京、错涂金粉的婉转批评，更包含着对龙的传人未来的期许与指点。

遗憾的是，这位孙文先生留日时的战友及许多后来人，只知道朱棣为紫禁城的营造焦劳了二十年，却并不知道他的父皇朱元璋为了大明紫禁也曾奋斗了三十多年，甚至可以说是一生；更不知道许多神仙一般的高人也为之前赴后继与汗浸血染；尤其更不知道的是刘伯温等家族，那是几代传承紫禁愿景，薪火不息。

这，是怎么回事呢？难道历史之外还有未示人的秘史吗？是的，这就是紫禁城的前世今生，就是紫禁城的神秘历史背景。明史特别复杂，毕竟奋斗要付出代价与牺牲；毕竟十四世纪与十五世纪那是争夺世界领袖天可汗的特殊岁月，那是人神共存、有天边故事的年代；毕竟历史是联系的，明朝那些事儿绝不仅仅是明朝那些事儿。

在北京紫禁城诞生以前，那时的整个亚洲都是风起云涌，结局难判，云谲波诡，蕴含着一战，蕴含着战争与和平的选项；紫禁城也是文化的战场，也有文化密码的暗战、宣示与传奇。那个岁月一首童谣、一块石头就可以左右历史，让人疯狂。

人生如戏，戏如人生。所以咱们尽快书归正传，还是看看这历史大戏的起因、胜负结果与过程，看看那个历史岁月究竟是帝王将相伟大，还是人民才是创造历史的动力？抑或是上下同欲、顺应天道共同创造了远迈汉唐的永乐盛世与紫禁天阙吧。

但请注意，明永乐初改北平府为北京这只是一小步，李至刚及任何人还没有说到迁都这个敏感甚至十分危险的话题，朱棣这个将军帝也没敢言说此事。当时，除了通政司上报的、神秘的、难以破译的天边消息蕴含此意，谁都没敢说破这个惊天的话题。迁都北京这是十八年以后才公开的事，一切都在秘密运行，不得不秘密运行。因为“迁都”这个敏感词当时一旦公开，就意味着南京朝廷斗争的白热化与一部分人的牺牲。

鲁迅先生曾说，在中国封建时代，即使搬动一张桌子，改装一个火炉，几乎也要血，更别提改变首都的位置了。迁都对君王来说是一份巨大的惊险与冒险，殷鉴不算远。先简单说说李至刚这个人吧，李至刚名钢，号敬斋，进士，学识渊博，精算学，懂历史，也修过历史。明洪武初李至刚曾当过太子朱标的老师，建文帝时一大批洪武朝干部曾遭贬，这里面也包括李至刚；朱棣即位后，经郑和推荐升李至刚为右通政。

且说通政司这个部门是干吗的呢？通政司是明初朱元璋为了对付丞相胡惟庸过于膨胀的势力而始设的，沟通上下、预防民情信息不能够畅达朝廷，以及兴利通弊的中央直属机构。通政司既常伴皇帝左右，也常接民间地气与小道消息，大致相当于今天的国务院研究室兼信访局，但不等同，绝不等同，

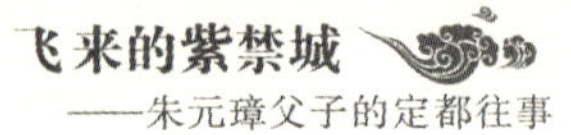

因为它最初是由朱皇帝直接领导的。

根据李家宗谱记载，李至刚家族为唐太祖李渊之后，此人修过历史，为人敏洽、柔韧，懂历史的节点；就是说他是个有机灵劲儿、能看出横竖丝儿、能打配合的人，他今天的上书也应当算是对郑和与朱棣知遇之恩的一种报答。但李至刚这个人在骨子里其实并不好出风头，为人与做事都相当低调，是个不爱找事甚至能装糊涂的人。

此刻，李至刚等人的想法说出了朱棣的心里话，说出了别的臣子不敢说的敏感话题。但朱棣还是听了恩师道衍和尚的意见，先以建行宫为名义，准备悄悄考察北平风水，寻找水源，调研水文，逐水而居；并将依据高人刘伯温生前留下的一份“大都宝图图册”，调研滦京中轴线、无定河和桑干河，首先营造北京城的防涝基础设施，抓水利、水关与基本经济建设，待北京城基本建好之后再议论迁都。

真是未曾建都先治水啊，这就是古人的城市开发建设思路。但是，仅仅是因为西疆战事和缺少南京的群众基础这两个理由，永乐帝朱棣就做由南京迁都北平的准备工作，这理由仍显得不充分；将来一旦公开讨论难以服众，难以说服朝臣百官，更难以百分百地说服眼下自己的内心。此刻仍是大明的建国初期，内战刚刚平息，谁愿意劳民伤财地折腾呀！

而且，说服别人或许还相对容易些，而要说服自己的内心这才是一种煎熬，需要难眠之夜，需要首先坚定自己来回摇摆的各种想法，需要排除自己对自己的干扰。迁都还需要更充分、更全面的理由，这毕竟是惊天和危险的事情，因为史上曾有一位著名的国君因迁都而遇害，命丧金坛，殷鉴斑斑。出南京、进北京，这历史之举到底值得不值得？

永乐时代是中华历史上不改天而换地的奇葩时代，是古人相对的民主时代，是全民体制时期，需要下询民意中的正确思想，它不是所谓的精英政治；永乐时代也是封建时代和迷信神明的时代，需要上征天意。巧合的是，就在这时有两个突来的信息一下子就把朱棣定鼎北平的决心坐得更实了，可以说是九头牛也拉不回朱棣的心意了，他一定要在北京肇建紫禁，一定要出南京，无论艰难困苦，无论何等焦劳，无论明枪暗箭。

这是为何？这是两条什么样的突来信息这样打动朱棣？信息是何内容？是何人从何方传递来的信息？这是人间消息，还是天边消息，还是天边消息夹杂着人间消息？紫禁城啊紫禁城，你的故事比天方夜谭还要天方夜谭，就是与众不同，难怪中外参观者如云，必有传奇与智鉴。因为有一个消息就是从刘伯温的家乡瓯江附近，不胫而走传到南京的，这是什么消息？刘伯温到底是神还是人？欲知后事如何，咱们下回分解。

正是：天边忽来一封书，唱给知音默默读。若能解开其中意，顿悟为何要迁都。

第二章 天边消息

书接上文。上文俺们说到李至刚陈请大明立北平为北京，但要说的是将军帝朱棣为什么要李至刚这么做呢？为什么在南京的椅子还没坐热的时候，朱棣的心里就要急急迁都北京呢？迁都，在古今中外的历史上，是闹着玩儿的事吗？治国理政这是儿戏与段子吗？大明舞台这是历史的秀场吗？自古君王不做无用之功，这里必有时代的需要、亚洲和平与发展的需要、人民的需要、科学的依据与传奇的故事。

要知道在中华的历史上，迁都不仅意味着劳民伤财与动摇国本，而且是会出龙命的！因为一旦迁都就意味着重新洗牌，就会割断许多人、许多集团的利益蜘蛛网，就动了人家权力的奶酪。历史上虽有盘庚、武则天和海陵王的迁都成功，但也有一位大名鼎鼎的皇帝因迁都而遇害丧命，这教训不可谓不深刻，这老事儿不可谓不触目惊心。既然如此，那朱棣他干吗还要在历史长河中顶风而上呢？难道他喜欢逆风飞扬吗？

且说朱棣朱阿四他这个雷人皇帝的胸襟，可以说一般人，就是历史上一般的帝王也实在无法与其相比，他不但有冒雪迎霜、亲自披挂、五征漠北、开天辟地、降龙伏虎之英雄气，也有聪明谨慎、小心翼翼、知达事理和不爱惹事儿的一面；他绝不会作，更不敢作，他天生就不是这种性格的人；他其实也没这么高的智商与这么大的胆量来运作大明迁都，这不是他一个人的战斗。

永乐帝朱棣的性格是平日中胆子不大，他更知道自己几斤几两，他知道自己在南京缺基础，既缺皇宫的牢固基础，也缺江淮与江浙一带群众与人心的基础，而基础不牢，那可是地动山摇啊！再说，身在南京，街坊四邻面和心不和，你鼓着，我瘪着，心总隔着一层，怎么着都不顺人家的眼，路不平啊！这么活着一辈子有什么意思？天子也是人。但是，敢这么想，还敢这么做，这还是因为后面有撑腰的，有赞画的。

还乡，趁青春作伴；回到盛满旧事的北平府，回到老街坊中间。当然，不可能只是这些家长里短和婆婆妈妈，历史可不只这么简单。永乐朝还有一场劫难，还有暗礁，还有亚洲突变的风云，还有域外一场剑火的威胁，还有历史宿命与使命，还有国之大事，事关汉祚社稷安危与久长。朱棣的肩头可不只是大明江山，那里还有一担亚洲的战火与风雨，“永奉北藩”这是他爹朱元璋交给他的不容推卸的历史责任。

这责任算不算作紧箍咒？朱棣当年为何要毫不踌躇、坚定地从南京迁都北京？为何要在北京肇建如此一座辉煌的宫城，让北京成为人类文明史的一个星座呢？难道他是凭借九五之尊妄自尊大而烧钱摆谱吗？用老北京话说，难道是吃饱了撑的吗？折腾来折腾去的，他是要搞面子工程吗？二十年的精力与巨大的国帑投资，劳民伤财的，就因为西北疆有战事？就因为南京人和自己面和心不和？就因为……这些理由是不是还有点牵强？

若果真如此，朱棣此刻在南京宫殿为什么又是如此谨慎、如此小心翼翼地借旧臣李至刚之口而言此事呢？他为什么不愿意继承他丑龙爸爸朱大麻子朱元璋的那份有房产证的南京宫产呢？这永乐朝的天下，可是一刀一枪打下来的，备极艰难；是汗浸血染的火中取栗、败中取胜、死里逃生，做出了巨大牺牲，才进入南京宫殿，这是容易的事吗？咋就这么快、轻易地放弃，而立刻就选择北京了呢？

明初的历史的确有点蹊跷与纠结。原来，朱棣的决定与南京的紫禁金窝儿有关，与洪武朝的历史有关，与一个大明朝最早开发建设北京的传奇将军华云龙有关，还与一个神龙见首不见尾却家喻户晓的明史风流人物刘伯温有关。南京金銮殿的故事更在历史的深处隐藏，它的确有一层还没有被捅破的窗户纸，这就是大明出南京、北京紫禁城诞生的历史奥秘。

就是华云龙与刘伯温这两个人物，在这大明永乐朝的十字路口，一明一暗、巧合地几乎同时为朱棣发来了历史信息，坚定了朱棣定鼎北京的决心，坐实了朱棣将来在燕边营造紫禁的想法，明史确实传奇与不可思议。可究竟华云龙将军从何地发来了什么信息呢？刘伯温的信息又是什么内容呢？

难道信息也可以左右明史吗？明史真的如此宿命与传奇吗？这故事有历史的证据吗？这究竟是神秘的、故作玄虚的唯心主义，还是能拿出证据的历史唯物主义？这究竟是文学演绎虚构情节的流沙，还是切切实实的通往历史真理神殿的崖壁与台阶？这必须要说出可以服众的一二三来，必须要拿出证据与讲出起始缘由来。

且说朱棣这个人有夜读的习惯，白天的一些走形式的公文没有仔细看，晚上他要再翻看一下，他这个人性格特别认真。这一日，朱棣正在谨身殿的烛火下翻阅各地陆续发给新皇帝的贺信，其内容确实千篇一律，毕竟不换思想就换人，大多数官员谁愿意找病呀！

可是，朱棣突然发现云南的贺信是两封，他赶紧打开看，这一看他可就怔住了！因为有一封的内容竟然不是贺信而是一封私信，来信人落款的姓名对于朱棣来说是如雷贯耳，并不陌生。这写信人是谁呢？

这就是传言在洪武初期就早已去世的、一位叫华云龙的将军，大明洪武王朝的副总司令。说来这个人的来信，竟然让朱棣顿时感觉人生恍然如梦，不得不感叹宦海沉浮，浮生千变，并追思过往。朱棣推开南窗遥望，但只见云卷云舒，竟也让人浮想联翩……

一年一度凉风至，岁岁秋来，今又秋来。春夏过去后，红色的枫叶转眼就惊艳地染红了钟山，也让深藏于山间林海中的紫霞湖的湖水更加清澈和神秘；淅沥的寒雨飘落后，紫金山是满地的残叶，颜色似一片片酒红，犹如坠入梦中一般，倏忽就牵手了令人易感伤悲的晚秋；而到了霜降和小雪时节的南京，寒霜、冬云、初雪与愈渐寒冷冰硬的风，几乎要让所有花朵纷纷萎谢了。

但是，武英殿前苗圃里那几株山茶花，在这个寒冷时节里却勇敢逆袭，开始在风中绽放了。一朵朵艳丽的红山茶花点缀着这萧瑟的江南初冬中的宫殿，层层叠叠的花瓣姿态丰盈，端庄、高雅、高贵、迷人，生意盎然，像不屈的天使。山茶花与金达莱是植物科属的近亲，这些山茶花品种的名字叫宝珠。宝珠，这也是太祖朱元璋当年御赐钦定的名字，也是曾有历史故事的大明图腾级别的植物。

南窗极目，朱棣无意中就看到了眼前这些绚烂如云，又如珠玉雕琢一般高贵的花朵在武英殿前的寒风中怒放。不知为何，这些山茶花的烂漫与馨香让在此理朝的将军帝朱棣的心情陡然又变得特别平静、深邃与充满自信，看上去仿佛他早就认识这些老朋友，仿佛这是大明王朝的一剂精神良药和力量的源泉。

这不是在借景抒情，文学不是俺们的菜，这也是在告诉大家一个历史信息：山茶花与大明紫禁也有关联。不错，山茶花在当时的确不是一般的花，此乃大明王朝的国花。而且“宝珠”这个品种甚至是有灵性的神花，是有着当时的政治寓意之花，是有传奇故事的花。

虽云道法自然，可当年明太祖朱元璋为何独对自然万物中的这一丛山茶如此垂青？小小山茶花也能给朱棣一份迁都的勇气，这究竟是为何？这必有当初王朝的精神寓意，这必有让人值得回首的明史往事传奇与渺渺风烟故事，毕竟十四与十五世纪那仍是人神共存的时代。

大明南京的山茶花“宝珠”来历究竟如何，俺们暂且按下不表。国花山茶花究竟与北京紫禁城有没有联系的历史密码与云里雾中的故事，咱们也先不讲。首先要说的是“神仙”刘伯温与过往的一位将军华云龙又为何会传来关于定都北京的天边消息呢？刘伯温到底是神还是人？北京城与紫禁宫阙与他究竟有什么历史关系？大明定都为何要受他的理想之指引？

毕竟刘伯温已经故去多年，永乐朝又因他发生故事，这必有原因。刘伯温造北京之北方童谣，这究竟是无稽之谈，还是历史事实？当年的副总司令华云龙干吗要写信鼓励定鼎北京？拍板儿出南京、定都北京的永乐帝究竟有什么样的成长背景？他身后的帝师道衍又是什么背景？这一系列的历史疑问就似滚滚大江边南京多变的天气，实在是难以一言蔽之。

这诞生北京紫禁城的秘史故事长似河，深似海，高似云天，玄似渺渺无极，讲出来还要步步笃实有据，毕竟历史学首先是史料学，然后才是图书馆学、考古学、旅游学、刑侦学与悟性。罗马不是一天建成的，紫禁城更不是一天建成的；这紫禁故事如此漫长，是一千零一夜道不尽，一万零一夜也讲不完，真经岂是轻易就可取得？您且泡上一杯香茗，容俺们慢慢为您一一道来。欲知紫禁后事如何，咱们下回分解。

正是：错绣繁华遍东吴，元朝旧府做穹庐。嫌弃西园朱门小，却将紫禁扩汤湖。万里星辰遥遥叹，如此怎能展皇图。幸有吴僧生一憾，笑煞英雄难立足。大明使命何处隐，山茶密语语不俗。道法自然征天意，玄机之道藏奥壶。天边忽来神仙意，指引大明赴征途。紫禁乃是诗外事，多少智鉴多少福。

第三章 英雄出处

人生哪堪回首，谁愿意轻易把自己曾经落魄难堪的过去分享给别人，让人家笑话？宁可随着岁月自己慢慢消化或让它风干到消失。回忆，那会再次碰痛那颗曾经生疼的心。但由于刘伯温与华云龙将军信息的一同到来，将军帝朱棣不得不让心绪去碰触如烟的过往，往事确实如烟。

忧郁，也常常属于深宫里的皇子，谁让你生在帝王家？安徒生的童话故事又何止是哄孩子的童话。历史的奥秘究竟在何处？是在竹帛，还是在人的心里？小家在何处？皇家应在何处？民族的存亡与小家的生存这都是个问题。一句话——责任在先。哪里有责任，哪里有亲情，哪里就是家；而国家则需要一个战略平衡点，这就是京师，这就是首都；紫禁城就是首都的最中枢。

但北京紫禁城的诞生岂是一言可以概之，明史从来没有简单易懂的故事，紫禁大戏它虽然是以“刘伯温造北京”的童谣做引子开幕，但却不适合做幼儿园教材。因为紫禁城故事与三国、两晋、南北朝、隋、唐、宋和元都有隐秘的复杂历史联系，与儒释道百家都有联系，太复杂了。本作品虽然复杂，但只要破解了刘伯温这个明史人物，就破译了紫禁城奥秘的一半；其次，就是那个道衍禅师，这是明史总导演；当然还有道衍的师哥朱和尚朱元璋。

不依国主，佛事不兴。毕竟北京紫禁城是永乐帝朱棣他主持营造成功的，故事还是要接着从朱棣讲起。那朱棣是个什么样的人物呢？他出南京、定都北京这符合他爸爸朱元璋生前的本来意愿吗？这说来真的话长，朱棣这个娃子，也就是洪武帝之后的明太宗朱棣，后来也被大明历史叫作祖，曰成祖，成祖这个人可不可以算作历史风流人物呢？他是怎么成长起来的呢？这其实也是至今争论不息的一个谜。

成祖朱棣生于元朝末年的至正二十年，是西历的公元1360年，那正是个枪林箭雨、战火纷飞，白莲教各路豪杰大战元朝，以及自相杀伐、钩心斗角争天下的年代。在朱棣出生时，朱棣他爹朱大麻子朱元璋还在和洪湖毒霸王陈友谅大战于鄱阳湖，是争夺天下战尤酣，当时就连朱元璋他自己的死生，其实都难卜。路该怎么走？那时的朱元璋甚至还要屈尊问道于民间草庐。

在那不得不缓称王与赌命的年代和时刻，江湖绰号为“三只眼”的朱元璋都快麻木了，“马王爷”他肯定是顾不上从战火的间隙中回来看一眼襁褓中的阿四，没有工夫来给这个刚刚降临人世的孩子整个幸福小派对；而且朱棣出生在这样的家庭里，虽然也算得上是个贵家的公子，但是他这样的贵家公子在当时的历史演义与权力场也还是命运叵测和凶吉难料的，可以说也将是一步地狱、一步天堂的。

也许是产后的母亲在经历鬼门关后，疲乏而又深情地看了一眼婴儿，充满慈爱地顺口喊了一声“宝儿”，之后这个孩子就被大家叫成了“保儿”；也许是母亲临死前想让老天保佑这孩子，就“保儿保儿”地叫着，别人误以为“保儿”是孩子的小名；当然也许是奶娘为了让这可怜的孩子能得到老天保佑，而给孩子起了个乳名。因为这个孩子的母亲在给朱棣生下个弟弟后，不久就惨死了。

其实天下人已经没有人知道朱棣的“保儿”这个乳名，它究竟是何人所起，我们在这里也只能是做一种无奈的推测罢了。重提这个乳名，这是为了消除历史与今天的隔膜感，使书与戏更好看、更轻松；使历史人物有体温和弹性，让历史人物的肉身不那么僵硬冰冷。而且，从当时流行的名字上也可判断出，洪武时代也是一段激情燃烧的历史岁月。所以，也不排除这个名字就是父亲朱元璋后来顺口所起的可能。

因为朱元璋是军人，“保儿”这个名字在元朝是一种约定俗成的尊称，曾经很流行，平安的小名叫保儿，李景隆的小名叫保儿，还有很多大明人物小名都叫保儿；这就犹如我们今天曾流行过“勇”“红”“兵”“东”“卫”“军”之大小名儿。元朝的有些风气是深深影响了明初，有的余绪以致影响了整个有明一代，无论好坏。

元末时群雄并起，出于政治目的和受元朝习俗的影响，雄主在胜利后常收编对手的嫔妃侍女，都是多妻多女。“三只眼”朱元璋也偶有此为。不少人的儿子都不知道自己的生母是谁，更别提名字了。这还只是一，还有二。

这二是蒙古皇室多娶朝鲜嫔妃，红巾军将领也多有模仿和收获二手货。所以，朱棣的出处就是个战乱年代的乱世婴儿，仿佛在他出生的那一刻，否卦的命运就注定了他要一生与是非打交道，他人生的航船必然是暗礁丛丛，承平天子与他六亲无力的人生命运无缘。

但看羊儿年，便是吴家国。时光过得真慢也过得真快，直到至正二十七年，也就是西历1367年的旧历羊年年底，九死一生、王业成功，且一直小心翼翼高筑墙与缓称王的朱元璋在南京准备登基的前夕，作为吴王的他才决定为自己在戎马倥偬中出生的七个儿子正式取名。

此时，苏州解放、山东解放、浙江解放、福建解放，尤其是徐达、常遇春、毛骧和程显的几路北上大军转战千里，是势如破竹，肩负汉祚希望。朱元璋见夺天下的形势已经大好，就有心有意准备转过年头要正式登基做皇帝，看到自己已经有了七个儿子，自然更是满心高兴。见战火渐息、天下形势已经粗安，江湖绰号为“三只眼”的朱元璋决心要为儿子们正式取名了，他准备一切按规矩来，儿子们的名字皆有寓意。

这一年农历的十二月二十四，南京城里外心急的孩子已经开始放起了春节的鞭炮，在孩童们稀稀拉拉的爆竹声中，朱元璋按照正规礼仪祭告太庙，把自己渡江后生了七个儿子归因于祖上的阴德：仰承先德，自举兵以来，渡江生子七人。今长子命名曰标……四子曰棣……

朱元璋这人很老派，还给孩子们御赐了乳名。“武圣童”这是朱棣被父皇御赐的小名儿，这个名字就算不是朱元璋亲自起的，也是经他点头应允钦定的，但这个小名儿始终没有叫起来，没有叫响，直到今天。可隐藏在历史竹帛角落里的这个乳名，隐隐透露了朱元璋对阿四这孩子的期待，令人奇怪的是这乳名也巧合地预示了朱棣一生的隐隐命运：武！

这时的朱阿四已经七周岁了，朱棣这才和众兄弟一样有了自己的名字。“棣”的本义是一种普通灌木，但朱棣这个“棣”的意思取的是弟兄友爱和通达的意思。七岁的朱棣和他的几个兄弟这时终于有了大名，但他们也不一定能理解这些名字的含义，不一定能理解父皇的一片苦心，毕竟还小，还不懂事，还是糊里糊涂的年龄。

朱元璋给每个儿子起的名字里都有个“木”字旁，这与家族远祖的图腾朱心木有渊源，朱这个字本意并不代表朱红颜色，而是朱心颜色的树木——红松。当然，如此取名这也是朱元璋希望儿子们成为社稷的有用之才和栋梁之材，希望大明与汉祚薪火相传。而朱棣果然就成了大明北国柱石，成了万年枝，就是他依照神仙意愿且创作了定鼎北京紫禁城的历史大手笔。

这先不多提，咱们紫禁城的故事慢慢来，细细说，故事也没这么简单，当时的斗争相当激烈，过程非常复杂，无论是朱元璋还是朱棣，都是大戏连台。而且，朱棣虽一出生就贵为皇子，他的童年竟然也是一片阴郁，甚至也有惊险，那时的南京临时紫禁并非天堂，萧墙也是战场。欲知后事如何，且听下回分解。

正是：太祖开南京，金台空碧岑。三山看江水，五峰赏枫林。蒋山禅关秘，长干宝塔荫。雀潭一片月，曾印紫禁心。

第四章 王朝方向

大明立朝时，朱棣已经是个记事的儿童，相当于今天的小学一年级的孩子，他已经知道自己没有了亲妈，且自己并不是诸子中得宠的，甚至有时遭大人嫌弃，再加上那时江南凋敝，满目疮痍，萧墙内外皆有步步惊心的争夺与暗战，所以朱棣的童年竟然也是在一片阴影中成长起来的，幸福与快乐似乎与他这个忧郁的皇子缘浅。

俗话说天无绝人之路，好在朱棣还有个疼他的奶妈，好在父亲朱元璋重视教育，所以朱棣的少年也有阳光雨露的滋润时光，毕竟衣食无忧嘛。怎么也比他那叫花子爹小时候强：父亲生病、饿死，大哥饿死，大哥长子饿死，母亲生病、饿死。眼睁睁地看着亲人一个一个死去，却无能为力，甚至无处掩埋，活不起也死不起；家中排行老小还要独自漂泊乞讨，这才是人世间无法言说的痛苦。朱重八那可是家中的老疙瘩呀，也曾是娘娇惯的宝呀！

漂泊外乡前的朱元璋，在自己家乡除了放牛也曾早就因不便说的原因当过小沙弥，并在家乡本地四处流浪。可流浪中幼小的他不但没有学坏，还自学文化，很要强。朱重八自小羡慕能进学堂的孩子，常到村塾的书馆窗外听先生讲课，然后在地上用木枝练字，因为他才读了两年就因家贫不得不退学放牛。

但是，一个穷苦的孩子在失学后的逆境中还能坚持自学文化，喜欢读书，这不能不说是当时感动淮河边泗州燃灯集的一个小人物。朱元璋的母亲陈二娘是军户，也就是军人家庭出身，她天生有文艺特长，虽然进不了大元军艺，但她也是当地农民文艺圈儿里的，社戏的表演少不了她俏丽的身影。

陈二娘也算是当地一位名人，不但要帮助不擅长农业的当家的朱五四辛苦持家，苦熬夙夜，拉扯一堆孩子，还要帮助燃灯集一带前后几个村撑起文化产业的GDP，真是不容易。

但如此一来也有一个好处，二娘家里的孩子们看戏和听书都免费，最爱看戏的还是老疙瘩朱重八。

所以，重八子他还有特权在临濠燃灯集上用心听乡下舞台或地摊儿的免费戏；然后模仿并哼唱和背诵里面的精彩念白，琢磨其中的人生道理，从听戏中不断得到历史知识的滋养，继续学习。凭借寺里长老的面子，朱重八甚至参加过白莲社组织的文化讨论，和燃灯集当地一些未中举的儒人都有历史知识的切磋交流与探讨。

中华的和尚几乎自古就不化缘，当元末淮河流域灾荒加瘟疫致使寺庙无粥，这平日要强的元龙小行童也不得不出去化缘时，那遭人误解、白眼、谩骂、讽刺、被放狗咬和身后小孩子们起哄扔石块的困窘，让朱重八就更羡慕那些学堂里的孩子们。长大后，朱元璋还常为自己因文化水平低吃过大亏而遗憾，因此，朱元璋是个十分重视对孩子们的教育的皇上。

一句话：他望子成龙！

……

朱元璋众多的儿子里虽不乏帅哥，也不乏有军人风采的，但后来真正能打胜仗、能成为卫国栋梁的，却只有四儿子朱棣、十四子朱楧和十六子朱权这三人，而明史北征的、柱石般的领军人物其实就只有朱老四一人。而且，朱棣虽以军功闻名天下，但他也有文艺范儿，不但笛子吹得好，还会谱曲；最重要的是他为大明紫禁定都北京谱写了辉煌之曲。

所以，明史的光圈儿不得不拧转，焦点也不得不对老四朱棣进行一番历史访谈，因为毕竟北京紫禁城就是他下令肇建的，是他决定了北京的历史命运，甚至可以说没有他二十年的焦劳就没有今天的北京城和紫禁城。是朱棣最终让刘伯温放飞的、虚无缥缈的理想，化作了牢固实在的大明京师北京城。

当然，没有朱棣当年的奋斗，也就没有我们今人大笔的旅游收入。可朱棣当年肇建紫禁绝不是为了开发旅游与鉴宝，刘伯温的理想那是有历史深意的，紫禁城事关汉祚安危。今天，也可以说就是此刻，朱棣的骸骨与灵魂仍在北京北部军都山山区为我们守国门，这或许就是他的苦命与使命：永奉北藩。

幸亏当年有关部门没有下令发掘考古长陵，否则那就无异于自损汉祚之基呀！暂不多说题外的与那玄乎的。朱棣这个人是天才吗？仅仅依靠他自己和刘伯温家乡传来的童谣，就能成功营造北京城与紫禁城吗？历史不会这么简单吧？一人岂能移山，独桨岂能开大船。或许还是际遇了什么名师，或是有高人指点吧？应该说朱棣之所以后来为汉祚筑基有成，就是因为遇上了三位好老师。

天、地、君、亲、师，一个人若想有伟业，离不开这五个因素。师虽然排在老末，但它离我们的事业最近。人说好老师是人生的至宝和助缘，但此事古难全，人人有遗憾。一个人能遇到良师那真是人生的幸运。良师不是为了谋个职业，混份儿薪水，而是出于对教育的热爱与理想，背负着薪火相传的责任，他是一盏指路和温暖人生的灯火，是王朝未来的希望，是一个民族的至宝，是一个历史时代的祥瑞和福气。

但是，生活不是教科书，没有理论这般纯净，尤其是明初的南京皇宫，太子和皇子们的老师的思想也预示着未来政治的风向标，也与那把椅子与利益链挂钩。这种矛盾是任何一个老师想回避也回避不了的；当然，有的也不想回避，不但不想回避，还在努力扒扯，就是想当未来的帝王师，进而影响南京政坛的风向标，做朱衣梦，这就带来了明史风波与纠结的南京紫禁故事。

明初，有个带刀舍人，相当于今天国宾馆警卫员或卫队长什么的，他曾专门就老师问题给朱元璋写过一封奏疏，朱元璋对此普通军人的观点是认可的，洪武爷他是有心机的人，更是悄悄关注金銮殿东宫大本堂里老师们的动静与观点言论的。这些老师在对自己的龙子们说什么？说得对还是错？是有道理还是以讹传讹？甚至是在补台还是在拆台？朱元璋对此不是置之不理和不闻不问的，而是很上心的。

老四朱棣也有专门的老师，幸好保儿的老师是位启发性的良师，是点亮而不是装满，不但没有灌输与头脑控制，还对四子朱棣有所秘传，还指出了他的人生方向，第一个纽扣没有系错。否则，如果成天到晚的全都是什么大学之道在明明德，什么头悬梁锥刺股，什么卧冰求鱼、作业成山和罚抄作业，那朱棣的人生就没有走向大成的机会，那就毁了！也就谈不上什么永乐王朝，什么迁都北京和肇建北京紫禁城；更别提什么亚洲的荣光与十五世纪的天下秩序了。

那么这三位老师究竟是谁呢？对阿四朱棣秘传了些什么？他们的理念与紫禁城有没有什么秘密的关系呢？师生们是不是有什么魔法故事呢？毕竟这是人生的起步阶段呀。天下，神器也。紫禁城由来与历史密码的正戏终于开始了，因为今天的故宫博物院的第一前世——大明北京宫殿，并不是大明太祖朱元璋营造的，更不是刘伯温亲手营造的，而是洪武帝他四儿子朱棣后来拼命奋斗肇建成功的。

这是为何？这明史究竟是怎么一回事？这就蹊跷了，作为开国太祖的朱元璋建国三十多年，那么赫赫有名、威风凛凛、点击率古今第一的他，为何只有金銮大梦的奋斗而没能给大明王朝留下一份实实在在的宫产呢？这在中华历史上可谓第一例，这实在是匪夷所思。而且，那时被民间视若神明的刘伯温就曾在他身边辅佐，咋就没能奉献出一座紫禁金窝儿呢？这必有坎坎坷坷的历史背景与难以启齿的原因吧？这究竟是因为什么呢？

历史的江河奔流不息，曲曲折折，千回百转，里面藏着多少密话的智珠？明史的大戏藏着多少尚未破解的悬疑？洪武爷的坎坷不利这其实正是大明王朝出南京、进北京，让北京紫禁城诞生的玄机之一。朱元璋他是大明王朝干事业最认真的一个人，他也是最具文艺范儿的一个皇帝，没有他这紫禁城的大戏就没有味道，一切传奇都从他的奋斗开始。

但是麻烦也是从他朱元璋开始的，洪武爷九九八十一难的紫禁故事最让人费解，也最吸引后人眼球。因为就连刘伯温也曾因为紫禁城和他较劲儿，就连老伴儿原配马皇后也因为大明紫禁与老公悄悄辩论，就连国策大师朱升也为此默默辞职，许多想为大明金窝儿搭把手的人才都没敢近前。也许，就连万里星辰的紫微星垣都在吃惊地眨眼关注着大明紫禁的诞生故事。这是为何？欲知后事如何，且听下回分解。

正是：春风化雨昼掩扉，书馆忽见燕北飞。不知来年成材否，切盼三月柳上归。穿云抄水靠双翅，文武缺一难腾飞。

大明洪船实不易，千难万险激流摧。若无刘基之传奇，何来大明数百辉。赞画紫禁又何人？何人背后何人推？茫茫历史深又深，星汉难测实精微。顺藤摸瓜谈何易，翻烂故人故纸堆。

第五章 春风化雨

七九河开河不开，八九雁来雁准来。八九的时节，长空雁鸣阵阵，这仁义的吉祥鸟年年造访南北，信守造物坚贞守信的密码，绝不与人类爽约。虽然大雁飞回来了，但残雪还在南京郊区阴面的瓦楞上雪白，还在钟山的阴面封山，南京城里则时不时阴雨连绵，洗刷出微微的春意和湿漉漉的气息。到了九九的第一天，那南京可就挡不住早春的步伐了。

一花知春，南京宫殿花园内大本堂门外一簇簇的娇兰已悄悄绽放，两株马皇后亲手栽种的木兰花也已经在门外着急地登场，引人注目；燕雀湖边北岸的杨柳也开始吐绿，柔软地在来回摇曳，把冻僵了的人心也摇得柔软了。洪武爷的一畦畦小菜园也早已经拱出了嫩绿的春苗，煞是可爱；虽然还远未到莲叶何田田的美丽时节，那也已经是一派明媚的江南早春景象了。

奉天门里的三大殿建筑奉天殿、华盖殿和谨身殿的琉璃金瓦在反光，这金銮殿虽谈不上雕梁画栋，但朱漆描金雕花的门窗，在明媚的春光下也是反射发出熠熠光芒，这就是南京人常说的大明洪武朝金銮宝殿，由元朝御史台大人的旧府改造而成，这其实是个大明王朝的临时宫殿，是临时办公处所。因为洪武爷另有打算，心里有底；他在一手抓教育，一手抓新紫禁城的赞画，因为新紫禁城主要也是为这些八九点的接班人营造的。

且说因朱元璋自小羡慕有书读的孩子，也曾经因自己文化不高吃过亏，所以他重视教育，朱元璋特意令人在皇宫的东区建了一座学习的殿宇兼图书馆——大本堂，那就是明初太子和其他皇子们读书的地方，大本堂这个名字寓意皇子们不可忘本，不可忘记朱家人从哪里来，未来应到哪里去，不可忘记我们驱除胡虏与救济斯民的目标与初心。

皇家图书馆大本堂坚固耐用，不求奇巧华丽；朱元璋这人重视历史，一生对史书可谓手不释卷。大本堂这里藏有各种古今图书，朱元璋还特意让人在大本堂的墙上画了许多有启发性的历史故事，并请了当时诸名儒和一位有文化的军人为太子和诸皇子们讲课，有时还挑选才俊青年伴读，朱元璋可谓用心良苦。

朱元璋在悄悄筹划新的大紫禁的同时，常抽空来东宫大本堂这里和老师们交流，他明白教育界也是个复杂的地方。因为立国之初那个普通警卫员曾写的奏言，洪武爷一个字也没有忘：太子与皇子们老师的选择正确与否，有时就意味着下一代王朝盛世的是否来临，有时就意味着国运的兴衰。

朱元璋心里默认了这个国宾馆普通军人的这份奏言，从此他更加关注老师、关注教育、关注科考与翰林院。当然，洪武爷也在马皇后的提醒下，在教育上不自私，是全国一盘棋，重视的不仅是自家孩子的教育，天下学童都是一样，洪武朝绝不能让有出息的孩子上不起学。

可以说，洪武爷的内心深处也没拿孔夫子的《论语》太当回事，他这个人内心深处也没有什么“女子难以蓄养”的偏见。开明的家庭送女孩去县城读官学，也是一样免费，教育公平，给机会。没想到的是，这个男女平等的教育政策，给了朱元璋一个不小的历史回报，绝对出乎朱元璋的意料，甚至出乎我们今人的意料，这个小小决策居然也牵连紫禁城的由来故事，这也是一条破译紫禁城密码的宝贵线索。

为什么呢？因为这随之而来的传奇，居然将是大明版的一段女娲补天故事，带来了北京紫禁城定鼎的一丝隐隐伏笔，这绝非作者的向壁虚构，俺可没这胆子和那么厚的脸皮。但由于这位女子还没到登场紫禁城的时刻，我们暂且就让她在大明青史舞台的后台先化化妆，吊吊嗓子，这女娃一定会有登场大明历史舞台的星光闪亮一刻，她也是明史的主角和北京紫禁城赞画的功臣之一呀！

要先说的是，朱元璋修建大本堂后，还聘请了四方名儒到堂中教授诸位皇子。他甚至曾亲自写信给一位名气很大，但隐居乡间的宿儒，征召其入京来做诸位皇子的老师，此人的名字叫李希颜。李老师这个人的到来可就让大本堂有了故事，让朱元璋也有了故事。当然，这也让太子朱标这个大明的储君、最有希望入主大明新紫禁的江山接班人终于有了戏份儿。

李希颜老师名气大，脾气也大，上课时喜欢操一把大号毛笔，诸皇子稍有冒犯或偷懒，便要受到笔管的惩罚。太子朱标也和兄弟们一起每天都要背诵儒家经典，但是曾有一个皇子背得实在烦了，开始淘气，还唆使诸皇子与他一起给老师捣乱……

“人学始知道，不学非自然！朱三儿难道你长大了想去卖糕桥去卖糕吗？没出息！我看你将来也只能去怨声巷了！”这天，正赶上这个叫李希颜的老师授课，李先生虽然是民办教师，但性格严峻，加上在乡下塾馆打村里老百姓的孩子打习惯了，打顺手了，说着说着几笔管就打下去了。不料一不小心，笔管戳破了这个皇子的额头，险些碰着眼睛！

……

“我的孩子们将来是要治理国家的，教育他们的方法，最要紧的是正心。心一正，万事都能办好；心不正，各种邪欲来了，这是最要不得的。要教他们切实的学问。用不着像一般文士那样，只是会记诵辞章，没一点好处。要学得好，更要用得好，而不仅仅是卷子上考得好！”这是朱元璋在发牢骚，他开始对李老师不满了，因为小皇子和他的年轻美丽的妈早已经嗔怪着向朱元璋告状了。

南京皇宫与军界素来是亲戚套亲戚，裙带关系特别复杂，这些皇妃们既属于朱元璋，也属于某种势力，所以到朱元璋面前为“龙子破盘”一事添油加醋、小题大做、浮想联翩的，绝不只是这受伤的小皇子和他的年轻美丽的妈。这阵子正在因新紫禁选址一事与刘伯温抬杠争论而心有不悦的朱元璋，在这些人先后的撺掇下，看着孩子被戳破的额头大怒，“腾”地站了起来，他把腰带往下一按……

旁边熟悉朱元璋的人都明白洪武爷这个动作的含义：他火了，他要找茬儿治李希颜的罪了。此事倘若成真，那就会是一场大明教育界的历史风雨，因为朱元璋整人向来一整就是一批，一打就是一船：这场风雨一旦刮起，那可就是谁倒霉谁赶上了。

本来，明初大明的新紫禁吉壤选择一事是王朝的重中之重，这事事关社稷安危、天下秩序与长治久安，朱元璋正在全力以赴，但此刻被孩子们的教育问题搅扰了，出麻烦了。欲知后事如何，咱们下回分解。

正是：玉署储书紫禁东，宛然麟凤沐清风。云开奎璧天光合，日射蓬莱御气通。炬炳莲花归学士，灯然梨杖致仙翁。詹吴宋乐皆时彦，撰述承恩昼夜同。学馆暗流非安宁，风风雨雨意隆隆。当知东宫不如意，当知皇子路不平。更知东吴紫禁小，欲选西吴肇新宫。皇宫本是万年计，玄机故事曲声声。

第六章 皇家桃李

书接上文。马皇后闻听老头子火了后，急忙从后宫赶来救火灭火，她在旁温和劝解道：“师父打孩子是为了教我们的儿子以圣人之道，那是用尧舜的标准来教训你儿子，你哪里还能对师父发怒呢？你不想让你儿子当尧舜呀？你不是一直说要学习尧舜、做尧舜吗？人家李师父这是在用教育的高标准响应你呀！”听马皇后这样一说，朱元璋这才算消了气，无可奈何，勉强不了了之吧。

老伴儿的面子要顾及，当然朱元璋心里也明白，这些龙子们没一个是马皇后生的。朱元璋本来就关心教育界的动静，关心太子与皇子老师们的教育理念，所以洪武爷就借着这个茬儿呢，在筹划大明新紫禁的百忙中，悄悄去了大本堂，想听听李希颜老师的课。洪武爷他是悄悄进村，也没告诉任何人，就自个儿去了。

朱元璋悄悄地就坐在了大本堂教室的后面，打个手势，示意堂上老师不要中断，接着讲，洪武爷也用心认真听。这一天，不是李希颜老师上课，却是太子朱标的第一老师王古宝正在为太子和皇子们上历史大课，讲汉朝七国之乱。历史是洪武帝读书内容的最爱，不是外行，他很感兴趣地听，但朱元璋发现王古宝老师讲历史一直只是照本宣科……

“七国之乱究竟错在哪里?”突然，朱元璋按捺不住，就在教室后排脱口插话问，大家一时语塞。朱元璋见王古宝老师也愣在了那里，张口结舌的，于是洪武爷赶紧打破尴尬局面，把目光投向了太子朱标。别忘了，洪武爷可是一位文艺范儿的皇帝，含有历史意蕴的段子可如牧童短笛一般信口而吹，绝对高手。

“宝光，你是老大，这问题你先回答。”朱元璋让朱标先说，宝光是朱标的小名。这名字起得可是不错，天有三宝日月星，皆可发光。毕竟是长子，将是大明江山的第一传人。

“错在七国。”朱标同学回答，他本能地把错误踢给了藩王同学们。

“何以错在七国?”朱元璋追问紧逼。

“七国之乱，就是七国他们在捣乱，所以错在七国。”朱标说。

“片面！这是历代讲官的片面之词，和江湖套路并无多大区别。七国之乱是结果，造成这恶果的因呢?”朱元璋的话使一旁的王古宝老师也愣住了，他和大小皇子们一起齐刷刷等着皇上说出七国之乱的原因。龙子们也好奇：难道七国之乱的故事里，一直还有什么未曾告人的历史秘密吗?

“汉景帝在做太子时，他就曾设博局游戏杀吴王世子；做皇帝以后，又轻信晁错的主意，削黜诸侯，这才造成了七国之乱！诸侯可以削，削完了谁去顶？可以拆台，拆完了谁去搭新的？当太子的，首先要敦睦九族，隆亲亲之恩；为诸王者，应夹辅王室，做人做事也尽量不要用小智，也就是少要小聪明……”突然，朱元璋觉得自己在这教室里讲多了，喧宾夺主了，于是天生就有文艺范儿的朱元璋急踩刹车、急忙收住了话口，坐了下来并示意王老师继续讲课。

可这课还怎么讲呀！王古宝老师赶紧宣布课间休息，这时李希颜老师和李至刚老师也赶来接课，三人见皇上在此，赶紧陪洪武爷在教室门口边晒太阳边聊天。春天的暖阳把这几人的后背晒得舒舒服服，交谈也很愉快。

王古宝老师也觉得孩子们的确不喜欢照本宣科，承认对于历史应当是学好和学懂，而不是鹦鹉学舌地考好卷面；朱元璋听后很满意，他也感觉李希颜老师这人也还行，一心教书，就是说话的口气似乎有点直，脾气急。

但是，就在这课间交流聊天的最开心时刻，李希颜老师和王古宝老师无意的其他一些话却让朱元璋找了个托词赶紧走开了，再也没来过大本堂，再也没有和李希颜和王古宝老师交流过。李老师和王老师究竟说什么了？是什么话这么触动洪武爷的心弦？原来他们俩说按古人礼制太子与皇子的学生装要有所区别，而朱标同学穿的学生服竟然和其他皇子一样，这不合古法。

朱元璋没有回答这二位老师的疑问，他听后随意找了个托词就走开了，也没有回谨身殿，默默地在小西园独步了很久却没有赏春，任凭一串串迎春花在春风中吐艳自恋，也没有去关爱自己最喜欢的皇宫小菜园。李希颜和王古宝老师无意的这句话，让朱元璋心事重重，甚至让朱元璋对春天的到来都感觉麻木了；枝头黄鹂啾啾婉转的鸣叫都没能唤醒洪武爷此刻的沉思，没能吸引他转身看看这些在枝头高歌的俊鸟，听听它们的歌唱。

这是为什么呢？究竟是什么事让朱元璋如此失神？这大明可是才刚刚起步呀！原来，此刻是两件大事让苦命的洪武爷纠结：一个就是未来紫禁的主人、接班人太子朱标让朱元璋并不满意；另一个是朱元璋正在为大明王朝的金窝儿发愁，这大明还没有可心的皇宫呢。朱元璋根本就不喜欢这元朝旧府改造的南京宫殿，太小，遭到了政治对手以及苏州府富户的嘲笑，南京临时紫禁还被这些人起了个外号，叫“小西园”！

为了天下秩序，为了亚洲秩序，为了治国理政，本来朱元璋正想修一座紫禁新城新京师。而且由于妻妾的陆续增多，子女的陆续增多，仆人的陆续增多，本来元朝御史台大人的旧府改造的大明紫禁城就不够住。于是，洪武爷想营造一座超古超今、超南超北的紫禁城，证明自己大明王朝开创的是汉祚万世根本，他也想顺便证明自己是古今亚洲第一皇帝。

但是，这座紫禁城却不一定是为老大朱标准备的。这是为何？朱元璋为何如此因“学生装”这一句话而纠结与惆怅？朱元璋干吗要动太子朱标的奶酪？这必有原因，必有故事，明初的历史那是是是非非，特别隐晦，一言难尽，万言也难尽，洪武爷虽在帝祚却并不幸福；他甚至也是和我们有些“北上广”的今人一样，曾为了房子问题而苦苦纠结，唉，命如苦瓜，苦命皇帝。

房子在古代也不是小事，无论是对于寻找学区房的孟母还是寻找紫禁城的朱元璋。可以说，朱元璋为了大明王朝的金窝儿，是一生努力，一生奋斗，几乎操碎了心，结果三十多年的奋斗却未能如愿。可这究竟是为什么呢？难道皇帝也有命苦无窝儿的吗？难道自小漂泊的朱元璋在换了身份后，命运仍然还不如一般富户吗？这可能吗？

这些其实还是后话，眼下最让朱元璋纠结的其实并不是龙子破盘一事，而是刘伯温这皇家图书馆的破调研员，居然带头反对自己衣锦还乡、在临濠肇建新紫禁。还说凤阳不是吉壤，不适合做首都；还玄乎地说可能会出现“黄河、淮河与濠水三龙相斗毁王宫”的历史轮回，这能不让此刻豪情万丈的洪武爷恼火吗？俺那当年破席裹身、草草掩埋的爹娘呀，俺那燃灯集故乡的云呀。欲知后事如何，咱们下回分解。

正是：金陵自古夸豪雄，自比秦中与洛中。吴越千山高拱北，大江一道远朝东。秦淮两岸有灯影，北固一方立旧宫。传言石头如踞虎，还云钟岳似盘龙。真情是否果如此，还靠证据来表明。幸有大明定都事，紫禁历史最动听。

第七章 师有秘传

书接上文。上文俺们说到了由于太子的学生装问题让洪武爷心事重重，一时惆怅无语，独自踱步小西园，怅然若失，连小鸟都对他失望。事事按古有绪的朱元璋，难道他真的不懂太子的学生装衣服应当与皇子们有所区别吗？这怎么可能！这心思、这愁滋味，说给谁都不那么可心，只能与苍天默默交流。洪武爷头上悄悄而添的华发仿佛在说：谁说帝王是个好职业呢！

眼下，朱元璋虽然抓教育、抓边防、抓水利和抓海防，等等，但真正让他揪心的就是两件大事：一个是万岁楼后继无人；一个是大明无窝儿。除了东宫不如意一事，那就是南朝虽有四百八十寺，可有谁知道大明王朝却还没有一个合适的窝儿呢？整个国家机构的核心还没有合格的理朝办公室呢？朱元璋觉得南京并非天下之中。所以朱元璋急着要给大明王朝搭窝儿，搭一个万万年的金窝儿，或许越是草莽出身的皇帝越好面子。

为此，为了大明的这份苦难辉煌，洪武爷他等得都心焦了，因为南京紫禁城他根本没看上，改建后既不够用也不规则，更不是天下的战略平衡点。这多年的心思与迷思谁能理解？没有紫禁城又怎么能证明自己得位的正宗，又怎么应谶当“朱衣人”？又怎么光耀中华和安抚亚洲？紫禁城你何止是一座帝王居所，在朱元璋的愿景里，这大明的金窝儿银窝儿也寓意着新时代的亚洲秩序和汉祚的万世根本呀！

所以，眼下的朱元璋他铁了心要立即开始营建一座大明新紫禁城，这阵子他下朝后不顾疲劳、天天在挤时间抽空认真地用楷书反复书写四个字：万世根本。就期待着有一天把这其中书写得最满意的四个字高悬在大明新紫禁城的城楼上。这四个字可非同一般书法作品，这是朱元璋的人生目标与愿景，这书法作品上面可是倾注了他的希冀与心血。

但是，匪夷所思的是，历史道纪与宿命却跟开国皇帝朱元璋开了个沉重的玩笑，居然让金口玉言的他花了三十五年的努力，只换回空空一梦；竟然让刘伯温的预言成了真！这是为何？这在中华皇宫肇建的历史上可说是绝无仅有，阿房宫、大兴城、未央宫等从未有过如此坎坷的经历，中华古建技术自从鲁班出世那是相当成熟；隋文帝当年的皇宫大兴城那是一年就告竣，可这朱元璋的紫禁金窝儿为何要这么难？为何要这样纠结与迷离呢？

难道一个大明皇上还不如说走就走、三迁至学区房的单亲家庭寡居的孟母吗？难道是老天不公，嫌弃朱元璋人丑话多？难道是新生的政权大明朝国帑差钱儿吗？是中华皇宫建筑技术不成熟，还是没拿到地皮？显然都不是。那到底是因为什么呢？或许，大明王朝紫禁城这份宫产的背后，是那个岁月扣人心弦与跌宕起伏的历史传奇，还有十四世纪三杰争雄亚洲的渺渺风烟。三国演义何止在中华有，亚洲也有，海宇也可品三国。

南京的早春忽晴忽雨，忽暖忽寒，多伴着雨雪，春雨绵绵，时晴时雨，春寒料峭，常常雨雾浓浓的。若是猛然间来一个阳光灿烂的日子，那就会给这座紫禁城里的孩子们带来无限惊喜，大呼小叫的，尽管他们都受过周朝礼节的教育。当然，孩子们是不理解大人的愁的，否则那就不叫孩子了，他们在哪儿都玩得开心，玩得投入；但洪武爷的紫禁梦也是为了他们，正是为了他们。

朱元璋始终在操心，始终在关注，始终在思考，始终在纠结，因为孩子们都有可能成为一担江山的接班人，这紫禁城既是为自己肇建，更是为他们而建，归根结底江山是属于他们的，大明与汉祚的未来寄托在他们身上。可因为太子朱标身体不行，让朱元璋的内心始终没有决定储君的真正归属。但是，最终的结局，也就是半个世纪后的大明紫禁为何单单与这群孩子里那个乳名叫保儿的四皇子有关呢？

前面我们说了，保儿就是老四朱棣。眼下，不但太子朱标有自己专门的老师，朱棣也有自己的专门老师，朱老四的老师是一个叫龙文渊的人，湘西南的。龙老师似乎是洪武朝教育界老三，甚至是老四，冠亚军和第三名分别是王古宝、李至刚和宋濂；至于当时德品深厚的国子司文刘崧，他上任未旬就去世了，让阎王爷特招招走了，做地下工作者去了。

但是，文无第一，这个来自于炎帝故里的龙老师正因为自己名气稍逊风骚，才将家底毫无保留传给弟子，学习中持环得枢，何必头悬梁死记硬背。巫水滔滔，雪峰山伫立；巫水古称雄溪，雪峰山临近苗蛮，漂泊过的炎帝文化知道什么叫得失，如雨雪霜雾一般深深地浸润了朱家小保儿的心灵：生存，乃人生第一文化！

“呜呜——呜呜——”阿四吹起了笛子，一首悠扬的新曲《山茶花》终了之后，大本堂一角传来了师徒二人的低语，那是关于未来人生的密语……

“师历经元明两朝，曾听人私下说，每当有英雄出世，就有与之匹配的骏马投胎而来，有机会就去寻找良驹吧，书斋不是你长久的舞台，你的舞台是疆场，你的命运是个武人，应当以武近道，不要入错行。将来带你飞的是良驹不是书，书也要读，抽空读！”龙文渊说。

“良驹？好马？”朱棣说。

“对！得好马者得……”龙文渊以为朱棣还小，还听不懂，话说了一半突然又咽回去了。

“得好马者得天下？”朱棣说。龙老师没想到朱棣听懂了。

“对！当年，铁木真若不是得到了雪狮子和银河神骏……”

……

“还有，人之患在好为人师，包括我自己，所以你今后要记住这样一句话……”

“哪样一句话？”

……

早春正月里的南京，虽河水已经解冻哗哗流淌，但若想找找春回大地那种暖洋洋的感觉还是没有，仿佛非得来场透透的春雨才会给这里的天地带来绚烂，才会给洪武爷的一畦畦小菜园带来喜人的苗壮成长。

朱棣在南京临时紫禁城里是个不敢撒娇争宠的孩子，没妈的孩子也无处去撒娇争宠，吃饭的时候和吃什么东西的时候他总是紧着别的皇子，最后才去吃。这对一个孩子来说本不是什么幸福快乐的事情，但对多年后的一个将军来说，这个习惯可使他赢得军中威名。将士们没吃，朱棣就绝不进帐吃饭，就饿着自己。也许这就叫吃得苦中苦，方为人上人，方为紫禁人。

洪武爷是马上皇帝，当然不会让自己的孩子总是在书斋里，此刻他竟然要让自己的孩子们也去参与保卫边疆的野营军训，而野营军训正是阿四峥嵘的时刻。朱棣年仅十一岁时，就曾在徐州拉练军训过，他曾在铜山四堡驿站一带安营扎寨，学习训练兵马，学习拳术和棍术，夜晚则苦读兵书和《骡马经》，研究军事，今天那里仍遗留有燕王塔、官道老路及院落。

军训当然这是父皇朱元璋逼的，可又是谁逼得朱元璋这样重视孩子们的军训呢？仅仅是个人喜好和发扬洪武革命传统吗？当然不是，那究竟是怎么一回事呢？其实，答案竟是这样简单，玄机又是那样纠结，过程与登场人物又是那样复杂和出人意料，小小皇子们乳臭未干就要成为节制边防军的塞王。

这就意味着来了大明闻名古今的封藩故事与风波，也意味着马上就要来临大明肇建辉煌紫禁城的故事。因为只有巩固了国防，把军队的事搞利落了，朱元璋才敢踏踏实实肇建大明新紫禁。当年俺朱兴宗早就吹起笛曲诉说心愿，这梦已经太久太久了；苍天可鉴，九曲岭做证。

大宋遗民终于要龙飞九五、重开汉祚威仪了，这最好的证明就是一座汉家紫禁城的诞生。一旦外藩来使或万国来朝，那人家第一眼首先要看你国都的建设，要看你的皇宫呀！但是正是因为封藩才使紫禁城的故事变得扑朔迷离，封藩变成了双刃剑，它对紫禁城来说既是天使也是魔鬼。

因为封藩使北京宫殿成为可能，封藩为定都北京铺了路，给了燕王机会，否则刘伯温的愿景就是夸父逐日的空梦。但也正是因为封藩造成腐败，才让大明在两百多年后亡于闯军，皇上没有掌握好火候，藩王忘本，紫禁易主。当然这是后话，咱们先说眼下。

眼下皇子们还都小啊！那也等不及了，洪武爷想早日修成正果，而且不但封藩提前，大明新紫禁竟然也提前开工了。什么刘伯温在反对，什么“张良”什么“三龙相斗毁王宫”。他算老几，一边儿去。俺打下的江山干吗要听他的，听蝲蝲蛄叫还不种地了？朱皇帝对临濠新紫禁志在必得，就要更名为凤阳中都，朕要居天下之中。欲知后事如何，且听下回分解。

正是：燕子矶兮一秤砣，长虹作杆又如何？天边弯月是钩挂，称我江山有几多。

第八章 正果难成

书接上文。且说朱元璋封藩这是为何？为何要早早封藩？皇子们还都小啊！这是因为朱元璋已经决定要把京师紫禁定鼎在江淮一带，也就是要把大明的首都与紫禁金銮定鼎在临濠府，也就是淮河濠水边后来的凤阳府，他认为那是天下之中，是天下的战略平衡点，可以做首都。

所以，只有巩固了国防，只有尽早封藩，把军队的事搞利落了，朱元璋才敢踏踏实实肇建紫禁。但是，定鼎临濠，这位置今人谁都能判断出来其弊端：靠南了，还是太靠南了！这真的是天下之中吗？如此一来那北方的国防怎么办？历代大的战争风云都在北边呀！

有人会说北方有徐达、华云龙、孙兴祖、李文忠、耿炳文、傅友德和冯胜等大将，但朱元璋对他们这些人放心吗？元末明初的形势不是一龙治水，而是群龙争霸，争做朱衣梦，朱衣梦不是一般的红楼梦，乃龙椅梦。朱元璋所谓的封藩，其实一方面是为了巩固国防，另一方面就是为了节制上面那些将领龙头。只有这样，朱元璋才敢踏踏实实地衣锦还乡于临濠，在那里肇建大明紫禁城。

眼下，朱元璋心气甚高，志在必得；此刻在洪武爷的眼里，一座金銮宝殿算什么，阿房宫、未央宫和大兴城又算什么，他要衣锦还乡、为大明京师首铸辉煌，他要学习尧舜、做尧舜；让天下人，让刘伯温，让父老乡亲，让故乡的云，甚至还有让敌人也都看看，我朱重八是不是“三只眼”？俺有没有独到的历史眼光？朕来也！

朱元璋要证明自己不但善于革命，善于立纲陈纪，善于捣毁一个旧世界；也善于建设一个新王朝，他要首铸大明帝业的苦难辉煌，也就是要肇建一座辉煌的紫禁城，匹配亚洲领袖地位，当海宇王；顺理成章地代替元顺帝接受各个蒙古帝国的朝贡，因为那个时代亚洲王就意味着海宇王，欧洲尚处在愚昧的暗黑时代，不但宗教迫害科学与文明，英法战争也打得是无日无之。

马皇后不反对朱元璋建紫禁城，但反对他这么着急建紫禁城。马皇后的治国理念是牢记历史殷鉴，首重人才，提倡抓教育，目的是培育自己的、优秀的和实用的建国人才；她认为在培育出各类优秀人才后，不但人才齐备了，王朝也宽裕了，别说一座紫禁城，就是再建两座行宫、建十座八座的离宫也行啊！磨刀不误砍柴工，打天下需要自己的哥儿们与好兄弟，建设天下也同样需要培养跟自己绝对一心的人呀。

所以，马皇后经常提醒朱元璋眼下应首先关注老百姓的安居乐业问题和大明王朝的普及教育问题，这是一件大事。饭都吃不饱，谁还去上学？尤其是贫困生问题，要注意教育资源公平；还要注意男女生公平，开明的家庭与宗族要是愿意送女子上学堂，就应当给人家机会、给政策，男女平等，女子也能出人才；至于紫禁城金銮殿与朱衣梦的事应当先往后放一放，因为世路它是忙中错，步履急匆的人，人生多遗憾与悔恨。

“这不是你所要问的和说的。”朱元璋带着讽刺意味对马皇后说。

……

已经过了河的朱元璋再不叫朱重八了，他眼下不爱听这些道理，他虽不敢过河拆桥当陈世美，但有时也讽刺和顶撞马皇后。朱元璋也开始整点三从四德什么的《女戒》，开始给皇宫里的妇女们立纲陈纪、立规矩了。朱重八在立国后也终于敢跟老婆马秀英嘚瑟了，他已经长本事了，这已经不是洪武爷当年在中原府定远小山村当小女婿的时候了。

“陛下是天下之父，妾为天下之母，子女的安危，做父母的可以不问吗?”马皇后说。

“铁冠还坚持说那些?”朱元璋不但自小看戏，也闯过江湖，很聪明，他把话题稍稍一转。

“对，将就着，你能多干几年；将就着，你……”马皇后答，她没好意思说后面不吉利的话。

“我早死几年，是吧？还说我差远了，当不了亚洲王，我什么不知道！你听他说这话，真上不了台面，多亏我没用他!”朱元璋说。

“忠言逆耳，你用人家人也不干，玄玄早年就提醒他莫做官!”马皇后说。

马皇后的对话，旨在劝朱元璋让肇建紫禁城的事先等一等，第一步先关心天下人的疾苦和关心王朝人才的培养，所以话虽温婉却也是据理不让。这马皇后的执着，其实也来自朱元璋当年一个江湖朋友铁冠道人的提醒，这是个不爱抛头露面的大明风流人物，是张三丰的朋友，当年曾给过漂泊的洪武爷窝头吃和落脚之地，这让朱元璋不得不将抓紫禁城与抓教育两手都硬起来。

马皇后关心未来的人才培育，尤其是在贫困生的生活方面，马皇后特别上心。在征得朱元璋同意后，马皇后曾征集一笔意外的钱粮作为教育基金，用于帮助国子监贫困太学生的妻子儿女，洪武朝的生徒们曾对此颂德不已。这很不容易，因为此时要肇建紫禁城的洪武王朝百废待兴，正差钱儿。而且此时天下大西北与大西南皆战火未熄，打仗就要烧钱，这几乎等于从老虎嘴里抢食呀！

马皇后与朱元璋不但是革命的患难夫妻，而且马皇后也算是朱元璋的半个师父，朱元璋的历史知识有一半都是马皇后在战火的间歇中给补上的。所以，朱元璋跟老伴儿马皇后还不敢放肆与薄情变心。毕竟在战火纷飞的岁月里，“辣条”是人家买的，“酸奶”也是人家买的，革命用的“Q币”也是人家帮着充的，军粮烙饼甚至是带着人家体温的，所以朱元璋绝不敢说变脸就变脸、说分手就分手，你拿人家当什么啦！

而且朱元璋也曾因文化低吃过大亏，也懂得培育自己人的重要性，懂得了教育是大事，所以在马皇后的影响下他一方面抓紫禁城的赞画，一方面也是真心地在抓教育，与国子监太学生常有交流互动，有些太学生不但因此成了建国和肇建紫禁皇宫所需的后备人才，还与朱元璋成了熟人，甚至成了历史名人，其故事也相当传奇和迷人。

但是，这些教育系统的故事我们以后再讲，因为我们要书归正传，因为朱元璋断没有想到这大明紫禁的肇建与营造并不是简单的宫产开发与都城营造，这居然是一场严肃的历史赶考，考题很难，难得出乎意料。亚洲王居然真的如铁冠道人所言，与自己无缘；刘伯温“三龙相斗毁王宫”的预言也竟然成真，朱元璋把首都位置居然选错了，这是怎么回事？

因为洪武爷的紫禁大梦竟然失败了，而且还一下子拖延了三十多年，且败笔连连。盖一座皇宫需要三十多年？而且最终完败？这在中华历史绝无仅有，这在亚洲建筑历史和世界建筑历史上也几乎不多见。难道刘伯温真的能前知五百年与后知五百年吗？难道起于草根的洪武王朝是个苦命王朝、只能与艰难困苦为伴，不能与辉煌和荣誉为伍吗？

刘伯温这类高人是干吗吃的？工部的一大堆官员难道都是摆设吗？咋不早点出手相救呢？众多的辅弼之才、文武百官、状元探花与秀才学霸们都在干吗？为何要让大明紫禁一败涂地？明史的秘密究竟是什么？大明紫禁城难道真有什么特殊的吉壤密码让人难以破解和驾驭吗？回答是肯定的，这是有高人的故事与历史遗迹可以证明的。

创作也是一场学习，演绎也是探索，唱戏也是娱神与交流和学习历史智鉴。但愿我们能通过大明紫禁城的建筑史、思想史、斗争史与水利史顺藤摸瓜、钩沉索隐出明史真正的奥秘与传奇，得到天启与神谕，得到科学的真理。也通过文艺的魔力看一看大明与亚洲舞台的大戏原本是多么的磅礴与神秘，看一看蝴蝶的一双翅膀为何能与亚洲和海宇风暴相连。

只是这紫禁城的历史实在是千头万绪，美丽如彩锦的紫禁诞生与曲折历史传奇无法一夜就织成并展现给观众。毕竟这是大明的立国之初，不但百废待兴，而且云贵川尚未解放，青藏叛乱与分裂势力正在观望形势，东南沿海倭患连连，西疆军情驿马频传，这么早就整大紫禁的事，似乎脚步也真的急了点儿。一生喜欢研读历史的朱元璋似乎仍没有吃透历史，缓称王的事此刻也似乎被扔在了脑后。欲知紫禁后事如何，咱们下回分解。

正是：北湖碧水澄澄，南高北低逆行。都说金陵虎踞，龙蟠何处寻踪？边疆不断有警，烽火仍在熊熊。洪武尚未成功，翻盘很有可能。朱哥必须努力，止步就是不行。紫禁定鼎何处？谜底仍未示明。肇建是否顺利？正欲说与君听。亚洲风云多变，四方雨意甚浓。金窝如何赞画？传奇一重一重。九九八十一难，缺一正果难成。

第九章 史如瀚海

书接上文。且说在立国初年洪武爷急着要肇建大明紫禁城一事，可以说当时是谁也拦不住，铁冠、刘伯温、朱升和马皇后也无能为力。朱元璋在江湖上混过多年，估计帮过场子、撂过地摊什么的，他脾气一上来，是敢于霸王硬上弓的。可采摘时那强扭的瓜甜吗？

紫禁金銮到底要何时开工？究竟选址何处？顺利不顺利呢？这正是我们的传奇所要说的，因为这金窝儿故事最终是让洪武爷焦劳了三十多年的一场空空大梦，教训惨痛，殷鉴斑斑。当然这大明紫禁故事也是明史的一场场风雨，也牵连着海宇的一场场风暴，今天的北京紫禁城可说是筚路蓝缕、来之不易呀，确实洒遍了数代人当年奋斗与牺牲的泪泉，历史教训触目惊心。

因为朱元璋花了三十多年竟然没有成功地营造出一座合格的紫禁城，今日之北京紫禁城乃是朱元璋的四子朱棣，也就是后来的永乐皇帝又花费了十八年的光阴才成功肇建的，加起来一共是半个世纪的时间呀！可这究竟是怎样一个纠结与坎坷的历史过程呢？明初到底发生了什么故事？刘伯温的紫禁愿景为何与朱元璋相左？而朱棣为何要为刘伯温放飞的理想愿景奋斗？这必有历史的原因。

且说四月的金陵，生意盎然，江河涨溢，充满风韵。所谓虎踞龙盘的石头城早已经再次被改造扩建，元朝南御史台的旧府，在被改造成吴王新宫后再次升级，特别增加了藏兵洞和瓮城城墙，强调了军事功能，虽不规则，有点难看，但高深的城墙看上去气势非凡。

城南为居民区，为商业老城区；城东为皇宫区；城西北为军事区。那南京城墙上的每一块城砖看上去都是那样结实，似乎如洪武爷的性格，足以抵御地震与兵火。来自四川、湖南、湖北、江西、安徽等地的竹、木、油麻、药等货物沿着新疏浚的秦淮河不断而来，因此南京也有了“皇木厂”这样的名字。

碧波荡漾，秦淮河水轻轻流淌，这是南京的母亲河。朱元璋对秦淮河水系也进行了一系列开掘整理，让秦淮河水系的大交通网络功能在此一时刻达到了历史的极致。可是，洪武爷朱元璋在一系列的改造后还是没有咬牙宣布应天府这里为京师，他还是不称心呀！

朱元璋觉着这南京紫禁城不规则、不安全和不庄重，不配称为亚洲第一紫禁，因为自己接替的不仅是元顺帝的事业，也算是忽必烈的事业，也算是成吉思汗事业的一部分，这仍是个国际化的历史时代，历史车轮有惯性，不是说变一切转眼就全变，这南京不便接待万国来朝贡的各路使者。于是，朱元璋选择了新地方，准备肇建一座更辉煌的新紫禁。

对于大明紫禁，各路朝臣那当然也是意见不一，为首都的吉壤位置选择掐得非常厉害，朝里朝外，故事连连，暗箭连连，因为这既是关系到汉祚根本和大明万年，也牵扯到个人利益的奶酪。滚滚长江的上空，乌云在四月里是翻滚变幻无常的，这对江上的渔人和过客来说，此景乃正常不过。但应天吴王新府里的朱元璋可不这么觉得，他站在紫金山大神石上静静地看着这江上乱云，思绪万千……

且说朱元璋在元末各路农民起义中取得江山社稷后，长江天险并不能令他安心入睡，他的目光在死死盯着北方，包括正北方、西北方和东北方。继续强军？那些异姓王不是更难以约束了吗？有三十六军界天罡星还有了免死铁券，势必造成分裂。况且还有朱衣人的应谶梦问题……

但眼下不强军也不行，因为洪武王朝要面临一场世界大战的威胁，因为亚洲还有其他君王也想接替忽必烈的事业，甚至想当成吉思汗第二。于是，为了大明的江山一统，为了巩固大明社稷的长治久安，在洪武二年四月初三的一天，太祖朱元璋在应天府，就是今天的南京急急码下了一盘欲让大明帝祚五百年，或者说是让汉祚万万年的大棋。

什么大棋呢？这不仅仅是大家熟知的古老的中华象棋，也是一盘当年曾流行天下的“蒙古式”国际象棋，这就是封藩。朱元璋向大臣们提出了他考虑很久的方略，那就是将大将防边永久改成诸王与大将联合防边，将军受诸王节制，诸王相当于政委，甚至高于政委，亚天子一等，这叫皇子守国门。

朱元璋铁了心地要把自己的儿子和一个叫朱守谦的从孙，分期分批地分封到天下的腹地和边疆各地去当藩王，目的是协助大明朝廷永镇江山，并兼做保卫国家、免受外族和边夷侵掠的藩篱，护佑帝都新紫禁，当然这是有原因的，也就是说是有可靠信息与军情情报做决策基础的。

所以，此刻朱元璋皇帝虽在南京面南而坐，可在忙于立国、忙于政事的同时，心里却一直在纠结和惦念着北方，他甚至也曾活过心眼儿，想定都于北平府，这是为何呢？除了他早已得到的大西北秘密军事情报以外，还有深层的历史遗留问题。因为元顺帝在崩前也曾秘密派人带着礼物，找到了金陵的朱元璋，与朱元璋密议过此事。

使者曾有秘密的进言，告诉他大西北的故事早年就开锣了。当年从帐包里走出的蒙古人打下一个个城市却不会管理城市，只好交给色目人管理。色目人当年不但控制着元朝的税收与金融，色目卫将在元末还通过花钱买官，进入枢密院拥兵擅权，在左右大元，也很有当“朱衣主人”的想法。而元顺帝觉得元大都不但宫室完备，还顺应历史格局，一句话：让你入主大都，朱哥你可别亡天下！

可这究竟是怎么一回事呢？历史为什么会合中有分，分中有合，两朝皇帝为何暗地如此打配合呢？元顺帝当初为什么轻易就让出龙椅呢？天下哪有这等便宜的大好事？便宜？可别让便宜咬住，必有原因，必有烫手的山芋，元朝的那些事儿复杂得很，远远超过明朝的那些事儿，毕竟大元那是十四世纪国际化的时代，亚洲始终密布风云，只是您知与不知。

历史也坑人，最坑子孙传人，似乎懂了其实远未读懂。毕竟史如瀚海，瀚海归墟，虚无生有，玄幻轮回，似像非像，天轮押韵，并不完全等同，历史神殿无人尽知。真理它就是喜欢隐藏，历史真谛也同样喜欢隐藏，天机岂是轻易就可得来。看看二十四史就懂历史了？看看《资治通鉴》就懂历史了？看看《史记》就懂历史了？历史仅仅是过去吗？

此时，这个海宇世界由亚洲领导，而亚洲一直在流行两个梦：红宝石梦和朱衣梦。这是什么意思呢？明史与十四、十五世纪的亚洲史真相到底如何？这青史密语的话头儿可就把我们带回了往昔，不得不回溯到那段迷茫变革、令人百感交集的蒙古人统治天下的如烟岁月里；因为只有让紫禁城的传奇再深入一些，才能让斑驳、朦胧和马赛克一般的“明史紫禁诞生记”逐渐变得清晰起来……

今天，北京人都知道有个地名叫白塔寺，它位于西城区阜成门内大街路北，寺内主要建筑为一座高大雄伟的白色覆钵式塔，人们习惯称它为白塔寺，它的名字原本叫妙应寺和大圣寿万安寺，它是怎么由来的呢？且说元世祖忽必烈正式定国号为元后，天下却仍流传着辽金以来的一首童谣："塔儿白，北人是主南人客；塔儿红，朱衣人做主人公。"

白这个字发"伯"的音，如同京剧里的念白。朱衣，有人解释是主管赶考的天上神仙朱衣夫子；有人说是喜火神，代表温暖与光明；还有人说代表岳家军；更有人说就是代表大宋，因为宋朝官员在重大场合皆穿朱衣。当时奉御秃列向忽必烈报告了这一民情信息，这童谣也叫谣谶，古往今来的皇帝们都懂的。

忽必烈闻报后说没什么，轻描淡写了一番，心底却暗暗相信了这首童谣，并确信佛之威力，默佑元朝入主中原统一九州，所以他决心重建和修复北京这座辽代遗留的残破白塔，让这塔变得白白的。于是，在至元八年忽必烈敕令在辽塔的遗址上建造这座白塔，白塔的建设工程也属于当时元大都城兴建的一部分，并更名为大圣寿万安寺。"万安"这俩字不用多说，这代表着元廷的愿景，代表着忽必烈对那首童谣的态度。

谶谣，虚无缥缈，云里雾中，乃无根之说，有根也难觅。无脚而走，随风而来，随风而去，亦真亦幻，封建时代争天下者对其是又恨又爱。因为一不留神儿，或许一语成谶，悔之晚矣，因为有人说它来自星图与神树；若对其确信无疑，也许结果发现这不过是野心家私人订制的政治谣言，狗咬猪尿泡——一场空欢喜。

人说，世间最难的事有两件：一个是说到做到；一个是辨别真伪。忽必烈建白塔，这既是为了应谶，也是做功德，还可以安顿来大都的西藏番僧，还可以办庙会交流四方经济，能盈利增加税收，真是一举多得。当时，忽必烈的心情一定是希望这大白塔永远是白白的，万年安然如此！江山，神器也，当然也加人事也，系乎天关乎人，可星移斗转后，历史并没有完全以忽必烈个人的主观意志为转移。

因为天下白塔寺不止一座，虽然北京白塔寺还是被供养保护得雪白如故，但其他地方的不一定如此。元末天下乱，首先是江北中原出现了红巾军，接着南方也出现了多支造反的红巾军，各不统属，甚至你死我活，争夺地盘，互相清洗。这些人为何都争着叫红巾军或红军，还戴红巾、打红旗搞颜色革命呢？真的是纯粹钟情红色吗？非也。

可以说其实都与那首童谣有关，许多雄主也是白莲教教门子里的人，不少人都想讨巧应谶当坐天下的红衣主人，要当主人公。像彭莹玉彭和尚那样救济斯民和功成不居的人实在不多；所以元末的天下，鱼龙混杂，都想鳖翻潭、蟒过江和金鲤跃龙门。

最巧合的是元末的至正二十八年，一场特大雷火从天而降、焚毁了大都白塔寺的所有殿堂；白塔虽幸免，却真的被熊熊火焰映红，一下子就给我们带来了明朝故事与紫禁城那些纠结事儿，因为大宋遗民早就想重开大宋之天，修一座汉家紫禁城。当然，这里面就包括刘伯温家族的愿景。

可眼下刘伯温相中了北京，而朱皇帝选择了凤阳，由于对吉壤意见相左，又各不退让，于是就有了点小开撕。被卷进这场首都之争的还有汤和、李善长等一大批人，甚至还有元顺帝的旧臣，可到底这是怎么一回事呢？怎么个过程呢？欲知后事如何，咱们下回分解。

正是：虎踞龙盘自天工，代代是谁出群雄？幽燕一轮中天月，曾睹海宇国际风。英雄若无四方才，难达寰宇天朝功。定鼎若向江淮望，笑煞长生众将星。

第十章 分中有合

书接上文。说不清道不明的是，整座大圣寿万安寺如有天数，它与元朝建都同始，又在元朝灭亡当年遭到天灾而毁灭，不但见证了大元朝入主北京，也就是大都的历史，也巧合地妙应了“塔儿红”的童谣，这就给元末明初带来了扑朔迷离的故事，更给大明紫禁城的赞画与肇建带来了不小的纠结，谁说往事并不如烟呢？

大都白塔寺这件事，不仅影响着中华大地，甚至影响到了遥远的中亚。因为大都曾经是亚洲的中心，完全可以媲美西方永恒之城罗马。元朝是个国际化程度最高的历史王朝，是亚洲一个自由开放的王朝，也是一个饱经沧桑的王朝，相当错综复杂。且大元的首都就有两座：上都与大都。而且，蒙古帝国是横跨欧亚和包括中亚的，所以大元的那些事儿不仅仅是中华与亚洲的事儿。

且说元大都不仅是大元的中心，也是亚洲的中心，甚至是十四世纪世界的中心；不仅是马可波罗的最爱，也得到许多人的青睐。可以说没有北京白塔寺故事这把钥匙，就难以说清紫禁城，难以打开明史的迷宫，甚至难以揭开十四与十五世纪亚洲历史的迷局。一句话，更难以了解今日之故宫博物院之谜，毕竟这是紫禁城历史不可割裂的一段。

历史天轮旋转到十三世纪到十五世纪，那是东方人的世纪，亚洲主宰世界文明，那时的欧洲处在黑暗时期。元末，最先看出元大都历史分量的并不是朱元璋，并不是一个个做朱衣梦的人，而是海宇风云中的一个在做红宝石梦的国际型历史风流人物，他很有眼光，这是谁呢？绰号为“小铁锅”的元顺帝心里最明白、最清楚是谁，最知道有亡天下的可能，所以他拣选亚洲中心的接班人，是不以民族为界限的。

有诗为证：金陵使者渡江来，漠漠风烟一道开。王气有时还自息，皇恩何处不昭回。信知海内归明主，且喜江南有俊才。归去诚心叮咛说，春风先到凤凰台。

这首诙谐、幽默、风趣、磊落、坦荡、诚恳和含有几分无奈的打油诗《答明主》，是元朝末年绰号叫“小铁锅”的元顺帝妥懽帖睦尔写给朱元璋的，可“小铁锅”妥懽帖睦尔为什么会写给江淮志士朱元璋这样一首打油诗呢？事出必有原因，皇位是轻易禅让的吗？大都紫禁龙宫是轻易与人的吗？必有来龙去脉的历史故事与背景，山芋好吃会烫手，小心馅饼砸了头，天下岂有免费的午餐！

这禅让其实是个无奈的选择与传奇的历史迷局，更是一担保卫亚洲和平与宗教信仰自由的历史重任。因为亚洲早就有人想占领大都龙宫，因为北京的前世曾经是蒙古帝国与亚洲的中心，是不得了的地方，是曾让马可·波罗痴迷的地方；因为有此大志者，一位西域兵主，他已经得到了一颗红宝石王，这在那个岁月，这颗天赐宝石王就仿佛历史天命的通行证，变得疯狂了起来。

这究竟是怎么一回事？得到红宝石王究竟意味着什么？难道一块石头还能左右历史天轮吗？或许是的，因为十四世纪到十五世纪那时科学并未昌明，那是个人神并存的年代，人们普遍相信：天下神器也，君权乃神授。所以这位西域兵主就想凭着这颗红宝石王入主大都，与“小铁锅”元顺帝和“三只眼”朱元璋等都有了竞争的计划。

但是，你想怎么样就怎么样不成，大都这吉壤更是让中华老江湖张三丰、朱升、刘伯温、愚庵智及、铁冠道人、无暇和尚、孟子传人和李先生钟情的地方；也是让南印度高僧垂青的东方圣土，古有传奇；这福地还是亚洲小鲜肉朝鲜准国王李芳远和日本北朝领袖准国王将军帝足利义满向往和敬仰的地方，白莲教千亿朵古莲花已经准备在亚洲的某一时刻再度绽放，吐露清香，这将是惊动天庭的事情。

可是，天下事也是事在人为，天助自助者，遥遥万里星辰也在眨眼观看，各路神仙还是把目光投向了人间历史舞台，看看这一刻究竟谁是风流人物？看看大都这出历史大戏到底是何人登场？怎么亮相？怎么开锣起唱？究竟是让弯弓射雕的游牧民族式的武功继续领跑海宇，还是要让他们让位于定居文明的亚洲农业文明，还是有第三者在扒拉算盘珠子？究竟谁将做这个时代亚洲海宇的主人呢？咱们拭目以待。

且说那首诙谐、幽默、风趣、磊落、坦荡、诚心和含有几分无奈的打油诗《答明主》，是元朝末年绰号“小铁锅”的元顺帝妥懽帖睦尔写给朱元璋的，可妥懽帖睦尔为什么会写给江淮志士朱元璋这样一首打油诗呢？可以说，这既是顺应历史天命，也是不得已的选择，更是没办法的办法，总不能学做徽、钦二帝，做古今笑谈呀！

脑筋急转弯儿的故事其实元末就有，文艺范儿的元顺帝也许早就会讲“树上骑个猴儿”的笑话。因为自十二世纪到十三世纪正是发生阿凡提尊者故事的年代，上帝的特派员绝不是一位，而是一个行者团体，那时虽乱但也夹杂着一份智慧的精彩。暂不多说，后面有缘再表。

元朝末年，天下多地瘟疫流行，已经到了山东，传染病逼近大都。同时，不但色目人的高利贷冲击王朝金融基础，色目卫军官还渗透到军队高层和枢密院中买官掌权。再加上灾荒和开河变钞失败，经济已经崩塌。要么把军权交权于色目人，要么朝廷给人家金钱帝国的色目人打工，两头堵。

但是，在朱元璋所领导的中原路及南方蛮子省下等人起义军的强大攻势面前，元顺帝知达时务，脑筋急转弯禅让了，当然不让也不成了，水太浑，外部势力也进来了，有亡天下的可能，实在扛不住了。元顺帝他懂得忽必烈和刘秉忠，懂得蒙汉同一信仰，合中有分，分中有合；他不想鹬蚌相争，让一个老渔翁得利，他不想亡天下！

老领导元顺帝亲自修过历史，他知道的事比朱元璋多。遥记元大德十一年三月三，西北王阿难答兵围大都是什么背景？这是国际背景，朱元璋知道吗？泉州色目国中国，这朱重八知道吗？过去的先不多说，眼下军情通报：此刻葱岭的万壑千山中就藏有两支不明国籍的大军，最终目标是甘肃行省！这朱和尚知道吗？

可要说的是外军为什么一直没敢动呢？投鼠忌器，忌讳一个人！忌讳的是谁呢？不是“小铁锅”元顺帝，也不是“三只眼”朱元璋，而是西部的一支地方武装，一个奇男子，一名地方军阀——王保保。当时，答应勤王的西北地方军阀王保保因此磨磨蹭蹭，隔岸观火，也很有自己的独特想法，此人很有心机。其时，天下人，包括朱元璋都以为王保保是汉人，哼，只有王保保最知道自己的来历与人生目标。

臣子的奏报和甘肃行省企事高昌尔丁的秘密奏报，就握在“小铁锅”元顺帝的手中。这国际军事动向信息，身在江淮的朱元璋岂能知道，红巾军岂能知道。此刻几乎所有红巾军将领还整不明白啥叫西州回鹘，啥叫葱岭回鹘，啥叫高昌回鹘，啥叫丁零，啥叫柔然，啥叫突厥苏丹。

红巾军将领们只知道甘肃行省的军事舆图上标有额尔齐斯河、塔里木河和伊犁河等陌生的名字；这些将领有的甚至都没有听说过葱岭古道或黑鲁走廊这个能牵动西域各方势力神经的名字。但是，朱元璋毕竟是军人，他想到了国防，想到了封王卫国，想到了亚洲秩序，更想到了肇建一座亚洲第一的紫禁城。

可明朝的故事就是从这封王封藩与肇建紫禁开始变得复杂的。反对将大明紫禁定鼎凤阳的不仅有刘伯温，还有其他各路人才，还有湖海野田的佳彦。这就有了更复杂的背景与传奇。欲知后事如何，且听下回分解。

正是：布衣亦出游，来望帝王州。登高望大江，感慨不可收。歌声变悲壮，江涛默默流。走南再闯北，凭吊登古楼。峨峨元大都，王气今已休？俊才从南来，铁流神鬼愁。长风卷红旗，天兵扛戈矛。亚洲仍复杂，时危志士忧。茫茫古帝魂，目下不可求。神飞新宫远，月出临濠幽。凄凉四散乡，寂寞濠水洲。如若吊古迹，废都寒飕飕。无言一樽酒，青史藏闲愁。

第十一章 青史闲愁

朱元璋封藩绝不是简单的私其亲，绝不是为了什么肥水不流外人田，切勿以小人之心猜度朱元璋的封藩之举。朱元璋也明白封藩是历史的倒退。但人为了起跑，有时不得不往回收一下身体，这就叫无可奈何，形势所迫，因为朱元璋也开始闻到点味儿了：有国际势力介入，威胁西北疆安全，是色目人勾来的，形势非常危急，不得不封藩卫国。

这些信息朱元璋是怎么知道的呢？除了正常的军情信息，除了使者的打探证明，有个名叫“板的”的神秘南印度来客，一个僧人不远万里在元末就来到了中华，带来了整个亚洲的信息与愿景。板的元末来华，曾经与“小铁锅”元顺帝也有过密语，在五台山有隐秘的故事；后来他与朱元璋在建康，也就是后来的南京也有过历史的密语，这让朱元璋对海宇形势多了几分了解；随板的来中华的女尼底娃答思，也成了马皇后的朋友。

来自遥远的南印度僧侣也能预判与大明有关的海宇形势？是的，不但能而且还非常精准，南印度高僧板的与南北朝时期来华的达摩老祖非常相似。这不是什么玄奥的东西，并不神秘，其实就是高人一等的远见卓识与历史教训，这也正如老子所言：知古御今。或许还可以这样解释：知古可以预今。

当年，凤凰台的潜龙朱哥在争天下的过程中算得磊落，不仅是缓称王，而且他甚至觉得手下不必在革命大潮中如此汲汲于皇位，该来的一定会来；命里若无，何必苦争春呢？结果春风竟然先到凤凰台，这是元顺帝对朱元璋的看法与选择，在他的眼里朱元璋就是将来的明主和俊才，当时元顺帝对朱和尚的评分一定不低。

但是，不知道为什么元末明初不是个信史时代，也不是个史诗年代，而是个杂剧、小曲儿和童谣流行的杂乱岁月，严肃的历史不知为何常与一些童谣小曲相生相伴。这些东西甚至影响到了明初。可如果这些都是子虚乌有，那元末明初的历史倒是简单了！

“一阵黄风一阵沙，千里万里无人家。回头雪消不堪看，三眼和尚弄瞎马。”这是元至正十五年悄然流传的一首大都童谣。当时，这令天下之主和许多关心天下的人感到不解。因为谁也不知道这究竟是出自某个人的主观胸臆在搅局，还是五星中的荧惑星通过神树上戏耍的儿童传来了天边之真消息？

历史巧合的是，在元末的至正二十七年，不但第一场雪比以往时候来得更晚一些，而且这中华羊年的三月二十四，大都竟然真的刮起了大黄风，黄风起自西北，飞沙扬砾，一场特大沙尘暴昏尘蔽天。当时，感觉风势似乎是八面俱至，终夜不止，如是者连日，至五月初八乃止。也就是说，飞沙走石的沙尘暴天气竟然在元大都前后持续了四十多天，这历史场景是有气象史详细记载的，这可不是文学的虚构。

……

如此邪乎的黄风沙尘暴让元末明初天下人里不信邪的人，对那首童谣也都有点照影子了，包括“小铁锅”元顺帝！当然更包括中原和江南的韩山童、刘福通的祖辈儿，包括彭和尚、徐寿辉、陈友谅、刘如晦、刘伯温、赵均用、关先生、破头潘、沙刘二、梅思祖、廖永忠、汤和、张定边和朱元璋等许多白莲教觉者，他们成了这首谣谶的拥趸者，甚至是痴迷者，结果这场黄风也影响了朱元璋的思想和明初的历史。

这究竟是咋回事儿呀？一首童谣居然能左右元末明初的历史？太蹊跷了，或许天下一定要发生什么事吧？是的，亚洲确有大事要发生，天下竟然孕育一战，有人想入主元大都，大明王朝仍面临最危险的时刻！这到底是怎么一回事？

且说在元大都密云的东边有个兴隆县，位置在燕山的深处，这里有个叫楚榆沟的地方。这天，秋色斑斓中的这里来了两只老猕猴，它俩垂头丧气，夹着尾巴；这是刚从六里坪猴王争霸中败下阵来的大猴王和二猴王，它俩孤独茫然地看着这楚榆沟的一切，竟然也无意中目睹了历史一幕：一支大军在悄悄设伏，并在附近废弃的金矿、铜矿、天然山洞和河边柳林扎下营盘。

这是些什么人？大军要执行什么任务？清清的柳河水汩汩流淌而不语，楚榆沟显得越发神秘，吓得那两只猴生舞台的落寞猕猴、眼下更是不敢发出一点动静……

十四世纪亚洲的历史其实早就是山雨欲来，因为在传统游牧制度向农牧城市商业社会的转型时期，当时亚洲黑暗的不只是大元，西域诸蒙古帝国的人民也生活在羊羔息、高利贷、卖树荫和卖香味儿的达官贵人们的盘剥下和所谓神圣教宗的麻痹与欺骗下。人民盼望着光明与解放，这就给了许多英雄沧海横流显本色的机会。但是天下的事情是错综复杂的，人的想法与性格也是不可轻易完全理解与破译的，由于一直有人认为只有入主大都才能做海宇君王，才能建立世界秩序，这就使亚洲历史变得扑朔迷离。

因为成吉思汗这朵天骄之花开放得太绚烂，凋落得又太早，而辅佐他军需事业的国际人氏早就在蒙古帝国形成了一个地下金钱帝国。于是，地跨欧亚的蒙古帝国让不少英雄与金融野心家都想绽放二次，一统海宇，做成吉思汗第二，也就是世界领袖。再加上马可·波罗的妙笔，让多少豪杰为元大都一时口水掉地。

如此一来，这元亡实未亡、明兴实未兴的大明洪武王朝能没有历史的故事与密语吗？再加上紫禁城选址与营造的纠结与太子储君的悬而未定，明史的暗流涌动不息，各方多梦的豪杰跃跃欲试，都想入主大都、尝尝龙椅的感觉。

且说在密云楚榆沟驻军的，是元廷设伏的一支拱卫京师的大军，这是一支奇兵，将来要执行一个险峻、雄奇和扣人心弦的军事计划：旋风行动。何为旋风行动？大军为何要如此隐秘？这与紫禁城有没有关系？欲知后事如何，且听下回分解。

正是：西北雨来天杳杳，南云何去路渺渺。朝登吴府魂忐忑，夜饮淮西心如草。天路传来真消息，洪武边防如何好？海宇黄风元末起，错综复杂事蹊跷。目标直指大都城，粮秣大军筹备早。幸有佛门禅师在，拨云见日风光好。更有紫禁宝图传，玄机密码谁知晓？

第十二章 西域黄风

书接上文。且说楚榆沟的大军为何要如此隐秘呢？因为有情报显示西域兵主一旦得手哈烈，就很可能沿着葱岭古道东进东察合台汗国。在搬掉绊脚石之后，就闯关甘肃卫，而大元在西部绝对没有胜算。如铁的山西外三关和内三关呢？因为其中的娘子关地势与防守能力偏弱，很容易被突厥回鹘兵突破；一旦娘子关被突破，那就直逼燕边大都的居庸或紫荆关了！哈烈就是今天的阿富汗一带。

有什么本钱打什么仗，放进来打！只能放进来打，这是元廷忠勇的大将也速对主上“小铁锅”元顺帝的建议。届时联合新军阀王保保，从东西南北四面发力，全歼孤军深入的西域来敌，包他饺子！但这个计划非常隐秘，只有“小铁锅”元顺帝、大将也速和西北平章危素三人知道；就连枢密院也不知道，甚至就连太子和奇皇后也不知道；即便设伏在楚榆沟和柳河川待命的将士们也不知道将要执行的任务到底是什么。

任何小看蒙古兵法的人，是要吃大苦头的。不仅仅如此，可以说任何一个想定鼎大都，也就是想定鼎北京的天子，他必须要了解蒙古人，更要了解蒙古人的定都往事。因为大元这些老宫殿的故事不仅是迷人，重要的是里面有宝贵的历史智鉴和默默天机呀，滦京中轴线做证，刘伯温的大都宝图做证。

当年成吉思汗的兴起及其西征，对西域的格局产生了极大的影响。大多数西域王国为蒙古所灭，而分由察合台汗国、窝阔台汗国、金帐汗国、白帐汗国、青帐汗国和伊尔汗国或元朝直接统治。自成吉思汗死后，各汗国间对西域之地的争夺非常激烈，都想当成吉思汗的接班人，想推翻旧制度，建立新制度，成为革命家与世界新领袖。但是，他们几乎都被色目人的金钱打败，开始拜金，金钱乌托邦的魔力已经远胜当年跟随成吉思汗远征、解放全人类乌托邦的魔力，拜金的新乌托邦给亚洲也埋下了灾难的种子。

其中的西察合台汗国兵主帖木儿，看出了一些历史道道儿，于是他以推翻不合理旧制度和出民于水火的理念在中亚异军突起，大君在葱岭高原占据的中亚领地最多，煽得最火；摆平了老牌儿帝国波斯，也征服了高加索、南俄草原和莫斯科；最后目标就是翻越葱岭，进入伊犁河谷或葱岭奇道；摆平东察合台汗国后，然后闯关甘肃，出潼关，过黄河，最后入主大都，成为亚洲君王，也就是世界领袖。

尽管帖木儿在一些历史学家的眼里一直有虚伪狡诈、背信弃义和凶狠残暴的名声，其实这也是被仇敌夸大抹黑了许多，他能成功拥有九百四十万平方千米的领土外加众多的仆从国，就有其能走向成功的革命道理，有其自己的伟大成功学与革命大志。帖木儿也曾写过两本书，其中一本叫《制度》，从这本书里就可以知悉他当年欲推翻旧制度、改天换地的革命愿景与万丈豪情。

但奇怪的是，元顺帝给了江南低调缓称王的朱元璋一个高分，却没有给帖木儿大君一个及格。因为元顺帝觉得朱哥的“立纲陈纪，救济斯民”，就是要推翻不合理的旧制度和建立新制度。这句话就是宗旨，比写一本书还要精彩。而且，最重要的是朱哥这人能团结各类教众，什么儒释道、上帝教、明教、拜火教、拜星教或萨满教，都有人物在保朱元璋争天下，信仰自由。

当然，元顺帝也明白初出茅庐的朱元璋作为一个政治家还有点嫩，还有致命的漏洞。但是，元顺帝又觉得眼下除了朱哥，没有更合适的人才能撑天下。也许万里星辰也知道：大元西域的天就要被这位兵主捅漏了，因为元末的中华也是个怨声载道的时期，而帖木儿大君足智多谋，明白这才是机会。帖木儿选择的对手通常有两种：一个是怨声载道的王朝；一个是有野心想当世界领袖的王朝，这两种王朝都有致命的漏洞，都可以被击溃。

但是，与此同时，中华大地白莲教的悄然崛起和各路红巾军的崛起，是帖木儿所不愿意看到的。因为各路红巾军领袖们也要做主人，而且还要应谶什么“朱衣主人”；而白莲教的百万教众就是人民战争的汪洋大海，白莲教的历史背景并不简单，里面也有真龙和人才。别忘了，没有千年的王朝，却有千年的禅门，少林寺的故事并不如电影那般简单。

刚崛起不久的大明红巾军将领大多为泥腿子，文化普遍不高，政治课多来自于白莲教的传教者；且多为中原府和江淮一带客家人，与西域的交往相对要少，史料更是汗牛充栋，信息也就不畅通；不知道帖木儿这个令人胆寒的名字，不知道这也曾经是个自小爱玩君臣游戏的孩子王，不知道这也是西域的革军子弟，不知道西域的水有多深。以为把元廷赶出了中原后，今后要做的事就是对西亚散碎的蒙古帝国后裔们提出要求，让他们按元例进贡。

而元顺帝则早就通过西北军区司令危素的密报，了解了那里的情况，懂得了西北天漏、亡天下不是没有可能。想一想，历史上皇帝们谁有那么高的觉悟呀，把龙椅轻易就让出去，哪有这等便宜事？这里必有蹊跷！所以，中原洛北塔尔湾大败之后，当元众臣一致主张和红巾军决战大都的时候，元顺帝巧妙的一句话就统一了意见：“朕不想做徽、钦！”

为什么要这么说呢？因为鹬蚌相争渔翁得利，螳螂捕蝉黄雀在后。此刻，色目人早就花钱买官进入了大元枢密院和高层军界，编织起了黄金绳缆与金钱帝国的雏形，对元顺帝是两头堵：要么把军权交给我们，要么给我们打工，你们手里的军队也不过是我们金钱帝国的小打手，帮我们收租子吧。以前色目人甚至率大军到过苏州府。在往前，可以联想到阿难答兵围大都，勾西域外人来，当然不是来旅游的！

而且好戏在后面呢，帖木儿大军一旦在哈烈和伊犁河谷站住脚，那就会闯关嘉峪，发动甘肃战役。元顺帝是当时的国家领导人，能不掌握这些信息吗！哈烈就是至今仍战火纷飞的阿富汗一带，而葱岭古道中的哈烈走廊那是达摩老祖与唐僧走过的路，是亚洲的一条神秘走廊，是隋文帝、隋炀帝、李世民与武则天都关心过的地方，有着无数的故事与传说，这些故事都与紫禁城有着难以完全说清的隐隐联系与历史密码。

所以，“小铁锅”元顺帝选择了走第三条路，他宁愿把江山让给朱哥朱行者，也不愿亡天下给回鹘大君和色目人。为什么呢？尽管帖木儿是葱岭高原的著名革命家，曾经劫富济贫、曾经出民于水火；但他也曾强迫十几万蒙古将士和天山南北的突厥鹘人改教，这违背了成吉思汗宗教信仰自由的主张，违背了穆圣的垂训，这是成吉思汗黄金家族所不能接受的。

信仰佛教的元顺帝当然也更不可能接受任何政治暴发户，他与南印度来华高僧板的早有历史的密语。所以“小铁锅”元顺帝看好的是江南凤凰台小和尚出身的朱重八朱哥。而且，“小铁锅”元顺帝作为帝王，并非在消极等死不作为，他在大都附近的楚榆沟也为西番土门摆下了一道神秘大餐：旋风行动！一旦山西三关失手，就可以立即启动旋风计划，败中取胜。您看这紫禁城的历史有多么的深。欲知后事如何，且听下回分解。

正是：历史风云际会时，朝代更替神树知。龙泉银杏寓新芽，窑湾古庙乐玄诗。大都又逢新岁月，竹帛再添大明枝。晚风何人笛瀛洲，吹到太液月上时。

第十三章

卜都定鼎

书接上文。但是，历史的“阴错阳差”是戏剧性的，结局地球人都知道：顺帝北遁，江山入明。当然，北遁草原使“小铁锅”元顺帝背上了亡国之君的恶名声，但他真的是亡国之君吗？这要问问元顺帝的第一老师秋江长老同意不同意，要问问元末忠勇的元廷大将也速同意不同意。蒙古修史者和大多数蒙古人也从没有这样认为，没有承认过这段汉家人写的历史。因为当朱元璋和平解放大都的时候，蒙古人早就知道西蒙古之西和西域之西的一切阴谋和阳谋。

所以，元顺帝给朱元璋留下了一个物件儿水晶漏儿，自己去悟吧！还悄悄留下了一个了解秘史的神秘人物，准备和红巾军接洽，和朱哥朱元璋接洽，因为他也不希望朱元璋亡天下，这对草原也不利，有大隐患。那时的元顺帝对朱元璋很是尊重，在来往的历史信件中可以发现他总是开口朱哥、闭口朱哥的，很尊重朱元璋。这是因为朱元璋行的是王道，且与佛有缘，相对其他红巾军来说，对草原有利。

当时，在经济崩塌的同时，元顺帝也觉得大都是个大包袱，因为山东有瘟疫发生了，大都也有了，只是没有大面积爆发，北方民族最害怕瘟疫！于是，在这屋漏与连夜雨的历史时刻，元顺帝便接到了朱元璋下的一纸招降书，这就有了上面元顺帝的诗《答明主》。元顺帝知道天下已经到了“塔儿红”的时刻，朱哥赢得了民心，且曾有高人毛骐、王濂、朱升与刘伯温这样的人辅佐过，许多江南人民都已经开始亲切地叫朱重八为朱哥。

如果元顺帝自己此时和朱哥死磕，那结果必是蒙汉皆亡，西州外甥西番老渔翁帖木儿老爷得天下，入主大都。假若此事成真，不仅是违背了成吉思汗的意愿，那紫禁城的历史可就复杂了，中国的历史也就复杂了，亚洲的历史也就复杂了，甚至整个世界的历史精彩进程也就复杂难说了，明朝的那些事儿可就不只是那些事儿了，俺也不知道到底将会有哪些事儿。

火上浇油的是，敏感的元顺帝不久前曾做过一个梦：敌兵来到城里捉自己，只有北城墙有个洞口，结果自己从洞门跑了！元顺帝之前曾请汉人贤哲道士占卜吉凶，道士说是失位的象征，只有回到故乡才能安稳。这个梦吓得元顺帝不轻，曾一直折磨着“小铁锅”，于是自小性格敏感的他早就开始私下让手下人打点大都的家底儿了……

> 云从龙，风从虎，功名利禄尘与土。望神州，百姓苦，千里沃土皆荒芜。看天下，尽胡虏，天道残缺匹夫补。好男儿，别父母，只为苍生不为主。

此时，黄河龙和赤龙一道崛起，并肩作战，朱元璋的大军在徐大个儿徐达、常十万常遇春、毛先生毛骧、孙猴子孙兴祖和郭铁头郭英的率领下，战歌嘹亮，铁流滚滚，军纪严明，对百姓不但秋毫无犯，还一路开仓用军粮赈灾、施药、治病、防病、消杀瘟疫、隔离病人和解放奴隶。

大军已经解放了山东、中原大部和潼关；在把住山陕门户潼关后迅速回身，在挥师从汴梁和德州的方向逼近河西务和大都的通州；打得很有章法，何止是一味向前、向前；而山东人民的支前队伍不惮千里，独轮车滚滚，馈粮于大军。汤和的南路红巾军大军已经进入福建和广东，之后明军就准备要进军云南和辽东，真是其兴也勃焉！

此刻元廷知道朱元璋已经悄然过江到了汴梁督战，于是在塔尔湾摆了个抵抗姿势，但并不知道朱哥已经密令红巾军大军不许破坏汴梁的任何文物古建的深意。眼下已经到了汴梁的朱元璋，除了指挥战役难道他还有什么其他秘密吗？戏外难道还有什么其他大戏吗？

是的，主公朱元璋此行绝不仅仅是为了督战而来，更不是为了倚天屠龙、捉拿老领导元顺帝而来。那朱元璋是为了什么而来汴梁呢？原来，朱哥是为了一件大事而来。为了什么大事呢？朱元璋是为了大明紫禁金窝儿的选址大事而来，红巾军早就有重开汉祚之愿景。

朱元璋来汴梁是为了定鼎大明紫禁一事而来，也就是说朱元璋是为了将来大明的首都定鼎和营造一事而来，他是为了大明的金銮宝殿的选址而来。这白莲教与红巾军的紫禁愿景，可以说在战火纷飞的年代，西吴集团早就有了，不但有了且还有不小的争议。

汴梁就是今日之河南开封，那开封真的能成为大明的京师吗？这里会出现一座大明紫禁城吗？历史会如此简单而顺利地书写吗？其实，朱元璋定都的第一愿景本不是汴梁，而是洛阳！在未过江占领集庆也就是南京之前，朱元璋的定鼎选择是襄阳，但就在渡潇湘大江那一刻不知为何他又突然认为应当是洛阳，此后的紫禁愿景就是洛阳，一直是洛阳，并不是开封。

但是，朱元璋是个有点小迷信的人，有人又私下悄悄告诉他洛阳这两个字与“落阳”谐音，大明的日头落了那就只剩下月亮了，那地方只适合女皇武则天。而周武王当年定都洛阳时发生过“谷洛斗”，也就是发生了谷水和洛水二龙相斗的凶相，而且两条龙斗得太厉害，出现了“毁王宫”的严重后果。不仅如此，就连宋太祖当年欲迁都洛阳也未能如愿。

不管这些谋臣说得在理不在理，是不是事实与科学，都说明了一个问题，那就是河流水利与定都有巨大的关系，毕竟人类是逐水而居。但是朱元璋是穷苦出身，文化基础有点差，他对于水利科学与筑城科学理解不深，并没有仔细斟酌这些历史殷鉴，这就埋下了未来大明卜都定鼎的隐患伏笔。

所以，洛阳被有点小迷信的主公朱元璋放弃了，目标又定为汴梁。但是，这么早就考虑紫禁定鼎问题，脚步似乎有点急。因为眼下解放大都的战役还没有正式打响，一切事情还在悬念之中，元明之争并未尘埃落定，战场形势自古是瞬息万变。而且元顺帝的“旋风行动”对红巾军仍然是巨大威胁，因此进军元大都的红巾军不得不分成了多路，胜败在此一举。欲知后事如何，咱们下回分解。

正是：过河卒子只向前，管它沧海与桑田。不料吴王不过河，一曲凯歌断了弦。神仙听罢空遥叹，计错国觞有点悬。卜都定鼎有纠结，千头万绪犯了难。

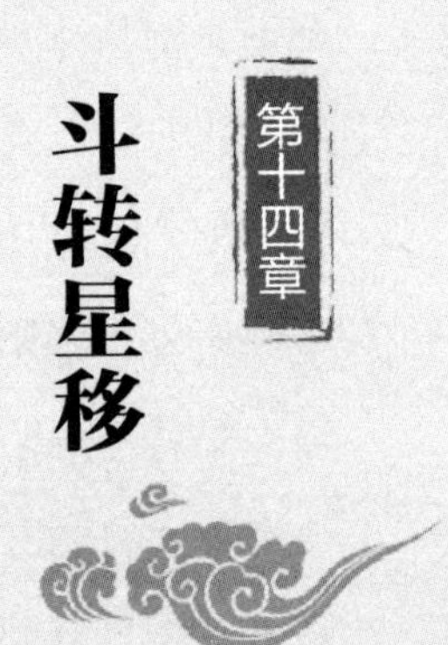

第十四章 斗转星移

书接上文。对于朱元璋的突然变脸，元朝廷的枢密院不干了，因为在元末色目人已经开始控制枢密院了，枢密院相当于明朝的大军都督府或今天的国防部加地方武装部。但元顺帝一派坚决不愿意用主力与朱元璋决战大都，而是另有打算。

于是，元廷在争论不息中勉强试探性地派出了近卫亲军，这是元朝护卫宫廷的精兵，陈兵设防在红巾军的必经之路大运河畔的河西务一带，准备打个漂亮的阻击战。但是，设伏在密云雾灵山以东楚榆沟和柳河川的一支元朝主力大军，仍然是按兵不动。

这边厢，以"郭铁头"郭英与"平天下"平定为先锋统帅的红巾军的头军一马当先，先头部队即将到达大都东部方向的河西务。朱元璋是郭英的姐夫，郭英是朱元璋的小舅子，郭在家中排行老四，朱元璋和郭英打招呼总是叫郭四这个名字。郭四此人身经百战，伤痕遍体，未尝因伤病推辞过战斗任务，是个铁打的汉子，是个只管往前拱的战卒型将领，当年鄱阳湖大战中就是他的一箭让陈友谅上了西天！

此役，郭四的战友先锋将领平定也是志在必得，平定是平安的爸爸，平安后来也是明史风流人物。此刻，明、元双方一个要过河，要“三车闹士”，要直逼大都隆福宫的老将；另一方要跳马，要“野马躁田”，要马踏常遇春、孙兴祖与郭英、平定这两车两卒。常遇春在朱元璋的眼里非同常人，是岳飞岳武穆一般的人物。元军将领对常十万常遇春的名字也是如雷贯耳，不敢大意。天到这般时分，这盘大棋双方必有一番龙争虎斗。

人间四月芳菲尽，山寺桃花始盛开。宝树琪霞大相国，汴京自古帝王来。话分两头，各表一枝。就在明媚的四月里，朱元璋也早已跃马离开江南总指挥部、亲赴汴梁前线相国寺分部遥控北进大军。除了解放大都，朱元璋之所以亲自来汴梁还有一件非常重要的事，那就是传说中朱元璋一直以来的英雄梦：龙飞九五，定都汴梁，重开大宋之天。

也就是说大明立国后朱元璋想要在开封这里修建紫禁金銮殿，汴梁这里有可能要成为金窝儿，当大明的首都。早在战火纷飞的时期，朱元璋就曾想定都于襄阳和洛阳，这是有诗为证的。但朱元璋身边的许多人却一直在建言将紫禁定鼎于汴梁，朱元璋当然很重视这些意见，所以眼下他亲自前去汴梁各处实地考察，不料结果却让朱元璋大失所望。这是怎么回事呢？

朱元璋毕竟是军人，他觉得汴梁虽然当京师位置适中，但是无险可守，四面受敌，是四战之地；这里只能以兵做险，可如此一来要养多少兵，会给百姓带来多少赋税，所以朱元璋觉得论军事地理形势汴梁还不如军镇集庆，就是南京。而且当地遗老也说北宋定都开封后，太祖赵匡胤也经常有迁都的想法，也是因为开封这地方非常不易于防守，周围都是大平原，打起仗来四面受敌。

怎么办？棋子不能就这么轻易落下，必须落子无悔，朱元璋一时陷入纠结。之后的日子里，当大都的捷报传来，朱元璋连军事胜利的庆功酒仿佛都没心思喝了，毕竟能给大明事业找个好窝儿是自己多年的探索与寻求。而且，自己早年军营中北斗般指航向的导师毛骐与王濂都已牺牲在工作岗位上，拍板儿拿主意似乎就只能靠自己和那垂垂老矣的朱升了。

突然，就在这时从大都传来了一个大明著名将军的口信儿：切勿定鼎大梁，提议主公将来可以考虑入主大都，那里宫室完备，无须劳民伤财动土木之工，且虎踞龙盘有王气。朱元璋知道这位将军不但有文化，且是名医华佗后人，还与刘伯温是诗友，这也算是半个老师级别的风云人物；于是朱元璋立刻就想到了大都，酒宴上他惊喜并悄悄地问手下智囊们："将来以大都为京师如何？"

"不可，不可，大都那里的地气都被元朝用尽了！他们害怕山东发生瘟疫传到大都，才全都跑回漠北。再说，主公是丙丁火命，怎可往北方去呢？北方属水，水克火……"有人如是说。这个"有人"究竟是谁？小的钩沉索隐了三年多，大海捞针一般没捞到。

可不管别人怎么说，不管老牛与松鼠怎么说，毕竟主公朱元璋您自己没有"小马过河"，没有从开封过黄河、过无定河到燕边北平府来看一看大都宫室与燕边王气究竟如何。于是，就这样朱元璋第一次与大都，也就是与今天的北京擦肩而过，使今天北京这个名字推迟了约三十六年才出现在大明王朝；也使北京宫殿或紫禁城的名字推迟了三十六加十八年，多半个世纪呀！

这一切都先简单地暂时归于历史宿命吧，毕竟历史发展不是直线前进的，是螺旋前进的。但考虑到当时西北未定和未来的战争隐忧，朱元璋还是打算将来封汴梁为北京，因为需要将汴梁作为为大西北运送粮草和补充兵力的后方转运投送基地，大都的人口也要充实到汴梁来。所以几年后这里的周王府也曾有紫禁城的别号，这是题外话。

但要记住，关于大明卜都定鼎，也就是确立京师选首都一事，就此已经在西吴集团高层展开激辩与斗争，已经风生水起，就连刘伯温这样的历史人物也卷进来了，但国策大师朱升对此不表态，这暂不多表。要表的是究竟哪个著名将军建议朱元璋定鼎大都，这个人他是哪路毛神？他为何要这样做？他何以有这样卓越的历史目光与文化底蕴呢？这必有原因与奥秘，必有不凡的明史故事。

铁流滚滚，军纪严明，战歌嘹亮。且说在解放大都之前，刚刚解放完山东的、一个叫华云龙的红巾军司令员，在安排好一系列的开仓放粮与政权接管任务后，在广泛施药、隔离、预防和消杀瘟疫病源后，曾率领一支由巢湖舟师组成的大明海军陆战队大军日夜行军；他按徐达的指示部署，作为计划外的后续部队，作为奇兵在星夜兼程开赴大都，也就是北平府，也就是今日的北京。

这支从山东方向杀过来的奇兵几乎马不停蹄地行军，挥师驰援配合徐达的北进大军，要在大都郊外会合常遇春、毛骧、程华、孙兴祖和郭英，战术目的是包围反包围。就是华云龙这个人后来给汴梁的朱元璋带去了口信儿：建议主公考虑入主大都，因为这里宫室完备，且有王气，的确虎踞龙盘。“虎踞龙盘”这个词可不得了，这在封建时代是不能乱用、不能乱捅的。欲知后事如何，且听下回分解。

正是：斜阳残照故都台，铁马金戈红巾来。大元江山气数尽，画舫琼楼角声衰。无定春柳悄飞絮，沙滩碧水已生苔。健德芦苇轻摇叹，州城梨花似泪哀。

第十五章 一只塔影

徐达将军后来因修长城得绰号“徐长城”，他稳健而有谋略，是淮右布衣泥腿子出身，他可一直没有工夫和心思考虑什么风水、王气、定鼎和虎踞龙盘；他发现元廷主力和著名大将也速在红巾军北伐过程中，根本就没露面。哪儿去了呢？这可不能大意。

兵不厌诈，徐达深知蒙古兵法的厉害，不敢大意，不敢争功，不敢走思，不敢头脑发热，所以徐达冷静地从山东调兵遣将，调来华云龙的山东方向的红巾军海军陆战队大军投送备用，以确保解放大都的胜利成果不能化为乌有，绝不能让人抄了红巾军大军的后路。

的确，名实相符，大个子徐达不愧被朱元璋和战友们悄悄称作徐长城，确实稳健，因为勤王的王保保一旦从山西到位紫荆关，那元廷很可能就会立即启动密云雾灵山之东隐秘的大军，届时将从东、西、南、北四面发力反包围红巾军。多亏了徐达的稳健和华云龙巢湖舟师增援大军的及时到位，才有了这场历史胜利的稳健保证。

军人谁不憧憬胜利？谁不希望第一个把战旗插上敌方的城头？谁不希望立下头功？但主帅就是主帅，和各路司令员不一样，他必须想到有利和各种不利，以及潜在的危险，必须想到的是最后的胜利。但这一切，由于王保保勤王队伍的磨磨蹭蹭和隔岸观火，都使大都的“小铁锅”元顺帝无法实施计划和备感压力，元顺帝心里当然明白王保保也是有想法的人，这个人心思缜密多变，疑心特重，可不好共事！

巧的是，一场大雾突然从天而降，像是来救命的。所以元顺帝抓住机会乘着大雾从健德门退出京城大都，带着一万多车财宝与日用品连夜北遁。但元顺帝并不是某些作家所描述的是慌不择路一路猛跑回草原上都，鞋都跑掉一只，没那么夸张。元顺帝是过了八达岭后就在州城歇脚驻跸，并在第一次歇脚处州城的榆林驿回望大都，感慨无限，并打探军情消息。

州城就是今日之北京延庆，榆林驿就是今日延庆的康庄一带，元顺帝北奔的这一路，也是昔日的大元辇路。榆林驿这里已经离张家口外馒头营的中都城不远了，那里也有接应的队伍和人员。元中都城是武宗海山下诏营造的，作行宫使用，后来的文宗、顺帝等皇帝、重臣都曾来此巡幸、议事、作佛事。这里离大都也没多远，离即将召开的北京冬奥会的场馆就更是近邻了。不多表题外话。

但是，此刻的大都仍然不是一座空城，藏兵洞里仍有留守队伍。元朝监国淮王帖木儿不花反正已经快八十四了，他和左丞相庆童仍然在带领手下运转机构和组织抵抗，甚至招兵买马，组织散兵游勇和下旨召回以前被停职的官员们，仍抱有保住大都、启动“旋风行动”的幻想。所以，元顺帝也就放慢了北遁的脚步，就歇息在州城的榆林驿，与各路北遁大军一道关注着大都的动静，理论上或许还能打回去！

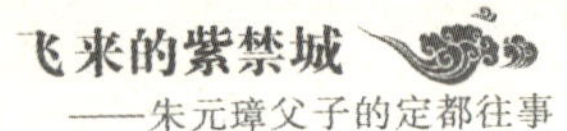

话分两头，各表一枝。七月流火的北方北运河畔，太阳焦烤着黄土大地，树荫下就是一长串的营盘，偶有微风从大运河河面吹来，令红巾军将士们感觉舒服。由于徐达和常遇春进军神速，在河西务曾首仗就挫败元廷近卫军，常遇春的先头部队在猛将郭英的带领下，已经迅速占领了通州的大部分地区，古运河畔巍峨俏丽的燃灯古寺的一只巍巍塔影，已经遥遥可认！

毛骧、程华的北伐红巾军的部分先遣小分队有的已经打到了邓家窑、金盏和定福庄一带的交界处；郭英手下的先头部队里还有回民营，在大都东郊楼梓庄、马各庄南面附近扎下营盘；常遇春将军头军的营盘距离大都也就是二三十里，侦察兵那甚至已经过了管庄，到了齐化门的东北郊枣树林一带。这之后才有了后来北京的地名常营集和枣子营，也就是今天的常营两限房居住区和长城饭店、龙宝饭店、中信证券大厦和二十一世纪饭店一带。

而徐达的先头部队已经到达了大都东北郊望京台，也就是今天的顺义孙河一带；小股侦察兵已经过了望京台，到了花椒地，也就是今天的朝阳公园、花家地中央美院和望京居住区一带，这才有了后来的康营和将台的地名，不多表。

此刻，红巾军的两支大军成钳形指向大都的东门齐化门，也就是今天的朝阳门，明军便衣侦察兵的身影已经在齐化门外出现，开始目测城墙的高度和护城河的宽度与水深，准备若和平解放不成，就填壕登城！

这一切和这速度打乱了元顺帝的撤退日程安排，匆忙中北遁的君臣日后到了塞北边缘才发现：当初忙着在帑库点钱和装点珠宝字画时，却将佛经宝卷全部遗落在了大都皇宫，这是个历史遗憾。因为在元朝以前一直有古老的秘密传说：得宝卷者得天下！

当然还有点小遗憾，那就是慌乱中元顺帝及其手下没有来得及启走金代密藏在晒鹰台的一大批秘密财宝，元朝监国淮王帖木儿不花和左丞相庆童等人因等待和指挥寻宝挖宝时也被俘，藏宝图被徐达大军没收，究竟有没有金代藏宝还要接下来看实际历史结果。藏在哪儿了，咱们也暂时不泄露，先说正事。

元末明初，天下虽有多支红巾军或香军，但有王气的、有严明军纪的、不胡来的、有章法的、有眼光的、不搞流寇主义的、赢得民心的，还能防得住各路香军内部暗箭的，说来还是朱元璋这一支。当然，这要感谢当年朱元璋定远军营中第一老师毛骐，这也是历史与洪武革命的北斗级别的引路人，不多表。这时的朱元璋已经从汴梁回到了建康，看上去是性格爽朗、风华正茂，内心里唯一扑腾扑腾的心事，就是紫禁城的吉壤选定问题！

要说的是在朱元璋的起义队伍中还有一位伟人的先祖毛太华，是岳家军的传人，官至百夫长，大概相当于今天的营、团长，官职不算高。幸好官职不高，否则难逃南京后来织就的、连续政治肃反“朱衣人”大清洗的密网，因为朱哥在南边与宋濂二人提前写就的讨元檄文中竟然改口称红巾军为妖人，而且这已经是第二次了。

帝王不做无用之功，朱元璋这人虽不按套路出牌，但总体还是讲理的，只要不是昏头时刻。朱元璋骂红巾军为妖人必有历史的原因，有些红巾军将领必有问题；客家人闹革命总是跳不出周期律，革命尚未根本成功，蜕变已经悄悄开始，后来的太平天国也是殷鉴。明初的问题就是朱衣梦太深，没有梦醒时分。

且说这檄文是宋濂等人写的，朱元璋审阅的，但“妖人”二字宋濂没敢写，他只是给檄文布了局，这二字是朱元璋亲笔补写的，这就使我们的秘史传记不得不始终挂着一丝阴影前行。还要多说一句的是，六百多年后朱元璋的后裔中也有人矢志帮助伟人干革命，全力以赴，无怨无悔。这因缘，历史老人究竟是缘何这样安排的？我们就不得而知了。

且说由于对定都汴梁的大失所望，由于与大都定鼎的机会擦肩而过，此刻大明的首都还没有着落呢，这是眼下朱元璋最大的心病。蛟龙怎能无潭？

老虎怎能无窝儿？帝王怎能没有金銮殿？失去了前行的目标，破灭了英雄昔日的定都梦想，亚洲的形势又这样不等人，怎么办？大明的金窝银窝究竟应当选在哪里？合格的办公室在哪儿？王朝不能总是漂着呀，何以服四方之众？何以安顿新生的王朝与各级各地政权？大明这没有办公室心也不踏实呀！

管子云："故圣人之处国者，必于不倾之地。"只有在不倾之地君临天下，开基创制，教化万民，保容万民，才会有德业无疆的机会。大明未来的紫禁金銮宝殿到底应在哪个位置肇建？大明京师应当在哪里营造才会给大明带来福气？给海宇带来秩序与和平？哪里才是真正的汉祚万万年的不倾之地呢？

定四海之民谈何容易，这需要传统智慧，也需要化传统为时运切实，要真真切切的实学与章法来赞画，而不是一番四书五经、起承转合的纸上功夫，这真是让朱哥一时纠结。大明压舱石的位置在哪儿？亚洲的战略平衡点在哪儿？海宇世界的心脏在哪儿？海宇天轮可是活的，是默默旋转的，可不是一成不变的。

这纠结又何止是一时，大明紫禁金銮竟然让朱元璋从此纠结了三四十年！人的一生有几个三四十年？这大悲大喜的大明朝紫禁故事怎能不如烟霞一般迷蒙？怎能不让人感到那个岁月神州的跌宕起伏与亚洲的烟迷雾起？没有文化的军队是愚蠢的军队，这真是历史的金口玉言。也许，大明古人也曾说过类似的话，不过是沉于历史之河了。

虽有星移斗转，但大运河边的一只巍巍塔影在初夏的高风中依旧非常俏丽，铃铛悦耳，仿佛在对红巾军诉说着什么。下面是一个古寺，古寺里供的是释迦牟尼的老师光明佛，巧合的是这与朱元璋自小出家燃灯集古庙相同。可由于小朱同志没有勇敢过黄河、到大都来考察调研一下，于是他与北京就一生没有缘分。大运河的巍巍宝塔下的古寺也与这位文化基础不牢的小行童失之交臂，这是历史的遗憾。欲知紫禁城故事后事如何，咱们下回分解。

正是：大明开国之先臣，铁流滚滚挂龙麟。风云聚会蔽九州，东海捧出扶桑轮。马蹄带有淮河水，洒向燕边浑同尘。北斗移处万星随，洪武悬念天下民。大明金窝在何处？默默天机怎探寻？谜底不在开篇里，且待深处深更深。

第十六章 举棋难定

猪（朱）过水，见糠（建康）止。

——元末明初民谣

书接上文。京师，这是帝国的龙头，是首善的象征，是团结的象征，是大明的千秋百代和华夏万代，必须是高、大、上、全，还要虎踞龙盘；人口不能少，也不能过密，否则超过限度会有瘟疫发生。当然，还要重视细节，重视水源，更要重视基础。一棵大树若想参天，不能只想着往上蹿，成长还需要先扎根，深扎根，立地才能顶天，才会有汉祚锦绣河山的万年春。

而大明的京师由于接替的是大元帝国，还要考虑这是亚洲的中心，要有海宇世界观；可没有观世界何来世界观？这就给赶考的朱和尚这个泗州老土儿出了道大难题，自然也就来了与众不同的金銮故事。江山万万年谈何容易，开篇最难书写，为社稷张本，这需要小心行船与最优秀的舵手与人才，需要一个灯塔指引航向，需要向导或导师。

紫禁定鼎这是大明王朝的开篇，是王朝社稷之本，这比开发商拿地可难多了，这可不是简单的经济问题，这是一场对朱元璋和所有官员的大考，考场是整个亚洲，这九九八十一难的戏能小得了吗！牵扯的人和事能少得了吗！凤凰台西吴集团一场高明与昏昧的忠奸大战，伴随着解放元大都的战争，在朱元璋考察汴梁时其实就已经早早开启帷幕，之后更是故事连连。

且说郭铁头郭英这个过河卒子虽直逼龙宫，但元朝的末代皇帝“小铁锅”早有准备，是全身而退的，主力部队几乎没有和大明接仗，保存了下来；同时还有一万多车的日用品及财宝也运回了草原，够花的，够吃够喝的，够打游击的。此刻，北朝的势力在塞北仍占有东至呼伦贝尔湖，西至天山北，南抵黄河河套，个别地方甚至临近西部长城一线触点交错的广阔领土。

而且北元他们继续打着元朝帝号，还说有和氏璧玉玺在手，还把目光锁定在整个海宇。而且，山西管涔山还有“四大王”汉人游击队在忠实于元顺帝；中原豫北怀庆府和山东东昌府的老百姓也在持两面牌的观望态度；青海与云南也是北元的地盘，毕竟历史车轮是有惯性的。所以，“小铁锅”元顺帝仍然是“朱衣人”名号的再次竞选者，尽管他临时一步步从延庆榆林驿退回到了中都白城和草原上都。

由于元末大乱，红巾军良莠不齐，夹杂烧杀抢的流寇主义，曾有关先生、破头潘和沙刘二的队伍四处抢掠破坏，烧宫殿、烧庙观和烧山林。妥懽帖睦尔回到草原后，发现夏天居住的中都和上都老宫殿都已经被红巾军流寇烧毁、破坏了不少，非常萧瑟。太可惜了，否则这在今天又是一处五星级的旅游景点，不但可以申遗，还能让当地政府与百姓增加收入，因为上都正是大都神秘中轴线的北端所指，这是曾经的“世界心脏”，暂不多表。

再加上当时的草原也复杂，甚至还有色目人阿鲁台潜在的政治势力在左右草原，面和心不和，北朝萧墙之水也是不浅。“小铁锅”在草原能否立住脚也是悬念，所以当他看到朱哥过江不过河，根本不来北平府，元顺帝就想反攻再次回到元大都，成为那个“朱衣主人”，再度成为主人公，但是他没想到天下形势已经变得更复杂了，复杂到出乎他的意料，回头路与复辟路更不好走。

但由于遗落了全部佛经，由于其他势力的排挤，由于老宫殿被毁，由于晒鹰台还有秘密藏宝未取出，由于有外族势力想收编黄金家族并冒充蒙古人入主大都，由于瓦剌和阿里不哥的部落明目张胆排挤“小铁锅”，元顺帝总是觉着在草原不太称心。尤其是得到最新信息：朱元璋见糠而止，想衣锦还乡临濠府，首都不定鼎在大都；见糠就是建康，就是后来的南京。

此时的大都除了军人，只有一两万百姓，十分荒凉，大部分人口或逃亡或被主公朱元璋迁徙移民到了新北京汴梁。但北平府这毕竟曾经是亚洲的中心，曾经是马可·波罗记录过的世界名城，底子仍十分雄厚。所以，大都仍是被人垂涎的地方，口水掉地。

由于朱元璋没有仔细观亚洲，没有仔细掂量自己几斤几两，没有与国策大师朱升商量，就贸然摆谱儿、通知西域各个蒙古帝国前来朝贡，这就引起了有些人的不满和进一步的垂涎。他们也许在想：朱元璋是谁？从哪儿轰来的一双没号草鞋！

而草原由于有可靠的军事情报在手：大都危机，西北鹘兵要以蒙古人的名义入主大都。这样一来，那可就是亡天下了，而且危急草原，危急佛门！所以元顺帝突然又后悔了，他十分担心大都，十分想念大都，就是想念今天的北京，他默默写诗言道：

以百宝建成之大都，我庄丽之大都；

前代诸汗安居之夏宫，我上都金莲川；

我夏令凉爽而秀丽之上都开平啊，

我冬令温暖而美丽之大都啊！

乌哈图汗者朕便是，大臣拉哈与伊巴古；

预知未来陈忠言，坐失良机未纳谏；

可惜了的大都啊！

……

幸好，元顺帝的朋友，一位元末来华的印度高僧将历史真相说与了朱元璋。这还了得！所以，朱元璋为了让残元各派断了复辟的念想，也为了防御西北突厥回鹘兵的天山战火，一方面让徐达组织山西百姓往北平府移民，另一方面就有了封藩的思想。将来还要特许藩王自己招兵买马，各就各位，巩固国防，严阵以待；俺将要让你们知道朱元璋是谁，“三只眼”是谁。

当然，洪武爷才舍不得给皇子们空降几个经过千锤百炼的师团呢；基本上是给你们点军饷，给点老弱病残和以前陈友谅、张士诚或各路军阀投诚过来的俘虏兵，然后让皇子们自己想法子去，自己去招兵和买马，于是这才有了后来燕王的宿州灵璧一带招兵买马之传奇。宿州，这可是个汉兴之源，是创造历史拐点的地方，是淮海战役有故事的地方，俺们后面会说它与紫禁城的深层关系。

且说心急、粗心和善于变脸的朱元璋，虽然早年在江湖中叫“三只眼”，但他性格有粗鄙的一面，有“到什么坡唱什么歌”的狡黠，也就是民间常说的聪明反被聪明误，他在立国后时常缺少了一个为什么，缺少了建国的章法，他很少问手下你这是从哪儿听来的，为什么要这么做，用了一大批迷恋朱熹学说的废物点心。多年后，洪武帝写过一个建国总结，两个字：臣愚。

洪武爷手下曾有个叫王景的，很有先见之明，但他的观点常被别人盗走邀功，王老师却最终被发配云南。当年的流浪生活既给了洪武爷坚毅、果敢、人脉和眼界，也给了他粗心、猜忌、投机和虚荣的复杂一面，朱元璋既是驱除胡虏、人天第一的罗汉俊才，在青史竹帛功不可没，但他也是错选紫禁与亡天下的焦芽败种，功罪皆有。

当然，及格是必需的，紫禁虽未成功，人家还在努力；建设刚刚开始，结论为时尚早。

此刻，朱哥还没有读懂元顺帝诗里的密码，他还没有理解卜都定鼎的历史意义，他也不真正懂什么中轴线，什么王气在燕，更不懂什么佛经的要义宗旨。那朱元璋打天下为什么这么顺利呢？这是因为曾经有老师，一个好汉三个帮，毛骐、王濂和朱升其实都是明师或帝师，只不过人家自谦为下臣。

天地君亲师，任何人想建立伟业都离不开这五个字。没有孔明，谁知道刘备？严格讲，帝师不是臣子；“臣”这个字的本义也是奴仆的意思，是皇帝的奴，皇上让你往东你往东，让你干吗你干吗。而帝师以天道为尊，以真理为尊，以实学和科学为尊，是指引皇帝的，所以帝师不是奴，可以与皇上探讨大道。为的是什么？为的是天下的存亡，这也就是为何孟子云“君轻民贵”。

其实，这本也是孔圣人的观点，但人家孔老师只讲“四书五经”，不给你讲权变，不传，一般人我不告诉他。因为你们贤人只交了十二条干腊肉，下学期的学费、供暖费与人吃马喂的费用，你们七十二人一直拖欠，所以儒学的真谛只能一对一单传，孔孟乃一家。和您开个玩笑，但法不传六耳，这的确是大道的规矩，孔子也不能例外。

说这些到底要表的是什么呢？要表的是，眼下朱元璋因身边缺少北斗级别的导师，致使寻找大明首都吉壤一事陷入迷茫与纠结，没有找到肇建大明紫禁的金窝儿。那风流人物朱升与刘伯温为什么不搭手相救呢？这正是我们要说的传奇，正是俺们要破解的大明紫禁定鼎故事。因为朱升与刘伯温都是向导级别的历史人物，他们应该能为大明指路。欲知后事如何，且听下回分解。

正是：细雨茸茸湿百花，江淮树树熟枇杷。此景迷人忘深浅，错认紫禁大明家。濠水之滨斜阳里，又添新愁伴浮华。一龙闹水二龙伴，御瓦皇窑顷刻塌。叹息主公文化少，谁将玄机说与他？

第十七章 筑坝淮河

书接上文。大明金窝儿吉壤虽然在汴梁与洛阳没有找到，但朱元璋毕竟是军人，军权可以向藩王转移了。封王不仅监督和接过了所有红巾军将领的权力，而且封王就是卫国，就是化家为国，就是保家卫国，虽然属于历史倒退，但就是强军，就是睡着能踏实点，可以破除朱衣梦，不因"红衣人"而失眠。为大明江山的五百年、为汉祚的万万年，朱元璋绝不改变初心。

封王！牵制朱衣人？可是，皇子们还小呀，还是雏儿啊！这怎么办？这么办吧！淘汰点超龄服役的红巾军老军官，把他们在降职后让他们带带自己的孩子们；给他们点以前军阀投诚的部队，朱元璋的政治招数很多。尽管朱元璋招数多，但是汤和曾经是朱元璋的老上级与大媒人，资历深厚，眼下因封公封侯问题与朱元璋面和心不和；蓝玉和太子朱标是亲戚，与东宫利益捆绑在一起，是潜力股；水师大将廖永忠则对李善长、胡惟庸与陈宁这些人是阴阳怪气，面不和心也不和，底牌不明。

所以，这局面让朱元璋一时纠结，举棋不定，只能先干点别的。干什么呢？那就是准备先封王，将战争年代的义子监师再加上一个皇子监师，加强监督，顺便强军，保家卫国。因为只有走了这步棋，洪武爷才可以踏踏实实地建设大明的京师。没有强军，那紫禁城的金窝儿能安心肇建吗？至于处处作梗的老上级汤哥汤司令，还有廖永忠和蓝玉嘛，先晒着他们；眼下强军要紧，国防要紧！

当然，强军就离不开兵马，尤其是战马。在那个岁月，战马是稀有的国防物资，各个藩王都要自己去寻找战马。朱元璋也是弼马温，特别爱好宝马良驹，他可舍不得划拨好马骁骑给皇子们！当然这也是朱元璋对子孙的一种锻炼，有本事就自己去寻，寻宝嘛！所以，朱棣朱老四也不得不去寻找与自己匹配的军马，这还真巧合地应了朱棣第一老师龙文渊当初的预言。

虽然麟甲未丰，虽然头角不峥，但幼蛟亦能伏波，已经算是出道，已经算是初次登上了历史的舞台，已经引起了方外高人的注意。毕竟形势不等人啊，毕竟亚洲孕育着一战，王朝需要柱石，汉祚急缺中流砥柱，亚洲缺少一位能保卫和平的领袖——万年枝。眼下，关注朱棣的绝不仅仅是朱元璋和潜在竞争对手，竟然还有江湖野田的其他好汉与神仙高人。

那朱棣究竟去哪里寻找战马去了呢？寻找好马也不是一件简单的事，天下好马确实有不少，但好马不一定和你有缘，你要有寻宝和相马的本领，你要有踏破铁鞋的决心。马喜高地，高原出好马，这是一般的常识。朱棣是去了大漠西乌珠穆沁草原寻马，还是去了锡林郭勒和科尔沁草原寻马？是去了乐凉州卫的胭脂山寻马，还是去了山陕高原与河套地区？都不是，那他到底去哪儿了呢？

说来明史也有温情脉脉的一面，它竟然带我们走进了一处好山好水好玩的桃花源，这是马皇后的故乡，那里居然藏着大明的一处优质军马场和朱元璋当年的小村初恋，更有一份意外的传奇与奇遇，这就是俺们上面已经提到过的汉兴之源宿州，这可是著名淮河战役的节点之地。但由于卜都定鼎、寻找金窝儿是大明一等一的王朝大事，我们只好将宿州桃花源寻马故事先放一放，咱们先对朱元璋的紫禁梦进行焦点访谈。

同时，历史不容忽视的一个细节是，朱元璋在皇子们就藩前还匆匆地发给了去北方的各个塞王每人一本匆忙赶制的小册子。当然不是旅游手册和相马常识手册，这是一本历史小册子，这是洪武爷让文臣刘三吾这阵子连夜编写的。什么意思？这小册子到底讲了些什么？是用来给藩王们旅途解闷儿的故事吗？当然不是，可以说朱元璋此为很有深意。但是，这也要放到后面说，眼下只能说一句：朱元璋还有帝祚举棋难定的大事情，有些事情终会水落石出。

肇建紫禁的筹备工作与封藩的筹办工作都是在洪武二年开始的，洪武二年仍是个炮声隆隆的年代：除了李文忠与汤和的大军正欲远征西北金兰的王保保，邓愈的青藏远征军也要在胜利后再准备向天山的方向千里进军，虚晃一枪，耀威西域，提醒域外不可玩火，不可觊觎哈密营与凉州卫。邓愈的大军还在哈密留下了一个营兵力的顾问团协助边防戍守，这就是哈密卫的前身。云贵川诸西南夷地区此时也尚未解放，大明天下只是初安。

但是，在这繁忙的一年里，尽管仍日理万机，朱元璋还是抽空让人在南京紫禁城的苗圃里移栽试种了一种植物——山茶花，名字分别叫“红舞”和“海石榴”。可由于当时的这两个品种不耐冬，这两株都没能成活，这又让洪武爷的心情陡添紊乱。众所周知，朴素的朱元璋喜欢在宫里种菜而不是种花，洪武爷这么日理万机的，为何还养花种草？为何还有这闲情雅致？

这是普通的山茶花，也不是普通的山茶花，这花乃朱元璋与马皇后都十分关注的、首次试种在应天府的大明国花，寓意深远，且有革命来历；那鲜红的花朵与含苞欲放的娇姿，有着让朱元璋对战火纷飞的年代无限的联想与美好的回忆。

山茶花乃当年红巾军将士的功勋之花，放异彩之花，是不败之花和救命之花。对此，朱哥对山茶花的心头曲调可说是深情悠然。草创的《大明律》尚未完全编纂成功，国花却夭折了，朱元璋也觉察到这里面似乎有问题，非祥瑞！可问题在哪儿呢？朱元璋这人一向是有点小迷信的。

……

“历届帝王登基后都是先祭拜黄帝陵和炎帝陵，甚至没登基就提前拜，他这可好，先折腾花花草草！”有臣子私下说。

“朱重八还懂得轩辕黄帝！”有另外臣子搭茬儿说。

……

当这话被拱卫司探子密报到洪武爷那里时，朱元璋默默无语，头都没抬起来，更不想知道是谁私下议论了自己，不管是王景说的，还是王景听铁冠道人说的。人家这话说得不离谱呀，平民百姓可以没那么多礼儿，可你君王不能不按古有绪，祀与戎乃国之大事。唉，装没听见吧，继续忙乎紫禁城的三通一平和采木问题，哦对了，首先是淮河筑坝问题，因为淮水水位太低难以运输筑城物资，朱元璋要在淮安拦河筑坝。

感叹岁晚难争春，求田问舍疏乞归。就在这个历史关键时刻，大明国策大师朱升默默辞职了，朱老师的辞职原因不但今天是谜，那时也是谜，他对新紫禁城的选址与赞画也从不多言，态度不明。历史如此纠结，明史如此乱丝无头，实在是不好一笔书写。

看来我们只有紧紧抓住朱元璋与紫禁城这个主题才能洞悉明初的各路迷局，否则就会迷失在明史的瀚海里。饭要一口一口吃，菜不能一筷子夹两种三种，紫禁城的历史故事既然花开两朵和多朵，那俺们也只能先表最主要的那一枝，先说紫禁城的吉壤选址吧，朱升辞职的事以后有缘再探索发现。

就连朱棣被封藩而招兵买马桃花源一事也是以后再说，等我们把朱元璋定鼎京师、寻找金窝儿的宫廷斗争折子大戏讲完了后再说，再去桃花源那里逍遥轻松一番，看看朱棣在那里究竟遭遇了什么，看看洪武爷究竟在为什么举棋难定，也知晓一下大明国花“红舞”与“海石榴”缘何未能在明初绽放在应天府，它们又缘何会成为大明国花。

当然，更要看看洪武朝初年的《大明律》是不是有隐隐的思想问题与历史智鉴，还是有什么误会与隐情；看一看朱元璋如何对待臣子关于祭拜黄帝陵的议论。若是篇幅容许，或许还可以讲讲朱升辞职的故事，这其实也与大明洪武朝紫禁的选址有关。但焦点访谈还是围绕三个关键词：紫禁城、朱元璋和刘伯温。

毕竟大明紫禁金銮不仅仅是个帝王之窝儿，不仅仅是砖瓦灰砂石木的建筑大院子，不仅仅是宫产开发，这不是钱的问题；它也代表得位正宗和天下秩序，甚至是亚洲秩序与万世根本，代表着一个新时代的开篇，代表着一场历史赶考；更代表着一场场明史风雨，这里面的故事可是韵味绵长，殷鉴斑斑，价值无限。

紫禁城的吉壤选择与肇建这是一件很严肃的事情，必须尊重客观规律，必须要有章法；这并不是全听洪武爷的，而是得听老天爷的。可眼下大明紫禁究竟进展如何呢？眼下又发生了点事，那到底发生什么了呢？大明高层发生了关于定都的争吵，这故事可以说深了去了，终于把刘伯温等人也卷进去了。

而刘伯温的事绝不仅仅是元末明初那些事儿，北方的童谣为什么几百年都在唱是刘伯温造北京？这仅仅是空穴来风的传说吗？这真的是无稽之谈吗？可非要说是刘伯温造北京这历史的证据又何在？刘伯温又为何要选择北京做大明的首都呢？干吗不依着主公朱元璋的主意呢？干吗要逆鳞呢？这必有历史深层的原因。

其实，反对朱元璋定鼎凤阳的不只是刘伯温，还有元朝的一位旧臣，他也是坚决劝朱元璋定鼎大都，这又是为何？这又是个什么样的历史人物呢？欲知后事如何，咱们下回分解。

正是：军旌映淮北，战鼓响宿州。稻黍起新浪，龙泉淌淌流。塞云欲飘滚，鹘风觎紫楼。封藩蛟将出，更惊鼋欲浮。师言终见效，觅马共盂侯。勿嫌燕边远，为宽社稷愁。

第十八章 暗送消息

草原啊，

我原本就是出生在你的怀抱，

认下你的儿女吧，

受过你的养育，

就永远是你的人。

且说当年，已经退回到大漠的“小铁锅”元顺帝由于在草原受到政治排挤，再加上老宫殿遭到关先生、破头潘和沙刘二等红巾军流寇的破坏无法落脚，而朱哥呢又忽视了元大都；再当元顺帝听说常十万常遇春往西北开拔的军情后，于是他终于启动了大都密云之东楚榆沟和柳河川隐藏的大军，由也速将军带领，企图卷土重来。

也速的大军真如旋风一般速度奇快，甚至两度曾回攻到通州一带，和徐达、孙兴祖和华云龙打得不可开交，差一点得手大都，也差一点就夺走了秘密埋藏在晒鹰台的财宝。常遇春、李文忠、毛骧和程华闻讯后，再次从西北掉头折返、挥师大都，火速增援徐达、孙兴祖和华云龙！常遇春是岳飞一般的人物，他大军的到来使蓟北悉平，元廷大将也速无奈再次败走草原。

元顺帝回攻大都，不仅是因为突然间从世界领袖的金坛变成了人家的边患，变成了元大都以北的边缘漂泊人，也不仅是因为心理落差，也不完全是因为一直受排挤，主要还是为了防范西北回鹘以成吉思汗传人的名义入主大都，因为西域兵主的秘密使者已经通知元顺帝做好参加“蒙古人大会”的准备，这个故事在明史中砝码最重，甚至可以说贯穿明清，对今天仍有些许影响。

并且，当年元朝在刘秉忠和郭守敬的策划下，修元大都也费了不少心思，且断断续续用了三十年的精力，感情嘛，肯定有！人毕竟是感情动物，自此蒙古人内心一角总隐隐有个大都情结，后来的呼和浩特就是这情结的体现。而且，至今北京故宫博物院仍有元代的精美建筑被保留了下来，有心的读者和喜欢元、明史与建筑史的读者可以去亲自看看，先不多说。

此刻，由于“小铁锅”元顺帝北奔的中都白城子不但被红巾军破坏过，还总是有一只银狐夜里“闹鬼”，令人心情不悦，所以了解元史底细与秘闻的他索性就回到了上都老宫殿。老宫殿也是科学僧刘秉忠的杰作，可以称作北故宫。老宫殿北故宫位于口外正蓝旗上都河镇东北四十里处，地处滦河上游闪电河北岸水草丰美的金莲川草原上。话再说远点，汉武帝时的李陵就埋骨于闪电河这一带；朱棣后来远征时，也是在这一带的榆木川的老榆林辞别人世的。

滦河源是悠久的和美丽的，它是滦京中轴线的北端方向。滦河百回千折，低吟浅唱，历尽无数历史的沧桑风雨，目睹了北朝政权的几多成败兴亡，故事多多。这里由于临近汉家之河北邢台，且西有盐泊之利，适于整兵经武，所以古时有少数民族政权曾特意开辟一城以实汉人，从中寻觅汉家各类辅弼人才，他们自信滦河源之春自有胜过南朝四百八十寺的一天。

果然，有灵性的滦河连起了忽必烈与河北邢台的一大批知识分子与佛门禅师，改变了历史的走向；刘秉忠也回赠了滦河源一个精彩的老宫殿。龙岗秀色常青青，年年五月来上京。老宫殿它本来很壮美，这里是“小铁锅”当年登基的地方，也是马可·波罗来过的地方，是让欧洲人向往的神秘地方。

在上都这里理朝那也是不错的，尤其是盛夏时节，可以避暑；理朝与休养，两不耽误。放眼望去，那闪电河与滦河河道北流南去，曲致如带，千曲百回，缓流向东，至今滦河水养育京津，的确是滦京一家；这里植被茂盛，华子鱼鱼翔浅底，群鸟壮观，交响如天乐；四野的金莲花与紫菊一望遍地，金色灿然与紫色悠然地一直盛开到秋季。

难怪北京冬奥会选址在张家口，这一带的历史资源的确太丰富了！幸而老宫殿这里今天还盛开着遍地的金莲花。金莲花是元朝国花，这种高贵而不奢华的小花，簇拥着元上都遗址，凝聚着一首历史灵魂的诗篇，把往昔岁月一个个精彩纷呈的故事、小诗和秘密浓缩珍存，这花能成为元朝的国花当初也是有深邃含义的，并非出于哪个皇帝的个人爱好与突发奇想，这也同样是有故事的花，不多表。

金莲川这里还曾分布有寺院一百零八间，当地传说有人见到过一条千年白蛇在这里修行，传说至今犹在！当然，这里还有手工作坊和野生的老榆树林和大松林等。大松林特别的大，它们就是最早的、天然的三北防护林，不但可以阻挡每年的风沙，还可以为老宫殿提供木炭、野菜和香甜的蘑菇。每年的一场场雨后，大松林这里松蘑如星星般满地，小精灵采之不尽，值得一游。

天下万物皆一分为二，历史与地理也是如此。金莲川在夏季和初秋虽然美，但这里仍是塞北苦寒之地，仲夏就开始落霜，十月就开始飞雪，漫长的严冬与暴风雪，迟迟不来的北国春风，怎比得了温暖与大雅的大都：大都都八九雁来了，那滦河还冻得邦邦的，冰面上还跑着大马车呢。虽然歌唱家深情地唱“我爱你，塞北的雪！”但定居选择的却是北京与法国，而不是塞北。西方有句谚语：说是一回事，做到那是另一回事。说远了，打住。

尤其眼下，上都北故宫这里的建筑被破坏得很厉害，一时也没人能修复，无法安生居住。所以失落的元顺帝看着这残败的城垣是十分惆怅，常望着大都的方向唏嘘不已，即便是群鸟的轰鸣飞过似乎也唤不醒他的悠悠沉思……

当然，不仅仅是怀念过去，还有担忧未来的惆怅，因为还有一件天大的事情要发生，元顺帝从西蒙古那里再次获悉准确军事情报：大都危机！因为这个世界还在悄悄上演着元大都的传奇故事，成吉思汗的梦和忽必烈的事业一直有人想继承，有人早在元朝时就想入主大都，有人想在解决完大马士革后，联合元顺帝一道把大明干掉，并已经邀请北元派出使者到葱岭高原参与筹办“蒙古人大会”，这就是十四世纪历史天轮的惯性。

浩瀚的达里诺尔湖呀，幽静如蓝宝石一般美丽，不但是草原人的天堂，也是春秋两季天鹅的天堂。但这些美景吸引不了“小铁锅”的眼球，元顺帝无心欣赏这湖水、天鹅和成群的美味华子鱼。因为蒙古人大会在那个时代就意味着联合国大会，接着就有人可能组建联合仆从军开战了，元顺帝觉得这对草原来说并不是好事！

这究竟是怎么一回事？发动战争的理由呢？师出无名不行啊。究竟是冲谁来的？目的何在？目的就是要入主大都，就是要占领今天的北京。欲知后事如何，且听下回分解。

正是：我昔上都夏宫住，手种松林百千树。门前滦河映白云，殿后骏马更无数。可惜元末气数尽，绮丽奢靡空国库。吃水不忘挖井人，还将河山归佛户。亚洲山雨正欲来，且看朱哥紫禁路。

第十九章

路在何方

书接上文。上文说到就在朱元璋心中谋划大明紫禁的时候，亚洲还有一件天大的事情要发生，什么事呢？就是有人想在解决完大马士革后，联合元顺帝一道把大明干掉，并已经邀请北元派出使者到葱岭高原参与筹办“蒙古人大会”，理由就是继承成吉思汗未竟的事业，推翻不合理的制度与怨声载道的王朝！

军国主义在元末明初非常流行。成吉思汗的强项是弯弓，对海宇中心有所误判，但成吉思汗始终坚持宗教信仰自由。元末改元入明，朱元璋厌恶以夷变夏，保护华夏传统文明，采取了一些措施。于是，一些色目人逃到了葱岭中亚地区，为了恢复往日的天堂，他们就鼓动当地大酋入主大都，说朱元璋朱可汗坐不了天下，说他救济不了斯民，他的王朝将会怨声载道，他的《大明律》白纸黑字地有问题，神圣地欺骗了天下人。

撒马尔罕大酋这人什么招儿都使，他甚至打宗教牌。打宗教牌进行革命，这就会给宗教信仰自由带来劫难。“小铁锅”与佛有缘，不能坐视不管，而且还有利益捆绑。因为西方兵主准备在干掉大明后也要找借口占领草原，最后是占领印度、日本、朝鲜和整个亚洲。世界佛教史已经证明，如此一来局面无法控制，将有法难发生，信佛的“小铁锅”元顺帝与印度高僧板的和徒弟女尼底娃答思在元末就有信息与观点的交流。

眼下，在印度高僧板的的运作下，元顺帝也必须和大明的朱和尚暗通消息，并准备进行联盟抵抗，并提醒朱元璋革命尚未成功，《大明律》且勿急着追求什么正宗与求稳，别着急。只是眼下这秋天的菠菜还真不好送。因为洪武爷此刻正在志得意满，小胜即骄，有点听不进去话了。为什么洪武爷在成功的时刻变心眼儿了呢？这源于一次李善长导演的、精彩的大明成功建国。可成功也毁人呀！比挫折还坑人，可这究竟是怎么回事呢？

且说在洪武元年正月初四，这是一个雪霁晴灿、风和日丽的日子，老天爷非常给力。朱元璋大祭天地于南郊，一吐多年来心中的积气。在李善长导演的“三辞三请”下，在群臣们此起彼伏的万岁声中，朱元璋正式登基称帝。接着册封马氏为皇后，立朱棣的长兄朱标为皇太子，洪武王朝开篇不错，大吉大利，一帆风顺。

接着，春风中玉麒麟方谷珍就来投奔，并承认朱老弟是天命真人，大哥愿意屈尊归顺朱天子；秋天，天下农业多地大丰收，尤其是两广地区；朱元璋此时的人生命运可以说是雷天大壮，绽放荣光，处于巅峰状态。唯一的遗憾就是有一个名响明史的、当时的一位名人既不支持也不表态，让朱元璋在一片掌声中略有一丝不悦。这是怎么回事呢？这正是紫禁城大戏一个深深的伏笔，这不是任何作者与编剧所能安排的，这是历史老人的安排。

古代非伟大领袖老子同志曾教导我们有无相生，福祸相伴，霸渣无二的道理。这意思是，你在某领域也许是学霸，而在其他领域也许是学渣；朱哥在军事上当然就是学霸，但在建设上，尤其是大明的基本建设上可是犯了一系列低级错误。这是怎么回事呢？

眼下，石头城已经初步加固，朱元璋尚且没有咬牙宣布建康为首都、为京师，他觉着金陵这儿还不称心，不配做紫禁城。从地理角度考量，石头城这儿只是一座不甚规则的江边军镇。从长远角度考虑，朱元璋还有不便说的万岁楼难言之隐，所以朱元璋还有宏图大略。可麻烦就出在他这宏图大略上，七分天子夸大国，称王亚洲谈何易。

且说就在朱元璋开心立国的日子里，正是丝路上帖木儿大君踌躇满志之时，他受色目人的鼓动准备给“三只眼”朱可汗来个糖衣炮弹计和瞒天过海计，只是由于在哈烈和大马士革一带和其他对手打得不可开交而抽不出工夫。哈烈国也叫黑鲁国，相当于今天的阿富汗一带，当时也是西域大国，国土面积比今天大；大马士革相当于今天的叙利亚一带。看，这俩地方在古代可就不消停。

草原的元顺帝了解这一切，他作为前国家领导人有自己独特的思考与看法，他觉得西方兵主这一切闹腾还是源于欺中华无人，俊才朱哥还是有迷信和保守的缺陷，他不但没有定鼎大都，而且因迷信连长城都不敢来。怎么和朱哥接触呢？怎么交换情报呢？到了草原后，“小铁锅”猛然想起了一件事和一个人，这个人在宋末元初非常有名，大元朝的皇帝与臣子没有不知道这个人的，可以说是赫赫有名。“小铁锅”觉得这个人的法嗣必有薪火相传，他们一定可以拯救天下。

元顺帝想起的这个人，不但是大元的历史名人，也是元初曾名扬日本的历史名人，更是亚洲和世界的历史名人。“小铁锅”元顺帝觉得只要找到这个人的法嗣，也就是门徒传人，就一定能挽救和维护天下、佛教、草原和成吉思汗的尊严。说来这个人也是亚洲史上的传奇人物，他的确曾改写过亚洲历史，是在中华有故事的人，是在日本有故事的人，就连亚洲历史和世界历史也不敢忽略他的名字，他的名字就叫无学祖元，一名中华禅师，他的临刀偈哪个大元官吏不晓！

> 乾坤无地卓孤筇，喜得人空法亦空。
>
> 珍重大元三尺剑，电光影里斩春风。

但是，元顺帝明白这个禅僧奇才当年曾和忽必烈有过过节，而由自己出面请他的门徒传人出山不太合适。而让朱哥朱元璋出面那就八九不离十了，一举多得呀！所以“小铁锅”心里有一肚子话想对朱元璋说。而朱元璋呢，也没忘记老领导，在印度高僧板的的提醒催促下，他还在登基的忙碌中抽空给元顺帝写了信。此刻，印度高僧板的和徒弟女尼底娃答思已经来到了应天府，也就是后来的南京，底娃答思与马皇后常来常往，是无话不说的好友。

且说不知是不是朱元璋太成功了，他信里捅词儿总是跟老领导元顺帝打官腔，拿架子；俩人心里其实都想见一面，可又都不肯屈尊，就这么僵持着，这需要有人打破僵局，元顺帝迈出了第一步。朱元璋这厢已经来人了，是元末官员危素，带来了元顺帝信息的秋波，他提醒洪武爷要居安思危，最好是定都在北平府，放弃南京和其他任何地方！这已经是第二个人劝朱元璋定鼎北京了。

但朱元璋会听危素这个人的建议吗？会采纳他的进言以北平府为京师、在那里肇建紫禁金窝儿吗？北平府这里的地理形势经过刘秉忠、郭守敬、危素、刘伯温、华云龙和丌勤等人的调研，发现这里的地势是真正的虎踞龙盘，而且无定河河网密布，水源充沛，一条大河波浪宽，特别宽，还真有京西水稻的稻花儿香两岸；筑城讲究逐水而居，这可的确是金窝儿呀！但历史的前进道路就这么曲折，它不是像北京地铁一号线似的直来直去。

朱元璋选择首都居然还就不是北平府，他选的是衣锦还乡，他选择了老家临濠，也就是凤阳。选择决定人生，选择决定一代王朝社稷的未来。卜都定鼎可从来不是小事儿，究竟哪个选择才是对的呢？凤阳府真的可以做大明首都吗？它能代表亚洲秩序吗？这是做京师的吉壤吗？这合乎章法吗？对朱元璋、大明王朝和整个亚洲来说，凤阳你究竟是金窝、银窝、草窝，还是狗窝呢？

都不是，这是狼窝，定鼎凤阳差点引爆了一个雷！差点颠覆了大明洪武，这是荒唐的萧梁事业！幸好，文史一家，有历史人物贝琼和禅僧将亲眼所见而感怀的诗为证！这究竟是怎么回事？大明洪武朝盖座皇宫与选个首都为何这么费劲儿与纠结？原来，这与没个科学态度有关，这与赶考的态度有关，这与小胜即骄有关，还甚至与历史知识的多少与建国章法的有无有关。

洪武爷这个历史人物很奇葩，明史很复杂，今日北京紫禁城可说是费尽周折，来之不易，九九八十一难绝非戏说。因为刘伯温这个著名的明史人物，也因为大明紫禁城的选址问题痛苦不堪，惆怅不已，他反对朱元璋定都江淮，而且是坚决反对。

而且除了刘伯温，还有一个元旧臣也是坚决反对，不惜丢官。为什么？因为紫禁城的错误选址将带来虚假的繁荣与帝祚空前的危险，这是有深刻历史教训的，这是有宝贵智鉴的，刘伯温的确是个有故事的人，北京紫禁城来得并不容易。欲知后事如何，且听下回分解。

正是：大元甲兵强弩末，回鹘烟雨入域西。弯刀欲使天山裂，大明寒吹海月低。只因江东有紫梦，不到长城到淮西。淮西狼吼一阵阵，更有洪灾亦搅局。紫禁化作萧梁梦，西吴天子叹迷离。

第二十章 居安思危

书接上文。朱元璋之所以急着封王，让孩子们挑大梁保边卫国，除了巩固国防，除了节制红巾军将领的朱衣梦，他也是想早点衣锦还乡，耀祖光宗。他准备把大明的京师，也就是首都锁定为自己的家乡临濠府，他认为自己的家乡乃天下之中，可以定四海之民。当时，大明南京临时政府各级朝臣对定鼎临濠是一片掌声，持久不息；淮西勋贵集团更是全力赞同，手都拍麻了，就差点赞和刷屏了！

但是，臣子中有一个著名人物首先给了差评，他不同意朱元璋这么做。是谁这么大胆而勇敢且在找病？是刘基！刘伯温认为衣锦还乡就是面子工程，对王朝是不利的，这是庄园主的土豪梦想，没有海宇全局眼光。更重要的是：自古至今，临濠那里就没入过九州大地王朝定都的候选名单，那是个四散之地，没有团结的地势象征，地理地势不环抱，而且淮河与临濠的濠水自古泛滥多灾，凤阳府根本不适合做首都和肇建紫禁城！

可刘伯温没想到自己竟然碰了一鼻子灰，人生从此黯淡。这不是因为科学五明而争论，不是因为亚洲秩序而推究，这是因为朱元璋受人忽悠、此刻正在衣锦还乡梦的兴头上，你刘伯温一个皇家图书馆的破调研员还给他浇冷水，那不是找病吗！此刻朱元璋太粗了，胜利与立国后，一个个美丽嫔妃被推荐接踵而来，总不给他冷静思考卜都定都的机会，因为他早已经改名儿不叫朱重八、朱兴宗和朱国瑞了，他叫元璋；名字越来越高雅，宠妾也越来越多。

看：昭敬充妃胡氏、成穆贵妃孙氏、淑妃李氏、安妃郑氏、庄清安荣惠妃崔氏、安妃达氏、碽妃、宁妃郭氏、惠妃郭氏、顺妃胡氏、郜氏、韩氏、余氏、杨氏、周氏、贵妃赵氏、贤妃李氏、惠妃刘氏、丽妃万氏，等等，转眼已经有了二三十个嫔妃，而且还有不少没有封号和名字的乱花美人，迷人眼目。这些美女可不是为了什么凄美爱情而来，她们也是由政治势力推荐介绍而来的，他们也在协助忽悠朱元璋定鼎淮西，这枕边风可也是一股不可小看的势力。

还有很多无名美人如过江之鲫也在不断跟进而来，五十这数字就算不说荒淫，也是够元璋皇帝忙活一通的吧？这可不是一箱小苹果，是一筐，肯定照顾储存不过来，这能没有故事吗？要说这些人里最有故事的，当然还是朱哥收编的那些陈友谅的姬妾，哪天没人借口去鸡鸣寺上香？天天从后花园旁门暗道往外跑，当然也有野汉子老情人与新情人在深夜偷偷跑进来摘出墙红杏，这可能就是朱元璋有些后代长得不像朱元璋，而像李善长弟子的原因所在。

这乱事绯闻可不是猎奇瞎编，这是有明初官员兼诗人高启的诗为证的：女奴扶醉踏苍苔，明月西园侍宴回。小犬隔花空吠影，夜深宫禁有谁来？高启这个人是明初著名诗人，“北郭十友”之一，是明初大才子，才华横溢；他是刘伯温的朋友，是荣国公姚广孝的朋友，就连毛主席写诗都曾参考过他作品的韵律，曾手抄其诗《梅花》。

高启此时也算是大明干部，是体制内的人，是洪武爷亲自任命修史的，他写这诗不可能是在讽刺主公，封建社会的官场里谁有那么大的胆子！这是在提醒洪武爷，李善长的弟子们偷鸡摸狗偷红杏来得太勤了，做得有点过了，这影响太不好！对了，这些绯闻大家一般都不爱听，读者朋友们和老师们都是高雅人和文明人，这篇太庸俗，翻过！对不住啊，谈这些花草事，给您添堵了。

但是，有些明史的记忆是将士血泪与民脂民膏铸成的，是翻不过去的，大明紫禁城定鼎的历史可没那么轻松，也不应该将历史智鉴随意就翻过去。且说朱元璋曾三次秘密派出使者，想与元顺帝接洽面谈天下大事。可由于朱哥在信里捅词儿对老领导打了官腔，太高调了，都被元顺帝无言拒绝。这俩新旧皇上都不愿丢面子，其实双方心里都想见一面，太想见一面了，因为元顺帝已经感到自己时日不多了。

人之将死，其言也善。元顺帝在草原觉得自己时日不多了，也曾秘密派出联系人去南京寻找一个自己的汉人旧臣，让这个旧臣去找朱元璋提醒他应当定都于北平府，就是大都，因为蒙古帝国的格局对海宇世界的影响是有惯性的，直到今天，包括今天。因为聪书记刘秉忠不是饭桶吃货，是科学家，中轴线这是有玄机的。

且说这个在南京的元旧臣此人还是挺负责任的，一直为此事和朱元璋、和臣子们较劲儿，碰了不少钉子，受了不少气。能不受气吗？您的身份是贰臣！古今中外哪个贰臣不受气？况且此刻应天府各路朝臣因定都一事正吵得不可开交，斗争非常激烈，结果这个人又来插一杠子，能不惹麻烦上身吗！这个元旧臣，这个历史人物是谁呢？他就是我们前面已经提到过的贰臣危素。

危素是个什么人呢？危素是元末官员，与元顺帝亦臣亦友。危素是金溪黄通高桥人，今天属江西，他是唐朝抚州刺史危全讽的后代。危素这个人虽自小好学，但不是以“四书五经”为主，而是以历史为主，他科考一直不顺利，一直持续到不惑之年，运气还不如范进。但是，危素的两位老师都是历史极客，他们希望危素这个门徒不能放弃，大器晚成，读史能以古喻今，吃透历史可以经世致用，而不是简单地学而优则仕，过官瘾和光耀门楣，找颜如玉与黄金屋。

在至正元年，家乡有从官场离休下来的人提醒危素老同学和危素的老师：元朝官员从内心里不理解学而优则仕，他们觉得一个人什么都不会干，不会带兵与筑城，不会种田与造林，不会做工与手艺，就会读书，怎么还要当官员去领导别人？所以他建议大家给危素凑俩钱儿去大都游学、走荐举之路，毕竟精通历史，肯定会有用武之地。

于是，危素与自己的老师都活了心眼儿，开始找人。到了大都后，经人引荐，于是危素出任元廷经筵检讨，参与编撰宋、辽、金三部历史，检讨历史经验教训，这个人因此更加懂辽金历史了。之后危素由国子助教升迁翰林编修、太常博士、兵部员外郎、监察御史、工部侍郎、大司农丞、礼部尚书等职。

这些豆腐账都不重要，重要的是至正十八年，危素曾专任甘肃平章事，总西部兵马，这可不得了，他相当于西北军区司令，他了解大西北的军情信息。那时的大西北国防其实已经是危机四伏，因为大元被色目人的理财理得是没钱海运，没钱治河，也无钱养足够的兵。一句话：西北国防空虚。

危素此人担忧天下，居危更思危，力图中兴大西北，他为人忠义清白，整治边防、任用贤吏、安抚边民。而且危素这个人在民族关系上公关能力比较强，再加上稳重实在，在大西北很有团结各民族和各藩属国的成绩，当时很受皇帝和太子一系两方面的赏识。他不但拒绝金钱与美女的赏赐，且自掏腰包与家底儿救济灾民，成为当时感动大元的一代人物。就是这个人在元亡明兴归顺大明后，也和刘伯温一样劝朱元璋定都北京。欲知后事如何，且听下回分解。

正是：昔年承诏入金楼，十八军策进吴侯。如今国主江山立，欲将金銮紫禁筹。无奈错认吉壤路，风波一场遗憾留。临别再看三山外，涛涛大江滚滚流。欲将目光极千里，心中却生古今愁。

第二十一章 定都隐患

书接上文。政治家的巅峰时刻往往就是危险时刻，你这摊子一旦干出彩了，就总有人羡慕嫉妒恨，给你扎。至正二十四年危素终于弃官了，他辞职为民、跑到北京房山一带的报恩寺庙里隐居去了，当老居士写历史去了。

到至正二十五年的时候，危素已经年逾花甲了，他也准备边写诗，边写历史，边颐养天年了，而且此刻跟庙里的和尚们也都混熟了，准备这辈子也就这么着了，聊天时的话题当然少不了西北的国防故事与隐忧。可是，说者无心，听者有意，危素的话对报恩寺庙里的诗友长老大梓和尚来说，可是入耳入心。

大梓和尚不是一般只会撞钟的和尚，他来自五台山，不但背景神秘且武功高强，是有使命的禅师，与印度高僧板的在台怀有过来往与密语。几年后元顺帝北奔跑了，大都的宫室空荡荡了，留下监国的帖木儿不花按原订计划还有抵抗的想法，他又宣布危素回宫做翰林学士。可刚接到任命书，人家徐达的大军就包围了大都，危素面临着生死抉择的一个大坑，命运捉弄人呀！

“国家待我不薄，今国家亡，吾敢不死！”于是，危素准备一头就扎进井里，一了百了！因为朝廷都没了，皇上都跑了，人家红巾军就要填濠登城了，我还跑去当什么翰林学士，还要什么自行车呀？这不是扯犊子吗！干脆死了得了！

因为危素听说有些官员已经殉国自裁了，因为北方的不少汉族官员是忠于元朝的，毕竟有一百来年的基础了，有的甚至还要长；相互通婚，不是一朝一夕的情感，日常也不用奴颜婢膝、跪来跪去的，礼儿少事儿少。人在大明，心思塞北，这在那个年代和那个历史时刻，不是个案，更不是传说。

“不可，国史非公不知，这是死国史！”赶来的和尚大梓急忙出手，但只见武功超绝的他一个“锦鸡抢食”飞步赶来，一把抱住了危素。其实，大梓和尚所说的国史就是指大西北的军情信息与军事历史，还有用呢，太有用了。这不是你个人死活的事，这事关亡天下与佛门法难的发生与否，这是大明有用的信息！

和尚也是关心天下兴亡的，否则，有些禅院干吗叫报国寺、兴国寺、崇国寺和护国寺呀？大梓和尚也是一代救亡图存的秘密志士。结果，跟随解放大军进北平的红巾军干部吴勉恰巧到了房山地区和北平府的南城一带巡视联络，他根据朱元璋《大军帖》的最高指示，就让危素成了大明的官员，和张以宁、曾坚等八十五人被请去了应天府，顺乎天命，与时俱进，在南京开始了新的人生旅程。

危素这个人，史家研究他的不多，寥若晨星，资料也就寥寥几篇，且多是贬低多于褒扬，讥笑多于理解。看一个历史人物不能仅凭一朝一代，或两朝两代，要看他是否能经受住岁月的考验，要看他对中华民族是否立有不世之功。盖棺就定铁论，略显浅薄，历史长宜放眼量。如果仅凭他是贰臣就讥笑他，不但有失公允，也失去了很多宝贵的历史信息。您想想，当过大元西北军区司令的人，修过宋辽金元历史的人，知道的内幕能少吗？

可以说危素这个人使大明建设紫禁城的历史又起微澜，带来了不俗的故事。首都是天下之本，是王朝的心脏，是天下团结和秩序的象征。尤其元朝是国际化的时代，所以继承大元的大明的京师也意味着亚洲秩序。而且京师建设自古至今都不是容易事，罗马城不是一天建起来的，北京城更不是一天建起来的。眼下南京城和中都城更是结局难料，因为刘伯温和危素都反对朱元璋衣锦还乡建首都和肇建凤阳中都紫禁城。

可究竟朱元璋会不会听危素和刘伯温这俩人的劝告呢？结果是不但没听，危素和刘伯温这二人还得罪了汤和、李善长和背后的廖永忠与胡惟庸势力，还闹得几方都不痛快，好心居然成了驴肝肺，可这故事又是怎么个来龙去脉呢？说来严肃和沉重的历史居然也真是有搞笑的一面，可搞笑的一面里又透出明史一丝沉重的道理，让人在笑声中不得不夹杂着对明史的轻轻慨叹。

危素这个老臣，这个贰臣为了完成元顺帝的重托，他还在努力劝说朱元璋定鼎北平府，他还带着一份元顺帝委托转送的礼物，准备和洪武爷好好聊聊大明应如何寻找金窝儿。因为皇家建筑的选址可不是学区房，可以孟母三迁，这可不只是钱的问题，这可不是小事，建国与京畿的基本建设要有章法。

毕竟您朱重八以前也没当过皇帝，您以前是自由职业者，是盲流，也没有这方面家传的经验。对不对？英雄可以不问出处，但英雄要尊重筑城科学的规律，就是天生英雄也应该有点谦和与老实气儿。守业并不简单，建国与开国同样重要。历史并非有了毕业证书与头衔就是合格毕业，赶考乃是终生的；而且就算是终生学习，那或许还有三分没学到。

山外有山，天外有天，对不对，朱哥朱行者？不能因为您是行童出身，您就可以无法无天做狂僧，您必须对汉祚与天下负责，历史规律与科学规律是公允的，老天对谁都没有偏私。毕竟当年的辅佐导师毛骐与王濂已经较早牺牲，毕竟朱升老师也辞职离去，大明建国必须小心行船。阿弥陀佛！善哉，善哉，无量佛！

一开始，也就是洪武立国初年，其实朱元璋很重视危素，很尊重危素，多次召见，询问元朝因何兴起，因何衰落，如今天下还有何隐患，危素一一对答，并凭借亲历西北守边与治军的历史经验说出治理天下的要点，顿时赢得朱元璋好感，甚至给了特殊待遇，毕竟年事已高和有统战的价值。朱元璋赐给了小车，可以免朝谒，让危素和宋濂等人一道修元史；又赐酒、赐宴和赐衣服的。

可封建官场三分命，危素这个倒霉蛋一旦有恩宠，就会有麻烦。许多人见危素得宠就在背后说危素的坏话，说不能信任贰臣，得防范，说这话的人里面除了御史王著等，甚至有李善长这样的大人物。洪武爷这个人交朋友本来就没长性，这是马皇后的观点；朱和尚这个人做大事常常不能慎终如始，他很快就抛弃了危素。为什么呢？也搭上危素这人办事太着急了，或者太倒霉了，让宝贵的定都信息也被浪费了。

到底怎么回事呢？是这么回事。危素的工作是修历史，平日不用天天上朝，但他很想和朱元璋私聊一次，把元顺帝拜托的一件事转达给朱元璋。来早了人家很早就理朝，来晚了，天黑了也不方便。索性，危素在午休时带着元顺帝的礼物一个水晶漏儿，就去找朱元璋了。不料精力旺盛的朱元璋正在和美人行云布雨，“啪啪啪”地唱红尘情歌，不开门儿。

“明明听见里面有声音，怎不开门呢？回去？这水晶漏儿太沉呀，得把东西放下再走呀！敲敲窗户去吧？”得！这下可好，危大哥一下子就搅了人家的金陵春梦，砸了！这下全砸了！毕竟朱元璋不同于草原人元顺帝那么随意，君臣没那么多礼法条框讲究，礼节差不多意思到了就行。而朱元璋呢？他老派儿，规矩繁多，被扫了兴的洪武爷恼了！欲知大明紫禁城的命运将究竟如何，咱们下回分解。

正是：花开生两面，人生佛魔间。佛魔在一念，一念判鬼仙。浮生若骄狂，何以安流年？不怕念头起，就怕觉迟然。

第二十二章 孤舟浅水

“你！干吗呀你！”朱元璋站在门口这个烦呀！红尘中的男人嘛，其实差不多都一个德行，淮河畔燃灯集小庙行者出身的朱元璋也没有免俗。

“你也是，我这睡个午觉你跑我这儿腻歪来，赶紧走！”屋里的小苹果儿也被洪武爷“骂”走了……

从此，危素难过的日子就慢慢开始了。当然，这主要的原因不可能是因为这个奇葩的经历，还是因为危素反对朱元璋定都临濠府，是激烈的反对。而定都临濠主要是朱元璋自己的想法，紫禁梦正在兴头儿上，元顺帝的建议不但没起作用，那个礼物、计时用的水晶漏儿也被洪武爷一锤子砸了！

砸了！完了！从此，危素也开始倒霉了。但倒霉了也得努力运作，因为这事关东北亚和东南亚的救亡图存，事关草原兴亡，事关宗教大事，背后是世界历史的风云在变幻，可不简单，必须还得接着找洪武爷。而且，那条寻找天下奇才无学祖元法嗣的重要线索还没跟洪武爷说呢，这可是元顺帝的重托！

不过，老臣危素再不敢敲门敲窗户了，毕竟他和朱元璋交情浅，缺乏感情基础。交浅言深，可是不好受呀！而且，朱元璋这人不但规矩细密，这个段子手因跑过江湖还爱讽刺人，就是说话有时嘴损，不像草原人元顺帝那样法礼疏与为人厚道，北遁归去仍能做到将亚洲奥秘诚心叮咛转达说与凤凰台和应天府。

“谁呀？谁在院子里等我？”朱元璋大声问。

“老臣危素。”危素怯怯地答。

“你呀，朕以为是文天祥呢！”朱元璋这话说得可就着实有点损啦，这段子整得可太江湖气了，太三俗了，太伤人家自尊了。这不像红光满室的人所说的话，毫无章法。这简直就像个赶马车的和胡同串子说的话，人家以前可曾是前朝的西北军区司令呀！

……

危素立即意识到自己要完了，朱元璋更不会听元顺帝的定鼎北平府，他莫非是害怕被北朝大军包了饺子？危素也带过兵，曾经是西北军区司令兼政委，知道朱元璋的心理，知道他眼下只想躲在淮河和长江后边偏安，元顺帝的话朱元璋是不会听的，可这样何足达英雄之略？也许你大明不喜欢战争，但战争却偏偏喜欢你大明，历史道纪谁也无法抗拒。

但是，由于有神秘来客印度高僧板的和女尼底娃答思的提醒，朱元璋还是派人先后给元顺帝送去了三封信，希望元顺帝亲自来南京拜见新皇上，并商量海宇大事。但由于朱元璋选择的会谈地点是南京而不是北平府，不但对老迈的元顺帝来说是路途遥远，而且信里捅词儿是要求元顺帝“拜见”，所以“小铁锅”只能以不答做回答，毕竟年事已高。

信息是石沉大海，这一切只因朱元璋不够尊重已经离休大都了的老领导元顺帝。历史上，成功者谁没有点飘飘然，朱元璋已经把“小铁锅”扫进历史垃圾堆，他在命人急着修元史，他没有想到老领导元顺帝还有价值，还有信息的价值，甚至还有改写亚洲历史的价值。

“小铁锅”元顺帝毕竟做过皇帝，且仍然是北朝的皇帝，他过去虽然有荒唐的一面，但他有自己的高度和深度，他也接触过有历史和军事见地的人，他了解蒙古帝国，了解西域，了解当年有大量色目军将领买官任职枢密院，一直在对外输送情报，这个世界必将兴起一场风波，风起葱岭！

对于朱元璋的三封来信，元顺帝其实都收到了，但一封也没回。回什么回？这么大岁数了，又畏热苦夏，去南京千里迢迢搞不好就死半路了，屁也谈不成！其实元顺帝很想和朱元璋推心置腹地交流一番，因为他担心西北之西即将天裂，他担心大都花落旁家，根本落不到朱元璋的手里；当然也担心宗教信仰自由受到破坏，蒙古人信喇嘛教，喇嘛教就是佛教。

元顺帝托人悄悄送给朱元璋的那件水晶宫漏，是一种由科学家郭守敬发明的计时器，是元顺帝自己亲手模仿制作的精巧仪器，他想借此和朱元璋礼尚往来，珍惜时间，待有机会面陈历史玄机。军事情报不能乱说，容易被敌人破译，只能暗送秋波。宫漏意寓着珍惜时间，迅速进驻大都，立国大都，时间不等人！

但朱元璋这个老粗，一锤子就将这个宫漏给砸碎了！秋天的菠菜不但没被洪武爷接受，他还说了一些唱高调、根本不靠谱的话，这不是当年的朱重八、朱兴宗和朱国瑞，他的《大明律》在文字上也已经把屁股坐到了斯民的对立面。人的性格是黑匣子，元顺帝这个人并非完全是保皇派，他曾把梁山好汉作为英雄人物写进宋史，这也是元顺帝为何想重返大都的原因之一，这也是之后塞北边塞始终烽火不熄的主因。

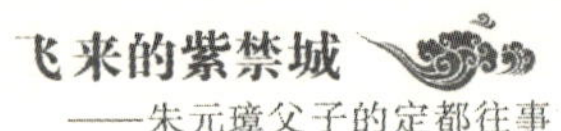

朱元璋已经被胜利冲昏了头脑，难道是因为他已经被达兰裙角的香风熏得踉跄，开始要和红巾军划清界限，还是宁莲的嗲声呢喃已经让朱元璋开始迷糊得诅咒白莲教？抑或是惠惠的气质已经让洪武爷更加宠让蓝玉？金菊如凝脂一般的肌肤已经亮花了“三只眼”的色眼？这秋天美丽的菠菜比元顺帝与危素暗送来的“秋波”，味道也许好极了！

这让朱哥在金陵的暖风中，没有眼光将革命进行到底，没有入主大都，也没有远赴西安和大梁，朱同志后来在建康就止步不前了。他甚至一生没有到过北长城，他甚至还要倒退往回缩，缩回老窝；他要衣锦还乡于临濠府，也就是父母家泗州，他让儿孙们守边，自己在南京和临濠之间秀一把所谓的得位最正宗的大明帝业，希望自己名垂青史。

眼下的朱元璋就连发小老朋友铁冠道人的话也听不进去了，他觉得这些当年的穷哥们儿不正宗，没面子，上不了台面。而且，朱元璋在别人的忽悠下居然想继续改认别人家的祖宗——朱熹，数典忘祖呀！朱元璋还准备提拔朱熹学说的门生做重臣高官，他的目的就是想对天下人说自己是朱衣出身，不是淮右布衣。

当然，可以理解这样做不是为了什么面子，洪武爷的出发点是好的，他的大方向也是正确的，那就是信仰自由、汉祚绵长和天下秩序；他不容许天下大乱和军阀混战。但卜都定鼎这一步，洪武爷着实把吉壤选错了！为大明肇建金窝儿而走两步？这一担江山在肩头压着，走两步谈何容易。当年从军之时干得那么漂亮，还不是仰仗毛骐与王濂这二位军营导师吗！之后还不是仰仗朱升的国策吗！

……

眼下，反对定鼎凤阳者主要有五个半：铁冠道人、刘伯温、华云龙、危素、孟善和何文辉。最坚决反对朱元璋定都淮西的旗手还是刘基刘伯温，刘基认为在凤阳定都不科学，不实；不仅是反对，刘伯温同时还建议自己的好友华云龙在建设北平府时，要考虑到将来这里做京师的可能；要有周朝两京制的历史眼光，要悄悄夯实北平府未来的基础，还要注意北海、玉泉山和北新桥的三个海眼，因为北平府在几亿年前是大海；要注意将来的防涝问题，要注意水关建设。

但是，由于党争和那个朱衣心病，刘伯温这个张良级别的人物也不被朱元璋赏识了，他甚至被人诬陷有嘲讽当朝之举，有异图。看来定都临濠是谁也拦不住的事情了，成功是好事，也毁人呀！乐极生悲，洪武王朝事业的一帆风顺之后必然是坎坷跌撞，甚至是月夜萧寒和昙花一现，只是眼下朱元璋还没有意识到这一点，没想到在错误的地点、错秀繁华后果的严重性，乱了脚步，乱了章法。

孟子的后人老将军孟善也不受洪武爷重视了，差点下岗。他并不是因反对定鼎临濠而下岗，紫禁城定鼎在哪儿，他不感兴趣，因为他认为农民领袖就不应当去肇建什么紫禁不紫禁的，劳民伤财；应当去关注黄河，关注民生，关注边关的巩固，君轻民贵。可这，能不招洪武爷不高兴吗！还有对此举不理解的，所以只能算半个反对者，他是谁呢。朱元璋有个义子叫何文辉，穷苦出身，亲人皆在元末饥饿和瘟疫中倒下，苦大仇深的他被朱元璋收为义子。何将军觉得当初聚义是为了救济斯民，不是为了什么紫禁城。所谓任何紫禁城的肇建在何文辉的眼里，都不过是衣锦还乡的地主大院子，他根本不相信什么“对应紫微星垣”和“九千九百九十九间半”这些骗人的鬼话。

何文辉不理解义父干吗这么着急要营造宫殿，这是救济斯民吗？这么多人流血牺牲、前赴后继和血洒山茶，就为您这份紫色宫产吗？但义父朱元璋说你不懂，这是万世根本，是正宗，是江山万年，是天下秩序，是学习尧舜。所以没有文化的何文辉只是不理解和不支持，而不是反对，所以算半个。

请注意，在这个历史时期，北平府和凤阳府是在悄悄赛跑竞争建城的，不过是一明一暗。南边的指挥部由朱元璋、汤和、李善长与薛祥做总指挥、副总指挥和工地现场指挥；北边的指挥部由刘伯温、华云龙和丌勤做总指挥和现场总指挥；徐达徐总司令不反对，也不参与。仿佛，此刻紫禁城历史的第一裁判应当是洪武爷。但是，其实历史的裁夺者根本不是洪武爷，而是老天爷，或者说是历史规律，是道纪，是天轮。不信？咱们就走着瞧！

淮西燃灯集已是春风和蔼的季节，天边飘来飘去的故乡云呀，仿佛在向应天府的重八哥召唤，微风已经吹来了故乡泥土的芬芳；韭山洞和跺花泉呦，小戏台和弥勒庙呦，俺重八就要归来了，曾经浪迹淮豫乡野多年的游子，锦衣岂能让它夜行。但是，朱元璋断没有想到，此故乡行竟然是一场万丈波澜与无底深渊，国库的真金白银与工匠们的心血劳作，换回的竟是一座荒弃的紫禁废都！

这是怎么回事？怎么会是这样一个历史结果？这在皇家宫殿的营造历史上可是绝无仅有，这必有原因！浩繁的明史铺就的蚌壳之路下面，是否仍藏有未被发现的一颗颗硕大、殊胜的智珠？紫禁的殷鉴与文艺的探索，是否能给我们今人不一般的智慧启发？向历史老人要智慧，前事不忘后事师；让历史殷鉴为今人的智慧充值，这是个不错的方法，欲知后事如何，咱们下回分解。

正是：建康臣子赞淮西，唯有孤臣秉理直。要知汗竹留芳日，只在孤舟浅水时。

第二十三章 扑朔迷离

洪武二年三月，三秦大地春风栩栩，这是个让潼关表里山河都山丹丹开花红艳艳的烂漫时节。常遇春和李文忠双剑合璧、率领雄师远程奔袭陕西，李思齐以临洮降；张献忠的祖辈张思道落荒而逃，下落不明。这时，金陵的朱元璋得知又有一股集结的元军继也速之后在窥视和准备入寇北平，于是火速命常遇春与李文忠率师围魏救赵，直接进取元上都。

关于常遇春将军，前文已有所交代，不再多说。而李文忠这个历史人物我们不得不简单多表一句：这是大诗人李白的后代，家谱属青莲堂这一枝的，有诗为证：本家陇西人，先为汉边将；苦战竞不侯，当年颇惆怅。

李文忠此人不但能征善战，且有诗词的天赋基因与修养，可出口成诗，风格雄俊，可以说其诗词水平并不次于刘伯温。但明初的天下战火未息，思本他作为带兵的部队首长平日很少展露文艺风采，比较低调；唯一的缺点是跟先祖李白一样，就是喜欢跟擅权的个别太监较劲儿，得罪人了！以后有空再聊这个人吧。

且说常、李二人奉主公朱元璋命于六月初二出师陕西，率步兵八万和骑兵一万是铁流千里，奔袭大漠，经鹿儿岭，过惠州，先在锦州败元将江文清兵，得兵马千余；次攻取全宁，败元丞相也速，再进攻大兴州；常、李分兵屯伏，又败元兵，擒丞相脱火赤。就在合兵经新开岭的时候，元顺帝闻讯提前开溜败逃应昌，仓皇转移。

接着明军奔袭开平，于六月十七攻取了开平岭，一举就拔掉了元朝上都。自此蓟北悉平，明大军还在此修筑了开平卫，巩固滩头阵地。开平卫位于今内蒙古正蓝旗东闪电河北岸，可俯瞰整个北方蒙古草原，这等于卡住了北元的咽喉。是年冬，王保保反攻未果，其他战事也是连连的不利消息，一年后元顺帝就在飘摇与寒号的塞北风雪中病倒了。

“我还活着呢，就亟不可待地修元史，说我好色好歌舞，你是柳下惠?”当朱元璋拒绝入主大都却选择中都的消息传回草原，元顺帝心里明白，没人看得起亡国之君，自己的话就算是真理，也是轻飘飘的没分量，没人爱听；而朱元璋的一句错话，都会被四方奉为圭臬。

“唉！可惜了海云禅师与忽必烈共同开创的祖业，可惜了佛菩萨化身的大都究竟花落谁家？天裂可有人补?”

……

“唉，你这个该死的朱元璋！还急着令人修元史，你这个大老粗，有你丢脸哭的时候！唉!”何止是一声叹息。最后元顺帝在不断听到战败消息与南京消息的绝望中连气带病黯然英昌，英昌也就是在今天北京正北五百千米的克什克腾旗。枕头下面压着的，就是那张帖木儿帝国发来的“蒙古人大会”邀请函和一首元顺帝自己手抄的蒙古民谣小诗。

长满艾蒿侧柏的山坡，
是我儿时戏耍的好草场啊。
慈祥的父亲和母亲哟，
是我活着的菩萨哟。
在那上崖上振蹄飞奔的，
是我那蝶花骏马哟。
从那心肝里思念的，
就是疼我的母亲和父亲哟。
……

元顺帝就是元顺帝，朱元璋称颂他顺天应人实是不假；蒙古秘史把他看作菩萨心肠也有道理。他当年离开大都时既没有放火破坏建筑，也没有在逃跑前报复屠杀红巾军革命志士。眼下他虽想复辟，那是事出有因，不得不为，他从不勾结域外异族外部势力，从不胡来，他不想把水搅浑。失败使人反省和清醒，成功让人昏头和膨胀！

元顺帝故去前心里明白天下还将要发生一件惊天大事！他不想让天下百姓遭殃，不想让信仰遭到破坏，因为他也曾亲自参与修国史，他懂历史，他想为善，他想让天下人躲过一场天裂之灾殃。而且他自小与佛有缘，他的第一任汉文老师，就是桂林大圆寺的秋江长老；眼下太子的老师还是汉人，叫李先生。

“啾啾！啾啾！”帐外，红嘴黑鸦嘤嘤鸣叫；黑琴鸡也不时掠过，留下一串动听的鸣响，声音是那样优雅与舒服。最后，元顺帝在无奈中病逝在英昌贡格尔草原，也就是今天北京正北方向的克什克腾旗的达里诺尔湖西南。这个童年失亲曾颠沛的孤苦皇帝，临终前不发一语，不留任何遗嘱，空给历史留下一团团迷雾，让后人去猜。

那块自称是缘自和氏璧的传国玉玺传给了儿子，在五六百年后流落到台北“故宫博物院”，难辨真伪。但笔者觉得那是古代仿造的赝品，因为它缺少和氏璧的风采，这是题外话。

接班人元顺帝的儿子虽也不想参加帖木儿的“蒙古人大会”，但通过青海的王廷与之有信息的沟通，这也许是历史惊涛的另一个伏笔，他这个人做事与他爹可不完全一样。对于元顺帝的离去，朱元璋闻讯赶紧亲自给老领导写了祭文，表示悲痛，随后也客观颂扬了元朝的一些历史功绩。

朱元璋心里当然明白元朝虽然短暂，元末虽然黑暗，但人家在这百年里确保了不让突厥鹘马过江，确保了宗教信仰自由，前几十年国泰民安，云南龙泉观甚至有人家的封神榜，有实物与天意为证，这是无法抹黑的，于是朱哥就尽量实事求是地评论元史，不多表。

要表的是金陵朱哥仍在深深的朱衣梦中，他去临濠立了皇陵碑，由元降官危素等人撰文，内容不外乎粉饰又粉饰，敢不粉饰吗！接着以临淮为中都，准备建城池宫阙，定鼎首都，并派军队协助清查户口。对于刘伯温预言的“三龙相斗毁王城”的话，早已抛在了脑后，刘伯温此刻似乎成了蝲蝲蛄。

对于淮河的历史朱哥了解得不深，工部领导薛祥、单安仁和孙克义不仅是降将旧臣，而且也是水利知识面相对不宽，此举就给后来的大明筑城史带来了惊天一笔。但天下其他洞悉历史天机的人却不敢反对，因为当时文字狱太厉害，而且朝中司法是由李善长、胡惟庸和陈宁这等狠角儿先后把持。

……

此刻，江山已经易主，天下花鳞册上的人，除了老朋友、老江湖铁冠道人张中敢来点暗喻，谁还敢再提醒洪武爷关于建都不利与位置不准的半个字，毕竟驱逐胡虏的各路红巾军只有朱元璋成了事，这在那个年月几乎是一面国父般的旗帜。天下之父似乎可以任性，可以出圈儿，可以逆天，可以想怎么要就怎么要，京师我想定在哪儿就定在哪儿。

常言道：举头三尺有神明。可老天爷真的答应朱行者这么要吗？历史规律和科学规律答应吗？欲知后事如何，且听下回分解。

第二十四章 北平初兴

书接上文。别忘了，就连佛教也提倡学习五明：声明、因明、医方明、工巧明、内明，你朱和尚懂五明吗？你不懂。佛门学习五明学，拿今天的话讲，即是学科学技术。尤其是工巧明，就是今天的基本建设经济学、规划学、地质学和建筑学。

你朱和尚当年不过是个小行童，是初级职称，并没有熏习大小乘佛法，知识是无涯的。尤其是大乘佛教主张，要想积极利益众生，就应当以五明为学人所必学的内容。学习是没有止境的，对于任何人来说都是如此，活到老学到老，从摇篮到坟墓，包括你朱皇上。而且，立国后你飘飘忽忽的总是沉浸在你的朱衣梦中，身边缺少导师；早晚是要跌跤的，而且是大跟头。不信咱们就走着瞧！

以前，朱元璋可是个性格爽朗，有事和大家商量，能集纳众言智慧的人，眼下，他究竟是怎么了？他除了修理危素，也已经开始整反对自己建都凤阳的刘伯温了，你反对我在凤阳做首都，我整你！就连老朋友铁冠道人也被他冷落，托人送来的礼物茶、山泉水和干菊花等也被洪武爷闲置一旁。这闲置的何止是礼物，闲置的是宝贵的人生信息、天下信息、军事信息和历史道纪！

铁冠道人在明史上名头虽不响亮，他虽不能像张三丰、张定边、周颠、愚庵智及和姚广孝那样能仰观天象和力挽狂澜，但他却善于俯察地理，他受张三丰启发年年自费调查研究五岳四渎；对于历史，对于信息、对于亚洲局势，那是有精准的预测能力的。

发小儿铁冠道人给重八子送礼那不是在拉关系和拍马屁跑官要官，绝没有半点那个需要，他年轻时虽刻苦读书成为学霸，但在张三丰的提醒下就立志不当官，不科考，不做黄粱梦；眼下那是要救朱元璋的命，要救大明的命，要救汉祚的命；铁冠是在提醒朱元璋哪个轻，哪个重，哪个缓，哪个急，因为朱元璋眼下的确没有洞察海宇全局的风云变幻。

朱元璋这个人的性格呀，他看别人的缺点看得特清楚，看古人的缺点也看得特清楚，有时还放大别人的缺点，可一轮到自己他就看不清了。您说作为一个江山的主宰者，作为一个军人居然没有考察过中国的北长城，这真是不可思议！就连大都，也就是北平府他都没有亲自考察调研过一次，这不肯过河的小猪或小蛛绝对算不上是青史的一乘风流人物。

按理说，洪武爷在立国后应该来燕边北平府看一看，边墙怎么修？都城怎么改建？移民进展如何？人数够不够？军事布防有什么要注意的？军粮和军储物资应如何调配？将来大运河如何疏浚？紫荆关、居庸关究竟什么样儿？因为北方一旦有边事，朱元璋是要遥控指挥的，不调查怎么能有发言权？怎么观海宇全局？何足达英雄之略？可这调研准备工作的不足，这小猪或小蛛不过河的故事，就导致了朱元璋和洪武王朝肇建紫禁的一段帝祚苦旅。

可尽管如此，历史却阴错阳差，出人意料，北边燕边北平府的建设却是相当不错，这除了徐达将军和孙兴祖将军以外还多亏了一个人，这个人在徐达的领导下干得很出彩，他经过朱元璋和徐达的批准，主抓北平府筑城建设，相当成功，不但历史目光深邃精准，还按部就班、饶有兴趣、特别投入。这个人究竟是谁呢?

这个人就是当时赫赫有名的华云龙将军，一个有文化的将军，大明王朝的副总司令。前文说过华云龙是神医华佗的后裔，这个人登场大明历史舞台其实已经多时，却还没有成为紫禁大戏的主角，他到底是什么来路与思路?很漂亮的一个名字：中华一条云中龙啊！主抓北平府建设，可是不简单的一件事，毕竟北平府以前是元大都的底子呀！

明史就是这样纠结与传奇，就在朱元璋在家乡淮水边建首都的时候，北平府居然也在热火朝天的建设中。当时两个地方似乎在一明一暗地对抗，在竞选京师的历史地位。因为朱元璋在军事策略上历来持重，强调筑城和守城，于是就批准了北平府的建设方案。但也许这是历史规律在悄悄发挥作用，道纪与历史宿命的天轮无法抗拒。

于是，北平府在徐达、李文忠、孙兴祖、华云龙和丌勤的主抓下，城市建设花钱不多却非常成功，太液池疏浚很顺利，地下水关改建对接成功，燕王府的修复也很成功，足以抵御任何所谓几十年一遇的大雨。北平府城建规划工作本着实事求是的原则，有多大本钱做多大事，缩北、展南和截角儿，顺利接近尾声，这与后来的北京城与紫禁城规划都有历史关联。

因徐达和孙兴祖常去巡边、屯田、修长城、操练军马、驻军边塞、坐镇大同和回应天府汇报工作，北平府的城建工作主要就是这个叫华云龙的同志在抓，而华云龙又是通过鸿雁传书得到了诗友刘伯温的支持与技术指导，懂得了如何理解三座海眼和如何理解刘秉忠打下的“八臂哪吒城”的筑城底子，懂得了北平府如何防涝，毕竟苦海幽燕在亿万年前是大海；徐达这人也可谓是慧眼识人才。

华云龙和刘伯温是亲密的好朋友，常有诗歌品评和筑城营造方面讨论的书信往来。刘基虽然暂时没有机会亲自来北平府参与城市建设，但在书信中少不了给华云龙将军提建议，而且他是准备来北平府的。因为北京是军镇，刘伯温也是兵家，写过兵书，筑城学是古代兵家必须懂得的。而且，刘伯温在青少年时期来过大都两次，一次是来参加元末时期的高考，高考题目恰巧考的就是元大都军事地理；另一次是后来求职，他曾借机两次考察研究过北京的山川地势。

也就是说，眼下官职虽然不高的皇家图书馆调研员刘伯温，眼下虽身在金陵的他，却在用文房四宝遥控调动北平府的城建大军筑城，在与朱元璋的凤阳中都竞争京师地位，为什么会这么大胆？刘基想给汉祚留下基业，避免历史上可悲的错选紫禁吉壤的历史教训。当然这是有家学渊源与历史渊源的，篇幅所限，暂时说不了太远。

中华筑城，自古讲究依水而居，京师更是如此，都要有自己的母亲河；水神不可小觑，不能没有它们的故事与传说；可这场竞争首都地位的大戏究竟是淮水的淮渎与濠水的龙王给力，还是无定河与桑干河的龙王爷做脸争气呢？这些水神谁与大明紫禁有缘呢？欲知后事如何，且听下回分解。

正是：大元失都大明来，一代汉祚登基台。卜都定鼎择何处？全赖慧眼识人才。濠水无定谁鳌头？洪武皇帝难安排。历史玄机在何处？黄河河伯做总裁。

第二十五章 砥砺山河

书接上文。且说刘伯温这个历史人物当然是了解北京城和山川地理的，华云龙在建设北京城的过程中，在与刘伯温频繁的书信往来中，参考了刘伯温的筑城营造意见。并且得知了，苦海幽州这古老传说绝不是空穴来风，这是有实学根据的，北京在六亿年前的确是汪洋大海。所以，可以说，不懂历史科学与玄机的人是建不好北京也管不好北京的，可这华云龙究竟是个什么来历呢？

可以说，华云龙这个历史人物是大明王朝主抓北京城建的第一任领导，其人宗族可追溯到名医华佗，不过医病与医国是有很大区别的。关于华佗，也许史学工作者研究得并不深。华将军远祖有几代是福建闽汀的客家人，家乡在汀江附近。汀江发源于闽西武夷山，是闽西最大河流，流经武平和龙岩上杭，最后流入两广入海。巧合的是，这河的流向几乎大致暗示了华云龙的人生归宿之方向，先不多表。

汀江这条江历史名气也不小，毛主席有词云：红旗跃过汀江，直下龙岩上杭。收拾金瓯一片，分田分地真忙。伟人的这首词无意中给了我们一个信息：这一带客家人不少。元末天下乱，精明的色目人靠税赋与金融息差敛私财，中饱私囊，再买官做人上人，进枢密院，执掌军权做朱衣梦，想接手大元江山。金融贩子与买办们不顾廉耻，更不管下等人的死活，天天钱钱钱地玩钱，玩羊羔息，着实是大元的坑货。

此时已经迁徙到江淮的华云龙家族因不堪重税，聚众定远的韭山参加抗元，然后归属了廖永忠的巢湖水师，成为一名海军将领。元至正十三年，华云龙随巢湖水师从朱元璋起兵，克滁州，为千夫长；元至正十六年，下集庆，也就是今江苏南京市，克镇江，迁总管。后攻拔广德，战旧馆，进左副元帅，此人成为当时闻名江淮的红巾军副总司令。但要注意明史这个细节：海军一系基本起自巢湖水师，并非朱元璋的老班底。

至正廿七年，华云龙率巢湖舟师陆战队从大军北征，下山东郡县，放粮赈灾、抗瘟疫治病救命，继与大将军徐达在北平府通州会师，进克元大都，升职为大都督府佥事，总六卫兵，留守北平，兼北平行省参知政事。逾年，再进都督同知，兼燕王左相，总负责北平府统建办的城市开发统一建设事项，抓燕边的基本建设经济，抓筑城。北平府能否改造建设成功，基本上就是看华云龙的能耐了！

……

大业年间炀天子，种柳成行傍流水，大业末年春二月，柳色如烟絮如雪。话分两头，各表一枝。淮水汤汤，淮水湝湝；正月里的淮河就会有春霖笼罩，二月的淮河何止是绿柳如烟。洪武三年的淮河已经有金丝楠木从南方水运至此，只是水位偏低，这些大木无法顺利漂运到一个叫十里城的临时大码头，于是朱元璋决定筑坝淮河，强行抬高水位……

再次话分两头，各表一枝。在正月的时节里，燕边北平府往往是难得春雨融融的；而二月里龙王爷的一场及时赏赐，让母亲河无定河两岸透透地得到了滋润，就连岸边龙王古庙也在甘霖中和香火中透显出精神。古老的堤岸上尚未发芽的柳树成行，是一眼望不到尽头的单调的褐色，当地有传说说这里也曾是人文始祖轩辕黄帝生长的怀抱。北平府的城市建设也在调研中，也在刘伯温的关切中，似乎即将成为名城，牵头实干的就是华云龙将军和手下大将丌勤。

眼下，虽得了一场好雨，但北国的春天其实是姗姗未到，春风还没有越关的半点影子，塞北更无花开与遍山绿树，寒冷的山风依然能冻得华云龙等一行人牙齿打战。华云龙受刘伯温之托及受刘伯温定都思想的影响，他热情不减地在无定河和桑干河一带调研考察燕边水文与吉壤，因为刘伯温在信中告诉华云龙：要想建设好北平府，第一步就要先往西边走，然后再往东边调研；要先拥抱桑干河，再去拥抱三岔河，因为北平府的水从西边来，逐水而居，饮水思源嘛！

通过考察燕边的地理大势，华云龙认为好友刘伯温的观点确实有道理，大明王朝就应当选择北平府这吉壤做京师，他发现燕边这里的地势才是真正的虎踞龙盘，因为自己亲眼见到了虎踞与龙盘的地形。刘伯温的预言也许应当是历史的约定，也许是早晚的事情。因为大明为了选择首都，西吴高层已经在大梁与建康掐了几年的架了，曾闹得满城风雨，该结束争议了。

华云龙不愧是军人，且是个能医国的军人，他早年通过考察太行山、居庸关、桃林口和盘山地理后，首先就考虑到了军事安全，他发现了北平府西部易县西北的紫荆岭边墙破碎低矮不固，飞狐陉的千年阴气仿佛是北平府的大隐患。华云龙决心砥砺北国山河，修补边防藩篱的漏洞，为北平府将来成为京师打下良好的边防基础。于是，华云龙决定去北平府东北郊徐达军营将台找元帅做个汇报，说出想法。

徐达将军稳，这人稳重，做人一向谨慎低调，更知道皇上的性格，听后表示自己是淮右布衣泥腿子出身，在战火间歇中补习的文化仍不高，不懂风水，不懂王气，更不懂如何选择吉壤和赞画两京，希望华云龙有什么建设王朝的好建议就直接上疏应天府，跟主公朱元璋直接说。但徐达同时也提醒华云龙要谨慎，要一步一步来，切不可在定都问题上拂逆主意，尤其是在皇上兴头上时，千万别逆鳞惹祸上身，别给燕边其他将领们找麻烦。

于是，在洪武三年，性格豪迈的华云龙听取了徐达的提醒，以个人的名义谨慎地给朱元璋上了奏疏，暂时还没敢多说别的，上疏就是说希望修筑燕边西部紫荆岭边墙，边墙就是长城。嘿！出乎意料的顺利，洪武爷当即批了华云龙的请示报告，照准了！后来的明史证明，华云龙这的确是有远见卓识的医国，是一盘妙棋。简单说，紫荆关就在著名的狼牙山的北面，这是个有故事的战略要地。

因为不但当年成吉思汗打金兵、进燕京走过紫荆关这条路，而且英宗年间，也先的大军就是从蔚县、涞源迂回过来，然后过易水河、走紫荆岭这条路攻打北京的。也先这个历史人物其实也有域外西番国际势力的背景，这个代理人很复杂，这不在本书多说。抗战时期，狼牙山五壮士在这里的狼牙山奋勇跳崖；名将之花阿部规秀也曾在这一带的黄土岭凋落；平津战役前夕，为了堵截傅作义的王牌军35军，毛泽东曾命令杨得志的华野二兵团集中于紫荆关地区隐蔽待命。

好，书归正传，再度回到明史紫禁城背景由来与赞画愿景的轨迹。此刻，北边的华云龙与南边的刘伯温是鸿雁往来频繁，相互交流诗词，但这不是空洞的骚坛创作，不是在过文学瘾，这些诗里都藏着信息，俩人投入到为未来大明卜都定鼎和肇建紫禁的大事中。所以，刘伯温建北京这何止是传说，只因我们史料不全嘛，难怪曾有人云：历史学就是史料学。文房四宝也可以调动筑城大军呀，也可以创造历史呀！

话分两头，各表一枝，真麻烦。且说在泗州，也就是后来先后改名临濠府和凤阳府的西北部淮河南岸的高地上，凤阳中都也在大包工头李善长的指挥下，也在大干快上、准备集两千多年来我国都城建筑经验之大成，悉心营造欲超南超北、超古超今的紫禁城，木料也将以金丝楠木为主；洪武爷准备一鸣惊人，闪亮亚洲政治舞台。故乡啊故乡，俺的故乡，朕来也！欲知后事如何，且听下回分解。

正是：中都丰镐遗，宫阙两京陟。千里廓王畿，八屯拱宸极。

第二十六章 金陵风起

书接上文。大明新紫禁终于开工了，真不容易。但是，中都建设总指挥李善长李大总管这个人是商人出身，钱与利益在他心目中永远是第一位的，他没有珍惜这份历史的荣光与历史的责任。江山万年与基业长青李总管他考虑得不够深远，自身学问也不够深厚，太注重表面文章、和朱元璋将来攀亲家，有点俗。

李善长并没有带人或者指定人对凤阳的母亲河东濠水、西濠水以及淮水做深入细致的水文调研，更别提以往水文历史的研究了。而巧合的是，三个工部领导一、二、三把手薛祥、单安仁和孙克义，都是投诚过来的，也无一人愿为朱元璋的新紫禁殚精竭虑。就是你让我干吗我干吗，错了与我无关，我也绝不会挖你大明封建主义的墙脚。这就给宏伟的中都紫禁埋下了致命的隐患，给明史带来了万丈波澜和谜一般的忌讳与隐私，遗憾呀，暂且按下。

人一忙，时间过得就快，也就是五年左右的筑城竞争后，华云龙在紫荆关告竣后，准备再打报告请示重修附近的广昌城，做到燕边平西城关一体，藩篱牢固。广昌城就是今日的涞源城，位置在紫荆关附近、拒马河源头，这也是燕边西部的一扇门户。但是，令北平府华云龙出乎意料的是，此时南京突然来人找自己来了。南京朝廷来人干什么来了？来的是些什么人？来人是来帮助华云龙搞建设、交流信息吗？是来交流切磋筑城经验吗？是来选择北平府做京师吗？

哪里！来人是要调查和审计华云龙，因为胡惟庸的手下有人在应天府告他的状了，说他现在住的宅子以前曾住过元丞相脱脱，说华云龙逾制了，说他在北平府也许是有异图！这个罪状可不轻，在那个岁月结果难判，凶吉难料。要说的是应天府为何不好好抓京师建设，却要起了大刀呢？这大刀此刻为何突然要向了北平府的华云龙呢？难道是华云龙与祖上华佗一样都有政治舞台的倒霉蛋基因吗？历史之果必有其因。

明史爱好者众所周知的是，明史上记载了大明立国之初，也就是洪武十年之前，朱元璋前后一共赐死了四名功臣，他们是：淮安侯华云龙、德庆侯廖永忠，还有刘伯温和孙兴祖。华云龙和廖永忠两个人的罪名都是违制获咎。尽管洪武爷的眼中钉肉中刺是老臣汤和与新锐蓝玉，尽管某些势力最不放心的是元帅徐达，但由于政治的复杂性，朱元璋的第一次清洗却选择了上面这四个人。

德庆侯廖永忠的故事明史圈儿尽人皆知，我们不多说。朱元璋曾手书“功超群将，智迈雄师”八个大字，以示嘉奖。但“朱衣人”的迷梦，让廖永忠犯了皇家禁忌，再加上胡惟庸的诬告，结果廖永忠被赐死。值得一提的是，汤和的大闺女是廖家的儿媳妇，洪武爷顺便也等于敲打了一下汤和；廖永忠的孙子廖镛后来是方孝孺的弟子，官二代方孝孺的爸爸是方克勤，他们之间有扯不清的关系，暂不多说。

要说的是华云龙将军这个明初北京城的最早开发建设者，这个刘伯温的诗友，这个徐达的好友，这个军地两用人才，这个神医华佗的后人，由于千虑一失，也成为第一批被南京某股势力清洗追杀的“朱衣人”。但是，华云龙医国的传奇故事是超乎想象，扣人心弦，大起大落，大落大起，余韵袅袅，如烟似雾，扑朔迷离。就连明史，也就是所谓的皇家正史甚至都搞不清华将军当年在劫难中的死活，真是笑谈啊，难怪后人杨慎词云：古今多少事，都付笑谈中！

且说华云龙将军出事，这并不全是主公朱元璋的主意，明史结果已经证明朱元璋并没有非要和华云龙这个人才过不去的意思，这是有案可查的。那眼下到底是因为什么呢？这是因为南京朝廷派系林立，它的党争特别复杂。明史没有简单易懂的故事，它不是用来哄孩子的睡前故事材料，而是撼人心魄、令人难以入眠的咚咚战鼓和铮鸣的号角。因为项庄舞剑意在沛公，也就是意在徐达，意在徐总司令，更意在燕王朱棣，南京有人想提前削藩。

这么早就动手？也好，就让紫禁城由来这波澜壮阔的历史背景故事作为宝贵的历史智慧殷鉴，给我们今人的智商充充值，也解解闷吧，双休日与旅途上不能无聊地打发光阴。明史之河涛起涛涌，潮落潮涨，跌宕起伏，撼人心魄，甚至令明史极客们也在跌宕的史河漂流中着迷得不能自拔，因为它的奥秘远远超出了明史的范围。

且说就在华云龙遭到南京方面来人调查的时候，几乎在同一时间突然也接到了好友刘伯温的一封看似内容平淡而又奇怪的密信。这可不是一封普通的书信，这可是一封救命的信，要救华云龙的命的信！刘伯温的这封密信对华云龙提醒了些什么？到底从南边传递过来了什么信息给华云龙？这究竟是凶是吉？还是吉凶难卜？南边究竟发生了什么？究竟华云龙结局如何呢？

说来这段历史真是传奇得不可思议，除了当事者刘伯温与华云龙，就是狄仁杰、福尔摩斯这类侦探人物，就是最好的编剧，就算是关汉卿和汤显祖再世也难以设想这传奇的历史真实剧情。马克·吐温说过："有时候真实比小说更加荒诞，因为虚构是在一定逻辑下进行的，而现实往往毫无逻辑可言。"

的确，历史结果实在是出人意料，却又在情理之中。不仅是结果比小说荒诞，而且其过程的情节特别精彩；不仅是当事者的奋斗，仿佛还有冥冥中历史老人与上天之手的安排。紫禁城啊紫禁城，你的历史何止是长河，简直就是瀚海一般。究竟华云龙结局如何呢？究竟刘伯温写了一封什么样的密信呢？接下来谁来接手北平府的建设呢？北平府城市开发建设的命运将会如何呢？欲知后事如何，且听下回分解。

正是：幽风吹夜雨，萧瑟动燕林。虽有军功宴，能忘边防心？筑城宜保国，边墙重紫荆。不做燕边将，谁知风云深。

第二十七章 河山带砺

"千载中华生圣主，王气成龙虎。提剑起淮西，将勇师雄，百战收强虏。驰骋鞍马经寒暑，将士同甘苦。次第静风尘，除暴安民，功业如汤武。"歌词豪放，且有安民的内容，曲调悠扬恢宏：这是大明王朝自立国后制定的宴飨乐章《起临濠之曲》，此刻正在南京奏响，这乐曲也是第一次在大明国宴上正式演奏，几乎等同于大明国歌。

且说洪武三年，也就是西历的1370年，这是个中华农历的狗年，当然这也是个朝气蓬勃的明史火红岁月之年代，让人对未来充满憧憬。在宏伟的乐曲中，朝廷在南京临时宫殿论功定爵，三十六天罡星排了座次。首席公卿出人意料竟然是李善长，进封大国，六大国公中善长位列第一，仅次于朱元璋；龙虎榜其次才是总司令徐达等人。除了落榜公卿的老革命汤和哥与榜上无名的朱升大叔，这国宴上的泗州老酒几乎让所有功臣们仿佛千杯万盏都喝不醉。

当然，这对于朱元璋来说还不是最重要的，最重要的一件事是朱元璋在这一年里悄悄派使臣陶谊去了黄帝陵打前站，他要尽快祭拜中华民族的人文始祖，不能再拖了。因为中都紫禁城准备明年就开工了，应当和人文始祖打声招呼，要不会让天下人耻笑自己失礼。当然，洪武爷也几乎同时派人去了炎帝陵，此事虽大，暂不多表，而且明史焦点的戏并不在此事，而在一语难尽的英雄排座次。

大明好汉排座次，且说华云龙被封为淮安侯，也就是在洪武三年这一年。华云龙在北平府是大干快上的，此时的他不但要协助徐达抓燕边基本建设，还要匹配地安置山西移民，如盐户冯家要去芦盐盐场，养马户孙家要去郑村坝马各庄，农户兼护林员、兼民兵隗家要去平西南房山楼座水守护山林，工匠则就直接安排在城里。这些都要措置井井，不能乱弹琴。但是，由于移民太少，平西山区那几乎是荒无人烟。总之，在充分准备与调研后华云龙就给应天府的主公朱元璋直接上言，建议紫荆关及芦花山岭尤要害，宜设千户守御所。

这是什么意思呢？北平府当时是军镇，要建设就要首先考虑到国防因素，要修好院子，要修好边墙，要修好藩篱，其实都是一个意思，要修好长城，还要移民屯垦，再修北平府城池。不到长城非好汉呀，真是自古而然，金口玉言。否则，人家边虏打过来，万一不保，你修北平府城池不就给别人修了吗！当然，待修好了紫荆关长城后，华云龙觉得还应当翻修广昌古城，那里也是拱卫北平府西部的藩篱，要城关一体，遥遥呼应，此为后话。

此刻，洪武爷朱元璋也正在南边热火朝天抓建设，准备抓首都凤阳的大建设，其认真程度绝不亚于华云龙。但是，遗憾的是洪武爷早熟而又不成熟，不但不肯到长城做好汉，而且在京师建设上还总是喜欢严苛地抓枝节。他忽视选址，忽视规划，忽视地质和地理科学；捡芝麻丢西瓜，常把第一个纽扣系错，当总设计师和总工程师不及格。

而且，朱元璋和李大总管李善长、工部薛祥在淮河筑坝，抬高水位，隐患大了，严重威胁着新紫禁城的安全，有野田江湖的高人在第一时间就判断出危险，因为这毫无建设章法，这可是紫禁城！但这凤阳的事儿我们先放一放，毕竟眼下中都紫禁还没有宣布正式开工，咱们先接着说北平府的城市建设、城防建设和国防建设。

且说当年在得到朱元璋的御批后，华云龙除了改建修补燕王府，增筑北平城之外，还在燕山和太行山交界处重修打造紫荆关和芦花岭长城，他苦心经营燕边防线，弥补漏洞，让北国山河带砺。他为北平府的军事安全和都城建设立了大功，他期待着好友刘伯温的预言成真，希望北平府也能成为京师，成为直辖市，因为两京制在周朝就有，而主上朱元璋有时就喜欢模仿周朝，譬如封藩就是模仿周朝。

此刻的华云龙总领六卫兵马守卫北平，他理解朱元璋的军事思想，对守城有特殊情结，所以他不只是要建设都城，还要修高、修牢、修好院子，然后申请进一步移民平西山区。院子就是边墙，就是长城，华云龙此人目光宽广也准确，确实有远见卓识。他与徐达和费愚的筑城理念不同，徐达重视北边的居庸关与昌平，费愚重视东边的桃林口长城与永年城，华云龙首重京西风萧萧兮的易水紫荆关城与广昌城，当然这与其诗友刘伯温的筑城眼光和家传秘密有最直接的历史关系。

紫荆关，位于河北省易县西北百里的紫荆岭上。北临拒马河，直通居庸、大同、宣化重镇，西临雁门、宁武、偏头诸关，南倚龙泉、倒马要塞，东连古燕国下都所在的幽冀平原，刘伯温当年也曾不惮劳苦考察过这里，验证自己祖先的预言。紫荆关一带壁立千仞，万丈深渊，雄关漫道，绝非浪得虚名。在天气晴朗、视线良好时可一望易水和保定；阴霾霭霭，雾锁重关时，则令人望而生畏。

多年征战，华云龙与手下助手丌勤虽然踏过不少名山大川，但在紫荆岭这里，也需要步步在意地走山路。此时，华云龙依刘伯温言，也重视残破的紫荆关，他重新打造紫荆关的目的，是为了锁住太行山脉的太行古道八陉中的第六陉和第七陉——飞狐陉和蒲阴陉。因为，刘伯温早年考察过这里，他认为这是塞外直达北京的咽喉要道，这也是能要燕边命的地方，胡虏若假道于此，大军可以直逼北平府。

……

也许军人的人生就是艰苦多于浪漫，尤其是在大明王朝创业的年代，哪里有那么多美妙浪漫与慷慨激昂的故事？军人日复一日单调地战斗、屯垦，又要筑城当泥瓦匠，真是不容易；既要练刀枪，也要挥镐拿铁锹与瓦刀。每个历史时代都有各自的难处，哪个时代的人都有所牺牲与付出，每个时代也都有每个时代的风采与故事。

“此地别燕丹，壮士发冲冠。昔时人已没，今日水犹寒。”天气晴好时的夜晚，紫荆岭的天空繁星闪烁，犹如童话，北斗七星似伸手可摘。每逢深秋，在数日零星小雨老天不睁眼的时候，空旷的洼谷里偶尔还会遇上幻境与幻听，这里的磁物质会回荡着隐隐约约的拼杀声、厮打声、尖叫声、哇哇的喊声，虽听不甚清，但让那胆小的心尖儿都在哆嗦……

平西之西易县紫荆关就是一首听不完的历史战歌，也是一幅看不够的雄关之画，让人浮想联翩。初春时的蒿草，在冷风里摇曳的仍是荒枯；突兀的岩石给人的印象也会无情冷峻，呼啸的北风把农夫烧荒的浓烟和黄昏时山村村落的爨烟赶得乱窜。在这太阳落山的黄昏时刻，辛苦了一天的将士们肚子也一定饿了。

“呜咕咕咕咕咕咕咕……”蒲阴陉山谷间飘来褐马鸡的叫声，回音环绕出的天然立体声那叫一个清脆，听着让人全身的汗毛眼儿都觉着舒服，仿佛是在提醒华云龙、丌勤与将士们刀枪入库，快点回到设在棋盘坨和自来佛等废弃古庙里的指挥部休息与吃饭，因为山里的气候说变就变。今天，除了河北小五台和山西芦芽山，已经难觅褐马鸡的芳踪，打住，不多表。

因为紫荆岭是北平府古都之喉，刘伯温与华云龙将军非常重视紫荆关，城墙墙基有近一里长是以巨石垫底，用约宽尺半、厚一尺、长三尺的花岗岩大条石砌成。在长城各关隘中，像这样以大条石砌起来的关城极为少见，从历史证据上足可见华云龙、丌勤与刘伯温当年对紫荆关和北平府的重视程度。

正是：汉家锁钥唯玄塞，隘地旌旗见紫荆。斥堠直通沙碛外，戍楼高并朔云平。峰峦百转真无路，草木千盘尽作兵。谁识庙堂柔远意，戟门烟雨试春耕。

第二十八章 一封密信

人一忙，时间过得似乎就快，就这样凄风冷雪、朝雾暮云，华云龙带领将士们在紫荆关奋斗已有约五六年矣，一句话：刘伯温、华将军与丌勤都干得漂亮。这是江山入明以来的第一次北京城建，华云龙和丌勤以简洁、实用和久长耐用取胜，成绩不小。

幸好这些巨石基座今天犹在，不但见证了燕边西部长城的往昔岁月，见证了明史与北京的不同凡响，也见证了明初洪武朝一个步步揪心的突发故事。明史，它就是平地起风波，波澜说起就起，上回俺们其实已经说到北平府已经来了突发的故事，华云龙眼下竟然干不下去了，北平府的建设不得不停工。

究竟突发了什么故事让北平府不得不停工呢？而且，何止是停工，还有一场风波在等着华云龙，他必须要返回南京等待处置。明史中的南京朝廷真是积云就成雨，特别多变复杂，令人难以理解，因为眼下北平突然来人了，要查华云龙，说他有问题。究竟什么问题呀？咱们先看看洪武爷这大明第一任法人代表怎么说，然后咱们再顺藤摸瓜，探索青史竹帛。

首先，洪武八年正月二十朱元璋突然遣使北平，宣旨直接告诫大将军徐达、李文忠等："修城，非今所宜，况军士疲劳已甚，若又使之力役，不惟供亿艰难，亦恐胡人得乘吾隙，非计之善也。"当年照准建设的是朱元璋，眼下叫停的还是洪武爷，理由看上去非常牵强。

而且，停止了建设，山西移民的计划与事项怎么办？总不能让人家就住在槐树下。但是，明眼人也可以看出在这封朱元璋的信中，并没有半句对华云龙、对徐达、对北平府建设的指责。但另一封对华云龙的私信里，还是有说辞、有批评的，当然这就是故事，这就是悬疑，这就是谜案，后面有缘再说。

总之，大明京师的竞争者北平府的建设被叫停了，洪武爷当时一定没有想到几十年后北平府就真的成了大明的首都，历史过程就是这般不可理喻，历史结局又是如此神奇。

此刻，朱元璋在建康突然又开始赞美大元，歌颂富户，并继续诅咒红巾军，继续让李善长修订《大明律》，律令里白纸黑字地竟然又恢复了封建蓄奴制度，可当初你解放奴隶干吗呢？这不是等于给域外势力提供把柄吗？人家正在算计你初生的政权，始终在关注你的一举一动和打探你的消息。

难道洪武爷是被汤和与蓝玉的不听话和不配合气昏了头？男儿有泪不轻弹，只因未到排名时。朱升大叔这人老实，当年虽是国策大师却被李善长压制着，几乎成了体制外的人，但他什么也不说，更不会闹事。可汤和的革命资历比朱元璋还要深，却封侯未封公，他可就不吃这个了；而桀骜的蓝玉则盯着副总司令和总司令的位置，这样一来这大明洪武朝能没有节目上演吗？但是，洪武爷也是唱戏的高手，也是一代影帝，他在建康突然唱了一出令人出乎意料的赞美大元戏！

应该的，江山入元也是汉人赞画的一场革命，没有佛门汉人海云、子聪、雪庭福裕、全一至温的辅佐，元朝入主大都那是传说。元初，忽必烈不是侵略者，他是被汉家高人请来的，他为避免一场宋末元初的世界大战做出了巨大贡献，为避免佛门法难也做出了巨大贡献。因为当时中亚地区流行一个传说，当地有一颗红宝石王，谁得到谁就可以做亚洲之王，就可以成为成吉思汗第二，为此许多王朝都卷入了这场纷争。

这场纷争包括北印度、南印度、西波斯、东波斯、哈烈、西察合台汗国、奥斯曼土耳其和大元，等等，尽管忽必烈最终也没能够得到这颗红宝石王，但也没人敢轻易犯边，大元得以繁荣发展。不多表。俺们先说南京某股势力在北平府耍大刀这出戏，因为红宝石的亚洲之梦与大明的朱衣梦，二梦都还没有结束，并且二梦合一搅得天山寒彻、昆仑寒彻、草原寒彻和亚洲寒彻。

眼下，南京朝廷已经放出了一些传言，舆论就是吹风，风就是雨的头，这舆论之后朱元璋要有什么政治动作？不会吧？眼下是立国之初，百废待兴，这刚到哪儿呀，大明的首都还没着落呢，利剑不会这么早就抡吧？请注意，此刻的南京并不是大明的京师！没人知道骂红巾军这出戏究竟是朱元璋的本意，还是李善长和宋濂等人的意思，还是汤和汤司令的意思，还是南京朝廷政治势力的潜力股在煽风点火和搅局江南，抑或是他们的意见取得了一致。

这出戏还真复杂，因为北平府的高层要出人命了。因为就在北平城刚刚建设接近尾声的时候，一把利剑就要落到华云龙的头上。为什么呢？因为华云龙这条浪里白龙也曾是巢湖水师廖永忠的老部下，而廖永忠既是海军一系投诚过来的，又是汤和的老部下和亲属。南边应天府已经来人了，就是冲着华云龙来的，冲着孙兴祖来的，当然也是冲着徐达和李文忠来的。南边来人正在北平府认真仔细调研，在查徐达、华云龙和孙兴祖的账本，但却没有查出赃罪，可没有赃罪也有把柄。

当年，燕边徐达奉朱元璋的诏，置燕山六卫以守御北平，负责人就是孙兴祖和华云龙，这二人都是人中之龙或是人中之凤。而孙兴祖的强项是打仗，不是筑城，所以他还要经常提旅出塞支援征战的红巾军，应付突发的大小战事与犯边骚扰，所以守北平和建设北平的任务实际上就交给了华云龙一个人。而华云龙以前属于廖永忠的水师，是海军一系的，而洪武爷对投诚过来的水师组成的海军一系是一直防范：不交心，不壮大，不发展。

这是因为在战火纷飞的年代曾有红巾军内部水师将领设“鸿门宴”，想夺权害死朱元璋，所以朱元璋对手下水师廖永忠和俞通海他们一系将领一直不太信任，战争年代他曾采取义子监师的办法治军。幸好朱元璋的义子比较多，曾起到了非常重要的作用。所以，立国后朱元璋又采取了皇子监师的办法，封王卫国，节制各路将领做朱衣梦，防止大明分裂，防止水师将领做大做强，以致后来甚至几度禁海，谁让他们不是定远聚义的老班底呢，谁让他们有朱衣梦呢。

眼下，南边的刘伯温已经失意，没有来北平府的自由了，原计划不得不撤销。北边的孙兴祖与华云龙已经被监控，命悬一线却不知所以然。可是，历史竟然也有阴错阳差，不完全以人的意志为转移。为什么这么说呢？因为就在这时，不但孙兴祖孙猴子有了摆脱死神的计划，华云龙也突然接到了一封老朋友的秘密来信，谁的密信呢？是哪个老朋友？当然是刘基刘伯温的，上回已经说了，这可是一封救命的信！

西边飘来的云霞呀，东流的无定河水呀，难道你们也目睹了这明史的一幕？说来刘伯温这人可也真够奇葩的，他自己还在人生的困苦中，还在建康的政治泥潭中生死难卜，居然还不忘救助老朋友，这人着实有点与众不同的故事。但刘基为何要写来密信？因为刘基已经从朱元璋的首都选择上看出了大明的破绽，看出了大明的王朝气候有点不正常。而华云龙是大明王朝的建设人才，也是徐达和燕王的人，对南京太子一系有威胁，且碍眼、碍事，所以被人告发了。

而刘基想救老朋友华云龙一命，就边与主公朱哥解释定都吉壤问题，边与淮西勋贵们开撕，边向燕边北平府筑城统建办指挥部的华云龙发出了这封密信。华云龙将军的人生结局究竟会如何呢？他到底有没有问题？北平府的建设命运将如何？这封刘基写来的密信究竟是否救了华云龙一命呢？密信中具体又是什么秘密消息呢？欲知后事如何，咱们下回分解。

正是：征雁来时木叶红，淡淡秋光，袅袅西风。江南江北短长亭，烟草低迷落照中。浮世生涯一转蓬，今日韶颜，明日衰翁。五丁难挽逝川还，千古英雄，此恨都同。

第二十九章 北平来人

书接上文。必须承认，大明立朝后不少高级将领也想封王，也想富贵还乡，甚至还有封国的想法与未了的朱衣梦。有些功臣纵容亲属放债聚敛土地、隐瞒土地、逃避粮税、争夺粮税、贩卖私盐与军需物资、撺掇户部官员与朝廷的税收抗衡，与君权抗衡，甚至与王朝争夺战备物资做军火贩子。但是，由于人家做得隐秘，事情并没有闹大。

闹得最严重的是谁呢，是全面负责修订《大明律》的李善长，他在律令里白纸黑字地复辟欺压穷人的蓄奴等旧制度，这等于让曾主张“救济斯民”的朱元璋来了个大窝脖儿。不但是张三丰与之一刀两断，还被域外抓住了理论把柄。后来清朝有个搞了四十年司法工作的人物，也发现了《大明律》确实有问题。

六百多年后无论是吴晗的《朱元璋传》，还是互联网发达的今天，都有人指责朱元璋变节，背叛革命。但是朱元璋怎么可能背叛呢？因为天下一个个穷苦人就是朱五四呀，朱元璋的苦难辉煌什么时候读来都是让人落泪的，但这历史的尿盆子也只能扣到大明领导人头上。

朱元璋首先发现李善长的势力已经在朝廷迅速盘根错节了，自己信息不畅，自己的话已经不那么好使了。此外，李善长这人是小心眼儿，还喜欢八仙桌上摆驴粪球——显份。结果得罪了一大批人，本来人家那批枪林弹雨的就不服你这扒拉算盘的位列公卿第一，你还作？

结果，说好话的没有，落井下石的一堆。于是在洪武四年，朱元璋果断逼其退休，这是惩戒也是一种保护；给的待遇仍和徐达的标准一样，不差钱儿，接班的是李的弟子胡惟庸，给足了待遇与面子，因为洪武爷仍觉得李善长根本不是自己的对手，他没有兵权嘛！且正是他说自己君权神授，还曾红光满室。

为此朱元璋想了很多，首先眼下还是不放心西北国防和军界人物，他曾把南京的西北城区都划为军事区，几乎有空就站在那里的高地朝着西北方向思虑、神驰和眺望；接着已经落下病根儿的朱元璋担心自己将来死后，太子朱标根本压不住场子，大明分裂，军阀开战，天下大乱，人民涂炭。

于是，洪武爷就对这些将领进行节制、打压和监督，并将军权向藩王转移。但是这些藩王还嫩，还需要有经验的人带一带，这就有了一系列的故事，有了北京紫禁城的伏笔与一丝因缘。

可以说，红巾军将领里也是人才济济的，除了孟子后人孟善懂历史与军事；除了华云龙能科学筑城，在巩固平西的虎踞；在燕边还有一位著名老军官也会筑城，他在加强畿东的龙盘，他就是燕府的左相老军官费愚，他先于燕王朱棣，提前来到燕边在东北边抓龙盘，他重视燕边的东边，他筑城也有与众不同的历史传奇，更有一些雄奇的道理，至今有古城实物为证，因为永年古城至今基本完好犹在。

费愚家族是湖州府人，后流寓定远时家道衰落，投奔了正在招兵买马的朱元璋义军。洪武革命胜利后他协助屯守燕边，驻扎在永平府卢龙塞，那是个已经残破的月牙形土城，那里也关系到燕边的安危。历史证明，两百多年后清军就曾经从这里突破燕边防线、包抄过北京。

所以，传说有青龙护佑的永年古城在明史长河中也有起起落落、不凡的燕边故事。而且永年古城至今遗迹尚存，明史不能忘费愚其功。当然，南京朝廷也没有忘了费愚的存在，本来也应当要查他的，但费愚当时已是满头华发的耄耋老人，人已经显得非常苍老，所以是命运之神让白头翁费愚躲过了一劫。

但眼下，原属海军一系的华云龙仿佛已经在劫难逃，谁让他文武双全呢！谁让他正处在风华正茂的黄金年龄呢！谁让他让人抓住把柄了呢！主公的信里就直接批评了他！南来的风啊，北去的云，你们可能感知华云龙此刻的心？他和他的全家摊上事儿了，一团大大的乌云笼罩在他和他的全家的头上，命运难卜，可他此刻还蒙在鼓里，甚至死都不知是因为什么，这就是历史的无奈，这就是明史的复杂。

其实打击了华云龙还不算完，南京朝廷有一股势力还要打击孙兴祖，最后还要打击李文忠和徐达，这可就不是胡惟庸胡丞相能运作的事了，他算老几，他也就是欺负一些无背景的老实人。按洪武爷的话说，南京朝廷是党派无数，可眼下究竟是哪一股更大的势力的运作，把这件事又进一步做大做强了呢？是谁在推波助澜？到底要干什么？但愿一切能随着紫禁城历史剧情的发展而水落石出。

接任华云龙职位的人是洪武六年朝廷早已经派来北平府的军队政工干部何文辉，这是朱元璋的第九个义子，滁州北郊人，十四岁入军营的红小鬼，相当厉害，不简单的明史人物，就连徐达和李文忠也得敬他三分。而且，由于何将军是朱元璋的干儿子，他知道许多大明内幕。何将军不但知道义父朱元璋给华云龙写的那封批评信的内容，还知道华云龙在洪武三年用元旧臣万户府做过淮安警备司令部，也知道洪武五年隐藏的高层内幕。

洪武五年，何文辉率领山东兵从曹国公李文忠的东路军出征应昌北征，不但大军三路，还有支前的山东运粮民工大军，这都是何将军辛苦组织的。结果何文辉与徐达的中路军一同惨败；徐达惨败岭北光头山，李文忠惨败狼山与阿鲁浑河！大明北征历史的悲歌如泣如诉。何文辉将军和义父朱元璋，与徐达将军和李文忠将军一样因北征的惨败都曾大病一场，而且都落下了病根，暂不多表。

次年，也就是洪武六年，何文辉将军移镇北平，负责督军燕边。何文辉常年与一个叫林辉的人一起督兵，做到了让手下队伍对百姓从来是秋毫无犯，民间口碑甚佳。当应天府来人撤掉华云龙后，北平府城建开发的接任者就将是这位何文辉将军。可穷苦出身、自小孤儿的何文辉将军没文化，对于接任北平府的城市建设工作有点底气不足，不知从哪儿下手才好；而且何将军从内心里不喜欢宫廷王府这些地主大院子。

幸好，何文辉这个人是个严厉而又正直、大胆而又谨慎、勤劳、认真、爱操心而又有正义感和做事有分寸的人，他在洪武七年也开始了对燕边的考察，仔细调研后一看，北平府的基本建设是相当成功。而且发现华云龙、孙兴祖、费愚和徐达并没有花公款为自己修建过王府，也没有其他贪渎的行为，心里早就明白了华云龙这个人是个有本事的人，副总司令眼下虽有一件大事被义父朱元璋发现，但是何文辉觉得必有原因，也许华云龙主要是遭人羡慕嫉妒恨了。

所以，何文辉表现得很是谨慎和有分寸，也不容许南边的来人抓捕华云龙，也不让抓捕孙兴祖将军。因为南边来人所拿洪武爷密旨上，也没有黄纸黑字说一定要抓捕和押送华云龙将军和孙兴祖将军回南京。干爹写来的信里也没有要抓捕华云龙和孙兴祖他俩的意思。明史对何文辉这个人的评价主要有三点：一、厉害；二、对百姓秋毫无犯；三、办事有分寸。何文辉这人办事的确有分寸，不落井下石。

而且，何文辉眼下也很关心北平府的建设，这是因为一是将来自己要接手城建这方面的工作了，这是本职；二是干爹朱元璋定都江淮基本失败了，二龙相斗淮河闹水了，他老人家很心焦，正在痛苦之中，急得都犯病了。何文辉的消息快，耳目多。所以，何文辉让华云龙从容地做交接的准备工作，自己也开始继续调研燕边的地理，他也想替义父朱元璋分忧，帮大明找个金窝儿，定都这是大明集体的大事。

正是：危楼直上与云齐，绕郭峰峦一望迷。万点星光天咫尺，满城灯火屋高低。长街露冷秋虫咽，绝塞风凉战马嘶。乡思怦怦消不得，几声归雁过河西。

第三十章 一张宝图

书接上文。旧时，也就是金、元与明初，南方通往北平府的通路有两条，一个是东边大运河，一个是西过京西无定河，或摆渡，或走卢沟桥。如果再往西走就是山区的桑干河了，就是丁玲写的那个桑干河。京西方向除了卢沟桥，那就只能依靠摆渡，当然在洪水时节那就只能“望洋兴叹”了。其实今人今天出北京走西南方向也是走京石高速公路，也依然是古人出京的路，这里不多说了。

要说的是大明何文辉将军也曾经对京西水源地理进行过调研，也对京东通惠河与桃林口长城一带的水源进行过考察，这调研让何文辉将军大吃一惊。因为何将军觉得这北平府水源太丰沛了，分明是画里小江南，确实虎踞龙盘，可以做京师呀，而且宫室完备就意味着可以省钱嘛！干爹朱元璋也许是一时糊涂才找错了窝儿，谁没犯过错误呀！

一切还都来得及。何文辉将军此刻也爱上了北平府。唯一担忧的就是无定河的水文，因为无定河在洪水时节严重威胁着北平府，这对于治水外行的何文辉来说，必须依靠华云龙这些懂基本建设和水利建设的人才。此外，何文辉觉得卢沟桥畔还缺少一座拱卫北平府的卫城，这也需要与华云龙和刘伯温这类人才讨论，当时的大明工部高层领导几乎全是投诚过来的旧官吏，交浅难以言深。但是，此时的何文辉将军是带病工作，而且是长期带病工作，常常在几案上因劳累与疾病就瞌睡了，他其实应当先疗养一个时期。

话分两头，各表一枝。前面提到过，巧的是华将军这时突然收到了好友刘伯温的一封用蜡丸封制的密信，他赶紧拆开蜡丸，悄悄展开一看，奇怪，竟然没有一句寒暄的客套话，这和以往的信大不一样，信里就是一首诗。在明代，大明所有上层军官都懂得，诗也是军队传递军事密信的手段之一，真正藏有情报的诗是没有什么客套和废话的。

所以，华云龙凭着军人的敏感机警地、不动声色地把信揣在了怀里。然后来到一个临时办公室想和何文辉道别，他在门外抬头仔细看了看何文辉，发现何文辉将军眼下显得是如此的疲惫与苍老，而且是正在几案旁昏昏欲睡，人困得是不能自已。华云龙在悄悄放下一张北平府城防藩篱与紫禁赞画建设的规划图后，就又悄悄地退了出来，把要道别的话硬是都咽了回去。

华云龙为了报答救命之恩，为了汉祚江山的绵远传承，不得不主动将这本高人刘伯温赞画的宝图册传递给了何文辉，仿佛就犹如薪火传递一般。但何文辉将军将来会如何处置这张筑城规划密码图，华云龙自己也不知道。因为一切来得都太仓促了，让人猝不及防。但华云龙相信何文辉将军会妥善处理这一切的，华云龙是放心的。

何文辉将军是参加过洪武五年北征的，他负责监督李文忠的东路军十万大军，可十万大军遭遇惨败，只有一两万回来了，对外无奈只说是牺牲了一两万。徐达的中路军也是如此，只有冯胜的西路军侥幸全部班师还朝。北征将士大多埋在了大漠的风沙里，骸骨都没收，这在汉家征战史上极为少见。而牺牲的山东支前民工更没敢计入数目，大明惨痛的教训呀，也许至今还没人总结出最深处的原因，正史史料已经遗失，也许根本就没有记载。

洪武爷与大明高层怎么向天下人交代？怎样向历史交代？无法交代，只能瞒着。为此，朱元璋、徐达、李文忠和何文辉等这几个大明高层都曾经大病一场。北征惨败的劳累与精神打击就不可言表了。可前不久，大明南京不但发生了日食的天象，应天府还发生了地震和余震，苏淞地区还发生了水灾。担忧的何止是朱元璋，毕竟新生的政权还是幼苗，且新紫禁扎错了根儿。

这些都让何文辉将军为大明担忧，为义父担忧，为大明的金窝儿建设发愁，因为他觉得眼下大明在立国几年后仿佛还没有显现出光辉的前景，义父还没有找到龙潭真窝儿。多年的征战与责任的操心劳累，眼前王朝建设道路的坎坷多艰，让自小孤儿、早熟的何文辉将军过早地透支了身体，飞雪的华发看上去与他的实际年龄不符。

且说就在华云龙前来告别的时候，何将军一脸困意已经支撑不住，只是边点头瞌睡，边和已经退到门口的华云龙微微眨了下眼皮，并似乎露出些许笑意后，什么也没说。不知是历史宿命的驱使，还是凭借军人敏锐的本能，只见何将军他强睁开半眯着的眼把那张图册一护搂、顺势稳稳压在了臂下，似乎还冲华云龙点了一下眼皮，接着就又睡了。

因为何文辉将军也不知道华云龙是前来道别的，更没想到华云龙送给自己的竟然是历史高人刘伯温赞画的“京师城防宝图与紫禁赞画图”。这是拯救洪武王朝的一把钥匙，这是可以让大明王朝南京朝廷蜕壳新生的宝贵玄机，这是可以让东方文艺复兴提前半个世纪的伟大赞画，这是亚洲历史文明的密码，这是宝贵的历史智鉴，这就是今日故宫博物院的前世与千丝万缕的今生……

就要接手北平府的建设了，此刻之前何文辉也在思考和操心大明的首都问题，他觉得以前刘伯温在建康关于反对在凤阳卜都定鼎的观点有道理。何文辉当初也不怎么支持义父朱元璋衣锦还乡、定鼎临濠的中都计划，这是因为何将军是穷苦出身，他心疼民脂民膏。但自己是部队政工干部，不懂风水地质，不懂筑城学，也不懂历史和虎踞龙盘的帝业，也不敢逆鳞给干爹洪武爷随便提建议，只好一直闷在心里，也很纠结。

眼下，何文辉都督又早已得到了中都的特大秘闻：错筑仁字坝，强抬水位，洪水暴发，定鼎完败，中都紫禁泡汤。这让何文辉不仅是心疼民脂民膏，也懂得了所谓金口玉言的洪武皇上也会出错，而且中都紫禁城这“地主大院子”也成了工匠们的血泪宫，因为最后还发生了工匠起义。所以，何文辉斗胆放了华云龙一马，他阻止了南京来人对华云龙的监视，毕竟义父洪武爷的指令里并没具体说要对华云龙如何如何，毕竟华云龙没有贪一文钱财。

华云龙这个人究竟是大明朱衣梦的贼子，还是汉祚的忠臣？这何文辉并没有过多考虑，因为一切都没有证据，事情还在调查之中；故事才刚刚开始，大戏刚刚启幕。洪武三年的时候，华云龙在淮安选的警备司令部淮安卫署也是超标的，办公地址是元代万户府的院子，但当时洪武爷不过是给点口头提醒或批评。但这些是因为什么，何文辉也不全知道，亲历历史的人也不意味着全明白历史的奥秘。

眼下对于华云龙所做的一件秘事，义父朱元璋虽然依然是诚恳地批评教育，但一旦华云龙回南京可就不好说了，因为何文辉知道南京有势力准备扩大事态，有些事情说不清。谁也不可能清楚历史上发生的每一件事情的真相，无论位置如何，无论是否是历史的亲历者。而且，不但往事如烟，历史是谜案，就算是当代发生的事说得清吗？就算是昨天发生的事咱们说得清吗？大马士革的事您说得清吗？巴尔干的事俺们说得清吗？克什米尔的事说得清吗？土耳其来自阿勒颇保安的枪声不依旧是谜吗？

所以华云龙逾制与刘伯温主张造北京的事眼下还一语难明，就是当时的亲历者何文辉也在猜，他也不可能知道华云龙与刘伯温的一切疑团。刘伯温家族与华云龙家族确实是有故事的，他们几代人都与汉家紫禁有渊源，水确实挺深，甚至深到牵扯到北宋名臣范仲淹。但愿随着紫禁城大戏的剧情发展，刘伯温与华云龙的故事会水落石出。

话分两头，各表一枝。眼下，华云龙已经出发，即将到达通州张家湾码头附近，准备坐船回南京，可华云龙若是真回到了南京，将会发生什么？那他全家将是死生难卜，有人已经得到了消息。怎么办？华云龙将何去何从？历史宿命的玄机将如何排演大明筑城历史的传奇？了解紫禁城奥秘的这把“钥匙”，也就是那张“宝图”将怎样传递下去？北京紫禁城何时才有希望出现于大明史册？这壶奥在眼下、在这时分还真是一言难说尽。

勺柄已西指，槐花已满地。北平府已经进入了秋天，云高气爽，让人觉得不那么压抑。但秋天中的北平府上空的一片片鱼鳞云，让滞留在通州军营卫所准备回南京的华云龙将军感受到了一场秋风秋雨的即将来临。先天下之忧而忧，这谈何容易，刘伯温与华云龙眼下都算是倒了大霉了！像他们这种境界的人，什么贪污几个钱，搂几套房子，这些对他们来说是没有吸引力的。

依然徘徊在燃灯塔下和张家湾铁锚寺附近的华将军，他把主公朱元璋对自己的批评信放回了怀里。又下意识地摸了一遍又一遍怀中的那封刘伯温的密信，这位军人的手都似乎有点在抖，他的两个把兄弟看着此景都有点心疼。心中升起了一种异样的感觉，华云龙感觉这封信就仿佛是自己人生旋涡激流中的一只救命浮囊……

究竟华佗后人华云龙将军能否渡过人生劫难之河？究竟何文辉将军会如何处置那张高人赞画的紫禁宝图？究竟刘伯温是神仙还是凡夫，他为何要如此关心北平府与紫禁城？这必定是与众不同和难以破译的明史传奇。遥远的东方有一条龙，它的名字叫大明；遥远的东方有一座城，它的名字叫紫禁城。紫禁城的故事最深奥，紫禁城的传奇最动听。欲知后事如何，咱们下回分解。

正是：高天雁阵掠寒云，人间青铜瘦征人。飞雁你可知游子，天涯又多断肠魂。

第三十一章 燕边雁影

书接上文。凤阳府紫禁定鼎完败，这是让洪武爷最腌心的事，这意味着大明王朝的一次大挫折和大败笔，这让何文辉替义父、替大明忧心忡忡，华发满头的他又添憔悴。毕竟明初的国内和国际形势都特别复杂多变，再加上定都的错误，让大明这艘航船一路是涛打石撞、凶险重重。

这更让有几分艺术范儿的朱干爹在明史长河的这一段时期显得是风中凌乱，义子何文辉这个人虽在明史长河中名头不那么响亮，但他知晓大明内幕，他也是与北京紫禁城有关联、有故事的人。而且，接着何文辉将军还要配合朝廷来人，还要奉旨调查孙兴祖将军，还要监视徐达和燕王府的一举一动，尽管徐达和傅友德此刻已经被临时换防。

此后，何文辉还要接替华云龙继续抓北平府的城市建设这摊子的后续收尾工作，还要考虑城市防洪问题，事情将很是繁杂，自己又没文化。到了北平府后，多日的劳累、郁闷与旧病，让何文辉伏在几案上思考这些时，想着想着不知不觉就迷糊了……

一阵凉风吹来，何文辉将军从瞌睡中猛然醒来，但他清晰地记得刚才做了一个奇怪的梦，梦境就像真的一样，自己居然梦见北平府变成了一个新的宫阙，特别大特别漂亮，就和画中玉皇大帝的天阙差不多！这时何将军猛然发现臂下还压着一个纸口袋，立刻想起了这是华云龙刚才留下的，何将军摸出东西看了一眼后，一下子就愣住了！

"这筑城图怎么会和自己刚才梦中的宫阙几乎一模一样？太巧合了！"所以，何文辉立即决定赶紧叫卫士去请华云龙，就说今晚自己想请他喝酒；刚才太困了，失礼了，这次要好好喝一顿，聊一聊。其实何将军是想与华云龙好好聊聊北平这座古城，学习学习筑城知识，并洞悉大都与北平府筑城奥秘何在，未来的方向何在，有什么要特别注意的，然后再劝义父朱元璋别花费民脂民膏建"地主大院子"了。

因为何文辉也突然觉得北平府是个大明定鼎的好地方，这样一来不就了却了义父一直的心愿了嘛！改造大都旧宫还可节省资金，土木之工不可擅动。可何文辉觉得自己是城建方面的外行，需要向懂行的华云龙请教请教元大都的壸奥后，再细细说与南京的干爹朱元璋。但他绝没有想到手里的这张图册，为后来的北京紫禁城能出现于历史舞台立下了方向性的、灯塔般的汗马功劳，这是后话。

卫士很快回来了，可派出的卫士带回的口信却是：华云龙已经出发回南京了，估计此刻差不多已到了通州大运河张家湾码头了，也许已经登船走了。当年疏浚太液池打捞出的各类女人首饰与文物都早已登记造册，东西全留下了，经过再次核对，没有任何丢失发生。宅院的钥匙也都有备份，一切井井有条，没什么事。

何文辉将军听后一声轻叹，无可奈何，他并不是在追问这些女人首饰。

何文辉将军非常了解大明卜都定鼎争论的内幕，了解每个人的处境，他不禁深深疑问并感慨：洪武事业，你的建设为什么比洪武革命还要难？大明王朝的金窝儿你究竟在哪儿？应当如何建？谁来建？到底是义父选择得对，还是刘伯温选择得对？

话分两头，各表一枝。且说到了通州张家湾的华云龙其实还并没有走，他正滞留和踌躇在通州张家湾码头。此行应天府建康，他的生死命运到底是凶是吉呢？还有刘伯温的那封密信小诗又到底悄悄对华云龙说了些什么呢？这一路结局究竟会如何呢？随同华云龙一同上路去南京的还有华云龙的两个助手，这也是结义的兄弟，历史的尘埃仿佛已将这两个军人的名字埋没得太深，说出来他们真实的名字似乎也没有什么历史意义。

秋风阵阵，吹拂着通州张家湾码头，秋水凝碧，一群一群的野鸭子游来荡去，在水中觅食和嬉戏，不知道这里古今发生的故事，不懂人世间的闲愁。河面上，荷已残，香已散，像半老徐娘；只有冷冷的妩媚，没有让人动心的蓬勃青春，大运河透出深深的凉秋。仰首凝望高天，开始有雁群排成人字一行行，正是开始南归的时候，咿呀咿呀的雁叫声仿佛把滞留在此的华云龙的心都叫碎了……

此刻，也就是华云龙离开北平府后登程大运河的时候，华将军的家眷将被文武官员随船带走，走大运河回应天了，应天府也就是后来的南京。且说何文辉将军他已经开始得到新的信息，更加有所醒悟，明白干爹朱元璋并没有非要和华云龙过不去的意思，而是南京的潜力股在提前削藩，暗暗打击燕王势力。之所以暗着来，是因为这也是在变相拆洪武爷的台。

……

“何去何从？华将军您自己看着办吧，权力范围内能做到的，我何某已经全做到了！”北平府的何文辉坐在椅子上一声长叹。

其实，何将军自己的头上也悬着利剑，凶吉难卜，南京反对封藩的势力异常强大，因为这搅了朱衣梦的局，动了东宫势力的奶酪。出人意料的是，华云龙出发后不久，何文辉都督就因劳累病倒在了北平府城建开发办公室工作的岗位上，而且是一病不起，凶吉难料，此为后话。

话分两头，各说一枝。张家湾码头上，望着南去的官船，望着家人的招手，听着孩子们的呼叫，看着滔滔的大运河水，思忖着自己的眼下与未来，惦念着儿女家人。华云龙将军一时百感交集，控制不住情感，终于落下了如铁汁儿般的泪水，他心头突然萌生了苍悲，似乎感觉出了一种别样的滋味，他感觉或许此刻此别就是与家人的永别……

“叽叽叽叽叽叽……咕咕咕咕咕！”运河芦苇丛中水鸡子的鸣叫，似乎是在提醒华云龙快从沉思中醒来。水鸡子是大运河通惠河段常见的一种漂亮的大水鸟，两岸的孩子们对它不陌生。

由于官船不便装运骡马、粮秣、兵士和资料，所以华云龙及亲兵没有随船走大运河，走的是驿路，歇脚于卫所和官府驿站潞河驿、沧州驿和德州驿等。一路看似无事，但心情是铅灰色的、沉沉的。难眠的夜晚，华云龙将军在沧州驿站里再度摸出了刘伯温的信，悄悄打开后借着烛火边咏读边仔细琢磨了起来……

斫竹作钓竿，抽茧作钓丝。沧州日暖波涟漪，钩纤饵香鱼不知……

“什么意思呢？以往刘基来信写诗都是客套一番，什么‘台鉴’与‘雅正’之类的，这回就这么干巴巴的，好蹊跷……这刘瞎子还真够朋友！”华家与刘家是几代的世交，华云龙当然明白刘基也是军事家，甚至写过兵书，这诗分明是已经明白无误地告诉了自己一个重要信息：此行南京生死难料，好自为之！

华云龙的左右手下也是华云龙的盟兄弟，三人是交心的，他俩也睡不着，被叫来后，三人对着刘基的密信，继续默读：石鳞激水溪毛动，玉燕回翔竿尾重。大鱼入馔腮颊红，小鱼却放渊沄中。更祝小鱼知我意，长逝深潭莫贪饵！

接着，这三人是相对默默无语，谁也不想说话，这气氛比上战场可难受！欲知后事如何，且听下回分解。

正是：运河一望三千里，化作忧思千万重。滚滚碧波诉不尽，明史愁绪几何浓？

第三十二章 落槐满地

“怕徐达坐大？怕北平府坐大？怕江北坐大？还是要拆燕王的台？也太早点了吧！难道大明即将乌云遮日？还是自己喜欢住大房子这个毛病肇祸？那不是为了……唉！为什么何将军不抓捕押送自己回南京？”这都是华云龙和左右副手三人一路自己问自己的话，沉默也是一种交流，沉默是真正的交流，是心灵在交流，看来痛苦的人将不止华云龙一个。

……

此刻，北平府落槐满地，充满秋色的天空有两团阴云：一团是徐达手下孙兴祖等人被何文辉将军奉旨监控，未来命运也是生死难料，北平府的建设也停了；另一团是色目人的香料店多了两三家，香药市场和胡店里的西域色目人和瓦剌部落人来来往往，谈论的内容有漆器、香料、奇效丸、多病药、丰心丹等上百种药材香料和杂物，也有普通人听不懂的密语。

不要以为这只是普通的商人，这里也有随成吉思汗及其子孙征战西番时的色目老军医和配药师，这里也有与葱岭高原古道哈烈走廊的交通站来来往往的人。哈烈走廊就是黑鲁走廊，也就是今天的瓦罕走廊，“得哈烈者得天下”这句话是亚洲古老的军事家们都明白的。所以，哈烈走廊在大雪封山期也有冰山上的来客。

毕竟哈烈走廊是通向哈烈、河中、印度、波斯、钦察汗国和大明的要道，是达摩祖师走过的地方，是隋文帝、隋炀帝、李世民和武则天都非常关注的地方，这也是马可·波罗来过和描写过的神秘地方；西来的喀拉秋库尔河与南来的红其拉甫河，在这里汇流并日夜哗哗作响欢唱、讲述着古老亚洲与众不同的故事……

当北平府与张掖都还是秋色斑斓的深秋时刻，葱岭哈烈走廊的山坳已经开始落下大雪，显得越发古老、神秘和幽缈，引人遐想。这鸟飞绝的时刻并没有万径人踪灭，除了有大头岩羊、雪豹和群狼的雪中蹄迹与爪印，更有身怀情报与地图的人在这里留下神秘足迹。但令人奇怪的是这来往情报最重要的，并不是偷偷勾勾画画的什么军事地图和兵力部署，而是对手国家老百姓公开的舆论。

可就在这时候，帖木儿大君不但得到了亚洲红宝石王落在西波斯国王手中的消息，还突然得到了哈烈走廊西端神秘山坳里的交通站送来的关于大明方面的情报：大明有破绽，破绽就是紫禁城！葱岭古道之哈烈走廊，即今之瓦罕走廊，在那个岁月这条道路艰险崎岖，加之气候恶劣多变，一年中只有七、八两个月份没有狂风，常使只身的穿越者产生幻觉，所以这是行者的畏途。毛驴是穿越葱岭古道的最好交通工具。

但是，当地牧羊人传言这里曾有人倒骑着毛驴穿越古道！倒骑驴？这是卖艺乞讨的吗？这是杂耍艺人所为吗？这是天山游侠吗？难道这葱岭迷影是古代的007吗？北平府的底子是元大都，这曾是亚洲的中心和蒙古帝国体系的中心，这里的许多故事连接着整个亚洲风云，非常复杂，一言难尽。这神秘身影到底是007，还是119，还是110，还是阿凡提大叔？这个谜底咱们以后随着剧情发展再说，好饭不怕晚。

先要说的是眼下大明王朝的确露了破绽，洪武爷朱元璋的中都紫禁愿景竟然化作了一场空空大梦？定都凤阳失败了。不仅是真金白银打了水漂儿，这建国的败笔与北平府的定鼎空缺竟然带来了域外剑火的威胁，直接起因竟是那首天下人尽皆知的凤阳民谣。一首凤阳花鼓民谣也是信息？也能改写大明历史？也可影响朱元璋的统治？是的，险些击垮了初生的政权。

在元末明初这个时代，民谣就是宝贵的民情信息，这大明凤阳府的一首民谣就是当时帖木儿大君他最看重的、最重要的情报，这凤阳民谣让帖木儿眼前一亮。这就是大明的舆论和民意，这就是怨声载道，而怨声载道就是帖木儿所认为的发兵的宝贵机会，这信息就是最重要、最有用的第一情报。

帖木儿大君的案儿上摆的书籍不是什么《孙子兵法》和蒙古兵法，而是一本《汉谟拉比法典》和他自己写的书《制度》。《汉谟拉比法典》里那句著名的名言，已经被大君理解得烂熟于心。大君身旁左右的色目人和仇华大臣阿哈嘿等都认为只要时机一成熟，大君他就要彻底解决大明方面的问题了，就可以扣押大明使者，向朱可汗摊牌，向大明摊牌，向整个亚洲摊牌了。届时革命的火焰似乎将如当年的成吉思汗一样势不可当，这亚洲大戏就算是从开锣到剧情的高潮了。

但历史的事情没有设想的直来直去这么简单，帖木儿和朱元璋同为十四世纪的革命家，彼此也有心灵相通和相互理解的地方。帖木儿作为军人总喜欢兵贵神速，在建国过程中难免有想“毕其功于一役”和“一箭定江山”的想法，难免会忙中出错。所以，帖木儿大君决定翻页，并继续关注亚洲动态，继续搜集大明情报，暂不得罪大明，暂不与朱可汗摊牌，毕竟自己的后院仍在金帐汗国的威胁中。

所以，大明凤阳民怨这一篇算是出乎意料地暂时被帖木儿大君翻过去了，真实的历史仿佛就是一场戏，尤其是明史初期受到了元朝戏曲的影响，发生的事比小说和电视剧都精彩。虚构是多余的，只需要耐心地钩沉索引，然后推理、顺藤摸瓜、裱糊碎片和补画些风化掉的颜色，再加上一点小悟性就可以了，就更好了。

眼下，大明之错棋的确是被激进的帖木儿大君放过了，暂停翻越天山、暂停展开甘肃战役的东征计划，明史和亚洲史确实仿佛真的翻过一页了，亚洲的东方似乎显得波澜不惊。其实，厉兵秣马只是刚刚开始，不但是刚刚开始而且要对大明进行麻痹，还要措辞谦卑，还要进贡，还要有使者进一步打探军情，还要对中都紫禁与南京紫禁进行分析。

帖木儿并没有放松对大明情报的搜集与海上封锁行动，他不但准备劝说埃及海军配合封锁大明海上丝绸之路，同时还继续关注大明的定鼎与紫禁问题，关注大明风云动向与朱可汗的定都地点问题。而且，大君将在适当时机向大明应天府陆续派出使团，打探虚实。巧合的是，此刻，大明应天府的上空的确有几团政治乌云在笼罩着，真是云低压人，雨意甚浓，内外都是故事连连。

眼下的大明南京政府虽然在凤阳定都失败，但仍然是个又能说又能作的萧梁一般的南朝，有人在努力造就一个风雨如晦的历史时代。刘伯温这个历史人物是敏感的，尽管此人有酒后冲动、口无遮拦的性格短板，但他是半仙儿冷启敬的弟子，这都是与张三丰一样能冷眼向洋、有亚洲国际眼光的人。可此刻反对将首都定在凤阳的刘伯温，在洪武爷的冷落下和胡惟庸的“关怀”下，驾鹤西归已成定局。

虽然刘伯温有酒后口无遮拦与神神叨叨的毛病，有冲动与说话太满的性格短板问题，虽然他撕争不过李善长和胡惟庸，但“三龙相斗毁王城”、定鼎失败的头等历史事实却不幸被人家刘伯温言中了。这究竟是怎么一回事？举天下之力、苦心经营的大明首都紫禁城与皇城的开发建设怎么会失败了呢？这在中华宫产开发的历史上可说是绝无仅有，但这故事有历史证据吗？有。

今天，有一座明代紫禁皇宫遗址，比北京故宫历史更久远，比北京故宫的规制更宏伟，比北京故宫的基座曾经更豪华，仿佛如东方的巴比伦城，它凝聚着朱元璋那个时代的紫禁灵魂，这就是洪武爷当年的凤阳府中都大明紫禁城，不知听众您听说过吗？您相信吗？幸好，历史遗迹尚在，免去许多笔墨官司的纠结，尤其是真正的明史粉丝或明史极客您可亲自驾车一去，定有收获。欲知后事如何，咱们下回分解。

正是：秦淮卧病叹春阴，落魄方知官场心。葱岭大漠云积雨，军情默默转更深。搅得朱哥春梦恼，搅得朝臣吵纷纷。无奈建康藏黛影，谁愿胡都远赴身。衣锦还乡面子好，濠水无情撵猪奔。三龙相斗毁王城，水利道纪史之根。刘基感叹事迷茫，紫禁中都难成真。幸有菩萨来援手，北京紫禁天下尊。

第三十三章 紫禁大梦

书接上文。席山建殿，枕山筑城，临濠鼓楼不仅天下第一大，在建筑布局上也别具一格。残破的城墙与美轮美奂的石器默默无言，凤凰山的青山依旧在昂首，夕阳晚霞和六百年前明代的一样，几度鲜红，既令考古工作者兴奋，也令人发思古之幽情。

中都紫禁遗迹应当知道人世间已不知上演了多少伤怀往事，历史在临濠居然和朱皇帝开了一个沉痛的玩笑：那故乡的微风和天边飘过的故乡之云，并没有为归来的朱游子抹去心灵的伤痕，反而带来了大明江山一场昙花国破的隐忧，带来的是更酸楚的泪，这究竟是怎么一回事？

且说洪武二年的春天里，在封藩诸王之后，朱元璋不顾刘伯温和元旧臣危素的反对，不顾孟善的弃权，不顾何文辉的疑惑，不顾马皇后的苦苦劝说，在深秋时节就急急在朝廷内部宣布，开始在自己家乡临濠实施紫禁大城的建设。

中都这里不仅是朱元璋想象中的欲超南超北、超越古今的天下第一京师，还是庄子和惠子一道在濠水的桥上漫步谈哲理的地方——子非鱼安知鱼之乐的辩论故事咱们就不说了吧！大明第一紫禁工程不仅由李善长这个萧何级别的大包工头儿亲自督建，也有汤和与丞相胡惟庸势力的鼎力支持。

朱元璋还亲手书写了“万世根本”四个工整有力的楷书大字，就等着有一天挂上这块儿招牌，然后就定都濠州凤阳府。而且，洪武爷同时还命令僧录司与工部有关部门联合行动，为新紫禁的钟楼铸一口大钟，将来要让悠扬的钟声在新首都为大明祈福，为汉祚添彩，一切都显得志在必得。

……

“爹呦！娘耶！昔日没人看得起的无浪神老疙瘩重八子今天回来了，可是以天子的身份回来了！虽然紫禁城不是因你们而肇建，可谁能说我没有光耀门楣呢？祖坟也将给二老重修，不能让你们草席裹身在九泉之下就这样寒碜着！”朱元璋在父母坟前这一跪，所有的酸甜苦辣与亲情的思念就全在这稀里哗啦的眼泪中了。

燃灯集朱家的老疙瘩归来了，自小漂泊，也曾浪迹大别山和中原几省的游子朱重八，已经不差钱，不差权了，这在当时的历史时刻必然是大明王朝的焦点访谈。天边飘过故乡的云，它不停地向朱皇帝召唤，故乡的云呀，谁敢说我锦衣而行的朱重八是空空的行囊？

大明国帑的真金白银就掌握在昔日燃灯集弥勒古庙小行童元龙小沙弥的手里，此刻的重八哥真可谓是人生五味夹杂着万丈豪情。可中都紫禁的最终结果呢？建设紫禁的精彩故事与传奇呢？过程咋不见史有记录呢？明史为何对此等大事藏着掖着呢？这究竟是疏忽还是刻意隐藏？这必有当时的难言之隐。

究竟哪个历史学家对洪武爷修紫禁城这事知道得最详细呢？不是俺们，

而是燕京大学的一位历史学家，他叫王剑英，他当年在下放劳动时曾巧合地发现了这个劳百万之众、大兴土木耗费巨资而营造的洪武紫禁大城遗址。可这在《明史》上却没有史官们确切的文字描画，这是当时著史者的有意忽略，还是其中刻意掩盖了一个巨大的历史谜团？

古时，对于卜都定鼎大事，无论正史或是民间野史总会有人铺洒笔墨，拽上几句，甚至会有曲艺说唱；就是其上疏论辩的赞画过程就会相当精彩激烈，更别提肇建与营造。但不管洪武史官们怎样千遮万掩，这中都历史遗迹在科学技术面前是撒不了谎的，原来这是大明卜都定鼎的历史败笔。

朱元璋、李善长、汤和和胡惟庸等人曾不顾刘伯温等人的反对，强行上马，建设中都，结果一败千古。六年或八年的心血加上巨额真金白银，还乡的皇帝游子换来的依旧是满怀疲惫和酸楚的泪，灵魂与王朝不得不继续漂泊。别忘了，洪武爷可是闻名天下的节俭皇帝。真是：攒着攒着，窟窿等着。可这凤阳府紫色的“地主大院子”究竟是怎么一回事呢？梦中的紫禁城为什么会肇建失败了呢？

幸好，不但历史遗迹做出了回答，还有当时祭酒的诗为证，免去了笔墨纠结，他的名字叫贝琼。祭酒的职位相当于今天的党校校长，贝琼原初名贝阙，不知缘何改名贝琼。改名后无论是凤阳，还是大明洪武朝，还是他自己都仿佛真的变得倍儿穷，历史与生活就这么巧，想当地主也得有那命，不是是个人就能当的。

前瞻凤阳城，宫殿起忝差。两都未足论，天启万年基。四方此会同，车马填九逵。已经八十岁高寿的贝琼，他除了给凤阳的勋臣子弟上上文化课，就是写诗记录历史，贝琼的诗文就这样巧合地弥补了那段被大明王朝刻意掩盖的明史，道出了真相，看来文史果然是不分家的。

其实，仅仅是造成一些金银损失和历史谜团这也并不稀奇，毕竟朱元璋的初心是好的，大方向是正确的，他想开拓汉祚的万世太平，他不是为了自己吃什么、用什么和住什么。可关键是大明因此次定鼎大败，带来了走四方的凤阳花鼓的怨声载道，因而面临着域外一场剑火的威胁，岌岌可危不是夸张之词，中华民族在那个时代的确曾到了最危险的时候。

怎么办？谁来拯救这沧海横流的局面？怎样避免历史进入到三国两晋南北朝的黑暗时代？风流人物们谁会出来扛鼎呢？看出亚洲山雨欲来这一步的，不仅是张三丰、张铁冠、刘伯温、危素、华云龙、李文忠、孟善、何文辉、张昶和张定边等人；还有朝鲜李芳远和日本的足利义满这两位将军帝；当然，还有一位身在曹营心在汉的女真将军。

当然，还有南印度、中华、乌斯藏、日本、琉球和朝鲜的一些禅宗僧侣也在紧急联系商议怎么办，如何为大明补台，让谁来为大明补台，如何为亚洲补天裂。看出这一步的还有女真一部的一位传奇头领叫孟特穆，也就是蒙哥帖木儿，这人就是两百多年后入主紫禁城的大清爱新觉罗家族的祖先。当时蒙哥帖木儿被称作是识达天道的人，此人后与徐皇后家族结亲，这也是位明史风流人物，当然这是后话，有缘再说，后台化妆，暂不多表。

历史，总要随着时光悄悄翻过每一页，岁月似乎也可以消磨掉一切伤痛。但是，青史的竹帛也有沉重得无法翻页的，这就是岁月带不走的那份大明洪武紫禁之痛。必须要说、要考究的是，大明第一紫禁的营造究竟是如何败的呢？朱皇帝遭遇了怎么样的具体泡汤过程？淮水为何非要和朱皇帝过意不去呢？三龙为何要毁王城？这必有自身的原因，必有人的主观原因，必有离奇故事与明史智鉴。

而且，当时中都失败后，后果严重，帖木儿大君因此表面翻页，暗地正在派使者劝说运作，让埃及马穆鲁克王朝海军出动，去封锁马六甲海峡。此事若成真，这可是大明海上丝绸之路潜在的灭顶之灾。看，洪武紫禁城的失败，带来的是王朝一系列的麻烦和隐患，如多米诺骨牌效应。尤其雪上加霜、让人担忧的是，自洪武三年朱元璋因为与巢湖水师做班底的海军一系有过节就已经宣布开始禁海了，到了洪武七年又加大了禁海力度。

这内忧与外患合在一起，怎能不让担忧天下的亚洲志士们又陡然增添了难眠之夜，亚洲的江海似乎已经变得烟雨蒙蒙，一时江山难辨。庙堂有危怎么办？江湖儿女能为金坛补台吗？女娲能补天吗？战争之伟力真的是孕育在民众之中吗？怎样避免这威胁整个亚洲的战争魔鬼呢？怎样让魔鬼自己回到魔瓶里呢？让谁来做这件给猫系铃铛的事呢？究竟能不能做好这件事呢？

刘伯温都管不了的事，谁还能有这金刚钻呢？有，真有。是谁呢？这问题还是让历史故事随着剧情自身发展而水落石出吧！常言道：沧海横流方显英雄本色，可究竟是哪位历史英雄准备一显身手和本色呢？咱们下回分解。

正是：达摩西来一字无，全凭心意用功夫。若从纸上寻佛法，笔尖蘸干洞庭湖。

第三十四章 四散之地

书接上文。青史之瀚，无奇不有。不但大明有撑天下的人才，而且此人且是朱和尚的师兄弟，也是和尚，二人还真有缘。但是，这洪武爷可是不好伺候的和尚，这是大明一代国父，因为他在立国后既豪情万丈，又执着文字，搞文字狱、堵塞言路，还钳制思想，甚至跟死了上千年的孟子学说都较劲儿。

按马皇后的理解，老公的性格是早熟而又不成熟，是个矛盾性格。说来佛学有两个门派，朱和尚在建国初期执着了依经论义的净土宗，原教旨主义有点稳，经院派尊崇经典，按古有绪，强调老实规矩，但本本主义耽误大事，甚至能毁掉民族前程。念经能退敌吗？读经可以救亡图存吗？那您若能把“萨德”给念跑了，俺给您磕三个响头。

佛门的另一派禅宗呢？这是佛门的特派员，他们讲究不立文字，讲究把握言外之意，尊崇拈花微笑，脑筋急转弯儿。认为若从纸上寻佛法，笔尖蘸干洞庭湖！禅门强调实践精神，实践出真知，不破不立，实践检验真理。但禅门也有走错路的危险可能，这队伍里面也是鱼龙混杂，学渣与滥竽都不少。总之，洪武时代的禅门师兄在很长一段时间基本不敢跟朱和尚共事，保持距离，担心朱队友以文字狱迫害人。

因为在开国初年，朱元璋就因为孟子学说里有“君轻民贵”的话，闹了好长一段时间，纠缠于文字，非要删改，谁劝都不听，很是一根筋。其实古代先圣都是述而不作，著书皆为稻粱谋，皆为评职称，这书谁知道是哪个古代书商为了赚钱给编纂演绎的？经无信译，倘若孟子再世，也许会质疑的：我是这意思吗？你知道我说的君是纣王，还是夏桀？不多表。

且说当年朱和尚朱元璋曾希望把自己的家乡凤阳建成一个超级豪华的紫禁大都城，给家乡的父老乡亲看看，昔日重八、今日元璋要超越古代所有皇上，阿房宫算什么，未央宫算什么，大兴城算什么！故乡的云啊，还有那东、西濠水的波浪，冈阜的泥土，那佛心的汪干妈和枯寂的于觉寺，你们都且看我大明朱皇帝的，朕要开大明五百年之基，培汉祚万世根本。

纵观华夏定都历史，临濠府真的在九州中有如此分量吗？凤阳真的可以做首都吗？“三只眼”朱皇帝的眼光精确吗？其实凤阳这地界自古名气不大，小地方也留不住人才，凤凰山本来也不叫凤凰山而是叫煤山。但在朱元璋第一紫禁城的规划中，凤阳府这个辖区被人为地玩命升级，范围包括今天安徽、江苏、河南、湖北四省中的十二府二十三县，差不多将整个淮河流域都划了进去。

营建中都仿佛是朱元璋经过深思熟虑后决定的，负责营建的官员，也经过胡惟庸的慎重选拔。洪武爷这也是为了让天下人看看，我不叫朱重八了，我要超越所有古代帝王。朱元璋设行工部营建中都，命李善长这个大包工头总理其事，汤和当助手，还有单安仁、孙克义、薛祥等一大批工部官员。当时，朱元璋的紫禁大梦是志在必得，他要首铸苦难后的辉煌，用这座紫禁大都证明自己是真命天子，他要应谶朱衣人、秀一把亚洲紫禁正宗的苦难辉煌。

北京，当时叫北平府，朱元璋或许根本没看上，他连看都没看，尽管他非常喜欢常遇春的军事通报里的“蓟北悉平”这四个字。受民间艺人的影响，朱元璋自小有周朝和汉唐史情结，临濠中都城不仅规模宏大，而且也并不简朴，内建宫殿、官署、宅第，装修计划施用五彩琉璃，极为豪丽。当然这不是为了炫富，这是为了展示朱元璋开创汉祚江山汉官威仪的赫赫开国气势。

濠州不仅是朱元璋的故乡，也是淮西勋贵的故乡，衣锦还乡，耀祖光宗，群臣大多自无异议，大批的工程款从国库中拨了出去。那时，洪武宝钞，也就是纸币还没有发行，从国帑中流出的工程款都是真金白银与铜钱。历史证明，当一个王朝的大动作是一致全部通过、热烈鼓掌、持久鼓掌，且鼓到手掌发麻、无一人反对时，不一定就是吉祥的，这不一定是王朝的福气。

不到长城非好汉。幸好，也还有一两个反对者，谁呢？前面说过了，反对者一个是一位元旧臣危素，结果此人被礼送还乡，内退回家了。也有人说是组织安排他去看坟去了，不管那么细了，反正此人是淡出了。另一个就是虽品级不高却名头响亮的刘基刘伯温。刘伯温坚决认为凤阳不可以当首都！为什么要反对？是什么给了刘伯温这么大的底气和勇气？他的智慧从哪里来？这必有原因。

刘伯温当时认为凤阳的地形地势是四散之地，不聚拢人气，不聚拢民心，不合抱，当首都万万不可。刘伯温认为首都是天下之本，地形要在一个湾子里呈现合抱与团结的地势与气场，而中都地形地势四分五裂，这气场大不吉祥，凤阳这地界走四方与闹分家、搞承包还行，路迢迢，水长长，一村又一庄，迷迷茫茫。其实，刘伯温这人一生也没少说错话和办错事，但这回关于定都他言中了。咱们先不说那些玄学的，且说点历史唯物主义的故事……

不怕不识货，就怕货比货。刘伯温年轻时见过大都，与大都有缘，不但当年高考作文题目是北京的山川地理，而且后来在科考后和借助求职的机会，刘伯温两度在大都实地调研，并查阅皇家档案馆资料，寻访各路高人，终于发现了元大都虎踞龙盘与中轴线的奥秘，悟出了刘秉忠的建设奥秘，并依据刘秉忠遗留的资料、花费多年心血破译与赞画勾勒出了一张大都的建设秘密宝图，这就是大明北平府开发建设的方向与底蕴，这张宝图就是今日北京与紫禁城的前世今生。

其实，刘伯温知道的紫禁秘事比这还要多，他知晓许多关于筑城的历史智鉴。但此时的刘伯温已经难入洪武爷的法眼，不但即将离职下岗，甚至还将受迫害。因为刘伯温老跟李善长较劲儿，而李善长和胡惟庸能饶他吗！但刘基临走前仍上书说："凤阳乃四散之地，非天子宜居。"可此时，刘基在朱元璋和李善长的眼里已经是个碍眼的浙皮子，是个"朱衣人"的竞争者，是个有异图的人，是个即将离职的人，他的话算个屁，还想跟我们开撕！

刘基的进言真的算个屁吗？刘基的官职的确不高，可人家刘基的祖业与履历，还有他个人的经历可是殷实深厚呀。远的精彩故事暂且不说，就说刘家祖爷刘濠不但精通儒学，还懂天文地理医学占卜等，官至翰林掌书记，常伴皇帝左右。刘濠虽禄高位显，虽仰观天象，但还不忘时常登高查看四邻谁家在饭口儿爨里没有冒出袅袅炊烟，随即送去米粮，救人急难，刘基其祖不但替皇上观天象，还察百姓灶台，很不一般。

等到父亲刘如晦出生那天，天气风雨如晦，时代风雨如晦，遂起名如晦，巧合的是命运和这名字一样，刘如晦一生难得晴朗的时运。最大的官职就是个县教育局局长，且一直郁郁不得志。好在祖上遗留下的宅院古朴大方，樟楠如盖，荫护蔽天，院后古井，源远甘甜，四季不息，子孙繁衍。

但是，为了汉祚登基，为了营救白莲教和红巾军义士几百人的性命，刘基的长辈曾不惜祖产，一把火烧了家宅，目的就是为了烧毁掉一张官差带来的搜捕义士的名单，这关乎几百人的性命及其家族数千人的性命，关乎朱衣人这个主人公，关乎汉祚前程！大火之后，刘家从此家道中落，一蹶不振。可患难之交和救命之恩也使刘家与白莲教和红巾军结缘甚深，这才使刘基多年后被多人同时推荐给朱重八，成为洪武爷眼中的张良。

关于刘伯温的北京紫禁定鼎之理想，这并非起自大明朝与朱元璋，营造北京的想法乃是起于刘伯温的家族，这是几代人的梦想。可这是为什么呢？历史之因究竟是什么呢？这应当源自历史实践，实践出真知，这正是我们也想破译的北京紫禁城历史之谜。欲知后事如何，且听下回分解。

第三十五章 金玉其外

书接上文。上文说到刘伯温是被朱元璋比作张良的，但张良的命运是什么？是功成身退呀。这刘基当然明白，可洪武已经立国，刘基眼下为什么没有赶紧功成身退去做隐者呢？就是因为他不放心大明的紫禁定都京师一事，因为大元朝遗留下了大都的同时，也遗留下了一场蒙古体系的国际风云。为此刘基甚至还写过文章特意谈了谈皇宫的择地选址与建设问题，刘基想给大明留下一份首都开发建设的好基业后，再功成身退。

但是，命运就是如此巧合和无情。眼下的刘基任职只是个御史中丞兼太史令，不过是个皇家调研室的负责人，不过是个图书馆管理员，是个小小言官和闲差，还面临下岗回家，历史何其相似。定都濠州府是朱元璋一直的梦想，也是李善长、胡惟庸和汤和等一大批淮西人的梦想，所以刘基刘伯温又怎么能拦得住这朱衣梦，怎么能不得罪一大批淮西勋贵。

而大包工头李善长是徽州商人出身，茶叶商出身，当六安瓜片、猴魁和毛峰已经不能吸引他的时候，便开始倒卖军火与军需物资；当金钱的魔力有限的时候，他这张旧船票又登上了洪武革命的客船。李善长的强项是既有钱，又会玩政治，毕竟远祖乃李渊之后，自己也顺利荣登大明第一公卿之位，挤走了国策大师朱升，更让老革命汤和落榜。

眼下李善长虽有钱但目光短浅，唯利是图。反正自己也正下岗多日，闲着也是闲着，管你风水不风水、基业不基业的，聚气不聚气、分裂不分裂的，管你将来淮河泛滥不泛滥的，顺情说好话，举手，鼓掌，使劲儿鼓掌。这一夜千金的好事也许比朱衣美梦还要美，这意味着多少人会努力巴结着成为自己的门徒，什么三龙相斗毁王城！

而刘伯温则认为金玉其外的，也许败絮在其内，他不看好大明第一紫禁城的选址立案，更以寓言的方式暗示李善长与胡惟庸就是金玉其外，败絮其内。可刘伯温这样做就挡了人家李善长和胡惟庸的发财路和光荣路，还被朱元璋怀疑应谶朱衣人，这能有好果子吃吗！

这么巨大的工程，就算是李善长不敢直接把钱装自己兜里，可这毕竟是仕途上风光露脸的大好事，很有可能让门人弟子与家属们一夜千金；更重要的是自己在临濠有千顷良田，未来的气场并不属于朱元璋的新紫禁，这岂能让刘伯温挡了路，岂能让他从容开撕。于是大明的建国与建设之路在汤和、李善长和胡惟庸等人的忽悠下，果然拐了。

在洪武二年初秋的时候，头脑发热的洪武爷朱元璋在秋风初起的时刻便急急下诏选派工匠，大兴几通一平的中都紫禁的前期工程。不但淮安涌入了筑坝水利大军，小小的凤阳一下子涌入了上百万人，这使得凤阳顿感压力，物价被哄抬得老高，有时候根本买不到东西。

之后苏州府的移民在不断增加，不仅如此，王公贵族大臣们和后宫各路裙带势力也往这里挤，这里买地建房成风，土地兼并成风，等待将来成为京师增值后炒作一番。

建凤阳中都，这是朱元璋一直的想法。得建康之后，朱元璋心里一直不很踏实，他觉得建康虽然多次为帝王之都，还传说虎踞龙盘，但这里偏隅江南，对控制全国军事，尤其是对征抚北方不利。建康就是后来的南京。而且从军事地理上看，建康形势不严密，从地理风水上看山西水东，是块阴地，地势也属南高北低或东高西低的阴地，山形琐碎，没有名脉，也不足以支撑京师大城。

其实，朱元璋也曾一直想把都城安在稍北一点的地方，比如洛阳，比如黄河之滨的大梁，就是开封，以及西安或大都燕京等。经过反复比较，朱元璋认为洛阳地名不太吉利，有待考虑；大梁虽多次做过帝都，但无险可守；而其他地儿他觉得不合适，于是打消了在北平、西安、洛阳和汴梁建都的念头，最终选择了凤阳。

当然，想去北平府会合华云龙造北京的刘伯温受到了管制，反对者刘伯温被护送、礼送、押送、赶回了青田老家。本来他是准备去北平府的，他本想和华云龙一道营造北京，但是这几乎等于夸父逐日，他的理想只能在心中与梦中放飞了，他离世前内心一定是痛苦的，这毕竟是家族几代的愿景与奋斗。尤其提前要说一句的是，这吉壤选择的智慧，并非来自于刘伯温家族的主观意愿，而是来自历史殷鉴。

且说大明中都紫禁的肇建那真是恍然若梦。凤阳当地的百姓和移民来的百姓等来的却不是机会，不是幸福，而是一劫。这几年新都不仅是房价上涨，而且是米面油盐等物价也跟着房价暴涨，民不聊生。于是，凤阳府不少百姓就身背腰鼓、四散他乡、流离失所了。然后，天下就流行起了那首民谣：说凤阳，道凤阳，凤阳本是个好地方，自从出了朱皇帝，十年倒有九年荒。

这就是历史，这就是大明舆情，这就是民怨，这就叫怨声载道，洪武王朝的紫禁失败继错订《大明律》草案，就再次露出了大明王朝的破绽，就面临着葱岭高原兵主的东进之劫，因为帖木儿大君是激进的革命家，趁火打劫，趁水和泥，推翻怨声载道的王朝，他谙于此道，他身边人才济济，也很神秘。

但是，世间事非常复杂，眼下的国际形势不仅仅是朱元璋一人要面临的事，也不仅仅是大明的事，这也是亚洲佛门的事，这事早就惊动了印度高僧，他们在元末明初就不断来华运作，欲挽救中华，同时也就是拯救佛门。不仅如此，亚洲佛门还要协助大明定鼎京师，开启北京城市发展史的新篇章。一句话：朱和尚的确自小与佛有缘。

常言道：国家将兴必出栋梁。尤其要说的是，大明在这个历史时期不只是将星云集，高僧涌现，还有很多星宿一般的历史人物也纷纷登场，如刘伯温；如亚圣孟子的后人孟善也在关注天下安危，也在为大明担当；后来还有墨子的后人，还有某某某家族后人，还有无名英雄，仿佛如冥冥中宿命一般。这些明史风流人物他们将在洪武王朝的历史舞台上，是生旦净末丑唱念做打，一一为汉祚补台，创造历史，历史的画面也不得不推拉摇移。

但是，由于这其中的孟子后裔孟善当年在南京对洪武爷建议修凤阳紫禁城投的是弃权票，所以朱元璋不开心，洪武爷就不带他玩儿了，把他撵出了应天府。眼下洪武朝的主戏凤阳中都紫禁大戏里还没有孟善的戏份儿与身影，他眼下也只能是化化妆和吊吊嗓子，但他的精彩故事后面会说，因为他也是朱棣的军中老师。

此刻在凤阳紫禁这出戏里唱主角的还是洪武爷、李善长、汤和、薛祥、单安仁、孙克义和反对者刘伯温，贝琼贝校长也只是“中都梦破”这戏里的一个冷静的记录者和旁观者。可中都城与中都紫禁城具体究竟是怎么失败的呢？原来是有个爷和洪武爷过不去，哪个爷胆子这么大呢？是老天爷和洪武爷过意不去，这个爷可最厉害，这才是红光满东方的真神。

就算你是孙悟空，你也不可为所欲为，要说的是这老天爷干吗要跟朱大圣朱元璋过意不去呢？干吗要给他设置九九八十一难呢？中都紫禁到底因何而败呢？这可是国家工程，可是大明王朝的国家一号工程，大明洪船居然成了百孔千疮的破船，洪武爷也成了一张旧船票。历史之果必有原因，必有历史的深意与智鉴。欲知后事如何，咱们下回分解。

正是：说凤阳，道凤阳，凤阳本是个好地方。自从出了朱皇帝，十年倒有九年荒。三年水淹三年旱，三年蝗虫闹灾殃。大户人家置田地，小户人家卖儿郎。奴家没有儿郎卖，身背花鼓走四方。

第三十六章 中都梦破

书接上文。且说当年，很多大臣和嫔妃也在提议和吹风，不如在皇帝的家乡凤阳建中都，说这里濒临濠水，位于长江和淮河之间，运输和交通很方便，能很好地利用淮河和长江的优势进行防守。还说如果把金陵作为南都，凤阳作为中都，然后在北方再选一都，在东西部再各选一都。这样，东、西、北、南部都有直辖市都城，对稳定局势将会有很好的作用。一句话，离江南越近越好！

“凤阳不可都，三龙毁中都！”浙东集团俊彦领袖刘基坚持反对将凤阳作为京师。但反对者刘基的话改变不了朱元璋，刘基因话多和锋芒太露的性格，已经得罪了淮西集团，已经得罪了李善长、汤和、廖永忠和胡惟庸，也得罪了朱元璋。

“别听刘瞎子逗猴儿了，他说的也不全准。祈雨他说的就不灵，严小姐也是他给朕说散了!”此时，浙江这个应天府的后院已经稳定，刘基这个“张良”在朱元璋的眼里也已经不那么重要了，洪武爷这个人交朋友没长性，这是他老伴儿马皇后一直的看法。

可刘基真的不重要了吗？其实，打天下和得天下之后，还有个坐天下，也就是建设天下，起码要有个基本建设的过程，这个为江山筑基的过程非常重要。此时京师还未成功呢，你朱元璋就和刘伯温变脸，着实太早了点；你应当先让他把选择吉壤、肇建紫禁的事帮你干了，你再撵走他也不迟呀，毕竟他是技术型干部。

当然，还有一个元旧臣危素也一直提议把首都定在北平府，就是北京，但他的结局也只能是下岗回家，听央视《百家讲坛》历史老师说这人后来去看坟去了，还写了不少诗歌，且不多提。但是，历史之河确有密语，在刘伯温之外还有悄悄的故事，明史就是这么奇葩如戏。

下面其实还有人在运作反对将紫禁定鼎江淮一事，但人家的进谏不但入情入理、温和究竟，而且还独辟蹊径，相当精彩；只是由于历史的道路非常曲折，密信之诗一时还没有顺利到达朱元璋的手里。因为只要走正常途径，任何信息都会落到胡惟庸和李善长手里，且结局难判，后果难料，良好的动机不一定能带来良好的结果。但是，这就要看朱和尚的悟性了，要看他能否破译诗中的历史密码。

实话实说，朱元璋也不是常人，自小就迥异于一般孩子，能降得住他的人不多。虽然红光满室是李善长在替他吹牛造神，但神迹还是有点的，他绝不是简单的一个民工。朱和尚打伞，那是无法无天呀，他经常不按常理出牌。但是眼下，接下来能改变一个帝王意志的还有一个爷，这个爷朱元璋还是有所忌讳的，那就是老天爷，咱们往下瞧。《中都梦破》这一章的演出，还是遗憾与无奈地启幕了，因为朱元璋尽管接到了秘密来信，但的确未能破译出高人的信息密码，遗憾，真遗憾!

洪武八年四月初二，初夏的微风在濠水水面阵阵掠过，岸柳随风摇摆。朱元璋亲至中都验功犒劳，经过八年的建设，耗尽大明帑银和民脂民膏的中都凤阳紫禁基本建成了，洪武爷当时还首先到滁阳（今滁州）畅游一番、喝酒写文。朱元璋平日不大喝酒，一旦喝酒不是有高兴事了，就是有愁烦了。

但是，朱元璋自己心里明白，这顿酒喝得是喜中带忧，因为这几年的中都建设一直是在磕磕绊绊中勉强走过来的，霸王硬上弓的主观色彩非常浓，不顺，不吉祥，不是水到渠成和瓜熟蒂落的自然收获感觉。而是强行上马，勉为其难，犹如采摘时强扭瓜果，因为从中都兴建之日起，凤阳这个地方自然灾害似乎就更加频繁了。

中都城这些年不是大旱就是大水，淮河大水的灾难时不时延缓着中都皇城的建设工期。另外，定都凤阳之前，这里百姓就稀少、经济也落后。定都后朝廷虽多次移富民充实，给予优惠政策，但凤阳地处江淮之间，水旱灾害频繁；淮河自古也没有像样的大码头，漕运不便，只好筑坝以提高水位，结果埋下了隐患；人气也是聚而又散，的确如刘基所言这地界适合走四方，根本没有首都的气氛。

大明定都于濠水之滨，生活物资供应却仍旧依靠富庶的江南，造成了一系列的后患。别说大中集市市场，找个菜馆和小卖部都不容易，更别提什么24小时便利店了。四散之地，人心不聚，可能都惦记着早点儿各立门户、大红灯笼高高挂；这里竟然真的是不团结，人心四散。从苏州府移民过来的那些富户也以走亲戚和逃荒的名义，身背腰鼓不断开始往外逃。

不仅是这些地理地势与风水和水患问题，还有更惊险的一幕政治故事甚至出乎朱元璋的意料。战争年代朱重八靠淮西打江山，但统一天下后，善于变脸的朱元璋曾两次谩骂红巾军和白莲教是妖人；有骂得对的地方，也有伤了红巾军将领的心的地方。当然这里也有淮西集团骄横擅权，可能成为倾覆朱元璋统治的因素。今后一旦迁都凤阳，淮西勋贵集团必将利用盘根错节的宗族、乡里关系扩大势力。

别忘了有些人家当初在这一带就是倒卖军需物资与军火的大户，而你朱五四家算什么。单极势力的无限膨胀对皇权的威胁将更大，将来必无法控制。这是自己的老窝儿，可也是别人的老窝儿。于是，洪武爷在中都城四周特地留心转了转，他看到了一座座逾制超标的仿紫禁大院，不但是大红灯笼高高挂，还似狼群一般在环绕和冷冷盯着自己的新紫禁城，朱元璋感觉凤阳府的气场还是属于别人家，自己动用国库花了巨万万的银钱在给淮西勋贵集团势力的朱衣梦造势。

"四面楚歌呀！怎么落得这么个结果？先去奉天殿视察视察再说吧！"朱元璋也觉得这阵子不对劲儿，后背总是发冷，人不时有点小眩晕和小迷糊，他不得不掂量掂量后，再考虑是否定都于此。

"别让人给算计喽！自己这新紫禁才几顷地呀？人家李善长一家就在凤阳有千顷良田，气势还是人家旺。"此时，朱元璋已经开始严重怀疑自己错走了一步大棋，怀疑自己这"三只眼"是不是看错了地方？想到这些，洪武爷感觉自己的头都快大了，担心啊，心疼啊，心疼这巨额的国帑，心疼这几年的心血，更担心这中都定鼎真如刘基所言是大错特错。

尽管叫花子出身的朱元璋见过点市面了，入住过凤凰台、吴王府和元朝御史台大人的府宅，但凤阳紫禁奉天殿规模之绚丽宏伟，还是让洪武爷朱元璋觉得有点眼晕，淮河燃灯集小庙出来的洪武爷的确没见过什么大香火，坐在凤阳中都奉天殿新龙椅上的他感觉突然有点压不住场子了，甚至产生了模模糊糊的幻觉。

"当着这么多的人，不能就这么砸蛋栽在这儿，不能让他们看笑话，索性就跟他们唱一出吧？"朱元璋顿生一计，索性文艺范儿的洪武爷当时就决定和他们大玩一场！

可以说从这一刻开始，朱元璋就有心搬掉李善长与整治汤和汤司令了。

一个坑我，让我的金窝儿泡汤；一个不好好工作，到处娶寡妇，媳妇比我还多。这事没个完，朱元璋觉得不但必须秋后算账，要追责，而且现场就要和他们唱一出，不能让他们拿自己当六叶子。朱元璋打算跟凤阳建设指挥部的这些人唱一出什么政治戏呢？欲知后事如何，且听下回分解。

第三十七章 黄流成江

“哎哟，哎哟，朕怎么觉得殿宇梁上好像有小人儿在交兵?”洪武爷说。朱元璋不愧是艺术范儿的段子手皇帝，小品说来就来，非常入戏。

“不会吧？这不是荒唐吗?”陪同视察的包工头李善长回答。

“朕听见声音了!”洪武爷说。

“没有声音啊!”工部官员薛祥也赶紧说。

“朕听见了有人持兵斗殿脊!”洪武爷继续说。

“是不是皇上当年让红巾军的妖术蛊惑了?”李善长说。

“胡说！你们没有资格说红巾军的不是!”洪武爷说。朱元璋虽然自己骂过红巾军，但别人骂红巾军，洪武爷可是真不爱听!

“那……那……那是不是中都城有工匠用压镇法来谋害皇上?”李善长说。

得！这句话可就给干活儿的工匠们给搁进去了，也一下子就把罪责推给了工部官员。李善长说的所谓压镇法，实际上就是江湖道士在通过风水上的一些刻意措施进行施法。比如说在宫殿殿脊上制作一些木制的鬼怪，上面刻有一些符号和咒语，等人住进去之后，就会听见奇异声响，就会惶惶然不可终日。

但巧合的和让朱元璋与众陪同都没有料到的是，当有人上去检查时竟然真的发现了在宫殿殿脊上隐秘处有人安放了一些木制的鬼怪，上面刻有一些骂“三只眼”的符号和咒语，这种行为在唐朝时就是违法的。在自己的家乡，也会发生这样的事情？洪武爷自己有一种突然掉进坑里的感觉，假戏竟然成真，朱元璋他真的发了大火。这回可不是段子，可不是演戏了。

“朕要尽杀工匠！”朱元璋勃然大怒，这回可真的不是演戏，是真的怒了。

“不可，工字不出头！皇上您想想，起码石匠和瓦匠与木梁无关，怎可尽杀，这岂不是冤屈无辜？而且木匠来自四面八方，口音不同，交流都有阻碍，怎么能皂白不辨、冤屈一片呢？工匠就会干活儿，你对他好，他就好好干；你对他不好，他就对付着干，只有质量和工期的问题，没有这乱七八糟的江湖法术，连我都不懂什么是镇法妖术……李使长他……他好像懂这些江湖的东西！”一旁的工部官员兼工会干部薛祥在冒死进言。工部的领导还是要向着自己人的，当然这也洗清了自己，把李善长扔过来的“尿盆子”又一脚踢了回去。

祸不单行，雨季又来了，刘伯温说的“三龙相斗毁王城”的事还就真的应验了，中原黄河因失修决堤了，接着黄龙洪涛夺淮入海，淮河的龙王见势不妙赶紧跑，领着水呀又不断夺濠漫涨，濠水的小龙惹不起砂锅惹笊篱，不仅使临濠的许多砖窑毁塌无法修复，而且大水漫过凤阳境内入淮的最大支流河濠河的大堤，漫过凤阳城东的桥，濠河水阻断了向南的所有通道，凤阳城杜山以北，此时早已是白茫茫一片泽国。

凤阳东南两面全部被水包围，洪武爷伟大的凤阳紫禁中都城在三位龙王爷的行云布雨中，转眼成了一座三面环水的孤城。只有远处的凤阳最高峰狼窝山在笑傲着脚下的滔滔洪水，山峰处并传来阵阵冲天的狼吼，好像在说："我们要吃猪肉！我们要吃姓朱的那个人的肉！"被气得迷迷糊糊的洪武爷，竟幻听成了要吃朱重八的肉，那个年代的洪武爷可是有点小迷信的。

"寒犹挟纩思南国，老更看书坐北窗。白两三时如倒海，黄流一夜尽成江。榴化支子开无数……天上故人何日见，剑心诗思未能降。"幸好，当时那个叫贝琼的官员曾在安徽凤阳当过三年国子监的祭酒，教勋臣子弟读书，在这三年里，他创作了大量诗文，其中有很多诗文专门记叙在凤阳的所见所闻，从侧面补充了这段明史，记录了凤阳这种地形容易形成水灾的情景。

……

当然，眼下最着急的不是贝琼贝校长，着急的除了洪武爷和刘伯温，那就是大包工头儿李善长了，毕竟他是大明国家一号工程总指挥部的一把手，洪武爷是要追究责任的，他是要秋后算账的，是要有纠结和波澜起伏的故事与传说的。但是，朱元璋这人很有心机，他在这个转折点不但没有与李善长立即翻脸，还似乎与李家走得更近了，他想缓缓下手，毕竟这是一棵已经盘根错节的大树。

而心忧天下、想帮大明一把、帮朱元璋一把的人还仍没有得到登上历史舞台的机会，仍在与渺渺的亿万里星图一道遥遥叹息：错展皇图啊！这是因为洪武爷当年心气儿太高，心不静，历史知识也略有欠缺，对于高人转交来的密码之诗竟然没有读懂，信息被浪费了。因粗心和文化底子薄而使国家的真金白银付诸东流，遗憾呀！

坎坷的明史道路是如此艰难，肇建紫禁对于文化不高的朱元璋来说是如此艰辛。匹夫救国，女娲补天，谈何容易；大明王朝肇建紫禁首尝扑跌滋味，生活与下臣愚弄忽悠了南京的洪武爷。怎么办？大明紫禁路在何方？路并非在脚下的江淮，而是在青史的道纪中，在科学地理中，在筑城历史的殷鉴中，在神仙的心中。谁是神仙呢？大明舞台可说是藏有各路神仙。

中都紫禁失败，这可急坏了大包工头李善长，他眼下虽然也属于因病下岗的，其实他也希望把中都紫禁建设成功，但没想到紫禁城不同于一般地主大院子，太复杂。可李善长有名气且有很硬的后台——丞相胡惟庸，这是自己的门生和姻亲。于是李善长在胡惟庸的点拨下，决定继续把责任推给工匠，也就是等于推给工部官员薛祥、孙克义和单安仁等，先把自己洗干净再说。

这一切鸡吵鹅斗，其实于事无补，更急坏了朱元璋，后悔过早处理了刘伯温；国难思良臣，洪武爷真的有点后悔了，他想到了刘基，确实觉得当年有点冤枉人才了，对大明智库首领当初处理得太重了，过于严急和苛求了，度量有点小了，赶紧补救去家里一趟看望看望吧。虽然瓯江附近的武阳车马不便，但因为朱元璋已经听人说刘伯温手里有张什么天书宝图，可拯救大明紫禁的命运，于是千里迢迢就上路了。

此时的刘基，原本是想来北京，也就是来当时的北平府与华云龙会合造北京。可由于吃了胡惟庸给送来的小药，已经在家乡青田武阳奄奄一息，但还在惦记着大明紫禁皇宫的基本建设，还在嘱咐儿子首都应当选在哪儿，怎样建，要注意什么，如果错了，如何补救，错有错招儿！可惜刘基是人才，他儿子却不是那块料儿，所以那张肇建北平府的筑城密图他也没有往家人下面传，而是传给了应传之人。

这时的洪武爷朱元璋虽仍未懂得“王气在燕”的道理，却也懂得亡羊补牢的建设道理，他不但亲自来看刘基，还派人寻找刘基手里的那张紫禁宝图。但是，朱元璋误听误信成了刘基手里有一部天书，就找刘基和刘基的儿子要。可刘氏父子手里确实没有天书，只有北京紫禁宝图，而这宝图早已秘密交给了华云龙。

眼下的洪武爷对李善长金玉其外、唯利是图的素质算是明白了一二了，但朱元璋似乎更喜欢秋后算账。史官们对中都紫禁泡汤那些事谁敢说三道四，全都是想办法圆呗，捂住盖住呗。搁谁都一样，换您我当史官也是一样，谁都是背后嘀咕嘀咕，虽心里知道大事不好，然后却一笔带过，当时那情景、那气氛和那场面，谁敢多说废话呀！

“不提了，不提了，砸蛋滚蛋，先回应天吧，金陵将就着用吧！皇子们招兵买马就藩都进展得如何了？孟善领命出发了吗?”这毕竟是军国大事，洪武爷开始再次仔细过问封藩之事。朱元璋的军事才能还是一流的，他立即开始修补国防漏洞，有备方能无患。欲知后事如何，咱们下回分解。

正是：煤山山脚下，突起一紫垣。规制胜大都，豪迈冠从前。盘龙与凤凰，穷雕镌不闲。可惜一诏罢，心血化荒烟！有人拆琉璃，有人盗珠帘。官宦皆离去，富户走不闲。穷客运城瓦，富豪搬石蟾。锱铢曾必较，如今全玩完！何人迷失路？何人误报签？春秋默不语，只劝把鱼观。嗷嗷声嚎天，那是狼窝山。

第三十八章 松节贞翠

书接上文。就这样，朱元璋无奈地准备叫停定都凤阳紫禁城的计划，回到了不如意的应天府，开始仔细过问两件事情：一个是海军大将廖永忠，因为胡惟庸反映他穿龙凤衣，做朱衣梦。有倒霉鬼了，朱元璋正憋着一肚子气。另一个事情就是藩王诸子们招兵买马的事情，这毕竟是国防大事，边疆的烽火仍未熄灭，东察合台汗国与帖木儿大君的势力已经开始接仗，那离大明藩属国哈密营的地盘可太近了，这绝非是可以隔岸观火的事情。

幸好，成吉思汗的后代虽腐败但也曾久经沙场，与帖木儿打起了游击战和持久战，都打进了阿尔泰山的深山里。这是一个巨大的阴影，也是一个信息：亚洲仍不太平，大明西疆仍受威胁。而且在肇建中都紫禁时期的洪武五年，大明边防曾有过一次痛彻心扉的惨败，洪武爷不愿说，也不愿记载于史，其实这为大明子孙后代留下了重蹈历史覆辙的大隐患，暂不多表。

可以说至今，许多有朱衣梦的野心家也都在看洪武爷的笑话，今天仍有人在某个日子会偷偷祭祀怀念张王张士诚。当时，洪武王朝昙花一现不是没有可能；毕竟建国八年了，不但未能永清大漠和倭患，连个合格的国都和紫禁金銮都没有，连个合格的办公室都没有，还造成了凤阳府和苏州府沸沸扬扬的民怨，这叫没窝儿的洪武爷心里能好受吗！

平日不爱饮酒、酒量也不大的朱元璋，回到南京后瞒着老伴儿偷偷喝了几顿闷酒，此时因酒入愁肠，引发热病老病根儿，终于病倒在床上。病中的朱元璋仿佛感受到，只有马皇后的手才是暖心的。多么熟悉的身影，陪我多少年风和雨，真正的不离不弃……

男人，只有在生病的时候才老实，才懂事，才细心地思考人生，才话少不作；也仿佛是在人生道路上稍稍又聪明了一些，才明白了正妻胜过小三儿和小八与小九。当然，来探视的嫔妃们也踢破了门槛，这些美丽的宫廷老娘儿们和小娘儿们打探消息的精彩故事，俺们实在是讲不精彩。众看官、听众们和同学们请您自己参考各类宫斗电视剧，那里不但如火如荼，还有白花花的胸脯，就是小心别让她们的“事业线”亮花了您老的色眼。

要说的是，当听说了凤阳工地因冤屈无辜发生了工匠起义一事后，病中的朱元璋更是进入了一种烦躁和心死绝望的病态，这可是大丢面子的事情，从成吉思汗到忽必烈与帖木儿，甚至到后来的努尔哈赤与各位阿哥，还没有一个英雄君主与工匠闹翻到这个地步，真丢青史竹帛之面子。真是：早知道伤心总是难免的，当初又何苦对紫禁梦一往情深！

“大明王朝下一步该怎么办呢？怎么连个窝儿都选不好和建不成，难道我朱重八真是个萍草无根的苦命鬼？不行！”其实，天无绝人之路，其实老天爷从不给任何人设牢，设牢与挖坑的事都是人干的，都是自己的思路与思想太狭隘，违反科学规律，无论是心牢还是什么牢。

令人没想到的是，就在这节骨眼儿，就在马皇后天天去鸡鸣寺虔诚祈福的时刻，一个好消息竟然也悄悄来了，菩萨真的派来了救兵。的确天无绝人之路，人生的路的确并非越走越窄，只要你不一心为私。什么好消息呢？前面我们说过，洪武爷曾经让僧录司与工部联合铸钟，为中都紫禁钟楼铸一口大钟，准备为汉祚万年祈福……

就在这时，一边照顾丈夫，一边去鸡鸣寺上香为丈夫祈福的马皇后突然为洪武爷带来了一个特大利好消息。什么消息敢说是特大利好呢？是这么回事：此刻，僧录司和工部联合铸钟成功了，一口大钟不但外观特别漂亮，而且音质悠扬，这是当初洪武爷亲自下令为新首都钟楼而铸。

这信息可也不得了，在古代，也就是十五世纪以前，无论是中华，还是外国，一口大钟的铸造的成功与否都是惊天大事，因为古人认为这铸钟可以预兆一个王朝前程与愿景的凶吉。也就是说大明王朝仍有光辉的前景。洪武爷听到铸钟成功的消息后，一骨碌就从床上爬起来了，好像以前和刚才是在床上装病似的。

“待我生日到来，我要大宴群臣，要办得热热闹闹！”病中的洪武爷又来精神头儿了。

“还是和以前一样？菜品以珍珠翡翠白玉汤、酸梅汤、九珍粥、白薯干、柿饼、榆钱儿窝头和野菜煮鸡蛋为主？忆大元苦思大明甜？”马皇后不无幽默地小声问。

“不，这次要加上小包子、桂花鸭和泗州好酒。”洪武爷说。

“你不是说帑银都空了吗？还办什么酒宴？你这不是烧吗？扩建舟师造大船捕倭寇的钱还没有呢！北征烈属的补助款和救助款还有亏空呢！你就宴请铸钟的相关人员就行了吧？”马皇后说。

“没关系，先停建舟师，可以节省一笔；我马上撤掉磨磨蹭蹭的赵好德，换上李泰、何士弘、周素；咱们多上怂人，让户部立即提速发行宝钞。至于百姓的米面油盐嘛，一文也不许涨，否则提头来见！”朱元璋说。

“务必动机纯正，还要君臣多商议，别又自己一拍脑瓜子就定了！”马皇后说。

“放心吧！想不到这宗泐真有点能耐，居然铸钟成功了！”洪武爷说。

“僧录司宗泐说是多亏一个叫道衍的师兄弟帮忙，否则铸钟没这么顺利。你应当单独见见他们，见见这个道衍，你们都是释家的师兄弟，聊起来也不见外，众生平等嘛。”马皇后说。

“这个人俺知道，有点道行，酒宴上不就都见了吗？干吗还零零碎碎地单独见！”朱元璋说。洪武爷心里有隐情，一时不便说，其实他对道衍很有兴趣，因为这也是救命的贵人，正是那个给自己发过隐秘信息的人。从前有座山，山里有座庙，庙里这个师弟曾给自己写过关于紫禁事业的密信与诚恳的谏言，只是自己文化浅，没读懂历史典故的深意。

“对了，铁冠又托人给你送来个古玩，一个从北边收购来的北方古瓶儿，这是不是有啥寓意？”马皇后说。

“我可不喜欢这些，朝天宫多得是！跟你商量一件事，中都剩余的建材不能丢弃，提早在应天府修座陵寝吧？”朱元璋说。

“倒是会过，在哪儿修？”

“玩珠峰。”

……

“阿四还是个孩子，你就让他跟两个老头儿去招兵买马？帮他一把不就是在帮你自己守边嘛！”

洪武爷听完马皇后的话后，眯起了眼睛，望着一天繁星，开始陷入了沉思，洪武爷怎能不关心封藩的每一件事情，他非常关心，太关心了，这是大明国防与江山万年。

但洪武爷首先在掂量为何自己病了十多天了，这李善长并没有来看自己，甚至也没派人来看自己，这是为何？就连汤和这老臣都来了，而且巧的是胡惟庸也没来，这又是为何？此刻，朱元璋的心中已经萌生了一个大计划，他准备找一个新人顶替胡惟庸的位置。或者让这个人另组一套班子，将来顶替胡惟庸。

这是一个将军，也是一名做事稳重、有章法的纪检干部，洪武爷像对待子侄一样看着他成长。如果此事成真，那大明王朝可真是龙凤呈祥，因为这是一位凤凰来仪般的人物，其人做事稳重有章法，这几乎是朱元璋王朝事业的一种福气。可这位将军眼下正在沿海四府忙碌，有大任在身，一时回不了南京。于是朱元璋决定先起用云奇当一个秘密小组的组长，先对胡惟庸进行秘密调查，凑凑材料。

有人笑了，俺知道有人笑了，因为专家已经说过云奇是个虚构人物，明史中没有这个人。云奇真的是个虚构人物吗？是的，“云奇告变”中的“云奇”的确是个虚构人物。但是，这是一个无中生有、凭空捏造、空穴来风般的历史人物吗？非也，云奇这个艺术化的人物在明史中是有原型的，只是这不是一个人，而是一个秘密小组，由皇上亲自领导，代号云起。暂不多表。

不管南京如何云聚悄悄，蕴含政坛的四方云动，洪武帝始终不忘记两件大事的进程，一个是紫禁，另一个是封藩。且说朱元璋他心里当然明白封藩不是小事，当然知道老伴儿刚才说的那个带着老四招兵买马的老头儿是谁。这可不是一般人，那其中的一个可是孟子的后人，另一个也是有文化的费愚。于是，洪武爷在中都紫禁失败后把思绪又转移到封藩一事上，因为封藩就是国防，国防的问题解决不好，那紫禁的营造也绝对干不踏实。可封藩一事眼下进展究竟如何了呢？欲知后事如何，且听下回分解。

第三十九章 第二恩师

深秋时节，大本堂前的两棵木兰结果了，果实的斑斓色彩竟然和花朵一样漂亮。不知道朱元璋的这些儿子们，哪个是谎花？哪个是硕果有成？这可不是小事，因为皇子们的出息与否，就代表着大明的未来和民族的未来。木兰树旁边的小竹林有只流浪老猫和一只小猫在温暖的阳光下游来荡去，不关心金銮殿这里的主人和主人们劳心伤神的朱衣梦……

孟善，这是一名刚被降职的老军官，一名合格的老兵，对朱棣的人生可是起了重大作用，对大明、对中华民族的贡献也是大了去了。可以说，没有孟善就没有朱棣招兵买马的顺利，也没有后来奴儿干都司的成功设立，他给孔圣人都做了脸，增了光，让大家懂得了什么才是真正的孔孟之道；孟善的明史功绩让那些下笔千言却胸无一策的腐儒们汗颜。

但我们还是那句话，这要在青史的竹帛上点赞洪武爷，这毕竟是他老人家钦定的人事安排，才给了老军官孟善一个为中华民族立功的机会。孟善既是在给朱棣干，也不是在给朱棣干；既是在给洪武爷干，也不是在给朱元璋干；既是在给大明干，更是在为中华民族这个种群干。究竟干得咋样，他为什么要创造神奇？这故事要尊重艺术创作规律、要按规矩来，留到后面说。

眼下，就是这个孟老头儿在帮着朱棣，帮助这个自小没妈的孩子在招兵买马，他们爷儿俩眼下是相互帮扶着，走得很近，这是为了燕边的安危。只有燕边安顿了，才可避免大明两线作战，大西北才可并敌一向。当时燕边节制辽东，而孟善是敢闯关东的人。当然，孟善闯关东的故事这也是后话，咱们先说眼下，可他们爷儿俩眼下去哪儿招兵买马了呢？他们去了宿州一带，宿州也是有故事的地方，因为这是汉兴之源。

说实话，眼下，孟善和朱棣这爷儿俩做梦也没想到什么北平府紫禁不紫禁、定鼎不定鼎的。因为不但是孟善，就是孟家高祖孟子这个人也从不感兴趣什么巍巍宫宇，他们甚至讨厌这些什么肇建不肇建、营造不营造、赞画不赞画、金銮不金銮一类的词。

为什么？很简单！兴也勃，就开始大兴土木修天阙大院子，耗尽民脂民膏；然后亡也忽，宫阙被新一代的兴勃者一把火烧了，一把火，一把火……几千年的历史不外乎就是这几把火！

所以孟子对修紫禁城不感兴趣，他关心的是天下人民的团结与安危生计，他关心的是对女真各部的招募；他也不喜欢以夷变夏的什么国际化。可因为孟善对洪武爷提议肇建中都紫禁投了弃权票，所以就被发配燕边了。

眼下，孟善和朱棣这爷儿俩目前想的就是寻觅到上好军马，做梦都想得到的就是那八匹传说中的天龙宝驹，这是为大明保卫北疆。可历史就这么奇怪，你无意什么却偏偏来什么，你想躲都躲不开，宿州竟然出了惊险一幕，差点要了朱棣和孟善的命，由此才带来了一曲鲜为人知的明史传奇，后来的靖难与北京紫禁城的诞生才有了历史的伏笔。

宿州到底发生什么了？这与后来的北京紫禁城有没有历史的牵连与历史宿命的悬念？有，当然有。宿州这地方太重要了，这里也曾经是淮海战役的主战场，这是汉兴之源，是可以改写历史的地方，是朱元璋和许多汉祚君王非常重视的地方，洪武爷曾在立国后在这一带设立过神秘的军事禁区。若想兴汉祚，必要取宿州，宿州就是南徐州，不多表，先说当下紧急的。

因为最让人悬着心的，是在几年前朱元璋、朱标和刘伯温带人也去过宿州，他们几个干什么去了？保密！不是俺们保密，是他们三人一行保密，对外不说真相，也不许御史们将此事记载于档案卷宗、不留任何文字的东西，就连宿州当地地方官员也曾猜测这三人在此究竟搞了啥名堂，隐隐约约似乎在一座古庙里折腾了些经术法事，立起了一根大竿幡，上面还有符，很保密，也确实神秘难测。

而这之后，朱棣与孟善就来到了宿州，巧合的是还真遇上了一劫。但是，正是这一劫才带来了一个缘分，带来了北京紫禁城的渺渺伏笔。且说朱棣与孟善究竟在宿州遇见了什么邪事或险事呢？宿州为何能成为北京紫禁城的历史伏笔呢？宿州为什么会与北京紫禁有缘呢？朱棣和孟善师父去宿州的哪儿招兵买马去了呢？

由于阿四朱棣曾在南北徐州下放拉练和军训过，对宿州和徐州比较熟悉，所以他在就藩燕边北平府之前，就来到了风光秀丽的中原府宿州夹沟镇一带买马，因为朱棣知道夹沟镇这里有大明养军马的养马场，而且他早就听军事教官私下说，宿州军马场那里还真有八匹天龙名马，就在自己的表舅武忠手里。

在十四与十五世纪那个历史岁月，一个军人能得到名马在军界可不是一件小事情，这也是历史传奇。马在古代将军的眼里，就是下凡的龙，好马就是故事，就是古代军人的命运。

在中华的江淮地区居然还有军马场？还有天龙马可寻觅？对，有。在安徽宿州之北七十里有个夹沟镇，夹沟镇之北约二十里有个草场村，草场村有个长山套，那里就是大明优质的皇家军马场，而且这军马场竟然是风光旖旎，如仙境桃园一般。夹沟这里不但有长山相隔，而且林木葱翠、野果遍坡、稻花飘香、流泉淙淙、二郎古寺和龙泉古寺掩映其中。

朱棣在就藩北平府前，就在宿州符离和夹沟一带安营扎寨，招兵买马数年。当然，在明初的时候宿州是属于中原府，而不属于今天的安徽；那里人吃面食，而不是米饭；他们的祖父辈基本不是江南人，而是中原客家人。对于朱元璋及其战友们，也不要把他们这群历史人物误解为土生土长的安徽人，这些人的祖上基本是大宋流民，是中原汴梁一带的人。毕竟淮河水是从不远处的桐柏山流出的，说白了，这些人的口音是有一丝河南味儿的，不多表。

且说就在朱棣在宿州一带招兵买马的时候，在刘伯温的家乡一首童谣开始悄悄流传。尽管由于口音、方言和古越语等原因流传不广，但还是有高人听懂了这天边消息，破译了其中的奥秘。因为这童谣竟然预言燕王将坐天下，还预言了大明出南京、迁都北京一事。这是怎么回事？因为刘伯温已经离世了，这童谣与他有关系吗？

而且，福兮祸兮，这“燕子谣”消息一旦被破译并传开，这对燕王朱棣来说不是喜讯，而是意味着危险，他后来因此差点丢了命，还说啥宫殿不宫殿紫禁不紫禁的，身为皇子这也是危险行业，是高危作业。因为会遇到不测，会遇到别人算计，故事其实已经发生了，只是眼下朱棣还不知道。欲知后事如何，咱们后面分解。

正是：青松类贫士，落落惟霜皮。已羞三春艳，幸存千岁姿。蝼蚁穴其根，乌鹊巢其枝。时蒙过客赏，但感愚夫嗤。回飙振空至，百卉落无遗。苍然上参天，乃见青松奇。苟非厄冰雪，贞脆安可知？

第四十章 寻找八骏

书接上文。当时，草场村地处深山，环境清幽，河泉清粼，水草丰美，确实是个理想的养马基地。此地是朱元璋亲自圈定的养马苑，是洪武朝的军事重地，也是个稻花飘香的世外桃源。原来村中的所有人家现在已经大部迁走，只有马大脚马皇后的表舅武忠一族在这里入驻看摊儿，以帮助看管草料场，村名就叫草场。

就是草场这个地方让朱棣重温与巧遇了父皇当年历史。草场村以前本来叫辛丰村，这里曾有个健美的农家超女一不留神成了名闻古今的人，她就是农民养马户马二的独生女兰儿，也就是朱元璋后来的元配老伴儿马大脚马皇后。马皇后生于元至顺三年，也就是西历的 1332 年，比丈夫朱元璋小四岁左右。

马皇后的祖上在宋朝时有一代曾官至太子少保，也是大宋有身份的人。

但在人满为患、拥挤不堪的宋史人物中，对于马家风流人物的记载不甚详，没头没尾的。史料实在难以挖掘，有感兴趣的读者自己去问问此刻已落魄金坛的马英九吧，小马哥家的家谱或许能把马家那段历史补充一下，也许他能把宋朝那些糟心事儿说得更有趣和更靠谱一些。

反正马家是个大族群，宋亡入元后马家有一枝为躲避兵火，到了宿州夹沟，由于不善经营，再加上仗义疏财，马兰儿她爹这一枝家道很快中落，兰儿父亲在眼下就是个普通农民，但兼职为大元朝养马，是个养马户，因排行第二，村里称其为马二，有时也被尊称马二公，毕竟祖上做过官。

传言马二这人有型有力气，沉毅寡言笑，性子急；他也像梁山好汉一样重言诺，刚强嫉恶，是个爱管闲事的热心肠，是个该出手时就出手的人。这个喜欢交朋友和朋友多、敌人也多的人，当然也没少给家人捅娄子，让媳妇为他操碎了心。

兰儿的母亲郑媪，是个普通村妇，婚后多年不育，直到四十多岁才生下闺女，小名就叫兰儿。郑媪当然把喜得后代归功于对送子观音的诚心祈祷，神明给什么就要什么，不可挑挑拣拣。然而，在兰儿未满周岁的时候，郑媪却因突如其来的产后风撒手人寰。媳妇死后，马二只能既当爹又当娘。由于是中年得子，马二对独生女兰儿自然迁就。

“爹，我不裹脚!”

“为啥?”

“挑水方便。”

“不裹不裹吧!”

……

为了不让女儿受委屈，当兰儿到了该缠足的年龄时，马二也不忍心让女儿受那种没人性的折磨。正是由于父亲的疼爱，才成就了兰儿一双男人般的大脚和绰号。一双大脚可以劳动，可以到远处仙女泉去挑水，但没人敢娶，自然缺少了一份娃娃亲，缺少了青梅竹马的懵懂浪漫。

有失便有得，大脚可以挑水。那仙女泉的水质沏茶、煮粥就是好，喝凉的也不会闹肚子，无论冬夏。虽是大脚，但兰儿不是疯丫头，也很乖，也很有智慧：她读过村塾能识字，爱读书、爱画画儿，会女红，爱听老人讲古，也就是喜欢了解历史，喜欢读史，素质还是不错的。

有了兰儿后，马二的性格似乎还是爱管闲事，好打不平。有一年，传言马二公又因多管闲事，激愤动了手，结果犯了命案！为了躲避官府的追究，马二不得不亡命天涯，东躲西藏。可带着兰儿实在是不方便，于是马二想起了定远的一个拜把子朋友郭教主。

于是，马二南潜至定远，悄悄找到了那个挚友，这个朋友曾是个大宋官家遗种，眼下也是个江湖游侠兼白莲教教主，既卖卜也习武，当下正在散财交友，因为他想应谶成事当朱衣人。对了，想起来了，他的名字好像就叫郭子兴。马二恳请郭子兴夫妇代为抚养兰儿，别让闺女受了委屈。

郭子兴练武，也是一位重义气的豪侠，当即把兰儿收为义女，并为其取名马秀英。但这之后，马二就再也没有回来过。无论是家乡还是定远再没有熟人见过马二了，他似乎是人间蒸发了，让兰儿一个人孤单地成长为剩女。郭家也曾是大宋遗民，曾官职不低，但咱们没工夫多说这些陈芝麻烂谷子的宋朝那些事了，谁让他郭子兴没成为大明历史舞台的风流人物呢，这篇翻过。

放下史书，深闺遥想，岁月如河水东去一般在蹉跎，在汩汩流淌，怎能不让大脚兰儿思念自己的父亲？可已经无处撒娇的秀英姑娘，也只能把思念深埋在心里，只有那被泪水打湿的枕头才知道兰儿心中的滋味，只有定远的惠风才夹裹着女儿对亡命天涯的父亲的缕缕祝福……

“二子因病死在外面了！”多年后有人给郭子兴夫妇捎来话说。这一天，正是父亲的生日，兰儿刚把准备做面条的面和好，想再做点卤，准备和义父母一起给不知身在何方的生父挑寿，可这消息让这面条怎么下咽呀！

秀英闻听噩耗后怎么也不相信这是真的："我一定要去寻找父亲，我怎么也得给爹爹的坟冢添把土呀!"可来人和郭子兴夫妇不放心让秀英一个未婚嫁的女子出远门，坚决不同意，这毕竟是个乱世。

……

大雨在哗哗地下，下吧，痛痛快快地下吧，这样好像能让兰儿的心情好受一点。"这是你父亲让我转交你的。"来人拿出了一个龙头金戒指。"你爹说让你将来把这大戒指打成两个小的，一个归你，一个归……"

这话不用再往下说了，这戒指的另一半应当归谁，兰儿懂的，所有少女都懂的。于是，父亲的谢世让马秀英成了一个失去父母双亲的大龄女孤儿，已经二十一了，就因这双大脚无人敢娶。这孤单剩女的滋味，在那个封建年代如人饮水，冷暖自知，还用描写和多说吗？其实，当时北方政权高层的妇女都是天足，可汉家女子不缠足在江淮地区就是受歧视，不多表。

但是，马兰儿这个女子并不寻常，她不仅思虑自己的青春年华，也忧国忧民忧天下，先天下之忧而忧，她想中兴汉祚。作为女子这在封建时代不多见，可以说马兰也是个愿意补天的女娲，这与家传的渊源有关系。父亲马二的那枚龙头戒指也并不寻常，这并不是小情小爱，后面会说。

幸好郭子兴恪守他对马二的承诺，他一直让第二夫人小张氏来照顾兰儿，并不时提醒张氏给兰儿尽快物色个主儿，女大当嫁。张氏对马秀英还算是疼爱有加。郭教主这人性格虽有点偏激，爱听小话儿，难成大事。但在照顾兰儿这件事上，所作所为不愧是个侠客，是个爷们儿，哪像今天的干爹们。不说了，因为定远的军营门外来人了，突然来了个戴着大斗笠的投军的陌生人，此人称自己和军营里的汤和汤哥居然是邻村的熟人。

此时，定远郭教主军营这里突然来了个投军的青年，气质还挺潇洒廓然；他年纪二十五，比兰儿大四岁，此人谈吐还挺稳重，这人虽有抬头纹，脸也长得有点长，有点瘦消，但一脸喜气，志意廓然大方，而且还挺内敛稳重。

这个人和郭子兴对话是对答如流，他说他叫朱重八，从临濠燃灯集弥勒古庙俞觉寺翻山越岭而来，是来投奔红巾军的，行囊里就藏着同村发小汤和哥的引荐信。

历史的场景是广阔的、相连的，天下在某一历史时刻会发生许多事情。因为就在朱重八离寺参军的那一刻，在苏州府的阳澄湖畔正是另一个少年入寺当小沙弥的时候，二人一出一进。而那小和尚就偏偏与朱重八有缘，就是他在斗转星移后不但与朱元璋握手合作，还帮助大明赞画了北京紫禁城。真不知这是历史宿命的安排，还是纯属巧合？

历史也是深邃的，没有后面那个小和尚，朱和尚的事业不过是昙花一现的萧梁事业，不过是二世而亡，谈何两百七十六年的帝祚。人民，只有人民才是创造历史的真正动力，此言也许不虚。而且，这两个和尚和而不同，合作也是在一定距离范围内合作，但又必须合作。这又是为何？

历史也是有韵味的，两个和尚都是穷苦出身，都是父母早亡，更巧的是还都是家中的老儿子。咱们百姓都知道，家中老疙瘩是娘的宝，很娇惯，懂事晚，成才晚，让他们担当天下大业却也难为了他们。可谁想到大器晚成，还真的居然诞生了汉家紫禁，尽管艰难坎坷。

其实，俺们无意用珍贵的版面铺陈朱重八的爱情故事，但是通过这个故事咱们可以发现紫禁愿景早就有了。但是，有紫禁愿景最早的不是朱重八，也不是马皇后，那是谁呢？是刘伯温家族。欲知后事如何，且听下回分解。

第四十一章 紫禁初心

书接上文。说来这个从军小和尚的这一趟来时路可也不简单，这不仅是行程的翻山又越岭，也曾经是心灵的沧海与桑田的煎熬。因为从此人生可不再是在天下两大政治阵营的夹缝中做一天和尚混几碗清粥，他的行囊里居然还有一摞史书。

古人云：千里不捎书。因为书沉，所以古人云此，尤其是愿意背着历史书翻山越岭的人的人生就一定会有历史故事。那便是：刀山火海难回顾，九死一生不归路；笑傲江湖谈何易，登临皇阙有几户？革命，这是自古高风险的掉脑袋职业！

汤和哥哥能结义？可有知音伴己行？这一遭，这位背着一摞史书、新来的和尚哥心里想的其实只是两个字：保身！用今天的话说就是：活着，凑和着活着，活下去。因为无路可走了，被人告发了，庙也被拆了。

可是这个和尚从没想到什么将来的衣锦还乡，甚至也没有想到什么能身带红花回家转；更绝不会想到什么紫禁城，尤其没想到的是就在这人生的转角处竟然际遇了一份爱情，且是不凡的一曲爱情，是患难之交。历史就是这样，它的确是戏剧性的，总是在人的意料之外，却又在情理之中。从此，定远九曲岭和三和集，还有泗州一带就成了重八行者奋斗之梦开始的地方。

但是，这位朱哥大鲜肉或小腊肉断没有想到定远这里居然是自己小村之恋开始的地方。男女搭配，干活不累。那弯弯的小河，阵阵的花香，与马姑娘健美的秀妍在那里眉目含情，在那里引人幸福笛唱；在定远的沙场与军营里奋斗，在那里里外钩心斗角，躲过一场场鸿门宴与红巾军内部肃反大清洗；在那里经事儿，在那里磨炼，在那里成长。

树上的鸟儿成双对。可以说，人生只要有男女爱情相伴，的确是多苦多累都不觉得累得慌，这怎不叫尘缘未了的重八哥至死都留恋畅想。毕竟这是美好的人生初恋呀！和她在一起，和这个大脚姑娘在一起，这草木之香怎么竟然散发出了蜂蜜般之香甜味道，谁说女人是老虎？这蒙古人寺里的长老老师父们，你们可真会捅词儿！

重八哥这张旧船票在定远小村要登上兰儿的船的故事究竟会怎样发展？这仅仅是明史舞台的一曲普通爱情故事与婚姻吗？洪武革命里的朱元璋与马兰儿仅仅是为了吃饱饭吗？怕没有那么简单吧！馅饼的背后是什么？是任务，是使命，是历史使命，是肩头重担。爱情岂止是凄美，革命的爱情是要经历考验的。朱重八从此有没有历史使命？马兰儿有没有历史使命？请您回答俺们。

当然有，那就是大宋遗民的后人要重开大宋之天、实现岳武穆“收拾旧山河，朝天阙”的愿景，他们要在中原再造汉家紫禁天阙之辉煌。兰儿父亲的龙头戒指与众不同，那是传灯，是客家人一个族群的传灯，兰儿她爹马二并非仅仅是爱管闲事。可这容易吗？历史的天轮会让他俩实现这一幕吗？谈恋爱是好事，是美事，是喝了蜜的事，但来了任务与使命那可是难事。这历史轮回的担子不轻啊！

天雨线，民起怨；中原地，事必变。元顺帝接手的是个烂摊子，“小铁锅”为帝期间，天灾频繁，白莲教风起云涌，还夹杂道家和明教徒，各派各有愿景，各有打算。只有经历过或懂得元末黑暗的客家流民，才会期盼着汉家紫禁城的出现；包括知识分子由于科考致仕无门，也大批地投身到各路红巾军门下。

岭上的山茶花呀，年年在春风里盛开，可年年都是谎花，革命谈何容易，这是一门古今之高超学问，进门容易毕业难。夜半三更哟盼天明，寒冬腊月哟盼春风，若要盼得哟汉阙来，岭上开遍哟山茶红。这红歌自古就有，历史虽不简单轮回，但的确押韵。别忘了，红巾军的鼻祖并不是刘福通和韩山童，更不是郭子兴，而是江西的彭和尚彭莹玉；从此，江西成为了中原红巾军伤员的疗养后方，我家的表叔数不清，不多表。

汉家紫禁你何时来？应当在哪里建？这心思、这愿景从此就犹如美梦一般传递给了从军的小和尚朱重八，牵动着重八哥的心，即便是在枪林箭雨与战火纷飞的年代也不会忘记这愿景。这朱兴宗的定鼎襄阳与洛阳之紫禁梦，可不是我们作品的文艺虚构，这是有朱哥在战火纷飞年代自己写的诗为证的，诗言志，大致不会离谱。

“喳喳喳……喳喳喳……”枝头喜鹊叫个不停。

“行了，知道了，别叫了，谢谢你，走吧！”定远军营里的兰儿望着枝头喜鹊在小声说。

“喳喳喳……喳喳喳……”枝头喜鹊还是在叫个不停。

“马姑娘，有啥喜事啊，这鹊子一大早在头上叫得这样欢？追着叫，轰都不走？”二娘张夫人说。

……

兰儿脚再大也是女儿家，也有不说的心曲，梁园虽好，毕竟别人的屋檐下非久恋之乡。也许是星星知我心，兰儿自己无论如何也没有料到，剩女有了春闺梦之后，一个长着鞋拔子脸，有一脑门抬头纹，但身材有型、志意廓然的麻脸和尚腊肉哥哥，在春风拂面和杜鹃花开的时刻他就突然出现在了定远，出现在了自己的命运中。

这小行者是来投军的，身上有秘藏的引荐信，是发小汤和哥哥给写的，因为教主郭子兴已经起兵造大元的反一年多了。因为汤哥发现教主郭子兴这人后劲儿不足，更担心这支队伍被别的红巾军给吞并，就在这里也图谋着自己的朱衣大业，但缺个好帮手。于是，汤和就给天资颖悟的邻村发小重八小老弟写了信，毕竟儿时大家就在一起玩过骑马打仗和君臣游戏，于是朱重八就在谨慎的占卜后，终于开启了自己的红色人生之旅。

此刻，这个年龄已经二十五岁的行者职称的朱重八，漂泊流浪中通过白莲教觉者的启发，已经朦朦胧胧地懂得了什么叫朱衣梦和朱衣人的谣谶，懂得了“革命”这个词儿，但着实还不理解什么王气、紫气、紫薇星垣、紫禁、吉壤、风水和卜都定鼎之类既有科学也有迷信的玄了玄乎的东西，毕竟重八哥这年龄在民间虽然不小了，但在古今政坛他这年龄都还算是个小鲜肉的级别。

而且，自古齐家才能治国，然后平天下，家与国有相似与相连的东西；他朱重八眼下虽然属于大龄剩男，但他甚至还不知道爱情是个啥滋味。多年来，饭还常吃不饱，袜子都还没有，日常只有点白菜豆腐汤、剩粥和剩鱼汤果腹充饥，不知啥时眼前一黑就一头死在外面了，有没有人收尸都不知道，还说啥爱情不爱情、紫禁不紫禁的，这不是扯犊子吗？能活下来就已经是福大命大了！

这个不期而遇、投红巾军来的麻脸兵哥哥虽是个革命人，却是个古板的规矩人，可不是个天生匪性的逆贼，从不在战役中抢掠女人、抢百姓财物，人规矩本分。这就让郭子兴一家人和军营里的各位将领看在眼里，也记在了心上，麻脸哥不但很快从步卒成了亲兵小队长，又接着成为了管招兵的红巾军武装部机关干部。因为郭教主郭子兴明白不抢女人的兵，意味着这是个不胡乱杀人的战士！

初期的红巾军，诸将破城后，多去抢大户的妻妾去，但僧多粥少不够抢的，就有人打老百姓的主意。可人家男人在呢怎么抢啊？于是就有人先把男人抢走去给军队喂马，然后再抢人家媳妇；有的甚至暴横就直接把人家男人杀了！所以战火中贫民夫妇不能相保。而朱元璋不抢女人的优点就被郭子兴看上了，就让他负责招兵工作。

这一来不但朱重八与郭子兴的义女结了缘，而且俩人竟然在这个历史时刻就谈到了重开汉祚紫禁城的愿景，要重开大宋之天。更不可思议的是重八哥居然在马兰儿面前还捅了个词儿：虎踞龙盘！一个要饭的，就算不加那个“臭”字，居然还把虎踞龙盘这样的词儿挂在嘴上？这是怎么回事？这必有历史的蹊跷与道纪轮回的规律在其中。

而且，巧合的是，就在朱元璋投军定远的时候，天下不仅发生着另一个与紫禁城有缘、与朱重八有缘的小和尚奇妙的成长故事，而且还在发生着另一个神奇的故事，还有一个著名人物，一个当时的大学士，在借着去大都求职的机会考察那里的山山水水。这个人也有心重开大宋之天，也有心为汉祚定鼎紫禁，他与朱元璋更有缘，还与北京城有缘。他是谁呢？这就是传说中后来造北京城的刘伯温。可这又是怎么一回事呢？欲知后事如何，咱们下回分解。

正是：马渡江头苜蓿香，片云片雨渡潇湘。东风吹醒英雄梦，不是咸阳是洛阳。

第四十二章 仙女传说

书接上文。让朱重八负责招兵工作，那就相当于红巾军武装部部长呀！这权力可不算小。朱重八在招兵时特别注意招收岳家军的后代，招收客家人良家子弟，招自己家乡了解的人，招能筹划军务的知识分子，把这些人编成一个队伍，把那些投诚收编来的天生匪性和悖逆性格的人编成一个队伍，重八他辨别良莠，很有眼光，于是得了个江湖绰号“三只眼”！

巧合的是，天下曾有谣谶说“三只眼”赶走了马背民族蒙古人，所以朱元璋欣然接受了这个江湖绰号。不仅如此，重八哥心还挺大，几年后甚至还模仿和尚的戒律，模仿岳家军的军纪，与当时的参谋，当然也是军营导师毛骐共同编写了一个《军中戒约事》，大概也就是相当于今天的几大纪律几项注意，发给新兵，约束红巾军。加强纪律性，革命无不胜嘛，古今一理。

“喳喳喳……喳喳喳……”喜鹊仿佛天天在追着兰儿叫，在头上叫个不停。鹊子叫，倒没关系，尴尬的是不知道为什么兰儿每见到重八哥时，无论在军营还是在村外田野，心跳就感到有点扑通扑通地急，都快跳出嗓子眼儿了，可心里还是愿意跟他在一起做事。虽然偶尔也故意跑开，但绝非本意，跑开后还想他，这是咋回事呀？自己在军营天天与红巾军兵哥哥打交道见多了，从没这异样的感觉呀。

很快，意外的喜事还就真的来了，在义母张氏与汤和汤老师的共同说和下，老气横秋、稳重的剩男麻哥哥就成了剩女兰儿唯一的男一号人选郎君。奉义母之命，秀英姑娘那是不敢挑不敢嫌，慌忙点头认命；嫁鸡随鸡嫁狗随狗，嫁给麻子就要跟定麻哥风雨同舟、水里浪里不回头；有饭同饱，有衣同暖，先结婚后恋爱，不对！也算是先恋爱了……

一拜天地，二拜高堂，夫妻对拜，再拜大媒张二奶和汤和汤哥兼小老师！不胜酒力的朱重八干下了一杯又一杯的定远纯粮土酒，这是喜悦的酒，婚姻也是人生小登科嘛！请注意，汤和哥这个明史风云人物既是朱元璋的革命引路人，又是大媒人和证婚人。这也可能是多年后功臣中汤司令全须全尾的原因之一，后话。

当人家娘家人在婚礼上讲完话的时候，朱重八的内心是感到孤单的，而汤和哥能勇敢站出来、代表男方家人在婚礼上整两句，替老弟朱重八说话，站脚助威，那让朱元璋感到了一股暖流的，这也犹如寒夜人生里的一盏灯火，人毕竟是感情动物，这也许就叫元末时代江湖中的冷暖人生吧，暂不多表。

管招兵工作的朱重八当然有人缘，将士们都来凑热闹，里三层外三层，都要等着闹洞房。由于汤和哥年龄比朱重八大，所以他没来闹弟妹的洞房，为了让重八老弟过几天幸福日子，汤和默默地去替朱重八到岗哨带班守夜，当大白杨去了，还真有点哥哥样儿、首长样儿与战友情。

“弟兄们，俺可不小气，可你们要小心俺新媳妇的大脚，别一脚踹翻了你们!”这边厢准备闹洞房的战友们已经快等不及了。闹得最尽兴的是新兵蛋子戚祥，他是朱重八亲自招来的，二人有缘。很快，在婚礼后戚祥就成了重八哥的亲兵警卫员，多年后就成为了南京警备师的团级干部，级别是不高，可朱元璋把命交给了他，他负责护驾，当然他也是戚继光的祖上，故事是不是讲远了?

……

春风化雨地曾经相互关怀过，卿卿我我那只能是传说，毕竟这是枪林箭雨的聚义人生。有趣的是婚后二人一盘道，让新媳妇马兰儿太惊喜了！这麻哥哥不但字写得好，居然也懂历史，能讲古。最不可思议的是居然还鹦鹉学舌似的跟马兰儿捅了一个词儿——虎踞龙盘!

您以为呢？别以为只有儒人与国子监祭酒们才懂历史，人家重八同学在少年时候虽然有一点吃不饱，虽然因家贫退学私塾，但人家好学并自学，不但从母亲陈二娘那里学会了《千字文》，还曾给家乡燃灯集当地未中举儒人指出过历史知识的错误，重八哥不是学渣，这在地方史志上是有记录的。

猪往前拱，鸡往后刨，各走一路。教育不只在学堂，也在田间地头，也在广阔天地，也在戏曲舞台，也在评话书场。而且，人家重八哥的母亲陈二娘当年也是燃灯集社戏文娱圈的腕儿，也曾撑起过前后几个村的文化经济，邻村的汤和哥与他的父母都可以做证。

只是朱家不擅长农业，不会过，才在天灾中遭罪。一句话：马兰儿姑娘觉着自己总算是没有嫁错郎，这也可以算是个好学的志士。黄昏后的烛火下，新媳妇兰儿将金灿灿的龙头戒指戴在了重八哥的手上；重八哥头一次戴戒指的手似乎有点微微颤抖，他赶紧摘了下来兴奋地掂了又掂，仔细打量……

“咦，这里面怎么有个小字‘汉’?”

“重八哥，你说赤壁之战是怎么一回事?”马兰儿没有回答戒指的事，却问了一个历史问题。

“这还用问，赤膊上阵嘛，赤臂，赤臂，那就是光着臂膀大战!”重八答。

“哦，那重八哥你说古人的大发明和大学问都有啥?”马兰儿继续问。

“粥、汤包、粽子，还有……你搞点有难度的问题行不行?”重八说。

“都是吃的!行，相公你可能饿了，以前饿怕了吧!我去做饭，做点儿酒菜，再做碗你最爱吃的‘珍珠翡翠白玉汤’醒酒。”兰儿说。她终于明白了，这重八哥并不是真正懂什么虎踞龙盘，他并不是真正懂历史的道纪。

“不，我喝九珍粥!”重八说。

“快别提你的九珍粥了，我都快吐了，剩八宝粥里加一勺鲤鱼骨头汤，那你也吃得下去?”兰儿说。

“有些古事你妇道人家不懂，那是旱地红鲤，有讲究，跟朱衣梦有关，多少人想吃却没这命，哈哈哈哈，哈哈哈哈。”重八开怀大笑着说，样子好爽朗。

“好，我不懂。不过重八哥，奴家提醒你，你对古事有的了解挺好，有的真是不扎实，下次俺问你准圣祝融、菩萨船、杨勇与杨广、扶苏与胡亥、窦娥冤、北人来降、范阁老与永乐城的故事。”

“行，以后你有啥不懂的，就尽管问我；俺有啥不懂的也问你……”重八信心满满。但是，马兰儿也发现重八哥的历史知识不扎实、不系统、不全面、有短板；东一出儿、西一出儿的，到处听来的，都是琐碎的，沉淀得也不深。最要命的是重八哥流浪时，曾与信阳灵山寺和大洪山灵泉寺一带白莲教觉者来往聚会，他对一些教门子里的谣谶有点痴迷过度，这让兰儿有点担心。

“还有，哥，你以后别老谣啊谶啊的，那净是教门子里讨巧者胡编的！咱们虽没有回头路了，但能做到哪儿就做到哪儿，只要心眼儿摆正就行。”

“媳妇，这你可就不懂了，歌诀乃是宝贝，是人生道理的精华。再说，韩山童他爷爷、杜万一、郭菩萨、赵丑厮和赵大用他师父他们都不是一般觉者，性颖悟，善医卜，创法坛，他们的歌诀是我在七宝山一带化缘时亲耳听到的《七宝歌诀》，这是觉者预言世道的珠玑。”

“真的，才是精华；假的，就是歪门邪道。什么三只眼五只眼七宝八宝九珍的，你就爱整这些神了鬼了的谣谶。八哥你要辨别良莠，可别给我走火入魔、晕头晕脑的！还有，哥你要静下心多看史书，不能仅靠听戏来了解古事。有些戏是传下来的至宝，有些是走穴的奸戏子们为了成名成角儿在愚弄观众，瞎编瞎演，浅薄无聊不靠谱；一场戏下来除了傻呵呵装笑、装豪气外，就是鹦鹉学舌，你得辨别一下良莠！”

“成吧，我要像韩山童他爷爷说的那样，真的开发出慧眼，要比别人多一只眼，早坐金銮。九珍粥好了吗？”

“你，还是糊涂啊！傻家伙！别老鹦鹉学舌把‘虎踞龙盘’和‘金銮殿’这类词儿挂在嘴上，这会丢了小命的！各路香军哪个不在做金銮梦，会收拾了你，这是最危险的！”

……

的确，此刻红巾军内部想做金銮殿、应谶朱衣梦的人很多，所以就各不统属，同床异梦，非常复杂。但是，就在朱元璋懂得了金銮殿的时候，有个一生喜欢穿布衣的、有军人素质的、有文化的历史名人也在为紫禁城奋斗，是一生奋斗；他并不想坐龙椅，但他想造一座城，而且这还是他整个家族几代人的愿景，当然这就是刘伯温。

不仅是刘伯温，就连华云龙家族也有此志，刘、华两家早就有这方面的交流，这也是一段隐秘的、鲜为人知的历史，这也是破译紫禁城奥秘的一把钥匙。为什么两个家族几代人要为营造紫禁城奋斗？为什么江淮一带有这么多人这么早就做朱衣梦和紫禁梦？欲知后事如何，且听下回分解。

第四十三章 唤出扶桑

书接上文。命运就是这般如谜，它无情地把朱重八赶出了自小熟悉的一亩三分地燃灯集，漂泊苦楚。可眼下又让他在远方际遇了美玉与灯火，数理起起伏伏啊！但是，用百姓的俗话说，眼下的朱重八是倒插门儿小女婿，矮檐下还不敢跟人家马兰儿过于嘚瑟。白天家里来了客人，重八哥若是偶尔当着客人牛了一把面子事之后，那晚上得给人家马兰儿打洗脚水，赔不是。好在两口子的事都是愿打愿挨，咱们外人不掺和这些恰似你的温柔。

之后，兰儿不但帮助重八哥在战火间歇中补习了历史与文化，还帮麻脸和尚哥哥起了个好听的学名叫朱兴宗，看，多好的名字，寓意相当深远，且巧合地让朱重八从此改运！当然，兰儿还要组织军嫂烙饼做军粮，缝制军鞋和军衣；还有那个父亲遗留的龙头戒指也没舍得一分为二，而是送给了重八哥压箱子底儿。

此时的兰儿不但给了朱重八身，还给了朱兴宗心，她全身心都扑在了辅佐丈夫朱兴宗的事业上，决不能让丈夫牺牲在别人朱衣梦的圈套里。因为红巾军内部斗争特别复杂，史上第一，是空前的，许多教主都觉得自己是出世明王，一时真伪莫辨，大明版小村之恋绝不是如邓丽君歌曲那般纯净。

定远九曲岭和三合集这一带虽有温泉、古井、青萝卜和美白鱼，但这里也有红巾军堡垒内部，甚至就是郭教主儿子们的鸿门宴、抢地盘与相互肃反大清洗的支支暗箭，因为他们都想应谶坐天下。

受白莲教觉者的启发，许多红巾军队伍还把争天下的终极定鼎目标集中在中原人都熟悉的两个地方——襄阳和洛阳，还说那里是虎踞龙盘。此刻，漂泊的风霜与际遇的惊喜已经将朱重八的愁绪一扫而光，天边的启明星却悄悄铭记了他的第一奋斗愿景：革命若成功就定鼎襄阳。

尽管这是鹦鹉学舌，但马兰儿仍想知道他这些玩意儿究竟是从哪儿听来的？兰儿也并不是一个简单的女人，她懂历史智鉴与金銮殿的定鼎，她不想再漂泊了。但是，许多事情的真相她还没有跟重八哥说。

定远巧遇，缱绻缘起；若无相欠，怎会遇见。朱重八尽管是鹦鹉学舌，但马兰儿非常想知道他这是从哪儿听来的，这襄阳定鼎之愿景毕竟也是汉家立祚的一缕曙光，可不是小事，这朱重八的大志后来一度吸引了三个元末时期的高人毛骐、王濂和朱升，这三个历史风流人物从内心欣赏他的兴汉之志，这三人曾如北斗般为洪武事业指引航向与前赴后继。可事情是怎么回事呢？

事情是这么回事，投军定远前，朱元璋曾在大别山与中原路四处流浪，但元时的中原路范围非常大，囊括淮北和楚北，襄阳就在豫南和楚北的位置，是南北节点和天下之中，有“铁打的襄阳”之称。而且，襄阳是离诸葛亮的草庐很近的地方，是关老爷把守过的地方，是古今兵家必争之地，襄阳其实就是今天的湖北襄樊一带。

朱元璋在漂泊中，靠觉者的启发从信阳起步早就牢牢记住了襄阳这座古城，不是因为在那里讨过饭，而是因为那里灵泉寺的觉者们和信阳觉者赵大用说的一样，说这里的灵泉冲是诸葛亮隐居茅庐时常来喝茶的地方，这是天下之中，将来成事了可以卜都定鼎于此。在白莲教觉者秘密聚会时，朱元璋还记住了聚会时有觉者说襄阳那里是虎踞龙盘。

由于当时朱重八性格保守，拒绝了造反，他表示野田殿宇一般春，自己宁愿蓑衣江湖中，托钵平生，喝粥撞钟，或黑甜一觉，或打坐修行，或深夜读史。于是，重八被赵大用和一个姓蔡的志士，也是好朋友用船送回了淮北。尤其那个姓蔡的志士觉得朱元璋虽文化不高，但却爱史书如命，是天命真人，非同一般。所以他们是一路护送，一路相劝朱重八投身追求光明的事业，说天与不取，会反受其咎，但一路仍没有说动这大沙弥。

宗教，在这个岁月也是穷苦人的叹息与慰藉，朱元璋觉得只要有粥与史书就知足了。可是，天下事仿佛要发生的迟早都要发生，这似乎是历史宿命的唯一，仿佛上天已经拣选了朱重八，让他这小祝融和威怒尊燃起中原的燎原之火。

于是，这才有了发小汤和哥的书信劝说，这才有了家乡古庙巧合被毁与被告发而走投无路，这才有了投军定远，这才有了与马兰儿的前世今生，这才有了定远的起家，这才有了与毛骐老师的建军缘分，这才有了王师的雏形。一切都来得这样快和出人意料，重八哥不得不感叹人生转角处的奇妙与恍然若梦。

翻山越岭，山茶耀耀，纪律严明，军威始壮，枪林箭雨，鸿门酒宴，阳谋阴谋，真真假假，交通联络，治病救命，汗浸血染，前赴后继，九死一生，死里逃生，虎口脱险，天翻地覆，笛曲飘飘，地狱生活，炼狱生活和诗意生活的革命胜利之后，“三只眼”麻哥哥大难不死，竟然成了天下的洪武爷。当然，无数的洪武志士也为民族独立与救济斯民献出了生命，包括北斗般的毛骐老师与王濂老师，且不一一多表。

朱元璋不但让昔日的大脚兰儿成了大明王朝的马皇后，而且他眼下还真的要肇建紫禁金銮，真要搞虎踞龙盘，奠基汉祚万世根本。人生就是如梦又如歌。当然，朱元璋心里很明白，洪武革命事业不是夫妻店，多少人前赴后继，血洒疆场，血染山茶。这里面就包括自己的军营老师毛骐与王濂，他们既是自己的左膀右臂，更是洪武革命的指路人，是汉祚开国的向导，是荣耀汉祚、名垂青史的北斗级人物。

昔我往矣，茶花烁烁；今我来思，雨雪霏霏。紫禁宫产绝非小事，这是奉天而治，这是皇家工具，这是文化的比拼，这也是最美妙的历史见证。集庆浩瀚之前不过是定远的小溪，山川坛参天之前乃滁州幼苗，登国帑富豪榜之前不过是深入虎穴、在襄阳练地摊儿卖乌梅与酸梅汤的无照商贩。这一切天翻地覆怎不叫朱哥慨当以慷，感想绵绵，心意漫长。

独放早春枝，共梅战风雪；岂徒朝霞红，千古英雄血。兴我华夏，恢复中华，救济斯民，只要大方向正确，不可能也能成为可能。于是，在大明立国后，宿州辛丰村成了草场村，成了大明的军马场，朱棣朱阿四所以才来到了这里寻马和买马。

可历史并非如文艺作品这般晓畅，历史也并不似教科书，它是曲曲折折、横生枝节而复杂多变的。且说就在朱棣来宿州买马招兵之前，也就是刘伯温还在世的时候，朱元璋、朱标和刘伯温这三人早就来过宿州这里，他们来干什么来了？他们还真做了一件秘密的事，而且对谁都不说，对当地地方政府也不说。

地方史志对此事只说了五个字：有深意存焉。什么深意呢？俺们初步判断：可能与金銮殿未来的那把椅子有关，否则不至于这样神神秘秘。欲知后事如何，且听下回分解。

正是：鸡叫一声撅一撅，鸡叫两声撅两撅。三声唤出扶桑日，扫败残星与晓月。

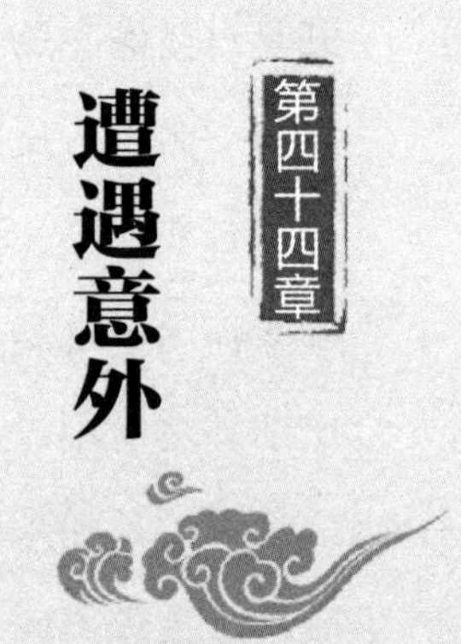

第四十四章 遭遇意外

书接上文。此刻，朱棣就是来到了这美丽神秘的皖北古镇山村的仙女泉一带寻找军马，这个地方不但是马皇后家乡，父皇来过，大哥朱标来过，刘伯温也来过。但他们三个都不是来旅游的，尤其是刘伯温他是懂经术的人，疑似奉旨做法来了。

为什么要来宿州做法，装神闹鬼的？因为朱元璋偶得一梦：宿州这里有一条小虬龙戏耍，之后往南游去，在那里长角后再折返北方。东宫朱标闻听后很在意，很紧张，就与父皇商量说应当镇压一下，于是就想到了刘伯温。

朱元璋和朱标也不知道朱棣将来会有一天到宿州夹沟镇一带买马招兵，一切都是巧合，于是就让刘伯温做了点特殊贡献：不让小蛟长出峥嵘的头角。而眼下的朱棣以为自己很了解这里的山水了，因为就连海眼泉都看过了。但没想到在寻找军马的过程中却真的遭遇了意外，竟然差点丢了小命！这与刘伯温的经术有关吗？不知道，真的不知道。

且说夹沟镇这个地方，可以说是一片神秘的土地，是片桃花源。当地还传说这里有海眼，水脉连着大海。这里还有个叫马湾村的地方，至今还有马娘娘的家族后裔。其实朱元璋的龙根也曾在宿州这里的清水湾寓居过，躲避兵火，他老爹逃荒中在这里卖过豆腐。江淮有三苦：行船、打铁、卖豆腐。朱五四卖豆腐的这一节就不用说了吧？

清水村一带青山葱茏，逶迤环抱，岗子泉、青龙泉、八斗泉、仙女泉和狼尾泉等几眼泉水汇聚成河，荡漾清粼。尤其在春雨潇潇的时分，说其景色醉人，绝不是夸张之词。尤其要说的是，这一片神秘的土地上，早在洪武三年刘基刘伯温也曾来过宿州符离集北部的丰山大兴土木，他来干什么来了？

众所周知，刘伯温是个懂经术的神奇人物，他在宿州丰山一带到底干了些什么，正史中没有详细说明，当地县志也只说有深意存焉。到底是什么深意呢？咱们尽量顺藤摸瓜，让真相浮出水面。因为两三年后，朱棣就来到了这里，而且是巧合地由此往南去了凤阳一个时期下放锻炼，最后折返燕边就藩，与朱元璋的梦十分巧合。

当然，宿州这地方也是改写淮海战役命运的地方，这是当年毛主席和中央军委曾急电中野刘、邓首长尽速全力攻取的地方，这是让小淮海战役升级为大淮海战役的主战场，这是让古今中外所有军事专家都感到眼花缭乱的地方，是让能打神仙仗的粟裕将军眩晕过的地方，宿州自古是兵家必争之地，它位置在南京和徐州之间，有“南徐州”之称。

听众假若您在今天有机会去宿州夹沟街西北的田野里，仍会看到有一条小河默默地流淌，河上有一座现代修建的桥闸，名字却叫“御桥闸”，就这样一座如此普通的现代桥闸，为什么会有“御”这样一个字呢？说来真是话长。当然，或许您还会凑巧看到正在野外训练的我中原军区的解放军战士，因为淮海战役总前委的旧址就位于宿州市萧县蔡洼杨台子，不多表。

且说洪武初年的某一年，虽然中都紫禁正在李善长指挥下大干快上，但这是大明比较压抑的一年。宿州入冬的第一场雪，比以往时候似乎来得更晚一些，幸好到了大年的前两天开始雪花扑门，瑞雪让田野终于得到滋润，当地农夫们总算松了口气。吃过年夜饭，就把麦来灌。宿州这地方不但稻花飘香，而且自古种麦子，正月初就可看见一望无垠的麦田里，一股股水流，一场场春雨雪让麦苗变得绿油油的。

宿州山里南坡的迎春花与山茶花更是坚守着那份诚信，黄艳艳、红灿灿地开始争春人间，释放出一串串希望与自由解放。小花里，也仿佛蕴藏着一股子力量，展示着小生命的誓言。阳光照在松软的泥土上，空气中蕴含着青青麦苗的香、野花的香和梨花的香，稀释了这一年严冬的冷酷；老天爷板了一冬的脸，终于开始流泻出了优雅和气的一面。

岁月在宿州翻过去了一页，又打开了新的一页。朱棣在宿州山区夹沟挑选军马和招兵的时候，把大本营就驻扎在宿州山区草场村这里的二郎庙附近。古寺虽然已经在岁月的风雨中略显斑驳，但还是显露出坚实的建筑结构；一棵千年银杏如巨伞一般巍然矗立，遮护着在这里进进出出的人们。

山风一吹来，大银杏树便稀里哗啦地作响，也许树大真的就容易招风。这里已经成为朱棣就藩北平府前的卫队大营所在地，而这棵古老的银杏树下，朱棣的军马坐骑就在这儿拴着，打着响鼻。常在朱棣左右、忙着协助打理军务的是个头发稀少、略微秃顶、上了年纪的军官。

这俩人关系似乎已经很熟，看上去朱棣也很信任这个人，相互谈吐都不拘束。此人身高有八尺，用今天的话说是个得有一米八以上的大个子，这人名字叫孟善，山东人，乃亚圣孟子嫡派子孙。孟善原本是元朝的官员，自小走的是科举之路，可他此刻怎么跑这儿来了呢？他怎么会和朱元璋的四儿子朱棣结了缘、成为战友了呢？何止是战友，这也是师徒。

孟善是山东武定府海丰县孝理村人，是孟子的第五十八代孙，元末明初在山东枢密院任职。元末黑暗，人民苦闷，各地起义军揭竿而起。而山东的王宣父子想搞独立王国，想分裂江山，反复无常；而色目人涉足军界，想建立国中国，甚至想顶替蒙古人掌管天下。于是，孟善弃元投明，随朱元璋起兵革命，屡立战功，朱元璋曾钦赐世袭铁券，可免世代死罪，孟善也是大明三十六天罡星之一。

因为孟善曾在元末时在山东的军界枢密院任职，他了解色目高利贷贩子们要通过理财这枷锁统治天下；为了追求光明，孟善投奔了红巾军，他曾经是朱元璋的座上宾。当年，还没成事的时候，在争取民心的同时，朱元璋不断网罗人才。但坐了江山后洪武爷这人没长性，老换人，所以孟善也曾经是被洪武爷丢弃的人，长期坐冷板凳，差点因年老就被迁回原籍，这是因为孟夫子“君轻民贵”的话，已经被朱元璋定性为逆鳞言论。

其实孟子的意思是个人的利益不能大于民族种群的利益，这是历史正能量。但孟善眼下又成了朱棣的座上宾，成为了朱棣的第二任师父，将来到了燕边会从百户再次升为千户，这究竟是咋回事？这是因为明初缺少有文化的军人，朱棣年龄尚小，很依仗孟善。朱棣觉得有个有文化的老军官给自己指路，那可以避免犯很多错误，这是一宝。

父皇不想要孟善了，我要，正求之不得呢！其实朱棣还不懂父皇的心，朱元璋这人也非常敬老，他钦定把最好的两个老军官孟善和费愚配置给了老四，这是为了东北亚国防和燕边。因为孟善这历史人物似乎有点闯关东的基因，他这个人特别关注东北亚风云，关注对女真各部的招募，关注登辽海道与鲸海怒涛，关注奴儿干，关注朝鲜问题。所以懂军事的朱元璋就将孟善配置给了燕边的老四朱棣，目的是起到指点作用，起到燕边压舱石的作用。

而孟善此刻为什么要帮助朱棣呢，是为了继续当官吗？绝不是。孟善这人对什么紫禁城和王府从不感兴趣，他这是为了对天下人民负责，对大明负责，因为此刻天下形势非常严峻和复杂，海宇孕育着一场危机，朱元璋很可能误判形势，犯大错误。孟善要对时代负责，他不想逃避现实，因为孟善在大元的枢密院也工作过，那是军事参谋机构，他知道中华民族正面临一场大劫难，是存亡之秋。自己已经老了，人固有一死，但要死得其所。

所以，眼下孟善成为了朱棣的第二任师父，这是一种威武不屈的担当。尽管亚圣孟子不待见皇家殿堂好几丈高，屋檐好几尺宽；不待见佳肴满桌，侍奉的姬妾好几百人；不待见饮酒作乐，花天酒地，驰驱打猎，随从车辆成百上千。尽管孟善这个人对后来的北京紫禁城没有直接的贡献，但他对大明王朝江山社稷安危的历史贡献可以说是十分巨大和久远的，后面会说。

此刻，朱棣就像儿时寻宝一样，在表舅武忠的帮助下，在草场村终于觅得了天龙军马八骏，名字分别是：龙驹、赤兔、乌兔、飞兔、飞黄、银褐、枣骝和黄子，幸好今天在北京十三陵仍有八骏的石像，它们就是在宿县长山套军马场得到的，这咱们也就不多费口舌了。此时的金陵满朝文武，除了刘伯温知道“燕子”的本领之外，几乎没有人能预知朱棣的前程，能预知北平府将成为京师，并会诞生一座紫禁城。

但令人难以预料的是，宿州这个地方突然发生了一件蹊跷的事，意外地差点要了朱棣和孟善的命。若果真如此，那北京紫禁城的由来可就无法想象了。更巧合的是，宿州这里此刻也悄悄来了另一位懂经术的高人，而且是先于朱棣而来，目的就是要护佑朱棣的平安，预防或破解朱标与刘伯温当年在宿州做的法术，明史真是纠结！

因为此人已经破译了刘伯温家乡的童谣，明白了其中的壶奥，而且他也预测燕王将来是大明的万年枝，将是紫禁城的主人。但是，树大一定招风，祸起萧墙难免，一场没有硝烟的争夺早已经开始。为了荣光汉祚，为了汉祚万年，为了亚洲和平，为了报恩我佛，此人竟然提前于燕王来到了宿州的荒野古寺。此高人不但破除了刘伯温的法术，而且带来了其他故事，精彩的明史故事。欲知后事如何，咱们下回分解。

正是：咚咚衙前鼓，更使暮色幽。霜风吹画角，星月动谯楼。响破三更梦，声达四野秋。天下同感慨，锤破大明愁。王朝紫禁事，自此结缘由。传奇多巧合，芳名万古留。吟与知音听，拈花韵悠悠。

第四十五章

宿州一劫

书接上文。由于“三只眼”洪武爷朱元璋很有英雄情结，由于洪武爷好面子，由于有些淮西勋贵、浙西文人、浙东财主和苏州府富户看不起洪武爷，觉得他老土，所以朱元璋在立国之初就放话说，要学习尧舜做尧舜，所以他很想有一番历史大作为，尤其让苏州府那些近在身边、瞧不起自己的富户好好看看，穷苦农民布衣出身的人也能主宰历史命运，能再铸汉祚辉煌，肇建紫禁。

朱元璋想超越古人，他觉得成功就应当在自己开国皇上这一任，要建超越古人的金銮宝殿，没有想到做大事要循序渐进和水到渠成，甚至要铁杵成针和愚公移山；不能蹦，不能飞，不能投机。所以明初很多事情都只有粗粗的方略，并没有细细的计划和准备，更没有寻觅到优秀的、合适的建国赞画人才，老朱哥就急急迈开了建设大明王朝帝业建设的脚步。

但由于有些人的忽悠，说朱衣人才能做主人公，你这布衣是不是有点勉强，应当认个朱衣人做祖宗。所以在修家谱时朱元璋不自信，就认了朱熹为祖宗，之后气得马皇后病了一场。其实，马皇后懂历史，知道朱家在远古时代也是准圣，也有洪荒之力，也曾封神；朱家在历史长河中人才辈出，何必乱攀他人。

但马皇后若是告诉朱元璋真相，他很可能骄傲，骄兵必败，更危险，性格决定命运，朱元璋这人小胜即骄，也是孙猴子。朱元璋到底是不是天命真人？是，但有局限性，是准圣，在封神榜中是法人助理，暂不多表。

此刻，在政治上，洪武爷一则是把自己和过去的红巾军与白莲教划清界限；二则是要狠批孟子，要删改孟子的语录，搞文字狱。此刻，洪武爷不但把孟子的话当成了反动言论，且当着不少人的面，把孟子的后人孟善也挤出了石头城南京，理由就是年纪大了！

但是，孟善这人很聪敏和细心，他发现自己虽然被洪武爷降职，但朱元璋在南京唱的这出戏并不是真正冲自己来的，他并不真正讨厌孟子和自己，朱元璋不过是在唱一出指桑骂槐的戏给苏州府和应天府的有些人看，因为大明有政客会利用孟子的言论做朱衣梦或红楼迷梦，想拆朱元璋的台，带红巾军下深渊。明明是为了富贵荣华的红楼大院，却说是为了正统正学和替天行道，不规矩。

选择决定人生。正好，危城不入，危城不居，本来孟善就没看上南京的风水，他也不喜欢巍峨宫阙，他考虑准备暂时回山东老家，静观其变，因为此刻天下仍是存亡之秋。但是，就在这十字路口，就在孟善待岗选择人生之际，朱元璋又悄悄把孟善推荐给了燕王，降了的职务到了燕边后，还会由燕王上报朝廷、经燕王的手再给升回来。

老四朱棣缺人手，缺个招兵的武装部长，缺少个高参，他不嫌弃孟善年纪大，且朱棣受父亲影响一向尊重长者，而且甘拜孟善为师。常言道，一老也是一宝。孟善这个人不但懂军事，是个有文化的老军人，而且知达天道，让刚起步的朱棣受益不少，对大明、对中华民族的历史贡献不小，更是给了燕王一份底气和原则。难道孟善家里的坛坛罐罐少吗？难道孟善同志还找不到一份私塾教书的工作吗？其实这一切都是为了顾念天下苍生。

当然，这一切也等于在帮助朱元璋的封藩，毕竟圣心难测。就说四子朱棣走马燕王一事吧，那就是一例。兵还没有呢，他就要按照父皇的旨意奔赴燕辽边墙去保边，没有兵将去保边这将会是什么结果呢？北疆的兵事这是开玩笑的吗？幸好老四朱棣高兴地接纳了老军官孟善。一老乃一宝，此言的确不假，指路的向导呀！这一老一小师徒俩配合得很是不错，精诚合作了一生，可有不少可圈可点的历史功绩与传奇故事。

被朱元璋推荐下放、被朱棣接纳的老军官还有一个叫费愚的，他也很担心朱元璋误判海宇形势，在王保保与北征问题上栽跟头。费愚同意孟善的观点，眼下国运不济，不可因小胜而骄，北朝不可低估，否则会犯致命错误；而且，北元与大明同一信仰，不是外患，有的商量，真正的大麻烦在阳关之西。革命可不是一件简单事，是一门古有传承、崇高伟岸又夹杂泥沙和野心家的深奥大学问，没底儿，永远在征途。

革命，既是九死一生的不归路，也充满着歧路和旁门左道，不合规矩的人很多；革命这座社会大学校门槛虽低，却永远领不到毕业文凭和学位证书，赶考是永远的，必需的。劝您“缓称王”的，也许是疼爱和忠言；急于玩“三请三辞”、把您捧上龙椅神坛的，也许是把您放在炉火上烤，也许是自己想早点儿封公卿。此外，革命不仅是指革别人的命，革社会的命，革时代的命，也应当革自己的命，首先要革自己性格的命，找到短板。

而且，革命是捣蛋，是破坏，只懂拆台、不会搭台的人其实没有做革命领袖的资格。所以，古今中外任何一个革命领袖都要向世人证明、向历史证明、向上苍证明：我们不但善于破坏一个旧王朝，也善于建设一个新王朝。

但是，知易行难，说到做到谈何容易。人贵有自知之明，知人易，知己难，人应当首先了解自己，知道自己几斤几两。

的确，洪武革命是小乘革命，小乘既是人天第一，也是焦芽败种，如炎帝、隋文帝、萧衍和朱元璋，当然还有弼马温孙悟空；大乘者乃轩辕、风后、商汤、周武王、姜太公、诸葛亮、关公、范仲淹和范文程等，不多表。

……

“孟使长，马已经买好了，我想早点开拔去燕边北平府，您看这行吗?”朱棣放下手中父皇发给他的历史小册子说。

“只要使长下了令，大家自然听从军令。但我看现在就走，刚招了这么点儿兵，脚步急了点，小兵大局的去上任不祥瑞呀，毕竟我们是去战斗，还带着这么多的钱，不安全!”使长是元朝的称谓，是一种尊称，相当于今天的首长，明初大家还一时没改过来称谓习惯。

“有道理，有道理，但从父皇的眼神里我读出了焦虑，可能是让王保保扰边折腾的！这样吧，父皇让我们诸藩王都要抽时间去凤阳祭祖和轮训，早晚都得去，我们还是到凤阳一带招兵吧，将来早点赶到燕王府，父皇会早点放心的。而且六月山洪就来了，就不好走了!”朱棣说。

“那……那……那我即刻传令开拔?”孟善说。但其实他心里还不想走，因为没有兵，不安全，他要对朱棣的安全负责。因为那朱元璋发的历史小册子，不仅让塞王们从此双肩担着国防的风雨，这也是兄弟纷争的导火索。而且，在这深山里就算是遇上大股劫匪也不安全呀，身上带着好多钱呢!

“明天午后吧，今天捕鱼捞虾犒劳犒劳大家！再让‘财神爷’拿出点银子来，让兄长们到宿迁搞几坛好酒来!”朱棣说。

……

宿县这地方不但自古是大粮仓，而且这里的河渠水塘里鱼虾特多，三四斤的大鱼成群结队，十几斤的也有，也不怕人；除了鱼，这里还有虾、蛤、螺、螃蟹和甲鱼。第二天早上，捉鱼的活儿让兵士们手忙脚乱，笑得合不拢嘴。

……

老军官孟善在放慢速度，控制节奏，他觉得不应当立即出发，因为燕王是光杆儿司令，这样赴任燕边保边不吉祥。但他也没预料到，正是由于自己的放慢出发节奏，才与一个历史风流人物在宿州的古庙里相遇，这个风流人物就是能破译刘伯温为什么要造北京之历史密码的人，此人就是后来赞画迁都与肇建北京紫禁城的人。

尽管有缘还要有分，但毕竟得到了初步的历史信息，孟善老师着实帮了燕王一把。欲知后事如何，且听下回分解。

正是：宝剑值千金，曾将托生死。不知燕赵间，何人是知己？

第四十六章 是劫是缘

书接上文。酒量还行的孟善在聚会时故意劝大家多喝了几杯，拖延了一下出发的进度，因为他希望朱棣招完兵之后再出发。第二天午后，山风习习，没几个战士的卫队终于出发了。

就在朱棣的人马走到夹沟一段叫十里青山的地带时，朱棣忽然听到一种声音在叫，“惊惊！惊惊！”回头四下看时，什么都没有，抬头只见一群烂木嘎子鸟在空中盘旋，既而远飞了。朱棣没把它们当回事，令部队继续前进。

约莫又走了一箭之地，空中又来了一群烂木嘎子鸟在空中排成一道横线，似乎要拦住前行的朱棣，对着朱棣和队伍又发出“惊！惊！惊！”的叫声，其声之急，其调之哀，令朱棣听得身上发冷，汗毛都竖起来了，他不禁瞄了一眼老军官孟善。

“不好，可能要有事！”孟善果断地说。

“原地待命！”朱棣令部队原地休息，立即派人前去四周打探，不一会儿，探子来报：“前面蛇山附近有一小山叫惊龙山，小动物在四散奔逃，像是要爆发山洪的样子！”此时天地在轰鸣，脚下的大地似乎是一条开始摇晃的船。

“山洪？兵马回撤，立即往二郎寺高地集中！”朱棣听了觉得往前走恐有不利。想起二郎寺那位置地势最安全，可避山洪，朱棣决定把部队驻扎于此。此时时值六月，前方远处很快乌云压顶，狂风四起，四周山洪一泻而来，听着就像远处有低低的牛吼，仿佛要吞噬天下的生灵，让人感到眩晕，仿佛末日劫难到来。

这究竟是纯属巧合，还是与刘伯温做法的大竿幡有关？无人知晓，无法证明，明初这毕竟是人神共存的时代。但是，天养着的孩子必有与众不同的传奇，何为传奇？无法复制，无法模仿，也无法学习。但队伍中没有人会冷静地想到在这劫难中居然是道高一尺，魔高一丈；魔高一丈，佛高万丈，且无边无量，这一带还有江湖高人在暗中出手相救，居然有肉眼凡胎所看不见的天宫大战。

而且，老天竟然还给朱棣安排了一次与知音的奇遇，这知音竟然是可以决定大明命运的人，他竟然就是北京紫禁城的赞画与缔造者。幸运之神为何这么早就垂青眷顾朱棣？原来，知音多年来也在踏破铁鞋苦苦寻找他。初出茅庐的朱棣他的人生会这么一帆风顺吗？当然不会，这个暗中护佑朱棣的人，并没有道破任何玄机，因为机缘虽有，但尚未成熟；瓜未熟，焉能蒂落？

当队伍慌忙撤到安全地带时，朱棣和卫士们发现眼前不远处并不是什么二郎寺，而是一座已经濒于破败的佛家寺庙，周围也并无人家，依稀可辨的是“龙泉”二字，墙角边有淙淙的清泉从寺里流出，奔流滋润着山脚下的四野和远处的稻田。

“恐怕一时之间还找不到更合适的地方，这天色已经渐渐暗了下去，眼前之际不如先在这庙中借宿一下，待过些日子再走，使长你看呢？”孟善说。

朱棣微微点头回答："只好如此了，天留客呀！"朱棣心中打定主意，便打马奔至庙门附近，见不远处有几棵银杏树和古松，都是枝干粗壮，很有姿色。于是朱棣将马牵过来拴在树上，待驻足一看，发现这寺院的围墙已经残破不堪，两扇大门朱漆剥落，庙门也未关，虚掩着，里面似乎并无香火。

"吱扭……"朱棣走上前去推开大门欲进入院内。"扑棱"一声，只见两只大鹁鸽惊飞走了。朱棣发现院内全是杂草，高有两三尺，小径也淹没在杂草之中难以分辨。只见院前是一个殿，神像上灰尘满布，蛛网密结，像前的功德箱已经残破，香火断绝，看来这里已被遗弃多时了。走在前面的卫士们，悄悄把手放到了刀把上……

"吱扭——吱扭"，风吹庙门在响，古寺佛殿左边还有两厢偏房，想必是以前僧道们居住的地方，只是此时已经倾斜坍塌、残缺不堪了，老殿右边也是一间偏房，房门已朽掉，只剩半扇，山风一吹，破门吱呀作响，回声让人听了汗毛倒竖。

卫士们不禁把放到刀剑把上的手握得更紧了，也没有四处细看，继续往里走，又转到前殿后面。但是，却突然发现眼前这里是一个刚刚被收拾得非常洁净的内院，院里有古银杏，还种着几棵木兰，窗台上居然还摆放着几盆盛开的鲜花盆景。

"这么干净，好文雅，这院子里一定有人！"一个随行的卫士说道。朱棣没有回答，看到院子里有一间屋的一扇门虚掩着，就高声问了一句："有人吗?"没人回答，只有空谷的回音。"有人吗?"朱棣又问了一句，手却不由自主地再次握紧了剑把手，身旁和身后的孟善和卫士们也都不由自主地握紧了挂在腰间的刀把……

头上闪电隐隐，照见屋里墙上挂着的字画。有人急忙点着了火把，火光照清屋里的墙上挂着一幅字迹工整的楷书书法作品，上云：宝剑值千金，曾将托生死。不知燕赵间，何人是知己?

“这诗是什么意思?”有人问。

“这诗说意欲在燕赵间……”

……

“咔嚓!”闪电过后，孟善尚未答完，头顶的上空就是一道霹雷响起，吓了大家一跳！雨点开始噼啪打下，一场大雨来到，看来借宿古庙是必需的了，际遇生命中的奇人也是不可避免的了。这时，庙门外边急急赶回来了两个人，雨点中这两个人乃一僧一道童，一个身背药篓，一个身背一捆柴火，有卫士立刻就迎了上去。

但见来人中前面那位中年僧人神色俊朗淡定，仿佛泰山崩于前、东海倾其右也不会慌张似的，此人乍一看虎头虎脑，细再看可不是一般相貌，他的虎头面相里仿佛还挂着一股隐隐的龙气，云里雾中的让人望不到底蕴……

贵人出门招风雨。人生，实在难说是劫是缘，就是在这空山古庙里朱棣幸遇了的这个人，竟然还真是个精通儒释道的千古奇才，是个懂兵法与奇门遁甲的降龙罗汉。就是这个旷世奇才不但在眼下为燕王诵经荐福，破除朱元璋、朱标和刘伯温大竿幡的符文，而且在多年后两度救了朱棣全家性命，还把朱棣拥上了金坛，废了南京宫殿和建文帝，成就了永乐革命。

而且，此人赞画肇建了长陵和北京紫禁城之基，挽救了大明王朝的帝祚；他甚至暗助王功，拯救了一场民族危亡！避免了五百多年前可能发生的一场南京大屠杀。而那另一个人，那个道童也默默追随了朱棣一生，他的名字就叫金忠，永乐朝的兵部尚书，也算是明史的一个风流人物，一个有惊险动听故事的人。

但眼下金忠要去北平府的通州一带投奔自己在那里当兵的哥哥，这可不是为了当兵吃粮，而是要执行一个特殊任务，一个历史性的、雄奇的秘密计划，暂不多表，因为这过程是隐秘、曲折和费尽周折的，这当然也与紫禁城的命运有关。因为金忠这个人物后来为把朱棣捧上龙椅，为北京的定都也做出了巨大努力，也有奇葩故事。欲知后事如何，咱们下回分解。

正是：时光飞逝如电，一切皆成从前。感叹童年孤苦，无奈月残月圆。幸有圣贤相助，鼎力辅佐连连。招兵买马成功，心驰塞北燕边。巧遇又成一页，难说是劫是缘。知音你在哪里？就在燕赵之间。身居大都旧宫，巧合王气在燕。阴错阳差难料，逼上帝畿金坛。谙知父皇遗愿，定都北疆万年。

第四十七章 擦肩而过

书接上文。且说燕王际遇的这个奇人，正是父皇当年定远从军时的那个同时一出一进佛门的人，他也正是数年前“小铁锅”元顺帝推荐朱元璋应该寻找的人，他正是“婆婆禅”无学祖元的法嗣。可这个人眼下到宿州这残破野庙除了诵经荐福，究竟还干什么来了？他眼下到底是个肩负什么使命的人？

这个人说来可真不简单，他和他的师父智及禅师本应当是朱元璋一开国的座上宾，是朱元璋的建国高参，但阴错阳差失之交臂了。愚庵智及他们师徒俩和刘伯温一样，尤其不满意朱元璋卜都定鼎京师于江淮，认为洪武爷找错了窝儿了，是没有文化的军队；犹如梁武帝不讲科学、筑坝淮河，即将给汉祚、给江南带来一场大灾难，大明王朝即将成为昙花一现的萧梁事业，可这究竟是咋回事呢？

就是在这空山古庙里，朱棣幸遇的这个人不但是个能翻云覆雨、深不可测的历史千古奇才，居然还是个能点土成金的科学家；是个几乎百战百胜的军事家；是个大航海策划家，是强调科学与民主的人，是给亚洲和欧洲带去文艺复兴火种的思想家；儒、释、道、基督和伊斯兰教他融合贯一；没有他，整个明史、亚洲史和佛教史，以至世界史都不完整，都是残缺的。

今天敢在这里说这话是要有历史证据的，是要负责任的，是要说出个一二三的、拿出个一二三的。点土成金这是不是神话故事？这会是真的吗？有实物为证吗？有。北京故宫博物院至今还有他亲手烧制的金砖，他烧的砖比金子还贵重！它的原名叫京砖，后来被叫金砖，但它的成分是苏州府阳澄湖黏土，土它就成了金。

史如瀚海，无人尽知。幸还有北京青龙湖畔的巍巍宝塔为历史做证，幸还有巍峨长陵与紫禁城做证，幸还有亲历历史者的诗歌为证，暂不多表。

……

夜雨不停，河水漫涨，闪电穿窗而入，照得庙宇室内闪亮，闪亮过后又变得陡黑，仿佛龙窟里的龙今夜都跑出来布雨。但是，被大雨和洪水困在宿州的朱棣与这个古庙相遇的奇人，眼下他们虽相遇却并没有立刻相识相知，有一面之缘并没有马上有分，也就是说他们的机缘还没有成熟，还没到水到渠成与瓜熟蒂落的时候。

朱棣与这个雄奇的明史人物匆匆一遇，又很快匆匆一别，甚至将此几近遗忘得干干净净，不懂得救命恩人这是为保护自己而来，一切巫蛊之术都已被他破除。这个僧人也不愿此时与朱棣相识和相交，因为在封建时代一切都要按规矩办事，就算是天生豪杰也都要步步循规矩，不可私自结交藩王，这不合规矩，不合章法。

此后，被洪水留在宿州的朱棣则在老军官孟善的带领下，熟悉了宿州、徐州、永城、淝河、小河和洪泽湖一带的山山水水、沟沟坎坎，哪里林密，哪里林疏，哪里水深和哪里水浅，哪里有寺观，哪里有城隍，哪里人富，哪里人穷，哪里需要救济，哪里可屯兵，哪里可隐踪。无意中，这为后来的靖难之役打下了基础，燕王正是在宿州灵璧大战后才占领南京的。

这时，蹊跷的是，那首“燕子谣”童谣已经开始扩散传诵于浙南瓯江畔刘伯温的老家武阳的孩童们之中，就是由于口音与方言问题形成了多个版本。因刘伯温的家乡话含有古越语，童谣在传唱过程中也有了一些歧义，当时一般无人能解诵。有人说这首童谣预言了靖难之役，还预言了大明迁都。但武阳这是车马不便的浙南偏僻山村，“燕子谣”流传不广，尽管有个别调研天下的高人已经预知了历史的未来，但这是当时不可言说的天机，不多表。

要表的是此时的燕王朱棣还是个娃娃兵，他却要招成年的兵。他怎么把关呢？他是把不好关的。幸好有第二师父孟善在，才渡过了人生的关坎儿，才给大明王朝带来了后来之精彩的永乐乐曲，带给了天下一份护念华夏和苍生的赤胆忠心，明史不应忘记孟善这个历史人物的一系列劳苦功高。天地君亲师，一个人若要成功，离不开明师的指点。

真正的儒者读书并不全为做官，做官也是为了责任与担当，为了护念四海苍生。真正的儒者更不会选择做朱衣梦，而是选择顾念民族兴亡。仰望长空，宿州山岗有山风吹过，让人头脑清醒，权力这杯酒熏不醉孟善。且说就在朱棣和孟善一小一老在宿州招兵买马的时候，洪武爷朱元璋在干什么呢？洪武爷是勤政的皇帝，他在应天府也没闲着，也在忙活，他正在忙着做一件钓鱼执法的“大事”！因为京师定鼎失败了，凤阳紫禁城失败了；因为王朝没钱了，国库都空了，舟师欠饷，国家机器也运转不起来了；刚刚试着发行的纸币洪武宝钞，竟然遭到了江南富户的联合抵制。这下一步怎么改造南京紫禁？

是谁在给这些江南富户撑腰？居然敢和朝廷对着干？敢和朱元璋对着干？一般人可不敢，到底是谁呢？这个人在明史上可是大名鼎鼎，他也有朱衣梦，朱衣梦就是红楼梦，就是或大或小的紫禁梦；这个人的革命资历只在朱元璋之上，而不在朱元璋之下；他姬妾的数字居然达到百位数，身体不错啊！所以他的朱衣梦就是紫禁梦，这就是朱元璋的发小与革命的引路人汤和，汤司令。

汤和这人明里从不说三道四，也不和朱元璋抬杠。可只要一喝酒，待酒过三杯那话可就多了，净说朱元璋的怪话和坏话，还说自己曾经是朱元璋的领导，那意思就是自己的水平和资历在朱元璋之上，竟然是封侯不封公，这不是不尊重和打压老领导嘛！可天无二日，紫禁龙椅只能坐一人，这能不让明史的故事纠结吗？

所以朱元璋就封藩，节制这些人做梦。可这些人似乎到死也没有梦醒时分，他们明里暗里、军内军外联合反对封藩，给明史带来重重波澜，大明紫禁城啊紫禁城，你来得真是费尽周折，真是历经九九八十一难！

若没有封藩的成功，可以说就没有北京紫禁城的渺渺希望，立国后的明史波澜与精彩故事也正是从封藩开始的，这也是紫禁城由来的一个线头儿，一根古藤，可以发现很多明史秘密。因为刘伯温的“燕子说”也是从封藩开始的，之后才有的“燕子谣”。

南京滚滚大江边的燕子矶已经不知被皇家什么人上了大铁锁，拍岸的惊涛起起落落地冲刷着这看上去略微有点恐怖的铁锁之寒。刘伯温曾说过的“燕子”，真的能飞过南京已经加高的高墙吗？历史干吗要这样安排？必有原因。

也许，这并不是什么高深的奥秘，也许答案非常简单，也许这根本原因与大明的首都选址不当有关，与朱元璋的定都态度有关。科学也是历史向前发展的一盏明灯，没有文化的军队也许的确是愚蠢的军队。因为没有文化基础的朱元璋竟然三次犯了定都选址的错误。欲知后事如何，咱们下回分解。

正是：得道能多助，失道则寡助。多助天下顺，寡助少气数。天之降大任，必将心志苦。还要劳其骨，并饿其体肤。山重水复时，柳暗花明处。说来何轻松，做来门难入。或要仙指点，或要能顿悟。小乘入大乘，一段曲折路。

第四十八章 招兵买马

唉，洪武皇帝他不寻常唉，
他爹爹饿死娘也亡，
剩下他一人跟着竺干娘。
竺干娘因病又去世，
只好出家去吃粮。
放牛娃他起名就叫元龙小和尚。
长老甚厚是僧人薄呀，
将朱元璋驱逐出庙走他乡，
挨户讨要他命真大，
呼谁为爷谁就亡。
他吃了陈家的旱鲤鱼呀，

命运从此就呈祥。

听了故事您不赏钱呀，

您的官运可坐不长！

……

这是宿县县城一带唱莲花落的民间艺人，这些人多为逃荒农民中有文艺素质的人。他们一手打着落子，就是一串薄竹片，挨门乞讨，沿街要钱要货。唱莲花落的虽属乞丐，但宿州当地人对他们还是高看一眼。因为这些人多是聪明人，他们触景生情，随机应变，看到什么就能唱什么。其实，这些艺人也许不知道的是，洪武爷的干娘何止一个，他少年时穿的是百家衣，吃的是百家饭。

孟善告诉燕王，说他们这些艺人的师父或许就认识洪武爷，他们是有状元之才而无状元之命的人。而且都有师父，都有传承，他们的唱词都是从师父那里学来的，然后还要有机灵劲儿自己现场发挥，他们唱词通俗、滑稽，里面有许多平日大家想说而又不好意思说的大实话和道理，一旦捅破“窗户纸”，就能逗得人们捧腹大笑，给世人带来欢乐。

……

“你叫什么名字？方家？”正在招兵的孟善问。

“薛六。”来报名参军的人回答。

“请问大名？”孟善问。

“大名就叫薛六。”

“干吗改行当兵？”孟善问。

“吃粮呀！”

“会水吗？”

“会，能在湖里睡一宿。”

“这样吧，叫薛陆行吗？陆这个字也念六，是大写的六。将来你若能立下军功，那就叫薛禄好吗？福禄寿喜的禄。”

“中！”

“大才子去燕王这里报到。丑话在前，要是立不了军功就叫你薛肉！”孟善师父开玩笑说。

……

“下一个，你叫什么？小兄弟？”孟善在问下一个报名入伍的人。

“何二龙。”

“会水吗？”

……

山风吹拂龙泉寺，军旗猎猎。龙泉寺曾经叫流沟寺，就是因为有流泉。流沟寺这里的水质纯清，甘洌可口。而且不管是大旱还是洪涝，泉水水位都不受影响，一如既往。这里三面环山，一面向水，舒适养人，风景秀丽，真是躲避兵火的好地方。这里虽地处深山，几乎与外界隔绝，但有一条羊肠小道通往镇里，村民到镇里赶集，天不亮离家，翻山越岭，山高路险，从集上回来，已是爨烟袅袅与万家灯火。

宿州古镇也有着悠久的历史，在周朝这里一度曾是宋国的都城，这孟善将军当然也要带着燕王朱棣去考察一番，了解历史，了解军事地理，有意无意中为后来靖难之役的灵璧大战打下了了解宿州军事地理的基础。当然，老军官孟善还带着朱棣考察了宿州附近的涡河、睢水和淮河，因为作为军人必须应当学会考察渡口和学会选择搭设浮桥的地点。

真是：买马徐州南，招兵灵璧道。兵家必争地，杀气藏野徼。调研山和水，渡口并险要。或许会有用，神仙难料到。

人生不能尽由得自己，无论是身处江湖，还是贵为藩王。几年后，燕王的卫队将不得不从宿州出发了，但朱棣眼下还不能立即就藩北平府。因为除了买马匹与招兵，他还要按父皇的意思去凤阳祭陵，去调研历史，学习历史，去感受民风，去下放劳动和军训，当然还有江苏太仓卫南码头的一大批军需粮草也需要随军押运至燕边。

所以，几年后这燕王卫队走的线路选择的是海运，从濒江临海的太仓出发乘海船到达海津镇，驻扎在海津镇陈塘关一带，这都是有史可查的。海津镇就是后来的天津卫，然后卫队从运河到达北平府通州，再转为陆运到燕王府，海津镇是元代起的名字，天津这个军粮城给了朱棣非常深的印象。

莽莽大漠无边轮，扬起漫天尘，枪林箭雨天地惊，壮哉吾征魂！旌飘乾坤暗，兵气干豪云！拼将一介勇士身，冲锋杀敌人！

……

在太仓码头登船后那一路，燕边卫队兵士由薛六起头领唱，集体现编歌词，朱棣负责谱曲和吹笛子，然后教将士们唱歌，以驱赶旅途上的单调。于是，大海里一起一伏的官船上军歌嘹亮，惊得海鸥翻飞；卫队杨帆奔赴海津镇和北平府，这才开始了燕王在北平府不凡的、动人心魄的戍边扫北故事。当然还有随之而来的一支支暗箭，与意料之外的靖难故事、北京紫禁城传奇。

但让朱棣做梦也没有想到的是，二十多年后历史命运居然又让自己再度回到了宿州这里，且和自己的侄子（也就是自己的大哥朱标家的小三儿，更是朱元璋立储的皇三孙建文帝）的南军在宿州灵璧等地大打了一场，其战斗升级为战役，其惨烈程度绝不亚于古今任何一场战役，这就叫历史命运的无奈。

当然，没有眼下宿州的招兵买马之行，没有孟善师父带着自己对宿州山山水水地形的熟悉，或许就没有那场靖难之役宿州灵璧决战的胜利，而朱棣正是在宿州战役之后才得以饮马长江、攻破南京、建立永乐王朝和肇建北京紫禁城的。这也许叫缘分，也许叫历史宿命，因为刘伯温家乡的童谣可是在靖难历史事件发生之前就唱起的，是提前预言历史，可不是事后诸葛亮，这是后话。

话分两头，各表一枝。且说就在朱棣和孟善在宿州招兵买马的时候，燕王他爸爸皇帝朱元璋在干吗？洪武爷同时在南京也没闲着，用当时苏州府的话说叫：老头子在忙活啥？老头子朱元璋在设局，他在给江南富户与盐枭设局，朱元璋要请君入瓮，他要给苏州府和应天府亲张士诚的富户们一点颜色，他用江湖手法已经亲自策划了一台好戏，已经开锣起唱，因为他不喜欢苏州人叫他老头子，更不愿苏州富户与盐枭老炮儿们插手军界。

当朱棣在宿州一带招兵买马、组建卫队的时候，此时的应天府，也就是后来的南京秦淮两岸国营官办的花月春江十六楼正在觥筹交错，歌姬添欢，推杯换盏，发展人脉，好不热闹。澹烟楼、轻粉楼、鹤鸣楼、醉仙楼、梅妍楼、翠柳楼、南市楼、北市楼、集贤楼、乐民楼、讴歌楼、鼓腹楼，等等，正在上演一出出“钓鱼执法”的好戏。

秦淮河汩汩流淌，这是南京第一大河，是南京的母亲河，早在南北朝时期就是桨声灯影。此时，南京秦淮两岸的十六楼是楼楼高朋满座，且不乏大小官吏、军官、当地霸主和无籍之徒，也就是江淮盐枭老炮儿与军火商们的身影。南京城西、江东门外和秦淮河两岸不仅是大明官吏与土豪在对酒惜余景、有酒纵天真、烂醉慰年华、醉坐和声歌，还有外国客人与使节在来宾楼和重译楼把酒问欢，掷骰娱酒……

难怪这么多高官重臣不愿定都北平府，去那雪花大如席的苦寒胡都之地干吗！在应天府这儿做官不就是幸福吗？这不就是天上人间吗？秦淮青楼花姬粉黛可基本都是来自前朝、伪汉和伪吴官员们丢下的姨太太们，不仅是吹拉弹唱，还知道不少当年的历史内幕与花边儿，那可是，可是……这看官们比我懂，不说了。但是，常言道：宴无好宴！大长下巴的麻脸哥哥朱元璋在冷静地观看着这一切，皱着眉头听着锦衣卫便衣们的密报；原来这也是坑，更是局，甚至是屠宰场!

中都紫禁失败后，已经开始着手改造南京紫禁的朱元璋正差钱，因为没有一座合格的紫禁城这叫什么正宗王朝，这会让亚洲的邻居们笑话，更会让一位葱岭大君笑话。所以朱元璋要继续修建南京紫禁城。而江南偏偏有人和洪武帝打货币战争，这是谁在搅局呢?到底是不是汤和汤司令在与朱元璋唱对台戏呢?朱元璋的敛财局与紫禁梦结局最终将如何呢?最重要的是：改造南京紫禁城会成功吗?还真没成功。欲知后事如何，咱们下回分解。

正是：智光剑影是禅宗，闪电瞬间照泥泞。慧思心头妙悟得，河山掌上设计成。从未王前售白帽，更无人后卖黑萌。只为荣光炎黄祖，寻找长青枝一丛。叹息迷烟实难辨，纵有慧眼雾太浓。金陵王朝太复杂，盘根错节霭重重。护国不是容易事，千古难出一奇雄。叹息洪武水太深，悬疑一层又一层。

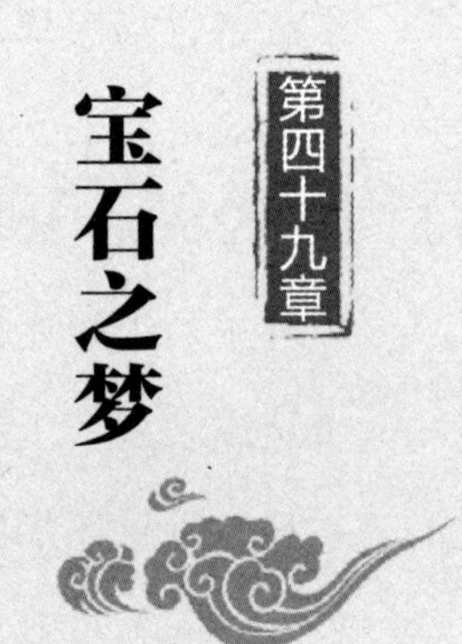

第四十九章 宝石之梦

书接上文。谁在酒后叫我老头子？谁在南京斗富露脸？谁富可敌国？谁在和海上残部勾勾搭搭、旧情不忘？谁在和汤和的姑姑来来往往、吃吃喝喝，给我老朱的大明江山掺沙子？谁想在沿边倒卖军马？谁在黑市正倒卖白银和私盐、抵制纸币、破坏洪武朝的宝钞金融秩序？谁在说我的中都大城已经泡汤、紫禁无望？谁是想在逍遥楼不花钱讨便宜的无籍之徒？哪些无籍之徒曾当过大元的捕头、捕快？谁和张九四与张九五是把兄弟？谁仍然在两淮倒卖私盐？

眼下，洪武爷可不管你是什么苏州府的老炮儿还是应天府的小炮儿，抑或是两淮盐场的什么黑社会杂炮儿，对那些对抗大明王朝社会、威胁新生政权的渣滓们均要列入严打对象，统统要收拾，没钱勿扰。当然，对于朱元璋来说最重要的还是：谁在做紫禁朱衣梦？谁在给做朱衣梦的江南富户撑腰？

谁在配合与掺和朱衣梦？这些人的秘密活动牵动着洪武爷的心。

可以说，朱元璋的一生有三件大事让他最揪心：一个是“朱衣梦”；一个就是紫禁城的定鼎问题；一个是万岁楼空。这三者让朱元璋至死都耿耿于怀。眼下，给江南富户撑腰、抵制纸币发行的总后台，洪武爷怀疑就是汤和汤司令，因为有锦衣卫密报汤和的姑父正在应天府上下活动，在朱元璋改革货币的时候要组织理财。理什么财呢？其实还不是为了那个朱衣梦而搅局洪武爷的紫禁梦。

原来，应天府秦淮两岸酒楼欢歌的这一切大戏都是洪武爷做的局，他有他的目的和江湖招数，因为朱元璋在立国前后受人忽悠，将自己淮右布衣出身的祖宗身份，改成了朱衣身份的朱熹。这不是为了面子，而是为了应谶朱衣，但是，他咒骂红巾军，想以此讨好苏州府富户的算盘落空了。

苏州府富户仍然开口张王、闭口张王的，因为他们在内心里看不起朱元璋，也嘲笑马皇后脚大，不和洪武王朝一心，他们仍在思念张九四和张九五，也就是张王张士诚兄弟俩。毕竟本来就都不是一个绺子的，当初革命的目的不同。今天，在苏州府附近的乡下仍会遇到有人在偷偷祭祀张王的场景，却没人祭奠洪武爷，不多表，说眼下。

眼下，迁徙到南京的苏州府富户们又多了一个撑腰的，背后撑腰的不是别人，就是汤和的大姑。汤和，不但是洪武爷的邻村发小儿，更是朱元璋的革命引路人和婚姻的大媒人，他因洪武三年年底没能封公，而且是让李善长抢了个头彩，他心里不服，的确和朱元璋一直在私下是别别扭扭，这也让朱元璋有点恼怒。

当然洪武爷不会是单单如此而恼羞成怒才要钓鱼执法，才报复，主要还是因为眼下有人在联合抵制洪武宝钞的发行流通，他们江南大户在汤和大姑的理财约定下，决定在市场上只认真金白银和铜钱，不认老头子发行的纸币——洪武宝钞。这不只是货币战争，而是争夺朱衣人的另一种斗争形式，这是朝里朝外的联合。所以朱元璋才要装修秦淮河两岸酒楼设局，要收拾江南大户，更要让朝廷里的汤司令汤和明白谁才是朱衣人！

当刘伯温已经在故乡黯然逝去，当朱元璋站在尚未完全建起的中都城上眼望四面滔滔的濠水，下定了那罢建凤阳中都皇城的决心后，洪武爷的目光和心思就回到了这姹紫嫣红的秦淮两岸。渺渺风雨中的又何止是南朝四百八十寺，大明洪武朝能走多久都是未知，因为内有暗藏的朱衣人们要应谶，外有个海宇大君要和朱元璋暗战和决战，要入主大都，此时的内忧外患让洪武爷的心情并不好受。

朱元璋这人不怕死，也不讲究什么养生，他从不吃什么仙丹仙草祈求长命百岁，也从不让人去寻找仙草。朱元璋怕的是大明王朝二世而亡，因为他自结识马皇后、毛骐老师、王濂老师与朱升老师以后，他肩头担当的是一个民族的希望，他要力保大明帝祚五百年，他模仿的是周朝，封藩模仿的也是周朝；当然这也是马皇后当年在定远的重托，否则人家当年绝不会暴灯于你这穷和尚朱重八。

可眼下大明连京师都没有确立，国库却空了，下一步马上就要改建南京旧府当紫禁城，这又是一笔不小的费用；而且，将来要造大船发展自己人班底的海军、解放海岛也需要钱。常言道：一文钱难倒英雄好汉。这洪武爷能不急吗！但是不能太着急，朱元璋在等机会，江湖做局可是流浪过的洪武爷的强项，简单说那就是一句话：猪和鱼，都要养肥了再杀！

当然，朱元璋最想捉到的两条大鱼，其中之一是沈万三家族，这个人在元末勾结陈友谅和张士诚往海外天方国一带倒卖高档瓷器，发了横财巨财，他不仅是个商人，还是个政治商人，或者说是个经商的政客！他的家族、财富多得几乎没数，简直富可敌国。你买宝马，人家买轿子；你买轿子，人家买船队；你买船队，人家买军队；你买万顷良田，人家敢买一座城池，还是买京师，欲买南京京师。这还了得了！

天天吃好的，不是罪，但吃饭时老吧唧嘴就招人侧目了；穿金戴银的，不是罪，但老故意做些动作、吸引眼球就令人讨厌了；富可敌国当然也不是罪，但你沈万三和军界新秀蓝玉私下来往甚密，还要代我朱元璋犒赏三军，往军队里插足，往紫禁城插足，那可就不是小事了。眼下，你沈家与蓝玉家来往如此频繁，双方宴请次数如此之多，一年内就达四十多次，你以为俺不知道吗？这在朱元璋的眼里可就是潜在的威胁了，这就是罪！

朱元璋养的羽林卫，也就是锦衣卫的前身可不是盯着卖旺鸡蛋的和卖柴火馄饨，他们盯的是做朱衣梦的大人物。但要慢慢来，要等鱼上钩。这第二条大鱼就是汤和的姑姑，这老婆子有侄子汤和撑腰，在苏州府和应天府放高利贷搞理财、吃息差，聚敛土地，和两淮盐场的盐枭老炮儿们一起与朝廷争夺和囤积战备物资，和我朱元璋唱起了对台戏，咱们走着瞧！

眼下，朱元璋必须先主要关心边防大事，因为昨夜高邮盂城驿驿马又飞传来西疆葱岭有了兵象的军情，这里有个西方兵主，也就是大军事家，他能在谈笑间就让亚洲其他强虏灰飞烟灭。但是，朱元璋当然也知道当年“小铁锅”元顺帝却给这位大君一个历史的差评，因为他打宗教牌，这在政治上似乎略显不成熟。

眼下，帖木儿大君的手下和哈烈国与东察合台汗国正打得不可开交，甚至追击到了阿尔泰山山里。朱元璋摊开军事地图一看，交战之地离大明羁縻的哈密营可太近了！从凉州卫宋晟将军的驿马飞传中、从大西北特殊使者陈诚的密信中洪武爷明白了：项庄舞剑，意在沛公！自元末，这位兵主就一直想要当世界领袖，这人有红宝石王。

看来，西域之乱不仅仅是因为色目人的鼓动，帖木儿也有这一直的愿景与梦想，这个世界的这个历史时代，梦还真多，到处都是梦。不可思议的是，此红宝石梦至今闻名中亚和世界舞台，纠结不断，官司不断。今天，印度政府仍在向英国女王索要归还一颗红宝石。这是怎么回事？必有历史原因，亚洲的历史为何因一颗石头而这样疯狂与纠结?

咱们不得不推拉摇移十四与十五世纪前后亚洲历史的镜头，让大明故事再度回到更遥远一点的如烟历史，也就是回到迷蒙的大元至元初年，因为不了解历史之因就无法真正理解历史之果，这甚至是朱元璋当年一度也不了解的故事；当年海云禅师与刘秉忠辅佐忽必烈入主天下这是不得已的选择……

且说大元元顺帝在刚登基有三四年的时候，世界风云就已经变幻无常，就有势力想从两条路线进攻元大都：一条是丝路，河西走廊；另一条是天路，乌斯藏，也就是西藏。但主要进军线路还是嘉峪关方向。当然，还有第三条线路，这第三条线路由于一时难以实行，所以以后有缘再说。元末，这是让亚洲许多王朝都风雨飘摇的时代，摧枯拉朽。

此时，不少厉害的人物早就在历史舞台登场了，目的就是一个：做成吉思汗第二。这就给朱元璋添了麻烦。不仅是添麻烦，还是要添大麻烦，因为有人想入主当年的元大都——明初的北平府，也就是今日的北京紫禁城的前身——元故宫。这还了得，朱元璋岂肯善罢甘休，于是他不得不摆下了历史的大棋。欲知后事如何，且听下回分解。

第五十章 京师悬念

书接上文。且说至元早年就曾有过一支中亚神秘大军奔袭过乌斯藏，就是西藏，他们那时声称自己已经拥有了红宝石王；来犯大军已经进入西藏，藏军根本无力抗衡。但这不是帖木儿，也不是帖木儿的叔叔，不是他们又会是谁呢？这就是亚洲历史的复杂与险峻，这就是亚洲史的谜团，就连西藏的僧侣都说不清当年究竟是什么人在寇边。但有一点可以肯定，当时这个新崛起的国王曾拥有那颗红宝石王“天赐”，这个有缘与明史极客们再探究。

且说眼下，潮起潮落，岁岁年年。葱岭的西域兵主帖木儿已经是江山万里，成为了西亚兵主，他令人仰观天象、探查进军路线、遍布谍工于天下，也是胸有成竹地欲做世界领袖，因为他自己眼下已经拥有了那颗当年曾闻名亚洲的红宝石王——一颗硕大无比的天赐之物，来自天外陨石的刚玉红宝石王，因为那个岁月中亚地区曾有一个奇怪的传说：得红宝石王者得海宇天下！

大君在遥远的葱岭高原仰观天象、俯察地理，调研民怨舆情，他想接手成吉思汗和忽必烈的事业，他想继续开拓成吉思汗的事业，并首先进驻元大都，谁让《马可·波罗游记》的被引用率和点击率高居不下呢！但是，元顺帝曾一直没有看好帖木儿，因为成吉思汗黄金家族一直不认可这个人，因为这个人曾强迫天山之北十六万蒙古将士改教，这违背了成吉思汗信仰自由的主张。

眼下，就是这个西方兵主受色目人和仇明势力的鼓动，一直在算计大元和大明。因为元末时，曾有无数色目高级将领通过金钱打入大元军队内部高层——枢密院，大致相当于今天的国防部，但不是完全等同，因为各个地方也有枢密院。后来，色目人在元亡后逃到了西亚，这些人撺掇帖木儿当海宇寰球的领袖，从日出诸国到日没诸国，建立国际化一元世界，一个理想，一个制度，一个标准，双方一拍即合！

凤凰台的朱元璋，一个见糠而止的人，一个不敢将革命进行到底的人，一个连北国长城都没到过的人，一个连京师都建设不好的人，他是这个人的对手吗？当然不是！朱元璋虽也是不简单的历史人物，但他没有那么大的心胸和宽阔的视野，他没有那么大的能耐和智慧驾驭大明洪船，他迷信自己的什么丙丁火命命理，不敢亲自在北方走两步。别忘了，朱哥当年参军前都要谨慎地打个卦。

但是，在马皇后的鼓励下，朱元璋仍然是要做负责任的君王，他坚决让自己的子孙顶上去。小子，我倒要看看你们当中谁有骨头？朱元璋是马上皇帝，是军人性格，是革命家，在国家安危时刻你跟他整什么正宗、什么礼制、什么半部《论语》，他心里可不吃这个。所以，此刻敢于担当、善于学习和有军事才能的老四朱棣，在这个时候在朱元璋的法眼里，就有了被另眼看待的机会。

朱元璋在中都建设失败后就回到了应天府，开始关注国防信息。但是，建康聚宝山的观星台上，朱元璋从大都搜罗来的那些色目星象师们，无一人向朱元璋禀报西北有兵象，全都在玩天文理论，写论文，评职称，搞收藏，贩钱币。但是，上天换了另一种方式——童谣，在默默提醒朱元璋。上天的真理也许就喜欢暗喻，上天的星星早将信息化作了童谣之谣谶，否定了朱元璋的定都南京：不怕水中鱼，就怕岸上猪，猪过水，见糠止。

这童谣的流行就是上天对朱元璋止步南京的一种否定，当然这也是信息的提醒：朱天子，这刚到哪儿啊，七分天下你就在建康止步不前了？你可别当天蓬元帅猪八戒呀！建康就是后来的南京，上天仿佛在提醒朱元璋：你的目标应当是大都，也就是北平府，而不是建康；你连卜都定鼎的目标都没搞准，你怎么能成为天下明主？京师就代表着国家，眼下的大明就是代表亚洲秩序和定居文明与游牧文明谁为主的新时代。

而且，你不来大都，有人想来大都；你没看出历史玄机，有人看出来了。一个遥远地域的君主，他所率领的大军在收拾掉其他对手后即将发兵，他厉兵秣马多年，早就想发兵大都或大明的北平府。不过是由于东察合台汗国太顽皮，把游击战打到了阿尔泰山的深山里；只是由于这哈烈国和大马士革之乱也牵了他的后腿，让大明因此躲过了一场场劫难。

上天虽不语，但在历史大事发生之前，必有征兆；天目山这神秘的山咱们暂且不提，黄河咱也先不说，且说那太行山不仅有北国风光，也有信息的故事，天人感应。当然，嘉峪关凉州卫的宋晟将军也始终在驿马飞传，提醒主公应尽早派使团出使西域诸国，能诏谕归顺的就诏谕，不能达到目的也没关系，慢慢来，再不断派人去。

当然出使不能白去，西出阳关不是为了知道那里有无故人，不是为了欣赏如酥小雨，不是为了遥看草色，不是为了更尽一杯葡萄美酒与欣赏夜光杯。西去是要掌握和调研了解战争前的风云变幻规律，早做一切准备，有备才能无患；要发声，要多争取朋友；多一个朋友，就少一个敌人。

朱元璋不但是个关心老天爷脸色的君王，他也是战斗里成长的马上君王，他当然也听懂了凉州卫宋晟与西北七卫陈诚传来的军事信息，他眼下已经撤掉了自己早年亲自提拔的、迷恋朱熹学说的弟子在朝里的官职，开始物色能给王朝带来祥瑞与胜利的实用人才，准备抗击外辱。他相信天公已经抖擞，神州必有各类人才。

但是，洪武爷与宋晟的想法有所不同，朱元璋想组成一个大的使团出使西域，来个大手笔，这样大明似乎更有汉祚威仪的面子。从此刻起，朱元璋就一直想组成一个包含各类人才的超大使团出使西域，这样不但可以一劳永逸，还可以显示汉官威仪和大明的派头。当然，洪武爷也想从中选拔一些高级的治国和建国的人才，帮助自己肇建金窝儿，避免第二次定鼎和营造紫禁的失败。

所以，对于凉州卫宋晟将军建议小使团出使、多出使、多发声和多联合，洪武爷没有予以高度重视，因为朱元璋想玩大的，想组建大的出访使团，想一箭定江山，一锤就定音。也就是说，眼下宋晟将军强调的是信息的“小与早”，小使团早去早回，早做准备，提早发声；而洪武爷强调的是“大与好”，一劳永逸，毕其功于一役。

宋晟与洪武爷这二人的关系不是父子，却情同父子，知无不言，言无不尽，宋晟是朱元璋无限信任的人，这在明史很难得。可这二人究竟谁说的更对呢？咱们让历史结果说话吧，当然也要让刘伯温的“燕子谣”与诗说话，因为它的确有一定的历史预见性，因为燕子谣有一句是说“阳关之西最不平”，这也许也是信息。

可是，不管天下发生了什么事，无论大事小事，无论战争与和平，都没能改变朱元璋的紫禁梦，这也是一种奋斗。肇建始终在进行，南京还在上演紫禁城的营造故事，这次洪武帝是准备大规模地扩建南京旧宫。有了以前中都失败的惨痛教训，这一次南京紫禁的营造应该成功了吧？

这话可别让历史老人与已故刘伯温的在天之灵听见，那可就又要有更奇葩的历史了。因为这次不但没有成功，而且败得更惨。营造一座紫禁城真的有这么难吗？这到底是为什么呢？难道老天真的给朱和尚设置了九九八十一难？朱元璋的紫禁赶考为何要这样难？这到底是上天在故意难为他，还是他自己有问题？欲知后事如何，且听下回分解。

正是：灯小知幽暗，虫鸣伴不眠。南窗望星天，暗月遮云端。信息隔千里，边疆渺风烟。玄鸟逾崇冈，驿马越千川。不高不知寒，今晓行路难。金窝连连败，搁浅大明船。何人来拯救？何仙保平安？幸好有高人，古曲未断弦。

第五十一章 古曲高人

日出大江红胜火，燕矶波涛滚滚寒。三山景色壮石城，紫禁故事又流传。不知南京，安知北京。且说中都紫禁罢建以后，在白日的晨早，且不多言长江之滨石头城壮观而瑰丽的日出景色，要说的则是目下有大批工匠与民工和军工在南京紫禁城的旁门、侧门和小门进进出出，热闹非凡，这是营造和改造扩建南京紫禁城的建设大军在奉旨继续上演大明紫禁城的故事。

“城门城门几丈高？城门城门三十六丈高。骑白马，带把刀，走进城门滑一跤。”这是老南京不知唱了几辈儿的童谣，今天参观南京古城墙的游客大多也就是用手机热闹热闹光景，少有人知道这城墙背后波澜壮阔的历史故事，知道南京紫禁城的前世今生；少有人知道洪武爷在第二、三次改扩建南京紫禁时真的又滑了一跤，营造紫禁城的故事又来了。

南京的夏天也似火炉，为了让这十几万建设大军在劳动后洗澡，洪武爷下令首先在聚宝门外建了五个大澡堂，工程质量非常考究，因为这样做既可以体现爱护斯民，以后还可以留作他用。由于澡堂的主体建筑形似“瓮”字，它被民工们顺口叫作了“瓮堂”这个有趣的名字。毕竟不能让民工们在女嘉宾众多的皇家禁园里洗澡，也不能让十几万劳动大军带着汗味儿在首都街头乱窜。

有心栽花花不活，无心插柳柳成荫。六百多年过去了，南京紫禁早已灰飞烟灭，明城墙的一些地段也在历代的变乱和兵燹中被毁坏，但配合肇建紫禁城的民用配套设施——瓮堂却神奇般保存了下来。这可是正宗的明代建筑，是国宝级老精灵，非常珍贵，除十三陵外，整个中国完好的明代古建筑不多。这可是明代的纯爷们儿，历史与文物价值无限，就连故宫博物院也不纯是明代的；可以说一百座、一千座别墅也换不来这大瓮堂；而且使用至今，真可谓流水不腐呀！

明代的澡堂能够保存至今，并且一直使用，这是一个了不起的世界建筑奇迹，故事的精彩并不亚于世界几大建筑奇迹的背景故事。而且，大瓮堂的确属于人民，不是挂在嘴上，南京代代“老城南”与瓮堂感情相当深。当初瓮堂也不设女部，所以说它纯爷们儿。而且，这说明一个问题，说明大明洪武时代工匠里有人才呀，藏龙卧虎的。

当年这里工匠们欢声笑语的故事，咱们眼下可没工夫讲了，尽管工匠里也有精彩传奇，也有惊天与感动大明的英模人物，但咱们得赶路先说洪武爷与紫禁城的故事了。这已经是第三次营造紫禁了，应该差不多了吧？

“呜呜——呜呜”南京紫禁城夜色渐深时，袅袅的笛曲从谨身殿的窗棂不断传出，吸引了巡夜的卫士们。笛声没有传出欢快，却叫路过的守夜卫士们听着十分动心，这是朱元璋吹出的古笛曲《落梅花》，曲声老道熟练，似乎是吹给知音的，只是缺少了青春时代的那股朝气。光阴如水，已经收走了洪武爷当年在定远小村之恋时的帅气与潇洒，更让人感受到吹奏者此刻仿佛是忧

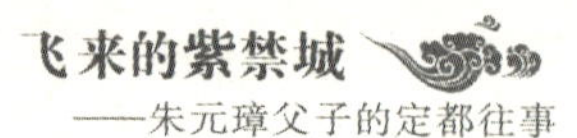

心忡忡，满腹心事。

能没有心事吗！回首往事，自立国后天下形势是：东北疆、西北疆、山西高原、东南沿海和西洋自立国仍一直不太平。首先是海疆倭患连连，骚扰临海四府，甚至近在应天府眼前的淮安都闹过倭寇。洪武初年，几百人的倭寇居然就闹得淮安鸡犬不宁，双方曾大战于天麻山。对讲究兵贵神速的军人来说，这淮安离南京的距离可是只有一步之遥呀！于是，朱元璋不得不启用了亲军中的重要人物，负责捕捉倭寇。

而所谓的奇男子、西北军阀王保保仍然是心存异志，时而坐山观虎斗，时而亲自动手，蓄兵养志在黄河流域的西北一带，想当李世民；但他也不愿勾结外部势力，对中华没有异心。所以，朱元璋就尊称王保保为“奇男子”，目的是想招安他。当时，天下汉人流行这样一句话：有能耐到西边把王保保捉来！

这就是若有谁平日牛气哄哄，眼里没谁，大家就用这句话挤对他、讽刺他。而且，不只是西边的王保保，西北还有张良弼、张思诚、张良臣等后来张献忠的祖辈，那些人都是历史上的狠角儿，都是大元遗种儿，都是朱元璋的隐患。不怕金牌张，就怕七条枪，大西北还有李思齐和张良弼七个养子的土豪潜伏势力。

但是，上面这些人都不是亚洲历史舞台的主角儿，主角儿在哪儿呢？在北元三部？是色目人太师阿鲁台？是阿里不哥后人？当然不是。主角儿在西北之西的西域，因为在西北蒙有个叫完者秃的人即将登场，完者秃法号本雅失里，但他眼下也不是第一主角儿。本雅失里在成吉思汗黄金家族失势后，也准备勾来西域之西的西番葱岭的帖木儿，也来参与排演亚洲与大明历史。这俩人拼凑的所谓联合国仆从军，眼下才是主角儿。

这个排演历史的第一主角儿可是个影响亚洲历史走向的人，可是个在欧洲家喻户晓的历史人物，他的铜像至今坐落在丝绸之路上，他被当地国视为国父般的历史人物，他甚至也被道衍禅师视为西方兵主，因为他拥有红宝石王天赐。他究竟有何传奇呢？红宝石为何会落到他的手里？葱岭的浩瀚夜空呀，繁星璀璨如洗，你能给我们讲述些那里流传的关于红宝石王的故事吗？星星只是眨眼，似笑而不语。

红宝石王不仅和整个亚洲有关，更和北京紫禁城纠结有关。早年，色目人不但掌控大元税收与金融，这些息差贩子还通过所谓理财，用高利贷和羊羔息的息差发了大财，接着就用金钱买官进入枢密院，渗透到元朝军界高层，玉昔帖木儿、月赤察儿、菠萝欢、土土哈和博彦这些名字在今天可谓无人知晓，但在元末，这些色目人可是呼风唤雨，曾差一点儿就建立了国中国。眼下主要就是他们的势力在鼓励帖木儿入主大都，恢复金钱帝国的往日天堂。

而帖木儿不但拟定了几条陆上进攻路线，还准备下令让埃及海军封锁大明可以下西洋的出海海道马六甲海峡，因为埃及马穆鲁克王朝已经被其征服。只是由于埃及海军久闻大唐海军之威名，不知道大明已经禁海，不想趟浑水，强调没有大船，才没有执行这一海上封锁计划。但是埃及海军还是准备领命封锁自己家门口部分公海，也就是霍尔木兹海峡和红海，禁止任何东方船只通过，包括大明、古里国、日本、安南、占城国、琉球、暹罗和朝鲜等国。

皇家建筑也是无言的宣示，也是亚洲秩序的表达，也是国力与政治理念的密码。撒马尔罕的皇宫成功在即，拖后腿的就是一座当时亚洲最大的清真寺迟迟不能完工。而大明呢？朱哥仍在焦虑与阴影中。怎么办？朱元璋准备怎么办？洪武帝在改造南京的同时也在悄悄建设西安城，他居然还有想迁都西安的想法，让藩王会一会西方兵主。但身后的东北亚怎么办？毕竟朝鲜曾属于大元体系，奇皇后也是朝鲜人，别忘了隋唐都亡于征高丽的两线作战！

沧海之东，辽为首疆。王朝的生存是第一位的，所以无论如何，朱元璋内心认定和选择了武圣童朱棣为燕王，让他看守东北亚。阿四你就是这命，大都和燕边这副担子就得你这只“土燕子”扛，你这小小秤砣就得给我压着昔日的大都，你和孟善与费愚得当东北亚的压舱石；辽东归你节制，登辽海道的倭患也由你负责，必须一剑倚天寒，人在江山在。一句话：永奉北藩。这是紧箍咒。

朱元璋了解孟善和费愚这二老在军事上善守，于是，洪武爷给燕王配置了老军官孟善和费愚来辅佐。可以说这俩人才选得非常成功，得给“三只眼”洪武爷点赞于青史竹帛。朱元璋还特地私下找人秘密给四子朱棣讲汉唐历史，让他明白燕边军事地理对大明王朝的重要性。当然，此举也另有深意，暂不多表。眼下也就是说，只有燕边坐得稳，才可坐燕连辽；大西北才会并敌一向，大明才没有两线作战的顾忌，避免隋唐两线征战的历史教训。

幸好，大明初年人才滮滮四出，战将如云。燕边国防依华云龙将军当年的奏言，已经自永平、蓟州、密云迤西二千余里，设关隘二十九，皆置重兵戍守。有了燕边的备守与嘉峪关的严阵以待，这才让朱元璋有心情在南京铸造紫禁的苦难辉煌。但是，北平府从山西移民的计划还没有奏请、开展与禀报，还有就是广昌城还没有翻修加固。广昌就是今天的河北涞源古城，离野三坡不远。

而且，此刻的燕王还算不上是历史和军事高手，小鲜肉他还很嫩，还差得很远，他还远没有上到历史主角儿的最高档次，还有导师级别和神级别的知音要帮他、要帮大明撑天下，给朱和尚补台。天下事从来都是师父找徒弟和选徒弟，这是老规矩，此刻朱棣并不知道有人在暗暗观察他和考验他，他已经被一位师父看上了，大明历史正在孕育被改写的可能。

此刻的燕王更不知道刘伯温对自己的预言，不知道在刘伯温死后，他的家乡瓯江两岸的小孩子们在唱着预言大明紫禁城的歌谣，明史就这么奇葩。今天，浙江南部的一些皓首老人仍能唱那首流传了六百多年的“燕子谣”，这是什么内容呢？巧合的是，这是历史的隐语与紫禁城的密话，告诉了世人：首都不一定就是南京，南京不一定有紫禁城的宿命，洪武革命必须要进行到底，要寻找新吉壤；应天府的胜利，只是汉祚江山万里长征的第一步或小半步。但无论是第一步，还是小半步都将带动历史的脚步。欲知后事如何，且听下回分解。

正是：北云如墨压边墙，烽火狼烟尘飞扬。知兵保边谁立马，诸皇子中看燕王。上天缘何此垂青，只因知音在帮忙。人过三师而成仙，不传之秘今传扬。

第五十二章 初展笑颜

书接上文。历史高人登场大明舞台，这仿佛就是历史宿命，就是上天的安排。因为孟善师父和费愚师父善守不善攻，做不到攻守平衡，然而久守无胜理。所以，朱棣还缺少一位高手做师父，才能让鲸海海波平静，才能让大漠狼烟止息。

可这样的风流人物眼下有吗？他们登场大明历史舞台了吗？有，就要登场了，也可以说早就默默登场了，通州军营就有他的江湖野田交通站，燕府东墙外就有他的耳目交通员；最重要的是，皇上朱元璋手里早就有他写的一首看似普通实则神秘的信息诗，他们有绝不会轻易告人的、秘密的心交。

岁月悠悠，斗转星移，自从盘古开天地，轩辕黄帝掌乾坤，中华的历史长河曾淘漉出无数风流人物，他们的智慧之光支撑和引导着民族的灵魂、勇气和斗志，使民族自豪、江山增辉，故事传奇，亘古不灭，他们是老天不拘一格降下的人才；虽不完美，但是救急、管事儿，撑天拔地，敢驱虎豹，无惧熊罴，救亡图存；然后功成身退，不惹红尘，不做辩解，任后人将千秋功罪评说。

但要，要把这些历史风流人物的传奇故事挖掘出来，并把历史背景的暗流与时势一一说明白，一时还真不易。因为智者不语，多言数穷，禅宗禅师们这些如来佛祖的特派员是以不辩为解脱，他们从不做英模报告会，也不写自传。要了解他们单凭史料还不行，还需要一个字：悟！

这就需要一个创作过程，这文艺创作就是在付梓后，需要一个渐进的时间来逐步完善这些历史人物的传奇故事，创作并非一劳永逸，一剑定江山，乃为了永远的学习与探索研究。菩萨派来的救兵，毕竟会与众不同，他的故事也许比朱元璋的故事还要曲折与深奥，因为朱元璋的宗教职称是行童，行者不算是正宗和尚。

今天我们要说的这个明史上佛门的特派员就是个有胆有识的历史奇才，这是个敬仰轩辕的人，是个能翻江倒海的人，是个在军事上能攻守平衡的人。如果说诸葛亮是卧龙，这个人他就是降龙和飞龙；如果说诸葛仙师玩的是华夏三国，人家则是摆棋于亚细亚三国，这就叫历史使命与胆识。

这个人虽没有看上建康紫禁，但他看上了大明汉祚，最后又看上了万年枝燕王，他在等待时机给大明补台，救亡图存，荣光汉祚，维护民族尊严，为海宇寰球贡献和平。也许这就是为什么刘伯温家乡的燕子谣早就预言了“燕子”的结局。当然，此人也是在继承刘伯温的遗志——定鼎北京。此人后来就成为了大明历史上唯一的荣国公，成为国师，历史果然也如他师父愚庵智及早年所做的明史预言：一国之师展笑颜。

无言得真趣，何用觅玄音。眼下，这个神仙一般的人，知晓朱元璋落寞南京的笛曲，他不但笑意写在脸上，还在眉宇间开始藏有一股天罡气，立志要救亡图存；他还能掐会算，早就预测自己会有登上历史金坛的那一天。这个人是谁呢？这个人也是个和尚，大明王朝的舞台简直就是个和尚汇呀！是吴印？是华克勤？都不是。此人并不是尘心未了，俗缘未断，而是历史的沧海横流，把他逼上了金坛，让英雄一显本色。

此时的大明正北有北元，东北有高丽，西北有诸汗国，还有王保保，山西有四大王游击队，云南有梁王，都是属于元遗留体系或蒙古帝国体系，但这并不是最严重的，都不至于让洪武爷彻夜难眠。那最严重的究竟是什么呢？到底是什么让洪武爷朱元璋在建康失眠，而在营造紫禁的同时又突发奇想、改弦更张欲迁都西安呢？这变化也太快了吧？令人不可思议。

是继承元顺帝皇位的爱猷识理达腊吗？显然不是。最严重的是还有秘密军事情报显示：西北之西还有历史大戏、政治大戏和军事大戏在排演，朱元璋通过宋晟与陈诚、通过各种途径了解了西域的历史与现状。再次得到了来自大西北凉州卫确凿的秘密军事情报：丝绸之路早在元末时就已战云密布，充满诡异，西域大酋目标大明，目标北平府元故宫；这可是联合国军。

在摆平东察合台汗国后，拥有红宝石王的西域大君就会有大动静，因为人家也再次得到了准确情报：大明定鼎南京又失败了！南京金銮殿又失败了？是的，这是朱可汗的第二、三次卜都定鼎失败，又在紫禁城的建设上滑了一跤；这就是最重要的信息，这就是对手想得到的最重要的情报。

怎么回事？怎么洪武紫禁又失败了？不可能吧？这究竟是怎么回事？朱元璋营造个金銮殿为什么这么难？难道老天和草根皇帝就是过意不去吗？难道紫禁工程这是夸父逐日吗？难道大明工部的官员都是废物吗？难道这是穿越不过去的梦吗？

是这么一回事，中都定鼎失败后，洪武爷就开始低调着手改造扩建南京城做紫禁，但改来改去越改越糟，越改越丑，南京古城被改造得极不规则，毫无帝王之气。这不规则的皇城图就被人勾勒下来了，通过河西走廊和哈烈走廊，被秘密送到了帖木儿大君的手中。找人一研究，这奇形怪状的皇城竟然看起来有点像大明朱可汗那张丑脸，帖木儿由此判断南京没有王气，朱可汗确实有漏洞。

可是，帖木儿这个人在得到这个准确情报后，不但下决心要铲除大明，甚至还要限制宗教信仰自由，与整个亚洲的和尚们也过不去呀！这还了得，因为朱元璋就是和尚，而且宗教史是有惨痛历史教训的！于是这才有了朱和尚不但坚决派将驻兵大明九边，还要继续巩固封藩，让皇子们控要害，分制海内。当然，明史圈儿众所周知的是，大明的历史也因封藩致使朝廷内部矛盾变得复杂和扑朔迷离，故事连连，悬念不断。

可没有历史的暗礁，何来历史的浪花？没有历史的砺石，何来历史智鉴的蚌珠？正是因为封藩与削藩、靖难与迁都的历史风烟，这才初步有了北京紫禁城由来秘史故事朦朦胧胧的伏笔和些许端倪，也才渐渐有了刘伯温的“燕子谣”。定鼎北京之举，原来乃历史宿命不得不为，是海宇世界形势倒逼出来的。时势造英雄，此言不虚。时势造北京，或许此言也不虚，刘伯温的在天之灵应该同意。

因为可笑的是，洪武爷朱元璋已经明白了，自己这个革命家若不继续革命，若不将洪武革命进行到底，那自己就将被亚洲其他革命家给革了命，这岂不成了历史的笑谈？洪武爷曾很早就想起用大招儿，起用雪藏的人才，起用一位自己交浅言深的师弟。但是，朱元璋也深深明白，南京朝廷里党派无数，每迈出一步都不是想象的那么容易。毕竟封藩的事还在纠结，还有争议，还在掐架，塞王们能否在封国立足这还是悬念。

的确，洪武革命一直尚未根本成功，洪武帝必须努力，不能贻笑天下。其实，早在洪武二年，朱元璋就顶住各方压力，坚定实行诸王之制，毫不含糊。朱元璋坚决将儿孙们分封到全国各地备战强军，是义无反顾。其中有九位皇子先后被父皇封到沿长城里外的要塞地区，分别是秦、晋、燕、代、肃、辽、庆、韩、谷九王。眼下，北起辽冀，南抵湘桂，东自江鲁，西抵甘川，大明数百万平方千米的大地上，边防军们在诸王的节制下更是严阵以待。

尽管封藩一事争议连连，暗流不断，但最让朱元璋不顺心的事还是紫禁金窝儿的事。因为朱哥有点小迷信，他认为地上无紫禁，云霄无认可，自己岂不成了历史上的草寇，草头王不是正宗。朱元璋担心自己在玉皇大帝的封神榜上无名，所以必须为金窝儿努力。最有力的证据就是那时的钟山叫蒋山，“蒋”字拆开恰好就是草头将军落草下，所以朱哥必须掀起肇建正宗紫禁的历史风雨。

但是，不知为何这一次改造扩建南京紫禁居然是在湖面上，而且这湖还是火山灰地质。哇哦，太麻人了，历史还有这节目？在火山灰地质上建紫禁？从此，这紫禁故事与封藩故事两者就纠缠在一起，特别让洪武爷纠结。想在光辉的历史道路上走两步，谈何容易。真不容易。这洪武紫禁走两步的事居然贯穿整个明史，难度几如登天。欲知后事如何，且听下回分解。

第五十三章 紫禁歧路

书接上文。一句话，洪武爷封王和一以贯之的决策是让天下形势给逼出来的，其目光之严峻让诸皇子们感到，边防问题绝不仅仅是北边北元的边患问题，北元的问题有得商量；海宇后面一定还藏有更大的忧患，大明王朝还远没有站稳脚跟，南朝四百八十寺仍在历史的烟雨中飘摇，历史翻盘的可能性绝不是戏说：传统要永远继承；而革命的征程也是永远走不完的，传统与革命如鸟之两翼，车之两轮，这是永远没有尽头的天道。

什么是《易经》？《易经》仅仅是玄学、哲学和打卦的吗？这个不给答案，同学们自己从人生实践中去悟。咱们先给读者与听众摆我们的紫禁城诞生记的龙门阵。但是，革命不要总想着要革别人的命，革社会的命；首先要革自己的命，革掉自己的贪嗔痴，革掉自己的野心与迷梦，革掉自己人生中的刻意与偏执、骄傲与吹牛。

明初，恰恰是一个朱衣迷梦非常沉迷的时代，天天的梦梦梦，梦朱衣，惊破这些人偏执的迷梦是需要大智慧的，仅靠朱元璋也是不行的。而且，朱元璋的封藩强军之举必定影响到一大批人升迁的利益，甚至影响到很多人的朱衣梦，动了人家利益与权力的奶酪。

所以，可以说从封藩未定之时，反对封藩的故事就开始了，可具体的来龙去脉是怎么一回事呢？是谁在南京或者说在江淮主唱这出对台戏呢？是哪些历史名角儿呢？他们究竟是为了大明的万万年，还是为了满足自己无尽的欲望？是为了铸就帝祚的紫禁辉煌，还是为了躲进大红灯笼高高挂的土豪红楼大院子做朱衣梦？

好，耐心且待明史各派人物一一叫板起唱，登场表演，这就不难辨别出谁才是明史上永生的真神，谁才是真心的民族英雄，谁不过是几度夕阳红、雨打风吹去和难得几回醉的昙花一梦。望断天涯，大明王朝何处是家？朱元璋的金窝儿银窝儿究竟在哪儿？能帮他的真神在哪儿？菩萨派来的救兵在哪儿？其实就在朱元璋手中，只是无奈阻力重重，当皇上的要做成一件大事也不容易。

当年军营中的导师毛骐与王濂皆已故去，国策大师朱升也告别了人间；就连义子何文辉也在岗位上病倒；凤凰般的一位臣子也被误伤，六月飞雪；常遇春的儿子一度聚兵三山，宣示不满。这紫禁事真是纠结，让洪武爷华发早生，惆怅不已。但是，朱元璋的紫禁梦相当顽固、坚韧，因为他不是为了自己，而是为了汉家江山；也可以说是既为了自己，更为了大明万年，这就是朱元璋第二次改建南京紫禁的原因。

于是朱元璋准备第二次改造南京城，准备将南京紫禁往后面扩建，后面则是一大片空旷的水域，叫燕雀湖。水上扩建皇宫，似乎不扰民，可在湖里建皇宫这能成功吗？这燕雀湖可不是一般的湖，是古老的火山湖。在火山湖上修金銮殿这行吗？这科学吗？地仙儿们同意吗？工部同意吗？工匠们同意吗？紫禁啊紫禁，你在江淮是如此纠结与难产，你在朱元璋手中简单变得复杂了，难道这是天意吗？还是主观有问题：没有困难、创造困难也要上？

岁月悠悠，季风年年拂过钟山、燕雀湖、玄武湖，拂过应天府的山山水水，拂过苏州府的秀美山村，让当时著名的北郭诗友们对石头城和苏州城的花开花落与雁来雁去，陡增创作灵感，开始雕琢文字，铺陈胸臆。这里面有些人曾是刘伯温的朋友，所以他们也明白，南京并不是真正的虎踞龙盘。什么是虎踞龙盘呢？其实这些文人抄来写去的，也不是真懂。

当然，这些人的作品也会时不时地被锦衣卫里负责特高科的思想警察密报给搞文字狱的朱元璋，或许牵强附会地联想然后抓些把柄，因此能领到一些赏钱和小小晋升，闲着也是闲着。其实，文人的捅词儿有些不过是为了与众不同，为了吸引眼球而语出惊人，也是为混口好饭吃；人有多高雅的一面，就有多庸俗的一面，这是辩证哲学观点：雅俗不二。

记录时间的滴漏又工作了一年，洪武爷头上的白发又悄悄多了一缕，但他自己创作的诗曲却比以往多了一丝惆怅的分量。建国的挫折让朱元璋略微明白了元顺帝为什么送给了自己一个记录时间的仪器，那意味着只争朝夕和时间国际。生活与帝业对谁来说都是一连串的奋斗，难以止步，任何同志只要想成功的都必须永远努力，学习乃是从摇篮到坟墓一生之事；没有一劳永逸、天天都是好日子和心想的事儿都能成。

所以，眼下的朱元璋加快了强军和定都的脚步，但朱元璋还没有全明白一切，有些军事信息他自己曾经掌握得不准，比如说关于王保保，比如说关于蒙古帝国体系，比如说西域葱岭，比如说埃及海军。还有，朱元璋眼下的定都目标是西安，而不是南京，他也没有听刘伯温与华云龙的建议将京师准确地锁定在北平府，这是一招错棋，或者说是臭棋，走了历史错路或弯路，这叫刻舟求剑。

洪武爷起初也看不上西安，因为西安那里一直没有打出甘泉甜井，太子及老师王古宝等人也不愿去，怕苦，也嫌水质苦。但出于军事地理选择的无奈，洪武爷决意让耿炳文和冯胜等人先后考察关陕的城池和水利，顺便寻找甘泉，打出甜井，给太子朱标再开开路。老将耿炳文当时是个又战斗又生产的著名将军，在大西北主抓屯垦和水利；而冯胜则要筑城和考查军事地理。

南京其实在大明立国多年后根本就不叫什么京师，叫京师那是洪武十一年以后的事，因为洪武爷毕竟是军人，从军事地理上他从内心里没有看上南京。但是，大明朝臣多是江淮和江南人，身体不适应大西北的气候，水土不服，他们嫌西安的水质咸苦，更喜欢秦淮河两岸温柔的天上人间与几十四位女嘉宾，但又不好意思直说，就总说这里虎踞龙盘。

其实哪有什么虎踞龙盘？您拿出历史地理的证据来，不过是一个个粉黛美女蛇在楼上那儿盘着玉体呢！当然，秦淮两岸的温柔乡可是没钱勿扰啊。所以，官员们就贪吧！这又是朱元璋的一个麻烦，这也是大明贪官杀不尽的原因之一，朝杀暮犯。打住，朱元璋反贪赃的故事暂不多说，且说封藩，且说我们的紫禁背景由来与刘伯温的造北京筑城密码与玄机，不能跑题……

“天下之大，必建藩屏。上卫国家，下安生民。今诸子既长，宜各有爵封，分镇诸国。朕非私其亲，乃遵古先哲王之制，为久安长治之计。”面对群臣的疑惑，朱元璋当年在应天府曾如此苦苦解释。可以说，洪武爷的封藩，绝不是出于对朱家人的自私，毕竟朱元璋是一位忠诚的民族主义战士。可以说朱元璋封藩主要是为了大明的长治久安，避免二世而亡，这是不得已的选择。

早年封藩分封太子朱标以下九子、一侄孙等十人为藩王。次子樉秦王、三子棡晋王、四子棣燕王、五子橚吴王、六子桢楚王、七子榑齐王、八子梓潭王、九子杞赵王、十子檀鲁王、从孙守谦靖江王。但是，不知何故，朱元璋并没有在南京把西北军事情报公开，他总藏着掖着的，大概是为了稳定人心。

且说这些封王统称为藩王，封地都在腹里或靠近边墙的军事触点之地，每年都要训将练兵，塞上一旦有事，他们就可以立即提旅抵御，所以大部分藩王都有一定的重兵在手，兵最多的是西北的秦王，但辽东的辽王受燕边节制。当然，太祖朱元璋这样做，既可免有未被册封继位的其他皇子们留京夺嫡的祸根，还可以节制红巾军将领的朱衣梦，真是一石几鸟，一举多得。

尽管有些红巾军勋贵将领们不高兴，尽管有人说如此一来会分封太多，将来尾大不掉，社稷会有隐患，但都没能影响朱元璋的决心。早在洪武三年，也就是西历的1370年，朱元璋还是在这中华农历的狗年里、在应天府诏告天下，宣布册封自己的九个儿子和一个叫朱守谦的从孙为第一批藩王。这就是说，除了长子朱标已经立为太子外，另外几个儿子全部封为藩王。

可就是由于封藩才让北京有了诞生紫禁城的历史大伏笔，才有了刘伯温的“燕子说”与“燕子谣”。也许“燕子说”只是假货，但南京燕子矶还是不知被什么人给上了条大锁链，有人宁信其有。只有锁不住的“燕子谣”从神秘瓯江沿着运河被南京的孩子们传唱至今。可以说当时的朱元璋做梦也没有想到，这其中的老四燕王在五十年后居然还真的如燕子谣预言的那样营造了北京城与紫禁城。

但朱元璋没有想到不意味着别人没有想到，谁想到了呢？还有谁呀？当然是疑似“燕子谣”的作者刘伯温刘大叔呗！刘伯温不但在生前有北京紫禁城的故事，就是在死后居然也不是死魂灵，他的理想也没有幻灭，有人继承了他的遗志、将夸父逐日变成了愚公移山。紫禁城之功不仅属于朱家王朝，也属于人民。

而且，最神奇的是在刘伯温死后，他的家乡有关于燕王和紫禁城的童谣在孩子们中间开始流传到瓯江两岸、运河两岸，并向南京的方向而来，悄悄预言了历史。只是由于武阳是个车马不便的偏僻山村，不但有口音再加上一些古越语词汇，一时没能迅速流传开来，而且在孩子中形成了三四个版本。

明史还有这事？小孩子们的话靠谱吗？有据可查吗？专家们认可吗？还是那句话涌上心头：人的智慧从哪里来？到底是从社会实践中来，还是从天上掉下来的？历史必有回答，明史必有回答，紫禁城的故事必有回答。

刘伯温的智慧从哪里来？是头脑里固有的吗？是从天上掉下来的吗？他真的是前知五百年的神仙吗？他的历史功绩真的胜过诸葛亮吗？他当年为何要矢志营造北京？难道这是故意和主公唱对台戏吗？这必有历史更深处的原因。欲知后事如何，咱们下回分解。

正是：焉知大化中，天地同旅寓。事业水上沤，功名草头露。死生谅莫测，荣华何足顾。一场紫禁梦，多少认错路。

第五十四章 再说封藩

书接上文。再说封藩，因为正是封藩这一小步撬动和引领了后来诞生北京紫禁城这一大步。且说后来封藩也奇葩了，因为甚至连刚刚出生只有两个月大的第十子朱檀，也被洪武帝朱元璋封为鲁王，本来计划是封九个儿子，现在加上吃奶的小的又变十个了。封藩看似是历史倒退，其实这也是一场继续的革命，否定了秦制，采用了周朝的分封制，这在当时也是一件轰动的大事。

反对的声音也被扣了帽子，被打了板子，被打压了下去。也许朱元璋心里在说："打胡话！你跟俺扯什么呀，那自古天下藩王就没有一个能造反成功的，懂不懂中华历史啊，还'尾大不掉'，真是离间我骨肉。"朱元璋那张大嘴，在江湖里混过饭吃，可会捅词儿了！当然，有些异姓公侯为了富贵也想分封，但朱元璋担心朱衣梦，反对裂土，反对分家。他反对国家分裂，封藩绝不仅仅是为了朱家的利益。

封藩，这只是看得见的战线，而洪武爷的第十八子多年后却一直没有被封王，这个皇子低调地去哪儿了呢？是潜伏暗战去了吗？非也，这个猜测庸俗了，这类题材已经臭街了！当然这个十八子的故事可以说，这个菜也应该有，因为这第十八子就是我们前总理朱镕基的祖上，但我们后面有缘再细说。要说的是眼下反对者真的完全说错了吗？没有。

朱元璋绝没有想到如此分封也是有利有弊，虽一时巩固了国防，但的确也由他自己埋下了众龙子夺江山的伏笔，的确终明一代都尾大不掉，故事连连。因为这些藩王的后代在两百多年后，大多重地轻国，轻视天子，利用高利贷鲸吞天下土地，爆炒房地产、造成大经济旋涡、拉拽得社会各领域都不得不向藩王家的房地产行业倾斜；造成天下大量失根流民不得不闯关东、走西口，或者盲流于陕甘三边地区，造成明末天下大乱。真是成也封王，败也封王。

因为多年后这些失根盲流当中，也有汉家高人依附于北方政权，顺应天轮，掐算阴阳，推波助澜，暗助北方王业。天道为公，不偏不倚，天遂人愿，官逼民反，时轮旋转。先有徐皇后姻亲辽东孟特穆后人的野猪皮努尔哈赤，在汉家盲流张仙人的辅佐下反抗嘉靖与万历；接着是陕北横山在李先生赞画下又乱。于是，在大明立国两百六十三年后，天厌汉德毁林造田和过度贪婪，西北陕甘烟迷雾起，江山难辨。

西夏后人党项羌羌王李和尚李行者李自成在汉家李先生、李岩和宋献策等人的赞画下风起金州与商洛，叫板大明抠门儿领导崇祯帝以及各路藩王，屡败屡战，屡挫屡起，终在山西宁武一战之后马踏居庸、荣登紫禁，得淮河以北之天下，崇祯帝景山一命呜呼歪脖树，曾经巍峨的大明亡了！曾当过寰宇世界君的大明就这样被历史翻页了，完全还有一线希望达到江山帝祚五百年长久的大明王朝居然就这样被一个驿卒推翻了。

亡明者明也，藩王爷过滥也，贪腐也，兼并土地、爆炒房地产也，元末高利贷死灰复燃也，大明自永乐之后的皇帝更改祖制也，干弱枝强也；失去信仰也，充满戾气也！但亡明根源还不是在封藩，而是朱衣梦之贪欲太大之过，一句话：忘本了，忘了初心！忘记了朱元璋当年的保先教育，忘记了当年马皇后曾对诸位皇子和公主的叮咛训导："生长富贵之中，当知蚕桑耕作之不易，当为天地惜物，且为生民惜福。"后话，说远了，反腐不是咱们作品的菜！

咱们书归正传，先说紫禁城诞生的由来，先说刘伯温这老精灵他为何始终愿景不灭。先说刘伯温家乡的童谣为何总是用燕子暗喻燕王。且说这其中的阿四朱棣被分封到燕边北平府哪个位置呢？他干得如何呢？他扛得住历史的风暴和连连暗箭吗？刘伯温家乡的童谣"阳关之外最不平"这句话燕王他懂吗？他能理解吗？他是西域拥有红宝石王那位大君的对手吗？不是。因为眼下朱棣的师父孟善在军事上善守不善攻，做不到攻守平衡，久守无胜理。朱棣他是众皇子的对手吗？当然也不是；不但不是，而且还命悬一线。多少年炮火仍隆隆，多少年又是多少年，此刻江淮儿女还没有擦亮眼，还沉浸在朱衣梦中。也许刘伯温家乡的童谣就是要破除迷蒙，同时暗喻朱棣的未来，也许上天的真理就是喜欢隐藏。

尽管父皇朱元璋也看好他，但朱棣还差得很远，他还嫩，他虽找到了方向，但还没有成功的方法，铁杵还没有成针。那还会有奇迹、故事，还会有历史奇人出现帮助他吗？有，还真有，且知音也正在燕赵间苦苦寻找他这万年枝，寻找他的既有大明南京朝廷僧录司的官员，也有北平府民间白云观的道人，神秘历史人物的演出早就登台了，只是咱们尚无暇顾及他们的故事。明初历史自身就是一部雄伟传奇，无须虚构，重在索隐。

其实，当朱和尚朱元璋担心江山的时候，当朱元璋站在尚未完全装修好的中都城上眼望四面滔滔的濠水，最后下定了那罢建凤阳中都皇城决心的时候，当这位从临濠这片土地上走出的行者皇帝再也没有回过故里凤阳的时候，他当然也明白了居然天下还有另一个大和尚，也一直在仰观天象、俯察地理，关心大明江山和汉家的革命事业；甚至他还要和西方兵主过招，保卫和平，关心紫禁，谁说中华无人！

于是，洪武爷再度深夜青灯古卷，学习历史，并揣摩那个也关心汉家紫禁的大和尚发来的隐喻信息。真是，大明有座山，山里有座庙，庙里有个老和尚居然对自己讲南北朝的历史故事；目的则是给自己指路，给大明指出北斗。他是谁？什么来路？一个出家人为何要关心天下兴亡？难道他就是菩萨派来帮助大明的救兵吗？是的，这个人他就是来帮助汉祚的人，他还是继承刘伯温愿景遗志，要出南京、营造北京的人。

何止是天下兴亡和北国兵事，这个和尚甚至比朱元璋还要操心天下，他和道友们南北驱驰十几年，不停地考察军事地理，考察天下城郭与河流，包括黄河源；甚至还搭船考察海洋、岛屿和海外海军基地；关心辽东、大西北和整个海宇。这个和尚他为什么要这样做？他与紫禁城由来的秘史究竟有无瓜葛？他何以得到了天山剑火、马六甲风烟与霍尔木兹海峡埃及海军行动计划这么重要的海宇军事信息？

阿弥陀佛，善哉，善哉！瓜葛可以说那是大了去了，没有他就没有北京紫禁城，就没有今天的故宫博物院，也没有什么永乐皇帝，更没有大明两百六十多年的帝祚。且不说人家今天还在为我们赚来大把的门票钱和旅游红利。可以说，如果没有这个人，那么汉家历史在世界史长河中也会变得黯然。而且，这个和尚不但会撞钟、念经，居然还是中华古代军事学院的科班出身。

一个和尚家居然要下马学佛，立马长缨！吃的是素斋汤粥，身体状况是饥饱劳碌，营养不良；经济身份只是个贫农，没有半平方米的宅基地、商品房和经济适用房，操的却是紫禁城的心？继承刘伯温遗志谈何容易，迁都的历史前车之鉴没看见吗？著名国君为此丧命的殷鉴难道忘记了吗？和尚策划迁都、关心紫禁并与帝王心交，这究竟是为何？这究竟是咋回事儿？明史是不是有点太蹊跷了？

而且，朱皇上正在禁海，你却要逆袭搭船出海，还要建立海外海军基地，这不是奇葩与疯语吗？这不是逆鳞逆天顶风上吗？非也，历史不能只看表面。谁愿意禁海？吃多了撑的？朱元璋从内心里也不愿禁海，早年他也曾在广东大造海船。此人了解朱元璋内心的隐秘想法，更知道朱和尚在台州府留了一条出海的秘密海道与港湾。这，咱们暂时就没工夫多解释缘由了，留待以后有缘再说这段传奇吧，先赶路说紫禁城的悬疑。

且说此人到底是什么背景？他究竟是佛门谁的弟子门徒？他是释家哪一枝、哪一派的呢？他是挑水吃的，还是担水吃的，还是三个和尚没水吃的，还是掘井得甘泉的挖井人呢？历史为什么要把他推上前台与西番的世界领袖红宝石大君在陆上、在海上对局对垒呢？他为何还要继承刘伯温的遗志，帮助大明出南京、营造北京紫禁呢？

而且，这个人到底有没有金刚钻，就前来揽大明这紫禁的瓷器活儿呢？芝麻开门，芝麻开门，芝麻你一定要开门，俺们太想见识一下这位菩萨派来的救兵了。看他如何下手拯救大明和拯救紫禁，看他如何将刘伯温放飞的紫禁理想在北京化作现实。

当年俺刘基打起安塞腰鼓诉说心愿，谙熟历史的人们翘首祈盼，紫禁将要腾飞于燕边的时刻，沉重的翅膀确实诉说了许多艰难。需要多说一句的是关于刘基这个人的外貌，请朋友们千万不要把他想象成一个文弱的知识分子，刘伯温这个人大个儿、微微虬髯、善走山路、吃苦耐劳，并有军人素质与气质。

没想到吧？读者朋友，历史真相就这么奇葩，它比小说和电视剧都要荒诞；历史学就是史料学，史料是最精彩的历史剧，一切都在意料之外，却又在情理之中。洪武爷，假如下臣忽悠了你，不要悲伤，不要心急，阴郁的日子需要镇静；相信吧，只要选对了人才，快乐的日子就一定来临。因为发现真理的道路一定是曲折的，走岔路也是人生不可避免的一部分，九九八十一难毕竟不是轻易就可战胜的。

朱元璋是位非常勤政的皇帝，他善于两手抓，两手都硬，他在观察各位藩王的同时，也悄悄遴选了上千名野田人才，这是一个特殊的人才库，也是一枚重要的棋子。而且，这人才库里有些特殊人才将来是要配备给藩王们的，这就厉害了，我的朱哥。欲知后事如何，咱们下回分解。

正是：长城一望客心惊，战鼓喧喧大明营。塞北寒风吹飞雪，九边曙色映军旌。沙场烽台连胡郭，千军万马拥冀城。雏燕终有离巢日，立身还需请长缨。神州自古有高人，传奇一层套一层。幸好今日得机缘，讲给千万观众听。

第五十五章 远行燕边

悠悠范阳郡，蔚蔚娄桑村。村民深居稠，鸡犬日相闻。闾相具揖让，古来风俗淳。

“异日安国家者必燕王也！”南京的马王爷朱元璋也曾觉得还是阿四朱棣能力最强，于是当年就决定把四子朱棣封为燕王，去北方雄镇燕京那里去大梁；把最擅长防守的老军官孟善和费愚配置给了燕王，当东北亚的压舱石。朱元璋作为过来人，他心里能不明白老四朱棣即将入住的是忽必烈住过的宫殿吗！

燕者，塞北幽燕也，苦海幽燕也，华北北方也，燕云十六州也，北平府一带也，就是今天的北京及其周边；塞北幽燕乃近胡之地，古时汉家天子与汉官其实一般是看不上这块地方的。为什么天下人把北京叫塞北幽燕呢？

这是因为古人相传燕子飞到燕山和华北一带就不再往北飞了，在古时汉人的心中，北京这里已经是极寒冷幽暗的地方，就称其为幽燕，毛主席有词云："大雨落幽燕，白浪滔天。"

为什么北平府这里也被天下人叫苦海幽燕呢？老北平府人常说，北京这块地方在远古时期是三条孽龙占据的一片苦海，在沧海桑田后孽龙常隔几十年就兴风作浪，水淹北京。哪吒云游经过这里，把孽龙锁在北海白塔下和玉泉山脚下的一个海眼里，从此幽州才开始有了人家，但是还有一条因为道行深，未被降服，继续作怪。

传说后来这条孽龙被一个禅师镇锁在北京北新桥的一口井里，但只要潭柘寺一冒烟儿，它就还能兴风作浪，水淹北京城。当然，这也许都是些不能迷恋的传说。可前些年北京发生所谓六十年一遇的大雨时，潭柘寺附近确实冒烟了；而且清华大学的教授已经证明六亿年前北京的确是一片大海，咱们暂不多表这些玄乎的和题外的，先说紫禁城的正事。

洪武爷朱元璋之所以把小保儿同志发到燕边，就是要避免隋朝和唐朝的军事教训，主要目的是让他今后联合晋王、辽王和宁王防范东北蒙古各部对中原王朝的威胁；防范有人假道朝鲜半岛与辽东，图谋北平府，朱元璋要保卫燕辽；因为燕辽非常重要，甚至整个东北亚有动静都关乎北平府的神经，这是中华的第一军事核心，这是任何一个古今军事家都心知肚明的基本军事常识。

你比如说辽东有事了，燕边要管；你比如说朝鲜有事了，燕边要管；日本登陆朝鲜或辽东闹倭患了，燕边也要管；百济或新罗勾结域外势力来了，燕边也要管；努尔干有事了，燕边也要管。北平府此刻就是指挥明军与东北蒙和女真各部厮杀的指挥最前哨，是风口浪尖，是大明国土的哽嗓咽喉。

可以这样说，燕边不太平，大西北就无法并敌一向。尤其严重的是，情报显示帖木儿大君也有另一套隐秘计划：下天山、穿越草原，从西蒙到东北蒙，再征服女真和朝鲜，然后进攻北平府。对于这个"锁喉"之军事套路，朱元璋作为军事家、作为毛骐导师的入室弟子，他还是明白的，朱哥他认招儿。

这还了得！既然认招儿，那就要见招儿拆招儿。所以朱元璋就派非常有能力的四儿子朱棣和老参谋长孟善与费愚来北平府就藩坐镇。一句话：朱元璋不想像隋炀帝和李唐王朝那样两线作战，腹背受敌。但是也有历史学者认为太祖把老四朱棣放在前线这儿，那就是为了把老四推到风口浪尖置之于死地，刀枪无眼呀！确实，多年后洪武爷的耷拉孙儿英宗，就不明白这个军事道理，结果被也先俘获，耻辱的大明后话暂不多表。

且说因为传说朱元璋怀疑朱棣不是自己亲生，是他人的骨肉，他并不喜欢这个四儿子，朱元璋把朱棣的生母碽妃打入冷宫不说，还决心赐她死，甚至对小阿四都动过杀心。

理由是：如果说朱元璋是爱朱棣的，那他又怎么可能让朱棣成为无处拱怀的孤儿呢？所以有人说朱元璋对四皇子朱棣，明着称其智勇有大略，暗则为防范之计，帝王之家复杂冷血呀！

当然，这个观点绝不是空穴来风和主观臆测，我们的文艺作品在创作挖掘中也嗅到了一丝味道，但根据历史结局和蛛丝马迹推断，这不是朱元璋本人的意思，而是后面有一股不小的势力一直在南京捅鼓和撺掇，结果造成了一些历史错觉。朱元璋怎么可能自毁长城？毕竟封藩是他自己赞画和钦定的国策。

但是，别忘了有一点，朱棣朱四儿即将入住的燕王府那可是忽必烈的旧府隆福宫、兴圣宫和延春阁等宫殿，这可是个不得了的地方，别看旧点儿，可成色不一样、底子不一样啊，特别深邃壮丽。除了朱元璋，天下还有人懂得这一点：华云龙懂得，费愚懂得，大将李文忠懂得，李文忠他儿子李景隆也多少懂得这一点，皇子中也有人懂得这一点。那光天殿、那奎章阁……不说了。

当然，担子可不轻，麻烦更是不少，既要管鲸海怒涛中的海盗贼船，平息女真和蒙古各部叛乱，又要担忧南京在背后发出的支支暗箭。在历史的政治舞台上不要以为什么都是个大便宜，捡便宜就要提防别让便宜咬住，因为大明紫禁城秘史故事的节点和拐点以及明枪暗箭也全在这儿呢。果然两年以后，燕王朱棣及其全家就因为隆福宫和延春阁这个“便宜”而差点呜呼丧命！这究竟是怎么一回事儿呢?

宝剑锋从磨砺出，梅花香自苦寒来，朱棣这个人在年少时并不蛮横，他有时还因受其他兄弟的讥讽欺辱而生病。在朱家，朱棣不会是个得宠的人，他也应当算是个政坛受压迫的苦瓜蛋子。南京人都明白，朱棣永远当不了接班人，因为他妈是朝鲜人或是爱吃朝鲜菜的蒙古人，这也是忧郁的皇子。

从大元到大明都有祖制，这样出身的人都不能被册封为太子，原因很简单：怕他们的母亲与外戚干预朝政，当吕后，当天天露出事业线白花花胸脯、亮瞎男人眼的武媚娘。其实，武则天是中华历史上一名伟大的女性，也犹如补天之女娲，权力不是她的菜，就连当时日本的皇后都非常崇拜她。但这样伟大的女性不可随意模仿，母狮子跳跃过的沟壑，母兔子不可模仿，不多说。

朱元璋可是有心机的人，他虽给了朱棣一个兴圣宫、延春阁与隆福宫，但也给了燕王一个紧箍咒：永奉北藩！你必须承诺南边的事你别想，万岁楼的事一切跟你无关，你就给我安心保北边，在燕边死心塌地做永久派，不能当飞鸽派；你住隆福宫不能白住，东北亚的安危你得给我当定海神针，责任如山，人在阵地在，东北亚北国江山在。

可有的人就不这么想了，比如说太子的舅爷蓝玉将军！比如说秦王、晋王和辽王等。这就有故事和麻烦了，咱们还是从源头说吧。在秦淮人的眼里，封老四保儿为燕王，到远在千里之外“砂锅做饭斗量柴”的贫瘠苦地北平府地区驻守，很有可能朱元璋有防其篡位之意。其实这事与朱元璋没有直接关系，明史的迷局复杂得很，不能把历史的尿盆子都扣到朱元璋一人头上。

殊不知人生就这么奇妙，砂锅做饭饭更香，而且，北京这点小寒冷对朱棣来说实在不算什么，这并不是夸他什么意志如钢。因为人三辈子离不开娘家，朱棣有不畏风雪的遗传基因，他亲生老娘是朝鲜的。“斗量柴”乃是指北京西山门头沟一带的煤炭，用斗来称量，也不多说。

要说的是就在朱棣入住燕王府后，燕王府的东墙外就开始出现了一个神秘军人，这是个什么样的人呢？他想要干什么？他与朱棣、与明史、与紫禁城有何关系呢？其实他们都是要实现刘伯温愿景的人，都是想把大明紫禁搬到北京的人。可这并不容易，当然不会容易，几乎等同愚公移山。而且，他还要肩负保卫燕王的秘密任务，因为朱棣正面临一场劫难。欲知后事如何，且听下回分解。

正是：江南虽有采莲歌，岂知北平太液波。水殿云廊三十六，皇家天涛月明多。

第五十六章 神秘来客

北风卷落叶，飒飒吹行人。四皇子朱棣作为第一批被册封的藩王之一，他十三岁时，在未招兵买马之前，就曾在军训官的带领下麻履行縢地来到了北平参与国防戍守。朱棣上任后小小年纪的他就随军多次阅边、巡边，在众多忠臣猛将的指导下，他虚心学习，广交良师益友，自我磨砺，军事素养得以迅速成长提高。当然，这些都会有人私下向朱元璋汇报，至于是谁汇报的，这个有缘再说。

有朋友说了，啥叫行縢？问得好！行縢就是绑腿，就像八路军当年打的那种绑腿，打绑腿有利于行军，这是汉家军队的习惯，蒙古军、女真军、西夏军、苗蛮、瑶蛮等军队无此习惯；读者可以从电视纪录片上一睹军人打绑腿的风采。因为笔者自己没有亲自打过，不敢胡说是什么感觉，但听家里老辈人说很实用和潇洒，走路时得劲儿。其实，西方击剑运动员的高袜和中华的绑腿似乎是一个作用；当然，日本军人受古老汉文化影响也都打绑腿，不多表。

洪武爷曾亲自指定大将李文忠到北平为朱棣改造粉刷了一下忽必烈的旧宫，改建太液池边的元旧宫隆福宫和延春阁为燕王府。李文忠就是李景隆他爹，朱元璋少年时有个善良能干的二姐姐早年就嫁到了李家，李文忠就是二姐朱佛女的孩子。所以李文忠曾和朱元璋于公于私都走得非常近，洪武爷派李文忠来搞装修，既可以剥离李文忠北征失败后的军权，也可以探探路子，听听燕边燕王府的风声。

前期装修工作都是华云龙干的，后期就是李文忠了。李文忠是个有文化的军人，是李白后人，有一定的艺术感觉，这让朱棣与李家走得近了点，与李景隆也更加熟识。其实所谓的燕王府装修，也就是刷吧刷吧里外墙，换换窗户，换换牌匾，修修道路，清理一下垃圾，继续疏通一下太液池。洪武爷对老四花钱可抠着呢，比不上其他王！

但疏浚太液就不是小工程了，幸亏华云龙打下了基础。太液池就是今天的北海公园一带，或者说叫两海一带，即今北海和中海，南海当时尚未开凿，在宫城之西。池中两岛，南为瀛洲，北为琼华，山顶有广寒宫。这是不错的地方，它与蒙古史诗《江格尔》描写的世外桃源非常相像。燕王府在洪武十二年完工。总的来说，洪武爷直接控制燕王府装修成本，并没拨给多少装修费。

次年，就是在洪武十三年，也就是1380年的春天里，二十岁左右的燕王朱棣带领着自己在宿州、徐州、菏泽和凤阳等地亲自招来的三个护卫队，以及国防将士一万五千人，携带军粮、草料和马匹，和老军官孟善、新兵薛禄、刘江等人一道再次麻履行縢地前往了他的封国——塞北幽燕北平府，也就是今天的北京就藩，住进了燕王府。

当然，此时天下有三件大事我们不得不提一下，这三件事可是一喜一悲一传奇：一是此刻燕王卫队队伍里还有一个大胖小子朱高炽，朱棣的大儿子，也算是后来的龙子，恭喜恭喜；二是曾接替华云龙将军的何文辉都督，在华云龙走后就病倒了，在洪武九年因病重就被召回南京疗养，可当年六月，也就是西历的1376年就病故于滁州家中，英年早逝，年仅36岁。洪武帝非常悲伤，遣官携带仪物，厚葬何文辉将军于故里滁州城北三里的沙河西岸。

从此，大明政治舞台与我们《飞来的紫禁城》的历史文艺舞台，不再有何将军的身影、声音与故事出现。因此，此刻到达北平府的朱棣，与何文辉都督也是没有面缘了，似乎不必多表了。但是，巧合的是何将军留下了一张刘伯温赞画的北平府宝图，可是通过徐达最终辗转到了燕王朱棣手里。

虽然这张图涵盖着元大都城防与营造古今紫禁城之壶奥，燕王明白很重要，但宝图上面画的“四龙一鼋”与琼华岛大幡竿上涂着金粉的三个高高挂起的金葫芦是什么意思？卢沟桥边的蝎子是什么意思呢？徐达和朱棣也不懂，太深邃，隔行如隔山。但这算不算历史的缘分？后面再说。

这第三件事是什么呢？众所周知，朱棣就藩封国燕边后，际遇了一个高人，因此深深改变了大明历史进程，也改变了北平府命运，“北京”一词多年后因朱棣而诞生。但是，任何一座世界名城都不是一天修起来的，何止是罗马城。任何世界名城都有其坎坷的诞生与发展壮大的曲折过程，当然更离不开人的故事。可以说的确是人民与英雄共同创造历史，圣力与凡力合力铸造辉煌。究竟第三件事是什么呢？

是这么回事儿。当时的燕王府建筑与今日的三海地区并不一样，它不是连成一体的，是有道路间隔的，也就是说当时是有一条小路从北海的西墙与燕王府的东墙之间穿过去，来回可到达府右街、西四与庆寿寺一带。这条路在明史上虽名不见经传，但这条路当时在附近百姓与燕王朱棣心中很有名气，因为这条小路有故事。而且，十几年后的靖难期间，负责替建文朝廷监视朱棣的眼线陈瑛，这个明史上的名人就曾常常在这条路上暗战，执行任务。

这条小路环境好，所以常有人在这里摆摊卖菜做小买卖，晚上就全都自动散去。要说的是眼下，也就是自从朱棣来到燕王府后，在这条路上常有一名大明军人在节假日里，从通州军营过来在这里摆摊算卦，风雨无阻。这个人对旁人笑盈盈地解释说是为了贴补家用，但从没有人见他因为钱而与客人争竞过，他也从不用江湖手法坑过路人钱财，有点与众不同，所以这个人在府右街这一带，也就是燕王府这一带是声名鹊起。

而且，这个算卦军人的身边有时还有一个下级军官也摆地摊儿，在收购北平府老地图和各种舆图及建筑样式图，很让人不解。燕王府的女眷与仆人中，有人常来东墙外买菜，也知道这里有个算卦的大明军人每逢假日就在这里摆摊儿，因此徐夫人和燕王朱棣也听到了家眷中有人叨叨这事。但是，朱棣眼下可没工夫多琢磨这件事，因为朱棣刚上任麻烦就接连来了，是要命的大麻烦。

这是因为一张黑名单正在南京的萧墙之下悄悄酝酿，就是冲着朱棣和他的老丈人徐达来的，这关系到他与家人的性命！这究竟是怎么一回事儿？刚上任没多长时间呀，究竟是谁要找朱棣的麻烦呢？这可也是一位想坐拥紫禁城的人，早就开始了对燕边的潜伏与暗战，一大批忠于徐达的人命运叵测。

但是，项庄舞剑意在沛公，意在燕王，也就是意在削藩。可就在朱棣的生死关头，父皇又给他推荐了一个看似平凡、实则可以改写历史的人。灾难与救赎竟然巧合地在同一刻到来。这是怎么回事？就是这个朱元璋推荐的人赞画了北京的长陵、宛平城和紫禁城，就是这个人不但救了朱棣，也救了大明王朝，实现了刘伯温造北京的理想。

灾难与救命之舟竟然同时而来？杀手与救兵同时而来？困苦与希望同时而来？这明初的历史也太巧了吧？也许，除了刘伯温以外，没有人会料到明史的定都走向；也许，还有更高的历史高人欲完成汉祚大业。

但是，国主朱元璋心里明白这一切吗？他当然知道，此事他心里跟明镜似的，正是洪武爷故意给朱棣配备了辅佐王业的高人，才有了“燕子”一系列的事业成功。但是，这来之不易，而且对朱棣来说是无意而来，因为天下乃神器，非智力所能强为；这是有故事的，这是有传奇的，这是与紫禁与迁都定都都有关的。

唯一不可思议的就是刘伯温的“燕子谣”还在悄悄流行，但并没有解释历史，而是预言了这段历史，预言了北京紫禁城会从南京飞来，这是怎么回事呢？欲知后事如何，咱们下回分解。

正是：背负关岭奠朔方，左临沧海右太行。生王脉络成大业，伏元归气镇北疆。紫微星垣妙之门，博换转关首尾当。一张宝图悉囊括，东西南北城与防。更有大都中轴线，历史玄机细说详。有人识得此密码，滦京秘境心中藏。破解紫禁谈何易，费尽人生好时光。

第五十七章 苦中觅甘

书接上文。燕王府也是当年元大都的一部分，当年元世祖忽必烈即位后，由于金中都已经毁于战火，滦河源金莲川老宫殿有点偏北，他和辅臣刘秉忠认为宫室城邑，非巨丽宏深无以雄视天下、无以建立亚洲新秩序。于是决定在这片东有潞河之饶，西有香山之阜，南有柳林之区，北有居庸之口之地建立一座宏伟和壮丽的新首都，其目的绝不是为了大元皇家的奢华与面子。

科学僧刘秉忠对地形进行考察和计算，最终以一条南北长约八千米的滦京中轴线为玄理和地理依据，对修建新都进行总体规划和开发建设，并先按地形的水流倾斜走向，铺设了上下水设备，也就是古人说的水关，非常成功，足以化解任何几十年一遇的大雨。民居都是棋盘似的建筑，建设前也都考虑了防涝排涝。而且元大都当时的建设宗旨是：役不厉民，财不靡国，慈足使众，惠足劳人。最重要的还是那条中轴线，的确藏有历史的玄机与古代政治的深意。

但是，大都这地界最大的遗憾是水质苦，泡茶都不香。当时城内有几百眼井，城外有几百眼井，内外城共有一千多口井，除玉泉山外绝大多数是苦水井，但皇都里却打出了一口甜水井，做起饭来香甜可口，洗衣服干净又亮白，今天有眼福的游客在故宫博物院参观时或许仍可见到，当然也许因是未开放区域您看不到。

要知道，这甜水井在当时的燕边可是稀缺资源。当然，传说北平府丁字街一带也有一口甜水井，丁字街就是今天几乎全世界人民都知道的地方——王府井步行街。这里有一条胡同就叫甜水井胡同，听说这甜水井很有来历与传奇故事，只是不知这条胡同今天是否犹在？北京本地人是几乎不去逛王府井的，听说这些年拆迁拆了些城里的老胡同。

元末，徐达军攻入元大都时，因为大都留有元朝守军，也曾有局部激战，大都城阙宫室有些在战乱中被毁。幸存的太液池畔的隆福宫与延春阁，成为了燕王的府第。此时在皇城的北部，在琼华岛的东侧，原有一座小山，元朝称为青山，它就是万岁山和今日景山的前身。

元宫这一带不仅是大元的政治中心，也是人间仙境。从这一带穿行近路的路人可以嗅到饱含香脂的蟠龙古松树在阳光照射下，在燕王府里外分解散发着油脂分解的松香味儿；屯田试验用的麦田方向吹来的微风，也让燕王府的树香和清香夹裹着一丝农业的淳朴。

今年的第一场雪呀来得早，来得振奋；可第二场雪却比以往时候来得要晚一些，仿佛是非要等到岁末年根尾巴尖儿或新年的眉梢儿，才会自天而来，才会拥抱田野、拥抱燕边的军民人等，带来天边的清新气息。且说在太液池这么好的天阙环境里，眼下燕王朱棣究竟干什么呢？朱棣在盼雨雪，在观察老天爷的脸色。

父皇屯垦的军令已经使朱棣明白了，人再大也大不过天；没有粮食无法养军，没有雨雪谈何农业，雨雪就靠天赐呀。这说明南京老爷子毕竟是过来人，有扎实的一面。历史呀，是不是可以这样说：事在人为，莫说万般都是命。是不是还可以反过来说：七分由人，三分因天，做事不可勉强与牵强，勉强做来的事起码不甜，瓜熟蒂落与水到渠成最好。

朱棣在燕边的权力是亚天子一等，就连徐达也受他节制，权力也算是很大，他在燕边的人生是一帆风顺吗？世上哪有一帆风顺的人生，生活对于朱棣来说也是步步惊心。除了巡边、防秋和关注屯垦，两年之后燕王就被卷进了一场政治黑风暴，人生航船遇到了险滩暗礁，也激起了明史的千堆浪花和团团历史迷雾；他手下的，也就是徐达手下的一大批军官因肃反人头落地。

而且，眼下就有麻烦。这么快就来事儿了？就这么快！南京朝廷各方势力联合削藩的影子已经提前举起了利剑！但是，没有蚌石，何来珍珠？没有暗礁，何来浪花？生活即舞台，舞台即人生，激流险滩反而成就了朱棣，锻炼了朱棣，也似乎开始给我们带来了肇建大明北京紫禁城渺渺茫茫的影子与传说，这就叫佛家所言之逆增上缘。可这究竟是怎么一回事？起伏无定的历史波涛究竟要涌现什么传奇？北京紫禁城的前世故事难道已经开始悄悄来了吗？

北平府这名字缘何而来？说来真是妙然偶得。北平府就是蓟北悉平的意思，当年常遇春在向朝廷奏报蓟北悉平的军情消息时，驿马飞传的军情诗里隐有“蓟北悉平”这四个字，就是这四个字让朱元璋眼睛一亮，读来心生欢喜：“大都以后就叫北平府吧！”此时的朱元璋已经算是金口玉言，这就是北平府名称的由来，元大都从此降格为北平府，这就是北京城的一段起伏的历史小简历。

朱棣到了北平府以后，已经当了爹了，有了大胖小子朱高炽了。朱棣并不在意什么斗量柴和什么雪花大如席，他无惧风雪，和师父孟善、费愚及手下刘江等将军再次考察了一下燕边的军事地理，考察了这块军都山和太行山下的冲积平原，考察了奔腾的无定河和潮白河；考察了广昌城、津门和豫北；考察了大运河、山海关、卢龙塞、喜峰口、瓦桥关、图们江以及西北长城等边防要地。

藩王，亚天子一等，徐达在级别上是受燕王节制的，燕王是北平府最高军事长官，所以徐达也曾陪伴燕王兼女婿考察燕边边墙。但徐达此刻不但要修居庸关长城，还要协助老军官费愚修永平府桃林口一带的长城，还要巡边要塞，要落实屯田与移民，还要经常回南京向朱元璋汇报工作，所以他就选派了一个喜欢研究军事地理的军官，始终陪着燕王调研北方长城沿线的军事部署和地形地势。

巧合的是，严峻的历史故事，之后也发生在了这名军官身上，此人此时的军阶品级并不高，属于中级军官，但因与徐达和燕王工作关系密切，且结下了不浅的交情，之后得到了重用。几年之后，也就是眼下，一场政治风暴对这名军官及其全家来说那就是灭顶之灾，他的一生从此风雨如晦，这也是少有人知的一段明史传奇，幸好有家谱。

说来此人还不是一般人，他的家族在中华大地还是家喻户晓的历史名人，只要说出他家族的姓，就会有听众立即能猜出他的家族！可就是这样一个名人之后，却和白雪公主一样因遭人羡慕嫉妒恨不得不东躲西藏，后来甚至连自己的真实姓名都不敢用，改名了。就连后来的家谱里对他的记载都不得不用军事密码记录，这就是人生的无奈，这就是历史的无奈，这就是明史的无奈，明初的往事的确如烟，有着无尽的文艺题材。

这个人究竟是谁呢？既然人家族谱都遮遮掩掩，不愿直说，以密码代替奥秘，那咱们也别开场一上来就开口见肺，泄露谜底。这个谜底咱们这会儿暂时先不揭开，就让这位将军在历史舞台的后台先委屈一会儿，换换行头，化化妆，吊吊嗓子，我们姑且称他为神秘军官，他将来一定会有亮相历史文艺舞台的机缘。

但是，历史的这一切都没有逃过一个特殊军人的一双眼睛，或者说是一对耳朵。此人是谁呢？此人就是在燕王府东墙外摆摊算卦的那位大明通州营区的神秘算卦军人，关于他的任务与使命这也暂不多说，谜底也暂不揭开，他一定也有自己特殊的历史使命，也一定与刘伯温的紫禁城愿景有关。因为此人后来一生追随朱棣，他也是明初著名的风流人物，后官至兵部尚书，他就是金忠。欲知后事如何，且听下回分解。

第五十八章 探勘太行

且说朱棣这个人由于他性格认真执着，他的考察脚步甚至到达了北京西南房山山区一块当时尚属于河北的偏僻山区，方向在十渡大安山再往西的深山大谷里，是太行山余脉，是通往河北、山西和蒙古的重要通道侧翼，属古代兵家必争之地。可眼下房山山区那里由于元末战乱，山高路难，人烟稀少，或者说几乎没有人烟，是个连马帮都见不着的偏僻深山区，叫楼座水，今天约定俗成地被叫作了芦子水。

此时的芦子水不但荒无人烟，也没有《房山县志》记载的那些山西移民，因为史志有记载的隗家、王家和师家等大槐树移民那是后来的事，那是永乐年间的事。但芦子水这里风水与植被相当好，可就是这有意无意中的调研与路过，使朱棣和一批大明北方红巾军将领，后来曾在此，在游龙谷、保猪圈和太行深处躲过人生一场大劫难，这一带也有故事，这也是后话。

考察完军事地理，然后朱棣又在当地布政司官员和护军使军官李彧、赵全德、郭资、孙瑜、吕震、陈恭、朱能和张武等人的陪同下，考察了一下燕王府四周的元大都旧址，如潞河、香山和柳林行宫等。上面这些陪同的地方官员，以及后来的墨子后人墨麟也可以算作是徐达一系的，后来和朱棣的关系也相当好。

徐达总司令这个位置是有人觊觎的，何止是蓝玉，但明着谁也不敢。惹不起砂锅惹笊篱，于是，这些和徐达关系好的人就也成了南京朝廷某些势力、某些人的眼中钉和肉中刺，这些人也都是故事连连，步步惊心。四五年后，一把南京政治势力的黑剑浮出水面，就落到了北平府这些官员头上，一大批人头落地，这就是明史著名的郭桓案！这个历史时期的燕边，风雨如晦，暂不细表，后话后面会说。

……

需要交代的是，少年朱棣在临行前，慈善的乳母冯氏如命告诉了朱棣其生母的身份。朱棣与其奶妈的关系非常好，燕王朱棣尊重关爱过自己的人，甚至在他奶妈去世后奉她为“圣夫人”和“保重贤顺夫人”，这位奶妈也曾经非常疼爱朱棣，她是朱棣不幸童年时光中的一缕幸福阳光。当然，这也是朱棣一向亲民的原因之一。

由于乳母相告，朱棣始知己之来历；由于受封燕王，朱棣感到了元大都都城的壮丽和机会的宝贵，懂得了燕边在国防中的分量；由于有老军官孟善的辅佐，还有后来的地方官墨子后人墨麟等人的支持，朱家保儿乃更加心坚意坚，投袂奋起，下决心今后要更加好好做人，珍重人生，为大明的北疆边防干出个样子来，决不能让父皇小看了自己。

当然，任何成功男人的背后还会有一个给力的女人，老四朱棣也是如此，这个女人不是外人，就是朱棣的媳妇徐王妃，是徐达将军的大闺女。有人说人生有四大运：好爹娘、好老师、好师父和好媳妇，朱棣虽然命苦，却也苦中有甜，尤其是摊上了个好媳妇，封建时代父母包办的婚姻也有幸福的，并不都是孔雀东南飞。

娶媳妇这件事对男人来说很重要，她或许就是家里的福神，也或许就是败家娘儿们，人生“小登科”选择应慎重。朱棣的媳妇做得怎么样呢？她究竟是怎样性格的一个人呢？她与北京紫禁城的由来故事有重要关系吗？毕竟只许了朱老四一生，这正是我们要说的。因为藩王的家与国是有联系的，是有故事的，是有传奇的。

当年，为了响应父皇朱元璋屯垦的号召，由于海运时常翻船，由于大运河尚未通航。朱棣在燕王府里也搞了一小块儿试种的麦田，肥沃的庄稼试验地头有唯一的一棵树王，突兀地立在这儿似乎尴尬，似乎孤苦伶仃，又似乎独木成林，层出不穷。因为这棵树王在根部一分为五根树干，是干干粗壮，枝繁叶茂，如伞如盖，气势非凡，与众不同。

在冬春季节常有一些头上有风冠的俊鸟就喜欢落在这棵树的枝头，而不去栖落别的树，似乎真的是应了“良禽择木而栖”这句话。在初夏的时候，这棵大树则散发出一种醇厚的香气，味道与榆树接近。朱棣也不知这棵树是何时而种，何人而种，是何稀有树种。

不但朱棣不知道这是一棵什么树，老军官孟善也说不出一二三，也隐隐觉得是珍贵的树种，看上去有点像榆树王，可榆树算不上什么珍贵树种呀！朱棣偶尔觉得这棵树似乎有点孤单，就给它起了个名字叫“惆怅”。因为当朱棣在感到惆怅时，常常到这棵树下吹笛子，常与它无言地交流。

但朱棣总是隐隐觉得这是一棵珍贵的好树，长势喜人，所以他也曾想给这棵树取一个幸福的名字，因为许多五彩锦绣的鸟就喜欢落在这棵大树的枝头，偶尔一鸣，的确与众鸟不同，听着让人心里觉得特舒服。但朱棣一直没有想起来一个更恰当、更喜庆的名字，也就渐渐忽略了给这棵树起名字的事。

毕竟到北平府来不是来旅游的，不是来当贾宝玉的，不是来写诗填词的；

是来保边的，是来战斗的，再说朱棣的文学水平也很是一般。所以朱棣最上心的不可能是这些风雅与风骚的闲愁，他最关心的还是调研与关注大明九边的狼烟烽火与城防安危。

就在这时，老丈人徐达把一张大明“九边图”送给了女婿，这是什么意思呢？这让朱棣突然有了一种接过重担的感觉，这仿佛不只是一张图纸，而是北边一担江山。在明以前，天下并没有九边之说，自古就是简单地分为三边。古代的三边是指哪三边呢？

三边就是北方最重要的三个防御区域，分别是秦边、晋边和燕边；也可以说是关中、河东和燕京。秦边是指陕甘宁，相当于今天的兰州军区；晋边是山西，相当于以前的太原军分区；燕边是指京津冀和辽东，相当于北京军区加上沈阳军区，京师节制辽东，长城就主要是在这些区域修建的。

自古，镇守三边的王，都有很精锐的部队，传奇战将那是滮滮四出。在大明洪武朝朱元璋将三边精细化了，细分成了九边，三三见九，所以天下才有了九边或九镇之说。于是燕边的王府就被称作了燕王府，燕王府的位置准确地说，就在北京今天的中南海一带，那是个美丽的地方，风光不输任何一地的中华园林，好地方；忽必烈、太子真金和一些太后都在那里住过，比后来的紫禁城要好。欲知后事如何，咱们下回分解。

正是：雏鸟可以化作鹏，时来云霄便飞腾。翱翔万里名青史，其他诸王皆不行。人生道路虽难测，志坚铁杵磨针灵。从此北平有故事，宝图隐约指路程。南京北京两京制，不得不为路泥泞。若问洪武何如此，只因革命未功成。后人必须再努力，选对吉壤定都城。不是知音不操琴，吟哦一曲为君弘。

第五十九章 父命婚姻

书接上文。其实，紫禁城并不太适合长期居住，心难静。这里像个大政治舞台：前台——朝，后台——廷，合起来就是朝廷。这里不仅是天下的政治大舞台，也是亚洲的天下大舞台。而且，紫禁城的前朝太燥，没有树，火气稍微有点旺，所以后来清朝的皇帝们多喜欢住在圆明园，就连大明武宗一朝的皇帝，也说紫禁城是大圈圈套着小圈圈。不多表题外的，说正事。

值得一提的是燕王入藩的这一年在南京宫殿那边也发生了两件大事：左丞相胡惟庸以谋反罪被杀；御史大夫陈宁、御史中丞涂节被杀，株连一万五千人；罢中书省及丞相，升六部秩；改大都督府为中、左、右、前、后五军都督府，分散兵部权力；大将朱亮祖父子被鞭，此人死有余辜。但第二年工部薛祥的死，对朱棣与天下所有人来说都震动不小，私下议论也不少，可以说当时天下人私下都说冤。干吗总是打击一大片呢？这不吉祥吧？

但这薛祥之死还不是最冤的，因为在洪武十一年，南京就传说因胡惟庸案提前冤杀了一名参与过解放元大都、当时著名的抗倭将军，这也是大明一位著名烈士之后。传说当时杭州西部山区曾六月飞雪，上天垂象示警。传说何止是传说，明代的气象史其实是最可靠的，所谓传说其实也是可以拿出气象史料的。这位将军的死其实也是可以从侧面、从官员史书中有据可查的，只要您下功夫。

所以洪武十四年薛祥的死，天下人都背地里偷偷喊冤，这说明胡惟庸案运动扩大化了，有点过头了。当然这也许是朱元璋之过，洪武爷的狠那是出了名的，可能以教门子起家的江湖人就是如此。也许这不是朱元璋之过，而是洪武爷被下属愚弄了，因为另一个吃人的“恶犬王”与“恶虎王”蒋瓛，一个当时的小闯将，一个曾名不见经传的小野心家，这个无名鼠辈兼变态小混球盯上了锦衣卫的第一把交椅，他迫不及待地想当大明王朝保卫局的保安队长。

人心一旦被邪欲的乌云占据，那是比魔鬼还要可怕。雨花石啊雨花石，你上面的斑斑点点难道不是历史的眼泪吗？定都南京何曾给王朝与天下、给南京人民带来过福气？这不是俺们斗胆给定都史、给历史、给明史下的结论，将来朱元璋也会对此做出评价的，只是这场戏还没到时间，还没到火候，咱们且拭目以待。

此时的朱棣因为年龄尚小，并没有吃透政治的深意，他也不一定就明白他这个教门子出身的爹爹所为究竟为何，为何要在南京解放前后开始骂红巾军为妖人。这不是在骂自己嘛？圣心难测！阿四猜测可能这就是在为自己的大头哥哥朱标拔去“棍子”上的刺儿吧？也可能是淮西勋贵总看不起这个靠教门子起家的、剪灭群雄成为大明天子的老爹朱大麻子。

但是，在这之前，在十七八岁的时候，朱棣曾奉他爹朱元璋的圣旨去了凤阳府那“十年倒有九年荒”的苦地方，下放劳动锻炼了一个时期，在那里他除了寻找和祭祀朱家祖陵，还要学习历史和调研民风，得以了解民间疾苦，那段时光朱棣对民间细事无不究知，为未来人生打下了良好基础，知道了今后应该如何与地方各级官署打交道、与百姓如何相处。

就是后来朱棣当上皇帝以后，他还经常对儿子们说起他这段下放凤阳的生活，他认为自己之所以能南北征战，不畏塞外风寒，就得益于下放凤阳劳动和学习这段经历，得益于父皇的指点，因为艰苦的乡下生活虽比寒窗生涯少了一份精细，却令人多了一份对下层人民求生存的感动。

之所以朱棣后来一直走亲民路线，走群众路线，这绝不是作秀，这是因为命理使然。历史已经证明，想害他的皆是些得宠的大富大贵的红人；而在关键时刻挺身救朱棣命的恩人都是些不得志和下层的人民：奶妈、道衍、金忠、袁拱、张信他娘、郑和、张太监、狗儿、周二龙、马英、薛六、于谅、周铎……

“啾啾！”北平府的初夏来临了，在烟雨纷飞的日子，北平府的燕王府如蓬莱仙山一般，水天一色，窗外水鸟的鸣叫不时打断燕王朱棣的沉思。朱棣在燕王府看着被册封为燕王的金册，上写着：第四子棣，今命尔为燕王，永镇北平，岂易事哉！……今尔有国，当恪敬守礼，祀其宗社山川，谨兵卫，恤下民，必尽其道……

想当年朱棣在南京宫殿从宰相李善长手中接过金册金宝时，那时才十岁，相当于今天的小学四年级。对于一个十岁的孩子来说，他其实什么都不懂，必须要继续留在宫中，接受父皇安排好的教育，只有等到成人完婚后才能去上任。幸好，封建时代不用上电视、上网费劲征婚，和几十位女嘉宾一一过招儿；只需父母之命，媒妁之言，那就搞定了。

洪武九年，是中华的龙年，尽管因空白介绍信的传说朱元璋有点不开心，但在这一年里还是在南京给老四燕王办了结婚酒席。朱棣满十六岁了，朱元璋亲自为他主持婚姻大事，人早就选好了，选的是谁呢？是大将徐达的女儿，朱元璋之所以这么做，是因为北平府就是徐达攻下的，朱棣到北平上任，与徐达联姻正好有利于蓟辽的稳定；当然，也要让老四逐渐从徐达手中接过帅印，洪武爷用心良苦呀！

家有家规，按规矩办事，洪武爷也不例外。洪武帝他在洪武八年曾亲自拿着茶叶、点心和布帛等礼物来到徐家在南京的府邸，在大将军徐达的面前，朱元璋说："听说你那个长女贞静，好读书。你我是布衣之交，古代君臣相契的常结为婚姻，有利于社稷，你的长女就嫁给我的四子朱棣吧。"那臣子徐达敢不同意吗，自然是满口答应，叩头谢恩。有娃娃亲也得退掉；有塾馆同桌的你给闺女写的信，也得把它撕碎丢在风里……

"俺的思念是不可触摸的网……为什么总在这个飘雨的日子，深深地把你想起?"洪武八年这年里，南京是秋雨潇潇，雨水也巧合地似乎比往年有点多。一个倩影，她的心里也似乎在沥沥下着心雨：想你、想你、想你，最后一次想你，陈哥，俺的陈哥！因为我就要成为朱家四皇子的新娘，让我最后一次想你吧，我那青梅竹马、一起长大的、塾馆同桌的你；陈同学，最后一次想你啊，祈愿还有来世……

"朱老四，俺只许你一生！"这是烂在肚子里也不能说的话，这也是紫禁城故事里明史众多风流人物中唯一的一段有据可查的凄美爱情……

女人的心成熟得早，也是细腻难猜透的，不知这是否可以算作严肃的明史里的一段感人真情？问世间，情为何物，只教生死相许？大喜即将来临的日子，咱们暂不多说这些让人眼角湿润的事了，不能添堵。那时朱棣十八岁，徐妃十六岁。徐妃叫徐一花，乳名可能就叫大丫头什么的；但后来有文化的孟善在燕府造册时稍加提炼，根据谐音叫她徐仪华，念白了其实还是徐一花，这也不多表。

虽只是许给了朱老四一生，许给了他今生，那就要尽这一生为人妻的本分，绝不打折。朱徐氏是徐达的长女，属虎的，性格外柔和内坚强，此女美丽与聪慧并存，后来曾被人称作“女诸葛”。老四有了这样的妻子，事业想不成功都难。婚后，马皇后曾不止一次在南京当众夸赞她这位儿媳妇，对她十分疼爱。

……

“老头子，你看人家四姑娘今天又下厨了，她总是在节日里亲自下厨给咱们俩做饭，我这心里就是舒坦。”马皇后说。此刻，无情的岁月和操劳，还有那不如意的南京病宫已经让马皇后变得憔悴苍老，因为后宫正好是在湖面上的位置，基座已经下陷，潮气异常。而为了洪武帝的面子、《女戒》中的规矩与大明王朝的面子，还得忍着，岁月与病宫的环境已经让大脚兰儿风采不再。

尤其遗憾的是，兰儿青春时的汉家紫禁梦已经被自己老公折腾得越发遥不可及。这对不起汉祚，对不起大宋遗民，对不起自己的爹爹马二，马二其实也是隐秘的志士，也曾有为汉家紫禁奋斗的愿景与希冀……

欲知后事如何，且听下回分解。

第六十章 往事如歌

“俺说我的老伴儿，难道我这儿缺好厨师，你又小题大做，你老护着老四。”洪武爷答道。

“我又没指使四姑娘，人家主动给老人做饭说明有家教。”马皇后接着说。

“这倒是，徐达倒是会做人，名声不坏。眼下俺还是看好三儿，除了老大，就是三儿有个帅模样，不像我鞋拔子脸，还一脸大白麻子。”

“死要面子活受罪，当年死要面子在郭教主那里差点儿被饿死，哼！你别老让你三儿子欺负徐达的二闺女，人家二闺女老实。”马皇后说。朱元璋除了怕老天爷和有点怕老伴儿马皇后以外，他还怕谁呀！

……

往事如歌。南京的春天比北平府来得早，在农历正月底阳光灿烂的日子，在朱元璋的主持下，徐达的长女徐一花被册封为燕王妃，从为人女转折到为人妻；而阿四也就算是已经长大成人了，人生小登科，不多表。

令人没想到的是，就是这位看来贤淑贞静的徐妃，这位比朱棣小两岁的将门之女，竟然与她的父亲一样足智多谋和英勇，后来在北平府成了朱棣靖难夺天下以及后来治天下的得力内助，成为朱棣走向南京金坛之路上的得力助手，徐一花这朵军营里降生与长大的大花儿，在紫禁城的故事里的确红。

但是，徐一花那青梅竹马的朋友，那自小同桌的你，那位陈姓小同学他却拿得起而放不下；因为他曾一直惦记着何时能给徐一花盘起长发、穿起嫁衣和那半块儿暧昧与懵懂相结合的橡皮。而且，不得不提的是此人居然也是明史上的一位风流人物，也曾改写历史，竟然为后来的靖难立过大功。这就是无奈，这就是三分命，这就叫人生的阴错阳差，这就是古代小学生闹分手的故事，这就叫明史谜中谜。

光阴荏苒，回到今天。燕王府的笛声不时响起，吹的当然不是《花儿为什么这样红》？笛声后面仿佛还有吹不出的忧伤与故事。皇子也抑郁？朱棣也惆怅？是，因为帝王家冷血，骨肉也会相残，究竟是怎么了？眼下要起什么波澜吗？是的，何止是南京，就连封国太原的朱三儿也搅局派人来了，他们来燕王府干什么？是来走亲戚吗？这可是皇家，不是百姓家，走什么亲戚呀，北平府来故事了：豆萁欲相煎，当然这也有南京某些势力做后台。

因为朱三儿想把太原变成未来的紫禁城，他要为当李世民做准备，于是他把四弟当成了绊脚石。当然朱三儿他也看出了南京朝廷某股势力的意思，于是双方互相利用，同流合污，开始拆燕边的台，北平府就要有麻烦了，朱棣要有麻烦了，朱棣的家人也要有麻烦了，这就是皇子的抑郁。在西方也多有“皇子忧郁”这类的音乐曲调，安徒生何止在写童话，在西方书写历史也曾是有代价的，所以安哥只好给后人整点天边的、童话的与隐喻的，不表。

眼下提前削藩，其实这也是朱元璋的麻烦，也是天下人的麻烦，毕竟这是个海宇不靖的年代，皇子内斗不是国家的福气。一句话：朱棣走马上任的这十年是南京风风雨雨的十年，汉家紫禁城的希望是渺渺茫茫，多灾多难。而刘伯温家乡传唱的童谣巧合说得也对，阳关之西确实不太平，这十年里的边疆故事太多了。

幸好，南边父皇在因紫禁纠结的同时，北边老四在恩师的哺育下是战斗里成长，而且是茁壮成长，无意中为北京紫禁提早埋下了历史的伏笔。当然，历史也有无解的传奇，那就是不知为何刘伯温家乡的那首难破译的童谣，竟然在瓯江两岸的孩子们的游戏中悄然开始向南京的方向远播？这真的是在预言什么吗？瓯江也有历史的神话与神物吗？目下还不知道。

且说燕王上任的第二年是洪武十四年，也是西历的 1381 年，在这一年里大明有故事，亚洲有故事，有传奇版的故事。大明朱元璋早已在南京起用了一个小闯将，这是个当年战火中捡拾的孤儿，实在查不到其先祖出处与父母是谁；但来年他将是锦衣卫正式挂牌后的第一任杀手，坐大明秘密保安队第一把交椅，对这个位置有威胁的竞争对手已经都被他阴险地铲除了，这就是蒋瓛。

蒋瓛这个人真是做到了，宁可错杀三千也不放过一个，何止是三千，究竟是多少只有他自己知道。前任亲军拱卫司与仪鸾司领导已经被他以“胡党”的罪名提前暗害了，被害的人是烈士的后代，是朱元璋当年军营里的第一老师的儿子。这是解放大都的功臣名将，也是大明第一代抗倭名将，是凤凰来仪般的历史人物，是有文化的军人；只因他不批准蒋瓛的杀人扩大化，往事岂能让它尽如云烟。

冤啊，难怪其后杭州六月飞雪，难怪雷击南京谨身殿与奉天门，这是有气象史记载的。上天垂象示警啊，明史唯有气象史是可靠的。因为朱元璋也早就下令让气象部门的记录要实事求是，不可在老天爷面前也把历史粉饰成瞎话溜舌的小姑娘。

但这段历史不忍卒读，也不忍卒写，写不下去，心在抖。一句话：正直的人，远离定都南京的王朝政坛吧，别再让雨花石再添历史的海棠泪痕。但明史对此事没有定性，没有评论，无法给人家扣帽子，明史再添风波谜团。

话分两头，各表一枝。此刻，葱岭高原的帖木儿大君也已经收编了一个干儿子，也是个自小的孤儿，这就是白帐汗国的脱脱迷失，这个人还真给义父帖木儿长脸，不但吞掉了金帐汗国，还打到了莫斯科城；帖木儿的帝国伟业仿佛指日可待，就差拿下大明、入主大都了。但此人的人生路，似乎如他的名字一样，行走在迷失之中，迷失叔叔在历史长河中显得有点逗。

这一年，大明王朝的边防也有连连的故事，大明敢死队队长傅友德与朱元璋的义子沐英奉命远征云南。有一位伟人的先祖毛太华也跟随傅友德将军和沐英将军远征云南，平定边疆，避免了南诏国之乱的历史轮回，云南自此进入屯垦、和平繁荣与普及学堂教育的时期，将士们开始定居那里，有的就成了新彝人和屯堡人。

随后毛太华就在澜沧江畔永久定居，娶少数民族妻，香火繁衍，成为第一批云南生产建设兵团的戍边干部，传人落户韶山复员。但是，在远征云南平叛的征军中，还有一名将领戚祥不幸阵亡，他的后人中有一个成为了震古烁今的名人，谁呢？戚继光。此事点到为止，俺们继续赶路说紫禁城诞生记。

但俺们为什么要说远征云南这件事呢？因为有两个历史风流人物要在后面登场，我们不得不提到云南的两个明史风流人物：郑和与沐英。这是因为在这次远征中，一个叫马和的十岁少年，随叛军家属一道被掳入明营，后被阉割成太监。马和就是后来七下西洋的郑和，他的隐秘与传奇故事，教科书与影视上都没有。

但郑和是怎么成为太监的呢？那个历史时代，李善长制定的《大明律》允许蓄奴，而皇宫贵族和有钱有势的人都喜欢用阉人为奴，这是因为后院内人众多，自己肯定有忙活不过来和力不从心的时候，又怕那一篮小苹果中出现《查泰莱夫人的情人》的情节，又不愿代孕。

所以，哪里有苹果，哪里就有绯闻；苹果越多，出现绯闻的概率也越大，而那个年代的绯闻换不来点击率。所以，因为如此，所以如此，您懂了吗？傻根儿都懂了！翻页。彩云之南不平凡，定叫云南胜江南。之后，副将军沐英因热爱云南就打报告申请永久留在了云南，成为了大明朝云南生产建设兵团的司令，成为了云南王。凡留在云南的将士们基本都是幸福快乐与家族绵长的，即便是普通人，历史做证。

但傅友德的军队又曾奉调守备北平府，或与徐达临时换防，或协助朱棣北征；马和亦随之到达北平。在这以后的几年里，马和随傅友德军队转战漠北和辽东等地。长达十年的戎马生涯，使得马和不仅成长为一个能征善战的勇士，也因为好学与能干，与朱棣、与神仙般的高人有了师徒的缘分，与今日之北京也有了缘分。

因为马和是穆斯林世家，他没有忘记，人一生都要学习，从摇篮到坟墓。马和在学什么呢？他想学观星术，也就是今天的军事气象学。可在古代的中华，除了“四书五经”和圣贤语录是公开课以外，许多技术性的与高深的学问都是师徒制，必须拜师。所以马和就拜了师，这就与朱棣和道衍等人结了缘，与后来的靖难与迁都都有了一丝关联。欲知后事如何，咱们下回分解。

正是：茫茫人世似云烟，千里姻缘一线牵。父皇之命怎敢违，如不如意也随天。幸有婚后恩爱好，花好月圆诗一篇。争奈建康阴风大，平地就可起波澜。家和可使万事兴，女中诸葛有名传。

第六十一章 珍重人生

书接上文。岁月倏忽，光阴如流水，时间都去哪儿了？且说到了洪武二十三年，洪武爷的紫禁梦仍是一梦难穿越，但仍在奋斗，夸父逐日，目标西安。这不是隋末，也不是唐末，天时在变，天轮在转，在这个历史时期西安不是大明王朝新紫禁希望的吉壤田野，选择西安不高明，路不对，这是刻舟求剑。

且说洪武二十三年，这也是中华的马年，也是西历的 1390 年。这一年里因涉嫌谋反，韩国公李善长死于南京，臣愚君昏，臭事不值得多表。李善长并非谋反，他又没有兵权，就是让朱衣梦给搞昏了头，争做公卿第一，得罪人太多，尤其是得罪了汤司令。臣愚君昏，这是洪武爷自己曾在南京说的，有据可查，俺们可没这胆子给洪武王朝下个结论。

不多说既往了，不说南京了。因为国家要打仗了，军令虽是朱元璋在南京下的，但在燕边压阵脚的却是几百年一遇的一位神仙。这决心可是下得不容易，因为朱元璋一直强调北疆的策略是防守，不要出击。

可以说此刻燕王府附近的庆寿寺里若无一位懂兵事的神仙坐镇，此次北征和上一次北征都是不敢想象的。在洪武十三年到二十三年这朱棣赴任的十年里，北平府也悄悄有了许多人事的变迁，燕边也有了一曲曲如歌传奇和神秘的往事；洪武爷也做了一件历史大事，放过大招儿，此是后话。

从此时开始，著名的傅友德将军曾划归燕王编制一段时间。之后，傅将军手下的马和就随之进入了朱棣的燕王府，这马和就是后来追随朱棣靖难和七下西洋的郑和，前面已经说过了。其实，我们做这个开场白是要为郑和后面登场紫禁城历史舞台做一个小铺垫，因为郑和这个人虽是个大明的打工仔，但名气太大了，不但闻名古今海宇，而且还有未解之谜尚未揭开，且不多表。

要表的是什么呢？是南京风雨多变的这十年里，在北平府的燕王朱棣成长起来了，当然风雨兼程的，十分不易，往事确实如歌。一个人的成长不完全仰赖年龄，重要的是要经事儿，经历九九八十一难与经历温室、恩宠与娇惯，这肯定是不一样的；小学与大学的赶考，理论与实践的赶考，对人的影响必定不一样。生活就是赶考，对朱元璋父子也是一样。

欲了解紫禁城的赶考故事之壶奥，需要洞悉三条贯穿的脉络：朱元璋、朱棣和神仙。所谓神仙，其实就是指那些一路帮助大明、前赴后继、欲荣光汉祚的人才们。朱元璋自失去毛骐老师和王濂老师后，失去朱升与刘伯温后，一直在寻找新的老师，寻找菩萨派来的救兵。为此，朱元璋也曾发挥早年三顾迴溪茅庐的精神；在立国与紫禁挫折后更是苦苦寻求人才，五湖四海，不拘一格，报名不设门槛。

因为中国古代的政治非常严苛，自古就有成王败寇的道理在这儿摆着，所以洪武初年的朱元璋治理天下是很认真的，他发动的所有的政治运动和经济建设大潮，不管对错与否都绝不是故意胡来。所有今天看来可笑的和错误的，那是历史的局限性，今人不能苛求古人，嘲笑人者不如人。而且那时洪武朝的天下国防还是充满活力、充满生机的。当时，物价稳定，路不拾遗，夜不闭户。

天下轰轰烈烈开展的几件事一个是多种树，一个是高筑墙，一个是办学堂，当然还有广积粮。种树总量不下十亿棵，目的不只是前人栽树为后人乘凉，更主要是为了将来造船准备木料，因为朱元璋当年因为船小吃了不少亏。而且今后解放海岛，清除东南沿海的方、张残部与倭寇，和琉球国、占城国、暹罗国、古里国和斯里兰卡往来，也都离不开大船。这也说明朱元璋后来的禁海，也是有苦衷的，并非本意。

筑墙的亮点谁都知道，那就是修筑巍巍九镇与万里边墙，高筑墙一直是大明国策，这是无奈。汉墓唐塔朱打圈儿，这句民谚的“打圈儿”一词的由来，就是大明的“打着圈儿修边墙”。大明修边墙不劳民，全是将士自己当石匠和泥瓦匠，虽然辛苦但值得。多一段长城，不就可以少一些征戍边疆之苦和骨肉离散之苦嘛？当然朱元璋修长城特别注意不劳民，不招惹孟姜女们泪水奔流！

眼下，巍然屹立的九个国家边关重镇与长城，在国号为“洪武”的岁月里，还是散发着一种阳刚雄浑的光彩，北方真正成为了锁钥。大片林木树苗在长城脚下，在大江南北，茁壮成长，一片绿意生机。十年树木，百年树人，朱元璋提早下手，锻炼儿孙，封藩各地，保家卫国，欲绵延朱家江山至五百年，或者说愿景是万子万孙万万年，他提防着北部边疆的风吹草动。于是，明史便有了各个藩王各自不同的故事。

朱棣在诸藩王里虽不是最聪明、最得势、最得宠的，但却是最珍重机会、最珍重责任，也是最勇敢的。在明朝漫长的北疆沿线里，北平府以及附近地区处于国防的咽喉部分，稍有疏忽，就会给刚刚确立的南京政权带来无穷后患。所以，朱棣依据老丈人给的九边图，自平西第一州蔚县开始考察，调研紫荆关、壶流河、桑干河和涞源飞狐城和广昌城等河流与城池，了解燕边城关壸奥。

当时，因为洪武五年北征的惨败让大明军界痛彻心扉，所以朱元璋确定的防边基本原则是来则御之，去则勿追。防守，这成为了明代北部边防的基本方针和军事主旋律。在此方针指导之下每年春、秋定期巡边的制度作为边防部队的一项根本任务被常年执行。特别是每年秋收时节，为防备北方各族的入掠而定期调兵防守，由此而形成明代北部边防线特有的秋防，俗称防秋。

尽管洪武爷几乎年年在折腾着修紫禁，尽管南京在中都失败后又开始修紫禁了，尽管西安也在做迎接迁都的准备，但年年在秋高马肥的季节朱元璋他都关注着防秋，高度重视，绝不含糊。大明为什么要防秋呢？防秋是什么意思呢？就是在多事之秋要首重边防。但是，有时边防没出事，皇家自身却来事了，真是祸起萧墙。

且说大明为什么要防秋呢？因为秋高马肥的时节，也是多事之秋，古人认为秋属于金，有兵象，俗话说沙场秋点兵。而且以往古代北方每至入秋，边塞经常发生战争，边防军要特别加以警卫。洪武爷对防秋也尤为重视，届时，他还会从内地抽调大批人马赴边塞汇合，联合驻防和协防；各部队轮训轮战，经历考验，积累经验。

“虽不见敌，常若临敌！”在朱元璋的谆谆告诫下，防秋成为明代北边防务的重要内容。此时的大明诸藩王必须联合友邻部队，组成临时指挥部，协同防边巡边，严关坚堡，抢收粮食，必须十分注意关口的控制与考察。

朱棣是个性格认真的历史人物，在北平府地区的国防问题上，在防秋联合行动中，朱棣自然不敢有丝毫大意出现丁点的闪失，让老爷子着急。所以，借着每年防秋的大考，朱棣虚心学习，调研天下，结交益友，磨炼自己。在漠北九边、在山西五堡、在太行八陉、在京津冀辽和豫北的太行峻岭与土地上都留下了他考察军事地理的脚步。

此时，朱棣也注意到了：父皇的干儿子、一位英雄的二代，也就是红巾军将领平定的儿子密云指挥使平安，他也在追随自己，而且这个年轻人虽沉默寡言，却特别用心和认真地学习军事本领，这暂不多表，后面会有平安这个将领的特殊传奇。

当然，朱棣也注意到了，那个好学的马和也已经成长为一名优秀的战将，甚至也学会了观天象、预测军事气象，前途不可限量。而且，马和也参与了洪武二十三年的那场战斗，亲历了北征的历史传奇。但是若无道衍坐镇北平，所谓燕王扫北这是天方夜谭。欲知后事如何，且听下回分解。

正是：自为沙塞客，风物总能详。野望毡为帐，天寒毳作裳。雨稀山韭短，风热地椒香。泽蒜元夸汉，园桃或姓羌。酒边歌白雀，马上射黄羊。处处宜榆柳，川川可稻粱。猬毛如爪利，麃角过人长。崖石青于羽，戎盐白胜霜。酥调糁子面，酪卧鹿皮囊。沙燕形同鸽，河鱼尾类魴……

第六十二章 紫禁风波

书接上文。且说朱棣依据丈人徐达给的九边图，也到达了平西山区附近的大安山、紫荆关、倒马关、拒马河、沱河、漳河等地。紫荆关是万里长城重要的关隘，在河北易县西北，因关城踞于紫荆岭上而得名。关东依靠万仞山，西面有犀牛山，拒马河宽阔的河床横列于长城之北，其形势极为险要。历史上从来就是兵家必争之地。据统计，在这里发生的大小战斗，仅有文献记载可考的就有数百次之多。

有元一代，大都与津门也是一家，南北虽有运河但常淤堵，大明军需仍以海运为主，天津仍然是支撑北平府的重要的军粮城。江浙海船来到直沽后，所载货物换装驳船后就可以运往北平府通州。元代时，光熙门一带有西坝河可漕运，所以东直门小街一带先后设立海运仓和北新仓储存漕粮和军马的草料。

而且，渤海西岸还有二十二处盐场，盐质天下最好，支撑临清、通州、大都等地人及军马的食用。盐、铁、粮从来都是国家管控物资，所以为了解和解决燕边北平府的人吃马喂问题，在津门这个军粮城和京东盘山一带更有朱棣和孟善将军考察的脚步，其实那时还没有天津这个名字，应当叫津门、直沽寨或海津镇。

但是，调研最后的重点总结，还是落在了平西山区和太行山，这对于河北的屏障意义可谓存亡攸关。要保卫北平府，必须保障对太行山特别是穿越太行山往来通道的控制；而要保障对太行山往来通道的控制，却又有赖于对太行山以西几处军事据点的控制，尤其是上党和太原。上党和太原地势较高，均居高临下，俯临河北中、南部。它们若为河北所守，可巩固太行屏障；反之，自此二地下临河北，便成高屋建瓴之势，似可与天公试比高。

所以，对于华北来说，若失去在山西的军事据点，则太行山的形势便迅速转入西方晋蒙高原：自上党东下滏口足以夺其门户，所以抗日战争刚一胜利就有了争夺上党的“上党战役”；自太原东出井陉足以执其中枢，所以这里自古为战争烟云笼罩；自大同出居庸、飞狐和蒲阴足以倾幽蓟根本，这是成吉思汗与也先选择过的进军路线。

所以朱棣很重视山西的晋王和后来的代王，愿意和三哥晋王朱棡做好北疆联防。关于这一点其实朱元璋也很清楚，他之所以让徐达的二女儿徐小花嫁给了山西的代王，是希望担儿挑他们能搞好团结，家和万事兴。北征离不开晋燕二王，总之，在燕边，朱棣牢记父皇的旨意，是兢兢业业、小心谨慎、恪守职责，在实战和备战中朱棣也初步立下了战功。

可尽管朱棣珍重人生，在北疆苦心经营，虽然朱棣虚心学习，虽然朱棣也谨慎待人，赢得人望，可是还是有人欺负他，谁呢？不是外人，恰恰就是他晋边的哥哥晋王朱棡朱三儿。三哥为什么要欺负四弟朱棣呢？这必有原因，因为同为藩王，若没上边的人撑腰，朱三儿没这么大的胆子，可到底是谁在给朱三儿撑腰呢？

当然，首先就是朱元璋在宠他，可洪武爷为什么不宠老大朱标而宠朱三儿呢？众所周知，朱标是明朝开国皇帝朱元璋的长子，他出生时，朱元璋正在打天下。十三岁时，他才被封为太子，开始了他长达二十五年的储君生涯。相对其他二十五位皇子来说，他最了解自己的父亲，看着自己的父亲一路走来，坎坎坷坷，风风雨雨。

但是，朱元璋也最了解自己的大儿子。打开天窗说亮话，洪武爷非常不满意朱标做明朝的第二代皇帝，巧合的是明史史书对这一点无争议，对朱元璋和朱标父子关系的记载都很一致。这并不是由于朱元璋对朱标猜忌，主要原因还是由于朱标柔弱的肩膀担不起这万里江山和海宇的巨大压力，有福无命；而老二秦王不但没正形，而且性格暴戾，黩武，人缘极差，是个到处遭恨的人。所以，朱元璋的目光有时就投到了老三身上。

老三就藩去的那是什么地儿？那是李世民起家的地方，这对于学过历史的人来说意味着什么？不说了。随着年龄的增长，朱标对未来的恐惧也日益剧增，不但父子关系紧张，兄弟关系也紧张。所以，眼下的朱三儿明白在二十六个儿子中，大哥朱标并不是朱元璋的最佳人选，自己也有当李世民的希望，所以他不但在山西提前修了一座伪紫禁，而且还有点蹦，蹦得有点远，蹦到北平府燕王这里来了。

本是同根生，相煎何太急。能不急嘛，太原城的规制仿佛就如中都紫禁城，朱三儿那野心大了去了！但是，朱三儿没有一个好师父，他也没那命拥有一个好老师，名师不代表“明师”，就算是“明师”也没给他什么秘传与期许，这能不跌跤嘛！果然，伪紫禁太原城的建设在北征之前就出事了，出了一件大事！

常言道：好事不出门，恶事传千里。说来老四朱棣其实并不愿意三哥朱棡出事，因为北征离不开山西方面的配合，离不开三哥的配合用兵，毕竟新的一场北征就要开始了。但人总是活在朱衣梦里就容易噘雷，朱三儿终于出事了。

就在洪武爷紫禁营造纠结不断的情况下，朱三儿的晋边伪紫禁城也跟着出事了。太原伪紫禁城出什么事了呢？竟然出了一场世人意料不到的、不可思议的神秘风波，什么风波呢？难道这又是无解的历史吗？

秋风起，雁南飞，仿佛大雁翅膀的迁徙振飞，带走了北方的人间温暖。北平府的城里城外略显残破，在晚秋的寒风里，不时有骆驼队缓缓走过，铜铃叮叮当当，这是从西山最西部灵山下清水镇达摩庄一带过来的运煤的商队。大槐树的故事还远没有到来，城外稀少的人烟更让人感觉北平府的荒凉，这里空场和荒地多于农田，民居残破，庙观残破。尤其是北平府的北边，特别空旷荒凉，这就让朱棣和徐仪华更感觉到了肩头的分量。

由于肇建凤阳紫禁和改造南京金銮，明初的军费是紧张的，粮食有时也征调不上来，否则就不会大力提倡军垦和边垦。天有不测风云，一旦年成不好，或者海运翻船，那对军队的影响是直接的和巨大的，朝廷海运来的粮食有时在海上因风暴就翻船了，再等第二次运来又是不短的时间，只有借粮。

军队的后勤绝不是小事，因为有些藩王的卫队已经出现了卫士吃不饱的现象，兵士吃不饱那就会出现出逃现象。怎么办？就在这时喜事来临了，要来财了，老丈人要帮一把，给了燕王一张金代的藏宝图。可没想到的是忧愁也马上就来到了，老三晋王也突然驾到了，他居然早就知道徐达手里有藏宝图，他也想得到这张图。欲知后事如何，且听下回分解。

正是：边树晚苍苍，关城沐夕阳。山风醒老酒，细雨湿军装。习战边尘起，防秋旌旗扬。知君爱骏马，珍重是燕王。世路多曲折，皇家有温凉。一张藏宝图，是凶是吉祥？

第六十三章 皇家温凉

书接上文。那时的大运河因元末在济宁段淤塞还没有疏浚通航，燕边军粮全仰仗海运运到北平府的海运仓。大海喜怒无常，海运翻船那在古代是平常的新闻。朱棣这人喜欢交往，有时还有些老朋友向他提出借钱。朱棣个人的工资并不低，每年一万担粮食，但一旦用于修庙、修道观和修房子，一旦海运的皇粮发生翻船，一旦用于军事演习那就有点紧巴了，一句话：燕边也差钱！

……

“莫愁，我爸爸正要跟你说件事呢？”徐王妃说。

“什么事？”朱棣说。

“给你张图。”

“北平府城防图？”

“不是，藏宝图。晒鹰台可能有一批金代的财宝埋着……”

……

“燕王，来人了，您三哥派人来燕王府了！”就在这当口，门军来报府上来人了，三哥派人来了。三哥是谁？就是山西的晋王朱棡呀，他来干什么？走亲戚？商议如何北征？不是，这是封藩山西的朱三儿派来到朱四儿这里生事的。而且，朱三儿也听说了晒鹰台埋藏着元朝未来得及启走的一批金代财宝，他在太原超标扩建自己的紫禁城也差钱儿，也想带卫队寻找和占有那批财宝，皇家就是复杂。

作为朱棣的哥哥，封地大同和太原的晋王朱棡虽然长得帅，也善于布军阵阵法，但他不规矩，很有野心，朱三儿心底的野心自南京开始一直都没有消失，一直隐忍待发。朱棡觉得大哥朱标身体不好，二哥有勇无谋更无德，那四弟朱棣就是自己今后最强劲的潜在竞争对手。

朱三儿早就到朱元璋面前亲自告发过燕王朱棣喜欢“劳师冒险”，又派谍工到北平燕王府进行潜伏暗战，每天偷偷搜集燕王的情报，准备一抓住时机就到朱元璋那里告发，这可真是欺负人到家了。朱棡当然明白这会让谁高兴，谁会继续给自己提供有关信息并暗中支持，互相利用吧。

晋王朱棡生于元末天下大乱时，因为兄弟们先后长于其父戎马疆场、反元建明之时，朱三儿也不能完全算是生不逢时。而且朱元璋为了培养这个漂亮的三儿子，也没少在教育上投资。老师是宋濂，是名师；书法老师是杜环，明初第一书法家。所以，可以说朱三儿就不是个好东西，一句话：此子不祥！为什么这么说呢？历史的凭据是什么？凭据就是太原的伪紫禁城。

当年，当朱棡他岳父谢成奉朱元璋之命、受女婿之托为朱三儿重修太原城和晋王府时，那太原城也是计划要周长几十里，高三丈开外的，还要外侧包砖，那当时在太原动静大了去了！朱三儿他目中无人也无神，不但强拆民房还强拆庙宇，他要在庙宇旧址上建自己的皇庙万寿宫，还要建天地坛，建成后俨然就是一座略小一号的中都紫禁；杏花岭、松柏坡这些美丽的地名都来自当年朱三儿晋王府的花园名字。

尽管朱棡此人外表修目美髯，顾盼有威，在学习和治军上多智数，但他性格骄傲，目空一切，自视天下第一，在其封地多行不法。其实在未就藩太原之前，在南京他便以无视法纪、恣意妄为而闻名。

由于洪武爷有漂亮的嫔妃，由于朱三儿生母漂亮，生了个大帅哥朱棡，这是丑龙朱元璋目下唯一的漂亮大儿子，是个唯一靠前的靓仔；还由于王保保、李思齐和张思道等人残余势力仍然威胁着大同和太原，朱棡在军事上善于布阵，打仗有章法。所以朱元璋仍然偏袒他，给了朱三儿很多的兵马；并看好朱三儿的前程，朱元璋甚至把跟随自己多年的炊事班老班长徐兴祖都给了朱三儿。

尽管多年后朱元璋又有了个漂亮儿子十六子宁王，但这是后话，所以眼下洪武爷就喜欢老三。可偏疼的孩子不上色，朱三儿居然成了瘪三，他曾在上任的路上就把红巾军老炊事班班长、朱元璋多年的如心腹一般的老炊事员徐兴祖给捶了一顿。气得朱元璋亲自写信：三儿小子你给我识相点儿，这老炊事员跟我军旅多年，我都从没动过他一个指头！

尽管朱元璋在大骂朱三儿，但仍然以教育为主，向着朱棡。因为这个徐兴祖给他做了二十多年的饭，自己从不敢骂，除了尊重，那就是怕他怀恨，在食物上做手脚，他这么说也是要朱棡今后留意点，万不要轻易惩罚厨师，更不可把他逼上绝路。只不过朱三儿没有珍惜老爹的一片心意，思想和行为都在春风得意中跑偏了。当然，还有一个更重要的原因明史没有透露，毕竟这是那个岁月的军事机密，暂时不多表。

太原，三代京华，五朝陪都，不说舜帝，也有九个皇帝从这里起家，成就英雄豪杰无数。最重要的深意是，这里是李世民起家的地方，朱元璋把这么好的地方给了朱三儿，那的确是有所寄托的。但是，历史就这么戏剧性，就像牌桌上一样，输得惨的往往不是一手烂牌的人，而是那些一把好牌在手而押上大注的人。

虽然有父皇朱元璋给批的大笔工程款，但太原城的建设还是大不顺，钱财的浪费也是大了去了，咋回事？咋回事，是老天爷不同意朱棡他为王，神明不同意他为王，因为朱三儿在太原不但强拆民居，居然还强拆庙宇，他居然斗胆动了关老爷的庙和其他娘娘庙。之后，一场神秘的龙卷风拔地而起，突然摧毁了太原城，神明不同意他为王！

当然，后来朱元璋和太子朱标也不同意他为王，因为他的一切都在朱元璋和太子朱标的监视中，当然所有藩王都在被监视中，一不留神儿就会摊上事儿。甚至留神的、紧躲慢躲的也会摊上麻烦事，甚至是要命的事。明史就是复杂，疑案特别多，争议难停止，让后人费尽评章的笔墨。

而且，眼下除了朱元璋和太子朱标，也有一双奇特的眼睛在关注诸王，在仔细关注和鉴别藩王当中谁是“万年枝”？这是咋回事？这是谁？这也是一个和尚，后来成了僧录司领导，也就是大明洪武朝的佛教协会秘书长，法号宗泐。一个和尚干吗要观察诸王谁是万年枝，这可不能算是小事，必有重大原因。宗泐这个和尚是何许人也？他是什么来路？他与朱元璋是什么关系？

传言宗泐为元代台州路人，其家姓陈，因父母早逝，而为临海周家所养，从周姓。宗泐命苦，是个苦儿，家族寒微，从小寄养在别人家，但这家人对宗泐并没有予以善待。所以与其苦儿寓居受罪，还不如出家。于是宗泐八岁到临海天宁寺做行童，十四岁剃度出家，栖迟山谷，息影潜声，岁岁年年，而静性弥坚，道行益励，二十余载，不改初衷，在南禅的圈子里也有了名气。

霹雳一声春雷响，行童老疙瘩重八哥居然在媳妇马大脚的荫庇下，在军营老师毛骐和王濂的耐心辅佐下，在刘伯温和朱升的赞画下，一步一步成了事。对于文化基础欠缺的洪武爷来说，开国不易，建国更难。而且，那些抓建设的、有文化的工部领导几乎都是投诚过来的，如单安仁、孙克义和薛祥等。所以，和尚找和尚，朱元璋找到了宗泐与智及，想让他们帮一把。

由于智及禅师突生一场大病不能担纲大明建国，而宗泐在江南佛教界的地位和影响，很快引起洪武爷的注意和重视。朱元璋知道佛教具有暗助王功的作用，即维护统治的作用，因此洪武四年冬，宗泐被朱元璋召至天界寺居其首，彼此还成了亲密诗友。写诗不是朱元璋的目的，寻找建国人才才是初衷。

所以，宗泐及其助手才有了特权与机会进出各个王府，可观察各个皇子，目的是寻找万年枝。这究竟是宗泐的本意，还是受人之托？应该说主要是受人之托，受何人之托呢？喜欢清静的出家人为何如此辛劳与冒险沾惹红尘？

可以说，这必有深意，必与大明的紫禁定鼎有关，必与佛门的生存有关，必与亚洲的战争风云有关，否则出家人绝不会这般庸俗地去蹚大明政坛的浑水。但是，此事表面似乎并不是朱元璋的安排；可不是朱元璋的安排，那会是谁的安排呢？谁有这么大的胆子呢？这绝不是常人！

是的，这绝非常人，这是几百年一遇的历史俊杰登上历史舞台了，他就是要坐镇北征的人，他就是继承刘伯温遗志的人，是北京紫禁城与北京城的赞画者，北京的一切奥秘都曾在他的心中。这是谁呢？这就是洪武爷野田湖海人才库里的一位高人，朱元璋也真是织网的高手。欲知后事如何，咱们下回分解。

正是：紫桂遭遇午夜霜，碧云遮掩月明光。神仙难判人间事，洪武何处藏凤凰。人生舞台一出戏，曲曲折折断人肠。道理虽云千千万，善恶有报为总纲。

第六十四章 坐观松长

湖本无愁，笑南朝迭起群雄，不及佳人独步；棋何能胜，因残棋误投一子，致教此局全输！

在北平府的东北郊将台的军营里，徐达曾常给女婿朱棣看这样一副对联，这是江南一个老道以前送给自己的。什么意思呢？就是说大元之败不过是错投一子；当然也是借古喻今说大明官场如棋局，荣辱祸福，瞬息万变，错投一子，就全局皆输啊！徐达是提醒女婿朱棣要永远小心谨慎和谦逊做人，举头三尺有神明。

徐达这个人镇守北平府多年，修边墙，修古城，就是不给自己修王府，就住在东北郊将台一带的军营里凑合着，也不置办家产。为什么？这是出于谨慎。今天，北京朝阳区将台一带还有一个军营，严重怀疑那就是徐达当年的营盘。但今天那是军事禁区，无法进行历史调研，当然也没那必要。不多表。

当徐达把刘伯温的“紫禁宝图”和“晒鹰台藏宝图”一同交到大闺女和大姑爷的手上时，朱棣发现由于多年的操劳，老丈人已经苍老了。尽管如此，徐达每一天还是在谨慎地生活，对子孙约束很严。所以，虽然眼下徐达和朱棣都知道了晒鹰台财宝埋藏的地点，但二人以及徐夫人三人皆愿意谨慎从事，都觉得先不要动那批财宝，不要找事，自找麻烦。况且，虽然有藏宝图，但毕竟这是个金代的传说，眼见才能为实嘛。

而且，徐达认为眼下还有比这财宝更宝贵的东西，那就是修长城、屯垦和燕边的军民鱼水。军民鱼水，本不是个新词儿，《易经》早就强调君王治理天下要做到军民鱼水，才可致泰保泰。而朱棣，在岳父徐达的教育下，在夫人的提醒下，尤其注意做到在燕边军民鱼水，搞好军地关系。朱棣的性格是不爱找事，喜欢做事，不要心机。当然，明史不能避谈一个矛盾：红巾军高级将领因朱衣梦和朱元璋确实有矛盾，约束军队不是件容易事，尤其是军功卓著的！

当然，我们也不能不感谢洪武爷早期治军教育的阳光雨露，不能不感谢朱元璋的治国政策：天下卫所，一律屯田。洪武初年，朱元璋为了最大限度降低百姓的赋税和徭役，医疗战争创伤，特别强调军人要既战斗又生产，自给自足，不向百姓伸手，这等于给了诸王一个治军和养兵的发展方向。天地君亲师，当年对朱元璋的事业与成长影响最大的，还是在明史上显得默默无闻的军营老师——毛骐与王濂。

毛骐老师这个明史人物特别强调章法，作为汉祚王师打天下就要符合章法，而红巾军就要做王师；王师北定中原就要自己动手屯垦，不能总是向老百姓伸手。当然，我们有理由相信，燕边辉煌的军功章也有徐王妃徐仪华的一半，因为年轻的徐王妃也离开南京，追随燕王来到北京。在北京燕王府，他们不只是相亲相爱，徐王妃也帮助燕王安抚蓟辽百姓，谋划军务，救济灾民，兴修水利，她为稳定大明经济，备边国防，做出了巨大的贡献。

在戍边操练演军时，但凡有燕师卫队不慎践踏庄稼，毁坏了百姓财物，朱棣的燕师做到一律足金补偿；在划定军队屯田范围和建立郊外王庄时，强调不与民争田争利。屯田生产时燕王朱棣曾将千亩良田让与附近农户，自己率领将士另择低洼之地屯耕大生产，解决卫队吃粮问题。

你像今天的亮马河边的三里屯酒吧街一带，那原先就是卫队屯过田的地方，军队讲究准确，所以就顺口叫什么六里屯、几里屯的。那时亮马河叫晾马河，军马就在这河边一带放牧晾晒。今天已经看不到军马，只有伫立的燕莎商城、昆仑饭店等建筑。还有什么西二旗和西三旗，也曾是大明军队牧军马的地方，“旗”在明朝是个小军事单位。

朱棣这个人不是一个眼皮子朝上的人。早年，朱棣在考察京北居庸关一带的时候，有个张太监已经离职退休，他和洪武爷和朱棣都是老相识，有过交情，这个人在南京朝廷和燕王府都做过中官，他曾请求朱棣帮自己修复一个破败多年的关帝庙，以备将来养老所用，因为太监们晚年是无家可归的。

张太监告诉朱棣，破庙的旧址就在云长老爷曾来过的北平府之北的白马坡。一听是给关羽建庙，还是白马坡，朱棣立即点头，因为自己的小名就叫武圣童，而关老爷才是真正的武圣。经过张太监几年筹建，春秋庙终于落成。当然，建庙的资财不能全向朝廷伸手，不能向洪武爷伸手，也要卫队自己屯田，卖粮集资。

白各庄的春秋庙建成后坐西朝东，此庙非常壮观，山门前双狮子把门，院内东西各种植有一棵柏树。大殿内关公塑的是坐像，左手捋髯，右手托起一部史书《春秋》。此关公庙就叫春秋庙，匾牌上“春秋庙”三个大字就是朱棣后来亲手书写的。不可思议的是，就是这座庙在多年后的北征中真的给朱棣带来了好运，使他躲过一场大的劫难。后面的故事后面说。

皇家不是童话剧场，你不找事，事会找你。其实安徒生的童话故事，也不是一片太平。当然，朱棣不找事，就别以为朱棣是个老好人，朱棣对待麾下兵将以及地方官员的贪污行为，可毫不手软，多次接受燕边乡民诉状，上书转交父皇朱元璋揭发当地府衙的不法行为，惩治了燕边的多名贪官污吏；对于克扣军饷的一名手下司务长更是坚决处理，手段触目惊心，令人胆寒。

所以，燕王朱棣在燕边一带深得民望，其军纪严明，声名冠于九边诸王。总之，无论是北平府之于朱棣，还是朱棣之于北平府，都留下了许多的故事和历史的痕迹，只不过这些故事后来被岁月风干得缺笔少画的、深深浅浅的，后人也很难能将那段历史的皱褶完全抚平，裱糊成一幅完整、生动的文艺画面呈现给观众，这就是历史的遗憾。

前面说道，当时天下那个叫宗泐的僧官一直在观察燕王，可这个人为什么要一直细心默默地观察朱棣的为人呢？他究竟是哪路神仙也？季潭宗泐在明史政治舞台的生平事迹及相关史籍记载基本是雪泥鸿爪。季潭宗泐作为一个和尚，他为什么要多管红尘闲事，要默默观察燕王朱棣呢？他为什么能有这样的特权呢？这一切其实还是源于皇上朱元璋、源于亚洲佛教联盟与亚洲形势。

这就叫命，这是历史宿命的安排，是使命的拣选与担当。历史的水为何这样深？明史洪武朝为何这样复杂？宗泐他究竟是何许人也？一个和尚为何要观察燕王朱棣呢？禅师为何要坐镇北征？这必定和天下形势严峻有关，必定和紫禁城的事有关。欲知后事如何，且听下回分解。

正是：此夜炎蒸不可当，开门高树月苍苍。天河只在南楼上，不借人间一滴凉。

第六十五章 一滴清凉

书接上文。且说宗泐出山涉足红尘，是有原因的。这是因为天下形势已经让山林庙宇都不得清静，亚洲的干戈似乎要容不下一个安静的禅房，南印度僧人带来的战争信息已经悄悄传遍法界，由于有人在南印度、在西域拆庙毁寺，而且欲图谋西藏与西疆，不少中华僧侣闻听后暗自心怀抗志。

为了抵御多国联军的外辱必须全民抗战，需要统一战线，需要政策的宽泛。而眼下洪武爷性格过于严苛，执迷文字，搞文字狱。而太子朱标又担当不起这重任；这父子俩治国理政的招儿不多，杀人如割韭菜，所以法界在寻觅新的万年枝。

要说洪武爷的严猛对不对？当然对，太对了！否则起初就立不住脚，就会和大元末期一样，思想混乱，天下大乱。但严不能苛，苛政猛于虎；杀人就要有证据，不能搞伪证，更不能冤屈无辜，泼脏水不能泼孩子。要有耐心与智商同各种势力斗，跟他玩儿；不能总是急赤白脸地扣帽子、开杀戒，太血腥。

人生说来不就是一场戏嘛！没有对立面人物，这戏还怎么唱？历史怎么向前发展？你急什么呀洪武爷！咱们年少时的文艺范儿都哪儿去了？当时江湖有诗云："大千世界浩茫茫，收拾都将一袋藏。毕竟有收还有散，放宽些子又何妨？"这是禅门对朱师兄朱队友的一次直接提醒，但这是谁提醒的？历史已经无解，一蓑烟雨无处寻。

这诗的风格语气都不像是张三丰与铁冠道人，而像是佛门的。于是，朱元璋更加重视宗泐，他希望宗泐帮自己将宗教界的舆论摆平，因为白莲教的影响不但在元末明初相当深远和广泛，而且可以上溯到南北朝时期。洪武爷希望不能再错投一子，希望宗泐把这方面的事务抓起来，并希望宗泐帮助自己物色僧道界的救国和建国人才辅佐王业，起用有文化的江湖儿女。

当然，朱元璋明白，领导一个和尚比领导一千个军人还难，于是他索性就把大明佛教事务托付给了宗泐，这二人都是流浪过的苦儿，有共同语言，关系很铁。于是凭借洪武爷的关系，宗泐和手下弟子就有机会可以到各个王府祈福诵经，并借机观察事情的真相。宗泐看见什么了？他看到了晋王、秦王和辽王等人的妄为，也看到了朱棣的军功。

秘书长不但看到了朱棣的为人与军功，也看到了燕王府那棵奇怪的大树，但他也说不清这棵大树是怎么一回事，只觉得这是棵高贵的栋梁之材，但就是说不清其植物物理的所以然。可这棵树高贵的风姿被秘书长牢牢记住了，他要将这宝贵信息告诉一个人，告诉谁呢？这与北京紫禁城又有何种关系呢？

这个人正是继刘伯温之后、赞画北京紫禁城的第二位历史奇人，是紫禁城大戏的主角，可以提前说给朋友们，十三陵中的长陵就是他营造的，卢沟桥畔的蝎子城、宛平城是他营造的，太行山的许多明代建筑也是他营造的交通站，后来北京紫禁城的肇建密码全在他的心底，他就是营造北京城的第一大功臣道衍禅师，就是他继承了刘伯温宝贵的筑城与定都思想，迁都北京，愚公移山成功。

但道衍是继刘伯温之后的哪路毛神呢？他为什么就能导演大明紫禁城的历史呢？他为什么就能给大明指引出一条光辉的道路呢？朱元璋又为何雪藏这样一位师弟呢？原来这也是一位山中宰相，早就与师哥朱元璋有过两次秘密笔谈，也就是信息的来往，毕竟有牵线搭桥人，毕竟是一个绺子的，毕竟人家说得对，且不是事后诸葛亮，而是预言历史，预言未来。

且说洪武十四年的时候，宋濂这个明初的风流人物因失宠，死在了发配的路上。这让门徒方孝孺等大大小小一批人更加仇恨朱元璋，官二代方孝孺写的书里甚至提到了可以弑君这大逆之词。这信息，朱元璋能不知道吗！他养的锦衣卫是干吗吃的？

方孝孺此前已经两次考大明公务员失败，在朱标举办的免笔试特招生大会上，他两次被洪武爷朱元璋以非常礼貌的方式，在面试时婉转而又坚决地拒绝。但执拗的方孝孺决定考第三次，看来南京这浑水他是蹚定了，其实这也不是一个人在奋斗。

南京也因宋濂的死而更加迷雾遮天，有些人决定惹不起砂锅就先惹笊篱。眼下，南京有些势力不敢直接对抗朱元璋，就先打击潜在对手，就把燕王朱棣锁定为对手。这些都没有逃过宗泐的历史法眼，燕王府东墙外的那条既安静又热闹的小路也成了明史的一个秘密舞台，也上演了惊心动魄的历史传奇，后面细表。

洪武初年，朱元璋就曾在蒋山寺举办过广荐法会，他先命宗泐撰写佛教歌词进呈，在举办国家佛教法会时，命教坊司在祭祀庆典时协歌舞演奏献佛歌曲。以前，这工作场面会出现朱升老哥忙碌的身影，但此刻，朱大侠已经因朱元璋急着修紫禁和不再缓称王而隐遁江湖，暂不多表。

由于宗泐与朱元璋有相似的童年和流浪岁月，又因宗泐与朱元璋皆能唱和诗赋，朱元璋颇喜宗泐的歌词，仿佛道出了漂泊人生的酸甜苦辣，他乐与宗泐唱和，建立了工作友情。宗泐曾经精心创作了百余首歌词，朱元璋不但一一欣赏，而且没几天就尽和其韵。此刻，宗泐实际是在做朱升以前做的工作，与大明国策有关。

所以朱元璋不拘一格，开始拔擢精通儒学的僧人，让他们还俗出仕。当时僧人还俗被用为高官者，有李大猷、郭传、华克勤、吴印等数人。但博通古今、儒术深明的宗泐拒绝蓄发还俗为官，再三推辞，辞而求免，愿终世于释门。朱元璋也嘉叹："特听而免官，放老山林。"又亲笔写了一篇文章《赐宗泐免官说》赞之。

但是，宗泐虽然不做官却要为大明做事，否则朱元璋会不高兴，会杀人。所以泐秀才也要不时为朱元璋抛头露脸，也有一些任务要完成。比如帮助出一些选拔僧官的考题，帮助判判卷子，帮助监考，参加一些祈福活动、联络活动和外交接待活动，等等。以后朱元璋也常召宗泐到宫中谈佛学和其他一些事情，但宗泐心里明白自己不只是在帮助大明，也是在帮助佛门。

可以说宗泐这也是在为大明定都北京而默默奋斗，他也在为刘伯温的理想化作现实而做贡献，的确只有人民才是创造历史的真正动力。但宗泐这个人的性格是正直敢言，心机不足，不曾想得罪了当道，就是得罪了胡惟庸。这就有了麻烦，还不是一般的小麻烦。想给洪武王朝带来一滴清凉，这谈何容易，因为胡惟庸曾想整死宗泐，而且还是在国外暗杀。因为宗泐总是把一些秘密事情直接向朱元璋汇报，这胡丞相能高兴吗？这能没有麻烦吗？可整死宗泐，此事若成真，那燕王能不能北征？敢不敢北征？这都是历史的问号。欲知后事如何，咱们下回分解。

正是：到此已三月，重来如故居。门临外道院，壁有中华书。猿挂雨晴后，鹃啼月上初。国君欲留住，不省意何如？

第六十六章 暗箭难防

书接上文。中书省左丞相胡惟庸曾经告宗泐私自卖度牒，说论罪应当处死。度牒其实就是和尚的工作证，卖工作证怎么会有死罪呢？而且是为了完成皇上的秘密任务、募集拯救佛门的善款和寻找取经的护卫僧侣，不是中饱私囊。所以朱元璋下诏宽大，把事情给胡噜过去了。然后，为了让宗泐躲开胡惟庸的死党，朱元璋就让他奉使西域取经。

朱元璋遣宗泐等师领徒三十人使西域，对外就说是求取佛经，其实也有重要任务，是要考证调研重要的国家安全信息，因为主公要核实南印度高僧板的带来的信息。以前朱元璋就曾经命一个叫慧昙的僧人在洪武三年夏往使西域，有相关的重要事要办。西行西域丝路古道，关山万里，大漠戈壁，流沙热风，绝非易事。慧昙奉使西域，就因劳累与疾病死在了省合剌国，也就是今天的斯里兰卡，任务没有完成，这成了朱元璋的心病。

此时宗泐年已六十一，受命出使西域，着实不是美差。而且因为他得罪了胡惟庸而有了更大的风险。胡惟庸这个人不但气量不大，还暗藏杀机，他准备派出流氓杀手绝其车马，欲陷宗泐于死地，希望他像前任慧昙一样命丧异国他乡。但是，宗泐在亚洲佛教联盟的帮助下，不惮烦疲，度流沙，翻葱岭，不但竟达天竺，还出色地完成了朱元璋交给的交流与调研任务。

不仅是如此大难不死，在洪武十四年十二月，宗泐在经过藏区阿里时，还成功地招徕藏人来京朝贡。巧合的是，此时阿里藏人也面临域外的刀兵劫难，他们非常愿意与朱元璋结盟，与大明结盟，他们也告诉了朱元璋边疆可能要发生的衅端和历史隐患，这使朱元璋又多了一个战略合作伙伴。当然，宗泐还做了其他大事，以后有缘再表。

大难不死，必有后福，朱元璋让宗泐做了大明的佛教协会秘书长。本来一直不想当官的，可宗泐为什么最后还是当了僧官？这是使命，不可推卸的人生使命，因为此次西行宗泐明白了中华佛教确实也面临法难，大明和中华民族都到了大难当头的日子，宗泐必须担当。但是，这十来年的官场生涯，也使宗泐明白了洪武王朝搞不好就会走向烟花凋残、万岁楼空和二世而亡。

当然，这是另一个奇僧的预言，这个奇僧就是宗泐的一个好朋友，一个明史风流人物，一个科学僧，明史爱好者其实都知道是谁，他就是我们前面已经说过的道衍禅师。为了避免秦朝和隋朝那样二世而亡的悲剧，为了避免出现南北朝时期汉民族三百多年的屈辱、流离与黑暗，为了汉祚江山福景万年，为了避免宗教法难，为了推动大明进步，为了制止亚洲战争，宗泐正是在替这个叫道衍的师兄寻找大明万年枝！

想推动大明的前进步伐，延长大明的帝祚，这也是有风险的。因为洪武朝的政治风雨是过于猜忌，伤及无辜，已经让六十四名僧官有牢狱之灾，唯独宗泐免受刑罚，但风险也极大。其实眼下，已经有僧人在供词中咬宗泐。可由于禅宗也是密宗，它不立文字，法不传六耳，一般没开悟的和尚不懂壶奥，供词说不清楚事理和法理，模模糊糊，说不清楚起始缘由，供词只是一种若即若离的猜忌。

所以宗泐得以在政治风雨中和宗教风雨中前行，在干一件大事：替道衍这个奇僧寻找万年枝。其实这也是朱元璋的意思，但洪武爷就是不方便说。于是，秘书长就和各个王府和王爷有了关系，与燕王朱棣也有了关系，可朱棣当时并不明白这一切。宗泐这个和尚及其手下僧官曾因公、因私去过各个王府，几次和藩王共事，不急不忙的。目的是什么呢？目的就是想观察一下哪个藩王才是真正的万年枝。

明初的和尚有他的历史任务，与众不同。辨别真伪、鉴宝，不是容易事；看人，辨别良莠更不是容易事。试玉要烧三日满，辨材须待七年期。巧合的是，宗泐也注意到了燕王府那里有一棵孤单的大树与众不同，这是一棵在高一两尺左右就分成五个树干的大树王，干干粗壮，仿佛独木成林，绿荫如盖，香气醇厚。五彩锦绣的凤冠良禽就喜欢在这棵树上觅食与歌唱，轻易不鸣，一鸣就惊人。

这是棵什么树呢？宗泐根据树叶散发的味道初步判断是棵榆树王，可这棵榆树为什么这么与众不同？为何显得这般高贵呢？对于这棵与众不同的高贵榆树，宗泐心里也没底。而且，这棵榆树的品种再高贵，再适合做栋梁，它也有短板，也有榆木疙瘩脑袋不开窍和死顽固的嫌疑，毕竟人的性格是复杂难解的黑匣子。您的官场同事您就真的了解吗？今人尚且如此，更别提久远的历史人物。

可传言佛之法力能让顽石点头，让老虎听经，让流浪狗盘腿打坐，佛门能让朱棣这老榆木性格的人开窍吗？能将其辅佐成万年枝吗？能使之成为亚洲领袖将军帝吗？这，现在下结论还不是时候，要让历史实践和剧情故事深入下去，让事实给这个悬疑自然地做出回答，让伏笔在下面更精彩的明史传奇故事里不答而答，铁杵成针不能靠吹，也不是靠学，得经事磨炼，要有耐心，心要静。

当然，所谓的一条道走到黑的执着性格，是指朱棣犯起性子的时候才会死轴，并不是随时都死轴老榆木，那还了得啦。宗泐觅才这个事，在洪武十五年秋天以前，朱棣的确并不知晓一丝一毫，他也被蒙在鼓里。不仅是朱棣，天下许多高官都不知道大明帝祚孕育危机，因为洪武爷是军事家，他心里装得住事儿，他在南京不说大事儿的真相，宁可藏着掖着，喜欢听人说天下太平万万年，以稳定江南人心。

但是不久，一件大事的发生，说明了大明还是山雨欲来风满楼，万岁楼空月夜寒，萧墙里外的宫斗是在真的摇动大明山河根基，这就是至今争议不休的历史谜案“郭桓案”，故事终于来了。事情发生在洪武十八年。这是个牛年，故事有点牛，因为就在春节刚过的正月初九，吏部就开始奏言给朱元璋了，这其实就是暴雨之前的风，更是一支暗箭。

大明著名的要案“郭桓案”的发生，让一些人、也让朱棣终于明白了南京的一切目的。可这大案又到底是怎么一回事？郭桓又是一个什么样的人呢？这可是震动古今的一个悬疑。其实，在洪武十六年的国花瑞景出现以后，朱元璋挺高兴的，本无心折腾，更无心挑起如此重大的历史案件。但是，故事还是发生了。欲了解郭桓案就必须首先了解郭桓这个人，绝不可道听途说，人云亦云，不明就里。

且说明代初期，在许多郡、府的官衙院落中都有一口水井，井边立着一块石碑，上刻一个醒目的“警”字。原来，朱元璋第一次将太学生向各地派任为官员时，曾将他们带到皇宫的一口水井旁，谆谆教导说：“做清官，靠俸禄过日子，就像守着一口井，井水虽不满，但可汲取养活一家老小。如果从外面取水灌入井里，满了就要加高井台，一旦台破水溢，就会殃及你的乌纱。”许多官员到任后，便在府衙院中掘一口井，立碑示警。

从此，面对洪武爷“井”的警示，许多官员都能恪守例律，廉洁为官，山西按察使佥事郭桓这个太学生也是如此。吏部的考核调研材料也说郭桓在山西为官特别清廉，他从来不参加地方绅商的宴请。平时居家永远是一件不知穿了几年的粗布长衫，上面已经有了几个不太显眼的补丁。郭桓身居按察使衙门要职，难免有遭到弹劾的官员和其他犯了罪的人前来求情送礼，但郭桓总是铁面喝令家丁将来人轰出去，然后把门一关，门上赫然贴着一副对联：廉洁夜夜安枕，贪婪步步惊魂。

但是，就这样一个感动大明的人物怎么会在上任南京高官八个月后，在户部椅子还没坐热，在南京大街小巷与各级官员都尚且不熟、名字都叫不全的情况下，转眼就成为了贪污大明王朝全年秋粮的人呢？难道他是会七十二变的孙悟空吗？

当时这个案件叫“秋粮案”，“郭桓案”是后人给起的名字。贪了这么多的秋粮上哪儿存放私藏呢？他贪污这么多粮食能干吗呢？状告郭桓的余敏为何到最后竟然又说这是冤案呢？其实本书无意破解这如此纠结的谜底，既然这是个乱丝无头的六百年悬疑，那俺们何必出这个风头来语惊人呢？难道俺们是狄仁杰与福尔摩斯吗？难道俺们想推销点历史高见、想提高点击率吗？

谁懂历史？其实谁也不懂历史，就算是一生研读历史那也是盲人摸象，历史的不可知论俺们基本认同。因为就算是可以预知历史的神仙也有局限性，但正是历史的不可完全破解，才带来了神奇与趣味。当然俺们可不是全为了兴趣与快活才提到了郭桓，之所以提到这个故事，是因为郭桓案改写了明史、间接地推动了大明王朝出南京的决心，这正是北京紫禁城诞生的另一个历史伏笔。

因为在郭桓案与另一灵异、传奇的大事件发生后，朱元璋居然在洪武十八年写了一个类似“罪己诏”的东西，在怪罪自己的同时也彻底否定了南京做大明首都的地位，这让紫禁城的历史又艰难地前进了一步。可历史有时不是笔写的，是血写的，北京紫禁城来之不易，确实筚路蓝缕，起始维艰。

在创作过程中，考虑到市场销售，编辑总提醒俺们要把本作品往活泼轻松上写，可感觉这一章还是让人觉得历史故事有点沉重了，对不起，给您添堵了。欲知后事如何，且听下回分解。

正是：干戈扰扰客难禁，避地来依碧嶂深。乱里独惊浮世事，难中多见故人心。千嶂古木群峰合，一径长松十里阴。更欲移茅入重崦，白云无路可追寻。

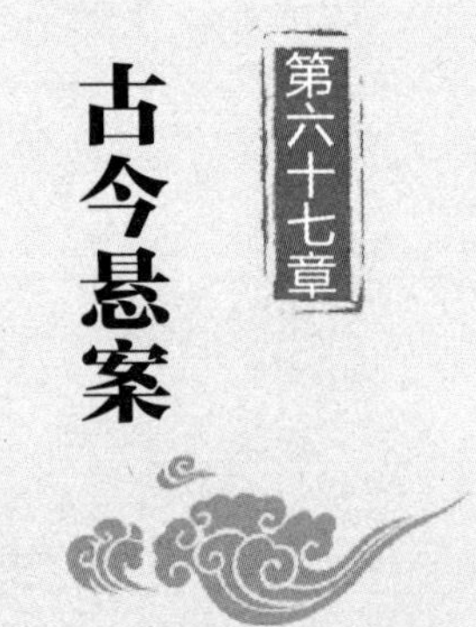

第六十七章 古今悬案

书接上文。且说当年朱元璋在看了这些言官们汇报的郭桓在山西的英模材料后立即召见了郭桓这个人，发现他年纪才三十余岁，面相敦厚老实；应对之间，也十分恭谨得体，这类人正是洪武帝喜欢提拔的老成型的年轻干部。于是在吏部呈报的几个缺员职位上，御笔钦点提拔郭桓为户部左侍郎，将来那就是户部尚书的人选。

但是，郭桓万万没有想到庄子的“福兮祸兮”说，这正是蕴藏命运之劫的开始。因为户部尚书不但是肥差，这个位置也是南京朝廷许多势力追求的目标。最不得了的事是，郭桓居然与北平府的一些官员有旧交，而这些人与徐达和燕王关系都不错。于是，乌云来了，风暴来了，就把这曾感动大明的人物卷进去了，当然也差点儿把朱棣逼上绝路。

几年以后，不知为何郭桓就成了个大贪官，人证物证呢？最后全没了，就连此案的主审法官也没了。但根据朱元璋的“罪己诏”，俺们觉得此事不可给洪武爷栽赃抹黑，因为这大案不是朱元璋掀起的。朱元璋反贪的决心也是朴素、简单的，他是穷苦人出身，痛恨贪官，手段偏激。但他这种心态在南京被别人摸透了，被人当短板利用了。

原来这是南京宫殿某些势力的一支暗箭，对准了燕边的边防军的一大批将领和北平府地方官，要釜底抽薪于徐达和燕王这对翁婿。朱元璋被人愚弄了，自己打了自己的脸。因为郭桓是朱元璋亲自圈定提拔的，是特批的感动山西的人物与干部；而封藩也是朱元璋自己定的国策，这不是在自己打自己脸吗？你什么眼神儿？还“三只眼”？你看你特批的干部刚上任就贪污这么多粮食！

南京宫殿相当复杂，里面不仅有亲张士诚张王的势力，也有方张残部的势力，甚至还有亲倭寇的势力。当时那个历史年代，由于生产技术的落后，台湾及澎湖列岛连块儿生姜都没有引进种植，在阴湿和瘴气的海岛上尽管有美如水的阿里山姑娘，但生存并不浪漫，常有人因医疗条件差壮年而逝。

澎湖湾在那个历史时期虽然有晚风轻拂和椰林沙滩与一片海蓝蓝，但并没有慈祥的外婆，都是盘踞的方张残部败军军人，炎黄子孙还在内部的争斗之中，大明王朝并不是一个统一的王朝，历史大事件之果必有发生的原因。但是，由于汤和汤司令等人的忽悠，朱元璋对海岛和海疆采取的是无奈的鸵鸟政策：禁海！

朱元璋的目光主要在北部边疆，但北疆仍不太平。朱棣既要负责总揽北征，让老爷子放心，又要提防南京有人背后给自己捅刀，活得确实有点累，因为朱棣这个人并不喜欢耍心机。幸好，老军官孟善和费愚的辅佐起了大作用，尤其是孟善这个历史人物。但是这二老善守不善攻，做不到攻守平衡，至今没打出一场战果辉煌的征战，不能确立朱棣在朱元璋心目中的重要地位！

“我不是黄石公，使长若是能再遇到一位懂军事的名师，那可就是福气了，人过三师而成仙!”孟善早就曾提醒朱棣。

……

因为老军官孟善的军事强项是善守，守城行。但对于北疆大漠的狼烟衅端，一旦开打大战，他拿不出进攻高招儿，做不到攻守平衡。所以他早就曾提醒燕王寻找第三位师父。幸好，此时的朱棣已经虚心地结交了一位新的良师兼益友，这可是几百年一遇的历史风流人物，相当传奇，历史功绩远迈诸葛孔明，远迈秦汉隋唐的各个风流人物。

有了这个人物，才使朱棣没有因“郭桓案”以及其他政治迫害而寻短见，并在宫斗的巨大压力下漂亮地在北疆立下了传奇般的功勋。从此，朱棣的人生与眼界又上了一个档次，给后人带来了脍炙人口的故事和一个个谜团，带来了宝贵的历史殷鉴，更带来了后来的北京城和东方的永恒之城——紫禁城，奇迹地完成了刘伯温的遗愿。

此人究竟目的何在？他何来这么高深的道行？他为何能坐镇北征、百战百胜？他为什么要坚持让大明定都北京、给刘伯温做脸呢？当然必须承认，这其实也是组织，也可以说就是父皇老爸朱元璋钦定推荐给四子朱棣的人才，而且洪武爷是十几年不懈地寻找。只要一息尚存，就绝不放弃寻找。

所以，可以这样说，无论是燕王扫北的胜利，还是后来北京紫禁城的诞生，不单单是朱棣的功劳，不单单是刘伯温的功劳，不单单是那个科学僧的功劳，也有朱棣他爸爸洪武爷的一份功劳，必须得在历史的竹帛上给朱元璋点赞，北京紫禁城营造成功的军功章确有朱元璋的一部分。

但这故事到底是怎么一回事呢？朱元璋干吗要给朱棣推荐个僧人当国防参谋呢？干吗放着这么多秀才、状元和举人人才不用呢？必有当时的历史原因与来龙去脉。原来，洪武爷在老伴儿马皇后与其他高人的接力提醒下已经有所觉醒：成功不必在自己这一代。明初的一系列挫折也提醒了朱元璋：要建立王朝伟业就必须寻找和起用博学老成之人。用今天的话说，就是要起用懂科学和懂政治的人。

其实任何光鲜的伟业都是人干的，有了人才，找对了人才，那看似复杂与艰难的事业也能赶考成功。在南京建国一路惨败的时期，其实也曾发生过精彩的建设故事，特别传奇，但篇幅所限不便多表。可这历史事实与教训教育了朱元璋，于是洪武爷考虑了老伴儿马皇后当年的建议，觉得应当把紫禁梦交给藩王儿子们去最终完成，自己不再直接较劲儿。

但儿子们虽有朝气，还缺乏指路人，这才有了组织安排大明第二批“指导员”的故事，这才有了一万多名大明王朝野田佳彦的名单，这才有了北征的一系列胜利、这才有了后来的北京城与北京紫禁城的水到渠成与瓜熟蒂落。

但是，不经历风雨怎么见彩虹？天下没有一帆风顺的事情。因为南京燕雀湖大王八显灵，兴风作浪的风云不仅在南京金銮兴起过浪头，不仅让朱元璋吃尽营造紫禁的苦头，而且狂飙已经降临北方了，一张清洗有“朱衣梦”的燕边边防军的黑名单早已经出炉，被交到了朱元璋的手中。朱元璋在洪武十六年的国花瑞景出现后本无意折腾，他也在思忖与拖延此事，但还是和燕王打了招呼，让他酌情办理。

风云已经到了北平府的上空，表面上这就是明史著名的秋粮谜案——郭桓案。这绝不是朱元璋的本意，这两年他在南京正在抓城建、抓风水改造问题，他无意毁掉自己欣赏的、刚提拔的新干部。但是，明史如此奇葩，大刀还是通过郭桓案要向了徐达、朱棣和一大批人，这叫釜底抽薪和变相削藩。

需要多说一句的是，此刻的大明，不管政治风波如何变幻，迁都西安的准备工作仍在继续。洪武爷仍期待一座新紫禁在那里出现，交给愿意上任的儿子。可这个定都方向对吗？水源问题解决了吗？别看人家大唐是定都西安，可当年河流水利是什么状况？这做过深入细致的调研吗？人家打过多少眼井？有多少是在用的？有多少是废弃的？都在什么位置？

日月如梭，光阴荏苒，丰沛的无定河和高粱河水系两岸又是一年春草绿。

且说洪武十八年是中华农历的牛年，这一年的确有点牛。有人在北平府龙泉寺附近放火烧山，闹得浓烟滚滚，龙泉寺就是潭柘寺。巧合的是，接着北平府突遇了几十年一遇的大雨，且持续多日，民田被涝伤了，很多地区颗粒无收，老百姓望着地里的庄稼愁死了，这可怎么过呀！但是，这也是对朱棣突如其来的考验。

而且，祸不单行，因为正是在这一年的阳春三月前后，朱棣的岳父徐达去世了。风风雨雨这些年，朱棣和夫人徐仪华已经明白了世路的艰难对谁都是一样，未来的人生路必有激流。事实也的确如此，此时不仅是北平府徐家悲痛的日子，也是南京举杯庆贺状元探花们中第的日子，而且是南京朝廷正在派人调查北平府官员北平省左布政使李彧、提刑按察使赵全德经济问题的时候，这就是明史著名的、曾名噪一时的“郭桓案”的序章。

郭桓案非常复杂，最后竟然闹到五堂会审，绝无仅有，绝不像正史说的那么简单，它不是一个简单的经济案件，和“朱衣梦”有关系，和朱棣也有重大关系，可以说刀锋就是冲着朱棣来的，也同时寒碜一下洪武爷，打他的脸。如此险峻的阴谋与复杂的背景，已经让孟善和费愚老将军也束手无策了！怎么办？朱棣甚至一度曾想到了死。

但是，幸好此时的朱棣已经不是彼时的朱棣，上天关了一扇门，又为他开了一扇窗，他已经通过宗泐结识了一个高僧，或者也完全可以说是父皇朱元璋给燕王安排了一个高人，就是这个高人在高压的绝境中急出一计“借北风”！此计果然救了朱棣的命，当然这些也是出乎朱棣意料的。

“借北风”究竟是怎么一回事？这是向壁虚构的文学艺术创作，还是历史的真实？是解释与演绎历史的流沙，还是事实与史料之岩壁？答案自在您的心中，且容俺们为您一一道来，咱们通过事实推理说话，且做一回狄仁杰与福尔摩斯。看，紫禁城的历史大戏多么精彩，看，中轴线是否有玄机？紫禁城老宫殿它就是一所历史学院，它的故事胜过任何历史教科书；古建筑就是浓缩与凝固的历史，就是历史的一个个节点。欲知后事如何，咱们下回分解。

正是：祖龙并六国，势大莫与争。欲愚世上人，肆暴坑儒生。群经化灰烬，法令从吾行。剧政若牛毛，哀哉若疲氓。鸿鹄骤一举，四海如沸铛。不逢赤帝子，天下谁能平。

第六十八章 祸福相连

且说洪武十八年二月里的南京开始春雨蒙蒙，徐达的葬礼在月底刚结束，肃穆的气氛立即就被打破了，洪武朝第十八榜春榜的科考成绩就公布了！

科考就是龙门，就是鬼门关，封建时代那些考中的、榜上有名的，其家庭和亲属能不举杯庆贺金榜题名嘛，毕竟这是一人得道鸡犬升天的封建时代。这可不像今天大学生过剩，不仅学费捉襟见肘，常被人骗走；就是毕业后的应聘会上，那不也是把鞋都快踩掉了嘛。

好嘛！南京城徐王府这边厢哭成一团，给徐达送葬；那边厢各大酒楼喜庆的鞭炮齐鸣，八盘八碗，是举杯庆贺金榜题名的思荣宴和鹰扬宴。可这庆贺既然是朝廷政策批准了的，咱们就不纠结了，反正徐达已经死了。但是，巧合的是北方大名府开州已经有人状告地方官贪渎税粮了，这就是郭桓案的序曲，这可是冲着活人来的，冲着朱棣来的，下手多快，老丈人尸骨未寒！

丈人去世、暴雨水灾和郭桓案，三件事在一年里同时发生，不得不让朱棣怀疑今年这个牛年流年不利，牛年也许太牛皮了。郭桓案表面上看是一个盗卖官粮的贪污案，它本来也就是个经济案件，但实际上并非这么简单，被人嫁接利用了。所以岂止是一个贪污问题，而是新生的洪武帝国皇子们与朱衣梦者趁机借刀杀人政治矛盾的序幕大开启，否则就不至于闹到五堂会审。

天下自古有句老话：三堂会审。这都闹到五堂会审了，必定有原因和故事！舆论就是风云，风云聚会之后就有可能电闪雷鸣、暴雨瓢泼，甚至是下雹子。而郭桓案的爆发，恰恰就是朱元璋受人撺掇后首先拿北平府开刀的，老爷子被人利用了。

受牵连的北平府官员都是徐达一系的人，而徐达一系的人眼下就是燕王的人。这之后才与中央的户部侍郎郭桓、户部干部胡益、王道亨和朱同等六部领导们产生了联系，那是历史的拐点问题，南京有人的本意是在徐达死后，抓住机会对北平府的燕王要一套政治连环暗箭。

项庄舞剑，当然不在已经死了的徐达，而意在活着的朱棣。可那又有什么办法呢？幸好，明史是千丝万缕的，是交错叠加演义的，是风流纷呈的，不是一手遮天的。索性听“神仙”的支招儿，让劳动的汗水洗刷心头的泪水，因为此刻北平府天降大雨，涝伤民田，朱棣带领卫队要协助地方抗洪救灾。

好，天赐良机，躲！三十六计走为上。于是在洪武十八年里，朱棣立即调拨自己的军队，协助地方府衙抢修、兴修白沟河、滦河水利，并多次亲临工地带头劳动，常吃住在现场，一直跟着干，不愿回家。当然，朱棣也宁愿生活在张北演兵场的军帐里。当无大钱可烧、进行兵演的时候，燕王就把长城脚下的一块地戒严，带领将士们在里面种树，对外就说是在演习。

今天，听长城脚下的老人说，黄花城长城脚下那里，今天还有明初大片的果树园，果实累累，古树粗壮，说那就是当年明军将士们种的，笔者还没有来得及亲自去证实，有心人与明史极客可以前去调研，核实历史真伪。在洪武二十年，朱棣再次调拨自己的卫队，协助京畿兴修水利，终使燕边与滦京沃野千里，赢得众望，后话。

当然，正史不说，旁人怎能理解历史复杂的密码，这大雨和涝灾对朱棣来说也是救命的雨。因为此时正是朱棣身旁神仙级别的高人，在给朱棣赞画一个水平不亚于诸葛亮计谋的“借北风”，这才让他躲过了南京暗箭和洪武爷给的巨大压力。当然，郭桓案扩大化这个事件并不是朱元璋的本意，朱元璋要的是太平的大明江山，他也不喜欢乱，这是没办法的办法。所以，他后来也突然又觉得不对劲儿了，觉得郭桓案闹得有点过了。

“开始不是说好了反赃罪和朱衣梦吗，怎么成了变相削藩了？不对呀各位小仙，这不是给我自己挖坑吗！”可朱元璋踩刹车已经来不及了，影响太大了，这是奔驰的政治列车。于是洪武爷决定在连续点刹后转舵拐弯儿，把车驶向了江南的江浙地区。洪武爷先是反腐，反江浙地方官与粮长相互勾结之腐，那里的贪赃情况不知比北平府高多少倍；最后呢则以斗地主、斗富户而结束了这次郭桓案之旅，尾声基本也是不了了之。

天灾也帮了燕王一把，朱元璋作为君主和军人总不希望燕边发生民变，总得等北平府的天灾过去了再从容反郭桓之腐呀！这件事当时有四五个人心里最清楚究竟是怎么回事，知道南京朝廷有人想干吗！这四五个人在后面会逐一登上舞台，他们也在叫板起唱一曲大明的《朱衣梦》，朱衣梦不是土豪梦，不是红楼梦，而是紫禁梦，是龙椅梦。

这两年里，已经成为驸马的王宁也了解南京内幕，他后来成了朱棣的密友，可没少给燕王提供重要信息。话也可以这样说，洪武爷的六闺女怀庆公主，在后来的削藩与靖难中没少给燕边的四哥提供消息。关于这两口子的故事，我们后面有机会会一一说。当然，朱棣也要感谢自己媳妇徐仪华会做人，毕竟两家走动得好；徐王妃会做人，性格既贞静也外向，朋友也多。

岁月倏忽，由于元末的战火和兵荒马乱，北平府的许多庙观也破败了，只有一些老和尚和老道士执着地守着看摊儿，在这位有心人的提醒下朱棣也派出卫队，拿出资财和劳力协助修复，让宗教人士和仙佛们有个遮风挡雨的屋宇，也让信众们有个参拜的场所。比如说白云观、关帝庙和天宁寺。这样，也使朱棣间接结识了一些宗教界朋友，再次赢得人心。

朱棣恩惠了北平府的百姓，这些百姓既没有权力，又没有金山银山来回报朱棣，朱棣图的是什么？其实做善事就怕有所图，不图回报才是最恰当的。但是种花得花，种瓜得瓜，种豆得豆，不仅是张三丰悄悄为大明种下了山茶花；多年后北平府的老百姓以及宗教人士用血汗和生命回报了朱棣，这是朱棣夫妇始料不及的，天下没有无用之功，善恶有报只是早晚问题。

燕王的善举，还赢得了军官们的好感，尤其是军中的燕山千户长孟善，他也被燕王助民的精神所感动，与燕王朱棣交了心。多年后当朱棣有难的时候，他和薛禄等军官毅然站在了燕师一边，不但借兵少林，还参与了首夺北平府九门的军事行动，并一直协助朱棣治军，直到无敌于天下，避免天下分裂，军阀混战，避免南京历史灾难的重演。

多年后，当皇孙惠帝削藩、令北平府的一名军官张信奉旨捉拿朱棣的时候，这个人的老母亲坚决不同意儿子这么做，老太太竟然说：“孩子你可不能这么干呀，你将给我们家族带来大灾！再说你爹常夸奖燕王，那燕王也不是你等人所能降服的，早年你爹在江西养伤时就听一个叫张三丰的道人说‘王气在燕’！儿子，你想捉拿燕王这是妄为，燕王是星宿，后面有神仙保着呢！孩子你是不是觉得娘不识字就比你傻呀？人心险恶你懂不懂？你知道‘朱衣人’的事吗？你知道你爸他为什么……”

北平府都指挥使张信他爸是洪武时期的军级干部，是从枪林箭雨中走出的红巾军高级将领之一，他的传奇经历与真实结局只有他老伴儿知道，正史不予记载，这就使张信明白了朝廷早年就有肃反清洗红巾军的密谋。而且南京有某股势力密谋了一张黑名单交给了朱元璋，正是这一张黑名单逼得朱棣差点儿寻了短见。

但是，佛家有一个词叫逆增上缘，可以说正是这些历史的逆流才使北京出现紫禁城，加快了历史车轮前进的步伐，正是南京的风雨才使得京师出南京、进北京，才让刘伯温放飞的理想有了化作现实的进一步可能。

历史老人究竟在想什么？历史宿命与道纪究竟是什么？谁又能全部说清？刘伯温宝图上的三个金葫芦到底蕴含什么秘密？必须努力探索破译。因为刘伯温家乡的“燕子谣”正在艰难地向南京方向悄悄传来，除了个别有心人，几乎谁也不知道这是对历史的预言，也许古老的瓯江里真隐藏有什么灵物吧？欲知后事如何，咱们下回分解。

正是：边墙连山崖，戍边事不暇。九州隐虎豹，四海缺桑麻。天迥云压草，幽燕雨杂沙。北平军粮城，荒凄现疲乏。虽有移民令，村屯两三花。幸有藏宝图，军饷济天涯。更有降龙客，玄机稳中拿。借来老北风，避险济运达。暗礁虽然多，浪激接云霞。明史实精彩，玄机亦繁杂。王气所钟情，中轴有风华。

第六十九章 谋借北风

喜得秋风万事足，巧遇贵人天下福。书接上文。其实，在洪武十五年前后，朱棣的人生就面临一场劫难，大劫难。但巧合的是，在洪武十五年的秋风中，就已经有一个神仙级别的历史人物也来到了南京和北平府，这可是朱元璋钦定的。阿弥陀佛，托福托福，朱和尚还是个有历史作为的皇帝。且说朱元璋钦定的这个高参，此人救朱棣不是目的，救汉祚、救中华和救佛门、实现刘伯温的意愿才是实情。

正是这个贵人的赞画，才让朱棣躲过了一场场王朝权力之争的风雨，人生的航船躲过了一个个暗礁，当然也救了许多红巾军高级将领的命，大明历史从此也变得更加扑朔迷离，悬念重重，暗礁丛丛，精彩的历史浪花也被撞击激荡出千堆雪浪，化作了一个个惊心动魄的太行故事与北征故事，这个人当然就是道衍禅师。

洪武初年，北元势力也弱也强；再加上由于开马市的请求始终没得到大明朱元璋的明确答复，于是他们常常觊觎北陲，牧马燕晋之地，奇男子王保保走位飘忽，心存异志，让边防军记忆犹新。北边防务倚重于晋、燕二王啊！

由于晋王为长，所以朱三儿颐指气使，朝中大将戍边者如颖国公傅友德、宋国公冯胜和蓝玉等，虽位显功高，亦节制于晋王之下。凡出塞征战，筑城屯田，非大事朱三儿可以不奏朝廷而行，晋王朱棡之权势，也足见一斑。他以为自己真的就是李世民再世。

可朱三儿这个猴三儿、这个王八蛋在晋边时不只是看不起神、看不起人，他还常草菅人命，朱棡动用酷刑，如烈马分尸等。他甚至为了给自己超标修王府还强拆庙宇，在山西臭名昭彰，给山西人民带去的真是大不吉祥，让山西人民甚至怀疑朱家王朝帝业的未来。本来山西人就跟朱元璋有心理隔膜，和红巾军有隔膜，管涔山四大王汉人游击队仍在忠实于北元，在打游击。

朱棡不但在山西闹腾胡来，还常常派人到燕王府窥探，一旦发现什么秘密就去讨好南京的父亲和大哥。但朱棡殊不知，他的一切早被一个叫杨赣的锦衣卫暗暗盯上了，此人正是朱元璋派来监军的耳目。结果，朱三儿搬起石头砸了自己的脚，一把本可能掉在朱棣头上的利剑出现了拐点，掉到朱棡头上去了，他断没有想到自己这个赫赫藩王竟然也是父皇洪武爷的临时工！当然，这是后话。

光阴荏苒，且说洪武二十年的秋天，既是秋高气爽、北雁南飞的季节，也是阴雨绵绵的多事之秋，就在这时候燕王府来客人了，谁呢？大将军蓝玉来到燕王府了。蓝玉是朱标的妻舅，是和太子朱标过从甚密的人，亲近到无话不说的地步。就连朱元璋对蓝玉也一直还是网开一面的，毕竟，蓝玉不但有功劳，而且还是儿女亲家，最重要的是蓝玉比朱标想得还要远，还要多。

当时的太子朱标，在南京每遇要务必找蓝玉商量，视其为心腹。而徐达的大女儿，也就是朱棣的媳妇徐仪华通过洪武爷的六闺女怀庆公主早就得到了各种信息，徐夫人提醒过朱棣：小心蓝玉！此时的朱元璋由于有了高人辅佐燕王，胆子壮了，终于恢复了北征。蓝玉随冯胜将军征蒙古纳哈部获得了几匹宝马，蓝玉知道燕王一向非常喜欢好马，于是就在路过北平府的时候给朱棣送“货”来了。

……

“将军俘得名马，理应送给朝廷。怎么却送到小王我这里来了？这不是尊重君父之礼。”朱棣不仅不领情，反而不软不硬地将蓝玉训斥了一顿。朱棣心里明白，他说的什么话，肯定都会传到南京父亲和大哥朱标的耳朵里。

“燕王治国气度非同一般，多几匹好马算什么呢。”蓝玉说。

“就是天生的英雄豪杰，也要步步循规矩！小王我实在不敢越礼制，这马，请蓝将军必须带走，‘情义’我领了。卫队兵士还在白沟河工地疏浚水利，我得火速赶回去安排抽调军粮和衣袜防秋，还得防止偷袭性的犯边骚扰，实在不能多奉陪了！”

……

“臣观燕王在国，抚众安静不扰，得军民心，众咸谓其有君人之度……臣又闻望气者言，燕有天子气，愿殿下先事预防，审慎一二！”蓝玉自蒙古班师回南京后，跟太子朱标悄悄耳语。

“不会吧？燕王事我甚恭呀？”朱标说。

“臣蒙殿下优待，所以才密陈利害，但愿臣言不验，不愿臣言或中。密之，把这话搁心里吧！”

“再观察观察吧，唉！”朱标说。

蓝玉再行解释了一番，可上面这话多像杀人的刀子呀。还有，既然是二人的耳语怎么会被搬上历史的台面了呢？这“耳语”的后面恐怕还有真正的耳语吧？隔墙有耳，天下没有不透风的墙，朱棣在南京也有多条眼线，也能得到秘密消息。而且，高人根据这些信息预测，历史的拐点就要来了！什么拐点呢？就在洪武二十三年，故事终于来了。

单说在洪武二十三年，历史如神仙所预测，真的出现了拐点，一把本应掉在燕王头上的利剑，“当啷”一下却掉在了秦王和晋王的脑袋上。尽管他俩脑袋暂时没搬家，但也被吓个半死！洪武爷掌握了很多情报，在接到锦衣卫杨赣的密报后，朱元璋在洪武二十三年速命太子朱标巡安北边，先燕而后晋，对燕、秦、晋三边藩王逐个调研！

太子此行北平，不是来走亲访友旅游的，也不是来喝酒满足舌尖儿和吃炸酱面的，而是带着人来审计兴师问罪的，第一个目标就是燕王府。无奈的大明正史呀，只清楚地记录了洪武二十三年五月二十三日，朱元璋以李善长与胡惟庸通谋反叛罪，逼其自杀，也记录了燕王北征时，以武力加怀柔的办法迫使元朝乃儿不花部投诚，并没有记录这一年太子朱标调研燕王府朱棣的故事详情。

不记录也好，那就是：在高人的指导下运筹帷幄，谋借北风，平安无事。就连朱元璋在这一年里闻漠北边疆战报也欣然曰：“清沙漠者，燕王也，朕无北顾之忧矣！”多年奋斗、能赢得老头子在南京说出这样一句评价自己的话，当时是太重要了！所以，既然老头子在南京都说这话了，来燕王府调研的太子朱标只好把这森然之剑转而落到秦王和晋王的头上。

在秦王朱樉因锦衣卫告发妄为遭囚禁后不久，被朱元璋派驻山西监军的锦衣卫杨赣一口气揭发晋王朱㭎九大罪：包括搜刮地方、敲诈官衙、骄奢淫逸、结党擅权等，还说朱㭎藏兵于五台山中，有异谋，还私用皇帝级别的礼器并采铜铁于山涧冶制兵器。尤其是最后一条，几与谋反无异，因为铜矿的开采必须御批，用今天的话说得有中央政府的批准。

朱元璋见疏大怒，立欲重罪之。朱㭎猜不出太子此巡之目的，便盛情款待其兄皇太子，但还是露出了破绽。朱三儿多年这么闹腾，其实主要还不是针对老四朱棣，主要还是为了叫板老大朱标，为了应谶朱衣梦与太原紫禁梦，他也想当金銮殿那把椅子的主人。

太原的秋风衰草中，那座超标的伪紫禁城并没有给天下、给三皇子朱棡带来任何福气，只有一片凄凉。而洪武爷的南京紫禁在此刻虽称得上世界第一大，但在雄伟的城墙里面留存着建筑隐患，一首南京童谣在悄悄流传，仿佛说出了正史难以启齿的南京金銮殿秘闻，尽管这与刘伯温无关。但在此前，一场名标青史的战斗打响了，这是北征史上的传奇，可以说独一无二。欲知后事如何，且听下回分解。

正是：城门城门几丈高？三十六丈高。骑白马，带把刀，走进城门滑一跤。

第七十章 初经风雨

书接上文。由于山西是晋王的地盘，朱标当时也没敢动作，于是太子朱标假装邀朱棡与之同行巡边。十多天后，太子和朱三儿他们一同到了河南，总算是出了山西朱棡的势力范围，于是太子朱标立即变脸乃告朱棡："有人告你谋反了，有证据！"

没等对方反应过来，接着太子朱标宣诏弹劾之事，并宣布将其带回南京入朝等待处理，晋王朱棡一下就蒙了，从此命运低迷。虽然最终父皇朱元璋网开一面，但奢靡的太原伪紫禁城也就此开始失去了那份骄奢之气……

北风吹，雪花飘，这正是四季中难熬的季节。世人谁不爱春风，谁不说北风刺骨无情，但古老的《易经》认为杀中有生，宇宙就这么矛盾，北风强劲给燕王带来了命运的转机，生活就是在矛盾中砥砺前行，朱棣正是凭借北风保住了自己，否则北京城与紫禁城的诞生就是海市蜃楼和天方夜谭。

可这历史背景究竟是怎么一回事呢？灵感来自何方？凛冽的北风为什么能救燕王朱棣的命？这与紫禁城中轴线朝着北方有没有关联？高人刘伯温留下的北平府宝图究竟暗示了什么玄机，究竟是筑城技术玄机，还是汉祚王朝的政治玄机？这不但是我们今人想知道的密码故事，这刘伯温的宝图其实也是当时一位有识之志士道衍禅师正在苦苦寻求与寻觅的目标。

还是那句话，不经历风雨怎么见彩虹，刘伯温的愿景岂是轻易就可实现的，紫禁城岂是轻易就能飞来的？但这将是一场场什么样的历史风雨呢？而且，经历政治风雨是要有风险的，是要付出巨大代价的。且说当年燕王朱棣已经答应了父皇朱元璋要永奉北藩，所以本不爱花心思和兄弟们耍手腕的他把心思花哪里去了呢？

早年朱棣就把心思花到养马、练武和学习军事谋略上面去了。练武那是必需的，一杆丈二花枪那早已舞得是精熟，就如飞舞的银蛇；论学军事智谋与军事地理，那徐达、宋晟、傅友德和王弼都曾是朱棣的老师。常言道：当年的刀，三年的棍，一辈子的枪。练家子能把长枪舞熟可不是简单事，要不朋友们您报个武术班试试那大杆子？

“平跤外把式”，北平府的练家子们有此一说，因为北平府一直是胡都，这里武行的光会武术器械和拳脚不行，还要学会摔跤，所以朱棣还要学习“蒙古跤”。关于武术与功夫咱们就不多提了，毕竟咱们这不是武侠小说，因为朱棣还要抓马政，这可是国防大事。

朱棣尤其爱马，热情不亚于他爹，马是军人的翅膀，英雄不离好马。在古代那个岁月，做到人马合一，才会成为英雄。今天的北京朝阳区仍有马厂、马房、驹子房、马各庄、行宫庙和晾马河等许多与“马”字和帝王行迹有关的地名，这是为什么？当年大将徐达就在这一带养马，今天，朱棣又和徐达的大女儿，也就是自己的夫人一同抓马政，这是父亲朱元璋给的权力与资源。

在洪武朝，不仅朱棣属地的官民对朱棣称誉有加，就连当时朝中以忠直

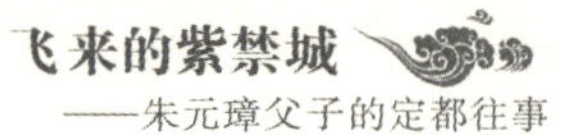

敢言著称的几位直臣，对燕王也赞不绝口。南京朝廷敢于纠劾权贵的言官监察御史“韩快口”韩宜可，一生揭发权贵重臣无数，却唯独对朱棣推崇不已，他曾说：“若诸王以燕王朱棣为楷模，凡事以安民俭省为首任，实为大明之福。”太子朱标在巡边之后也不得不在朱元璋面前称赞朱棣：“四弟安民营边，仁勇兼有，为边陲柱石也!”

朱元璋对四儿子朱棣从此垂青，这绝不是因为传说的什么老四性格像自己，重要的是北平府还是通往关外辽东地带的咽喉重地。不仅帖木儿大君有取道辽东、联合女真攻打山海关的第三套秘密计划，退往塞北的蒙古势力也拥兵边陲，不时窥测。年轻的燕王承担着为国守边、坐燕连辽、藩篱咽喉、羽翼王室和兼管马政的重任。

那朱元璋虽是暴君，可在军事方面并不糊涂；尤其是掌管沿边军马这个职责在那个年代那可不得了，有战马可意味着拥有了机械化之旅呀。明一代认为：国之大政在戎，戎之大政在马，战场追逐驰骤，马力居先。马在抵御彪悍的蒙古骑兵与突厥骑兵的战争中作用重大，没有充足的战马是绝对不行的，那是要吃苦头、打败仗的。

洪武初年就因马少，曾全仰步兵，明军吃了不少亏。早在洪武五年明朝第三次发动大规模的北征军事行动时，就因为马少吃了不少大亏，徐达亲率的中路明军主力在大漠岭北光头山曾惨败。这是朱元璋、徐达和李文忠等将士一生的痛。马，在明代可以说是一种极为重要的战略资源，其作用不亚于今天的飞机、战车、军舰。在明代，明军陆地上的敌人主要是蒙古骑兵和突厥骑兵。骑兵与步兵作战，几乎就意味着屠杀和被屠杀。

这点，朱元璋看得极为清楚。朱元璋严厉告诫驻守北边的燕、晋等王，不能轻易出塞，蒙古贵族来骚扰驱之出境就成了。为什么？战马少，知己知彼，先要知己，知道自己几斤几两，知道自己的家底儿，知道自己几把刷子，才能无战争凶危。当年，朱元璋也曾拉下老脸向西番之国使者讨要过好马，可对方给的竟是些表面不错、实际有残疾的马，这使朱元璋明白西疆的确复杂，大明国防绝不可两面开打，两线作战。

但可喜的是，朱棣并没有因为马少而完全龟缩在长城以里，而是在机会良好、确有十分把握时，勇敢出击，多次受命领军参与了北方的军事活动，英勇作战，有勇有谋，曾和宋晟率领晋王的部队一道对残元和女真叛军犁庭扫穴，无一败绩。当然，这与那个诸葛孔明级别的历史奇才道衍禅师有关。这个英雄神仙与知音的故事，我们后面会单独细说，这才是大明王朝的一尊真神，没有他就没有今天的北京紫禁城。

人们常说没有谁地球都转，但你大明是地球吗？地球转不转跟你大明有关系吗？没有神仙的辅佐、没有人民的奋斗你大明行吗？你不过是昙花一现的萧梁事业嘛，二世而亡不是没有可能。还紫禁？还紫微星垣？还九千九百九十九间半？这不是扯嘛，真是历史的笑谈。俺的意思是说朱家人没什么可牛的，朱明自永乐后一窝儿不如一窝儿，别一个个找不到北；唯有人民才是创造历史的真正动力。

但是，只要朱元璋奋斗的大方向是正确的，只要大明王朝是为了汉祚与亚洲和平，紫禁城的事不可能也能成为可能。您看，菩萨真的已经给洪武爷派来了救兵，刘伯温造北京的理想完全可以继续放飞。只是历史的严冬太久，的确冷却了洪武爷激动的笑颜与汉家志士几百年来的祈盼。坎坷的历史道路的确是依旧需要汗浸血染。

但眼下最需要的还是仙家赐予的历史科学与历史智慧。只有这样，大明的国花才能争奇斗艳，才能重整万里河山，大明王朝才会成为历史的正宗王朝，才会登上上天云谷与云霄宝殿，才会封神。最重要的是，洪武爷请来的仙家早已经到位了，明史故事的大戏已经在燕边开幕了，愚公移山将不是神话。

南京京师将逐渐退出历史舞台，南京宫殿关门的日子已经不远了，只是有些人还没有觉察到这历史的必然。只有有心人才会知道张三丰已经在北方也为大明帝祚培育成功了山茶花，知道刘伯温家乡的童谣意味着什么。上天虽欲关掉一扇门，却也的确打开了一扇窗。朱元璋终于点头同意恢复北征了，这全仰仗着仙师的赞画。欲知后事如何，咱们下回分解。

正是：襟带河汾流水长，古城屡破委秋霜。上天缘何哀此地，一代一代憾晋阳。山西关山悬落日，城中梆曲唱凄凉。还有悲风吹杏花，飘落如雪断人肠。俯瞰太行之余脉，燕山悄悄复辉煌。王侯也有三分命，若是强争梦黄粱。兴国自有大木在，燕边一柱风姿长。

第七十一章 燕边一柱

书接上文。不见真神不磕头，不是知音不操琴。自从朱元璋起用了仙家后，那真是创造了一个个神话般的历史传奇，无法模仿，无法复制，无法粘贴，也无法学习。天才也，天公不拘一格抖擞的星宿下凡也，历史长河几百年才会轮回出这么一位，只能膜拜和敬上高香。用孔圣人的话说，这就叫生而知之者上也，暂不多表。

……

眼下，洪武爷觉得办完了郭桓案，随即下旨，大赦天下，宣布郭桓案就此结束，以后不再追究。其实，这就是不了了之，故事并没有收场。朱元璋觉得事情结束了，但事情远没到结束的时候，萧墙之内还有其他势力在影响政局。目标对准的还是朱棣，取朱棣人头的时间，被秘密定在六月十五，北平府和应天府都有已经布置好了的潜伏的刺客，因为这是朱元璋每年出门避暑的时候。

在中国封建社会，大凡每个王朝在立国之初都面临着一个不可回避的问题需要处理，这就是权力分割的问题，通常表现为集权和分权的斗争，封藩这是朱元璋的意思，但其他人喜欢吗？毕竟封藩之举动了东宫和一大批朱衣梦者的奶酪。削藩这出戏其实早在洪武时期就暗中开锣起唱了，这能被写进历史吗！所以在郭桓案之后，针对朱棣的暗箭，他必须躲开，但若想躲开就要借助风云。

想杀燕王的必须借助风云，借助朱棣的闪失；朱棣要生存也必须借助风云。巧合的是这几年风云还真的给力，风起北方，这是战争的风云。但朱元璋以前不让动，不让轻举妄动，因为洪武五年的惨败让洪武爷痛心疾首和心结不解。洪武爷认为没有八九成的把握就不能轻易出击，但可以备兵，可以演习，操练兵马，把准备工作做充分了就行了。

这就给了朱棣去宣府和居庸关一带躲避政治灾难的机会，朱棣不但通过演兵和备兵躲避了灾难，居然最后还赢得了军事的胜利。这场胜利可来之不易，因为关系到朱棣全家的前途与生死，必须完胜，否则来年的六月十五或许就是老四燕王的祭日！

这就是说，单单胜了还不行，取得胜利还必须求得和平，因为这里有历史高人谋略策划的玄机，否则朱棣的人生命运仍然是吉凶难卜，所以心领神会的朱棣就打了个神仙仗，案例完全可以做古今军事学院的教材，这是个什么样的神仙仗呢？洪武二十三年那个载入史册、宝贵而高妙的胜利，究竟是如何得来的呢？

且说洪武二十三年这是个庚午马年，羊马年，好种田，这是百姓的谚语。在这马年里，尽管洪武爷关心农业，企盼和惦记着今年来个丰收年，但朱元璋和朱棣都没有太多去研究农业与如何过好这个除夕佳节。南京的朱元璋一面公布了一个光荣榜，一面准备穷究并扩大胡惟庸案的打击面，新目标已经锁定为李善长，但刚颁布的光荣榜里李善长的名字赫然在列，您说朱元璋的政治多厉害！

洪武爷和朱棣年都没过踏实，不是因为农业而是因为战事。且说在这一年新年的正月初三，燕边北风劲吹，因残元丞相咬住、太尉乃儿不花、知院阿鲁帖木儿等屡为边患，洪武爷朱元璋命晋王朱棡、燕王朱棣分兵两路，各率师北征。尤其是那个叫乃儿不花的，在永平府的交战中，还曾让著名守将双刀刘广命丧马下，消息震动南京！

这消息从军事上说，对大明是个上下震动的坏消息；但从政治上来说，这件事对燕王来说是个天大的利好消息。因为在这个岁月，朝廷、燕王府、北平府及其一切看似和平的地方，都有有计划的、针对朱棣而实施的暗箭！而战场和演兵场反倒成了朱棣流动的安全之所，这真如那句“鱼在渊，鸟在林，人须在道”；大将需在营帐和疆场。

燕王和晋王这两位塞王，可以说年都没有过踏实，毕竟有军事行动了，燕王必须要提前备好粮秣，人吃马喂，研究进军路线和分析虏情，因为他是总指挥。而晋王则有另一套阴险的计划，他已经得到了南京某种势力的默许，给朱棣挖了个大坑。如果朱棣此役失败，那之后什么事情都有可能在南京发生！

……

就要过年了，中华传统对吃年夜饭的传统习俗是很重视的，因为吃好这顿饭以后就要告别旧岁迎来新岁了，所以这顿年夜饭又称分岁饭。在古时，民间认为年夜饭还有逐疫、驱邪、健身和吉利的作用。因此，年夜饭的特点是全家聚齐，无论男女老幼都要参加。为了这个聚齐，外出的家人或子女都要尽量赶在除夕前返回家来。

但什么事都有特殊情况和例外，都有变通的智慧。在边疆不安宁的日子里，小家就要服从国家，卫国才能保家。所以，燕王府的徐王妃知道燕王人在宣府、张北和居庸关一带忙碌军国大事，不可能及时赶回来，于是餐桌上就给未归人留了一个空位，摆上了一双筷子，代表全家团聚了。

此时的徐夫人身边，已经是儿女三四个了，已经懂事的朱高炽和朱高煦，也知道父亲就要上战场了，在这个时候他们兄妹几个比平时要听话许多，他们半懂事半不懂事地，也在和妈妈一起期待着父亲从漠北凯旋的捷报。当然庆寿寺里的“神仙”也在期待与关注着信息，这个年过得也不踏实。

但是，捷报是轻易就能得来的吗？天下哪有这等便宜事？历史的一场风雪突然来临了，这风雪可不是文学比喻，这风雪一般汉人岂能知晓，岂能懂得。这不是塞北普通的雪，飘飘洒洒，漫天遍野，还是春雨的亲姐妹。不是，绝对不是，绝对没那么浪漫。因为这风雪的绰号叫草原白毛风，白毛风这是个让草原人也闻之色变的名字，它可以让任何遭遇的队伍全军覆没！

如果此事成真，那意味着朱棣此行将有可能丧命大漠，那大明北京紫禁会是什么结果？也许历史道纪与历史宿命会做出其他安排，那历史过程就无法想象了……

此次年后远征，南京的朱元璋决定以颍国公傅友德为征虏前将军，这是大明的敢死队队长；以南雄侯赵庸、怀远侯曹兴为左右副将军；定远侯“双刀王”王弼、全宁侯孙恪为左右参将，督兵从征。除“双刀王”王弼率山西兵听晋王节制，其余均听燕王朱棣节制。此役总指挥是燕王，负全责，他做梦也没有想到塞北除了战场，还有那难说爱你的塞北奇异暴风雪。洪武爷在南京筹划此役，慎之又慎，仿佛步步都小心翼翼。

话分两头，且说因为南京紫禁的不如意，改造就几乎没断过。洪武二十三年一开年，依旧是京师外城开工的日子，依旧有民工忙忙碌碌，要筑的皇城外城城周将达到一百八十里，世界最大。门有十六：东为姚芳门、仙鹤门、麒麟门、沧波门、高桥门、双桥门；南为上方门、夹冈门、凤台门、大驯象门、大安德门、小安德门；西为江东门，北为佛宁门、上元门、观音门。

这皇城的规模，可说是冠越古今，但是朱哥心里最明白，这其实是一座有隐患的病宫。这苦将向谁诉？这难将向谁说？这天大的困难将由谁来彻底解决？更让人揪心的是老三和老四正在大漠远征，结局未卜，凶吉难料。欲知后事如何，咱们下回分解。

正是：封藩燕边府，麻履向幽州。胯下八骏骑，手中枪带钩。出关敌将校，回边屯粮收。远眺漠云冷，山传烽火秋。剑锋挡敌虏，古都缮谯楼。岂作书生老，立马万户侯。夸口不算数，做到美名留。做到谈何易，风暴神鬼愁。一曲北征史，韵味何悠悠。梦中赐玉圭，紫禁有缘由。

第七十二章 古北旌扬

书接上文。朱元璋的军事才能是相当不错的，毛主席曾评价他仅次于李世民。但当时在南京这座病宫里，洪武爷也有底气不足的一面，对胜利没有绝对把握，他对四子朱棣领印进军漠北是悬着心的、揪着心的。因为军事的胜败也关乎王朝的稳定，当然也足以改写历史，因为洪武五年北征的惨败就是洪武爷刻骨铭心的教训，他曾大病一场，落下病根儿，暂不多说。

因为这是洪武爷亲自批准的战斗，所以在这期间就没人敢去再找朱棣的麻烦了。但朱棣必须取得胜利，还要确保和平，绝不能击毙乃儿不花，否则自己的政治命运还是凶吉难料，或者甚至会是一招棋错满盘皆输。可以说此刻乃儿不花这是一枚硬币的两面，可以凶，可以吉，可以化凶为吉。是敌是友，就看燕王你怎么用招儿了！

前文曾说过洪武初年不久，元顺帝不发一语、逝于英昌，英昌也就是今内蒙古自治区美丽的达里诺尔湖西南，皇太子爱猷识里达腊即位，改号“宣光”，史称其政权为北元，他的老师仍是个汉人李先生，但历史已经变得更加复杂了。

那一年，被改封为魏国公的徐达在西征凯旋后再赴北平，操练军马，命华云龙修筑城池，并先后徙今山西省北部的沿边民和沙漠遗民五六万户到北平行省屯田、养马和实边。从此洪洞大槐树的传说开始流传天下，至今都在惹得骚人费尽评章，争论不已。且不去管他。

此时，尽管明军在燕边这一带的防备已大大加强，但对蒙古骑兵神出鬼没的突然奔袭似乎仍防不胜防。早在洪武六年冬天，爱猷识里达腊麾下的骑兵就曾从塞外冲入永平府抚宁县境，将抚宁城洗劫一空，随即向东席卷，洗劫了与抚宁县境紧邻的迁民镇及迁民镇隶属的瑞州，也就是今辽宁省绥中县前卫镇一带。

北元寇边的消息传到应天府，当时让建康的洪武爷头痛不已，但洪武爷朱元璋的意见是不能动！不能追！由于洪武爷那时的政策是高筑墙，所以他的批示就是对来犯者也就是驱赶了之，不可出击，不可追击，继续修长城。

早在洪武十一年，洪武爷曾无奈勉强地向天下人草草诏告：立建康为京师。但就在这一年的冬天，北风卷地。拥立脱古思帖木儿也就是元顺帝之孙的平章完者不花和乃儿不花再次在风雪中寇边桃林口一带的长城，在战斗中斩杀了因冰雪路滑、马中箭失前蹄的永平府指挥使双刀刘广。

军情消息再次传到南京洪武爷那里，洪武爷朱元璋虽然内心震动，但还是老意见：不能动，不能追，修长城。于是徐达在洪武十四年年初于永平府境内重修长城，增设关口驻防，一万五千多名卫屯兵既要练兵，也要当石匠和泥瓦匠。什么原因让洪武爷如此窝囊？一是马少；二是有洪武五年的惨败教训；三是底气不足，军中缺少导师高人的谋略赞画。

但十年后，朱棣在高人的指点下成长起来了。这种成长不是指身体的成长、个头儿的成长，而是指灵魂的成长、精神的成长，朱棣的军事素质与军事谋略再上了一个档次。结交的朋友也大不一样，这第三位师父攻守平衡，运筹帷幄，比孟善将军不知高明多少倍。当然这第三位师父与洪武爷是有一面之交或几面之交的，是有点见面之情的，是有历史的密语的。因为这是朱元璋钦定给老四搭的桥，有缘细说。

朱棣在北征中的一系列表现，给朱元璋带来了底气和勇气，当然朱元璋也许不一定全明白壶奥所以，他也不全知道大明下面的所有历史秘事，尤其是江淮以北。但也不能说洪武爷一点儿都不明白，这绝对不可能，毕竟这位高人异士是朱元璋亲自拣选、左右掂量、钦定给燕王安排的，是在南京行过礼、握过手和盘过道的，洪武爷与自己的师弟是有点不示人的秘密的，这是有诗为证的。

且说在洪武二十三年的冬末春初，在这寒不寒暖不暖的季节，当乃儿不花再次寇边的时候，因燕边已经有了神仙级别的军事顾问，四儿子朱棣的燕师已经成长为精兵锐旅了，可以说出击大漠仅凭燕师就胜券在握。所以，腰杆已经硬了的朱元璋令燕王和晋王二王联合出师大漠，准备谨慎一战。

……

“虏地旷绝，我千里行师，无谍工侦查难以成功!”张北的朔风吹得明军的旌旗猎猎招展。虽已得朱元璋进军漠北的虎符，虽已经粮秣齐备，虽然兵力占优势，但燕王朱棣并没有头脑发热，他认为大军不宜立即进剿。朱棣说应当先提早派出侦察兵小分队侦知敌人所在，发现目标后再进军。

傅友德将军和诸将听后，都同意燕王的看法，于是明军派出了数只精悍的侦查小分队。大军则在居庸关白马坡、古北口蟠龙山和张家口野狐岭一带待命集结，安营扎寨，等待军事消息。这扫北的队伍中当然也有那个叫马和的人，在傅友德军中做参谋，马和就是后来下西洋的那个郑和，先不多提。

巧合的是，朱棣赞助张太监修的庙就在古北口，就在大军的集结地。白马坡白各庄的老爷庙坐西朝东，非常壮观，山门前双狮子把门，院内东西各有一棵大柏树。建庙的主人还特地从白云观请来了道士，附近村里的孩子们经常到这里玩耍和向道士学习文字，只是不知为何牌匾一直还没有题字。

燕师大军的一部就在白各庄一带驻扎，不少燕师军官在闲暇时分批来庙，或祭庙或求签，然后等待出发的军令。三月阳春来临，燕边边墙脚下向阳一面山坡的桃花已经含苞烂漫，开满沟谷山崖，只可惜没有诗人欣赏，因为朱元璋和朱棣父子俩都太重视这场战斗了，也许是大明已经败不起和伤不起了。

"将士行装都是棉衣吗?"

"是，全是棉衣!"

"出发!"

农历三月初二，燕王一声令下，率大军出长城居庸关和古北口，北征队伍旌旗蔽日；另一队出宣化鸡鸣驿，那是谷王朱橞的封国，宣化就是今日之张家口。野狐岭和金界壕的山岭上也是铁流滚滚，队伍开向大漠深处。而且，所有将士全是棉衣棉裤。

幸好，鸡鸣驿古城至今留存完好，和城边鸡鸣山相映成趣，很有历史意蕴。由于冬奥会的申办成功，今天，张家口鸡鸣驿这里已经成为很多北京市民周末滑雪和避暑郊游的热门地方，不多表。因为侦察兵已经侦知了乃儿不花等粮草不继，遂准备直捣其营，似乎已经胜利在望。

但漠北的天气说变就变，燕师深入大漠后，天空突然飘起了塞北的雪，且越下越大。大雪不但迷人眼目，且寒风抽得将士们的脸生疼。这时的晋王朱棡磨磨蹭蹭，刚进入大漠几十里，一看变天了，就率着队伍掉头回家吃火锅去了，甚至连个招呼都没打，真坑呀。由于当时没有无线电联络与漫游，南京宫殿里的朱元璋岂能立刻知道这一切，他还被蒙在鼓里。

而且，此时的朱元璋尽管认为自己懂星象，但他并没有从星象中提前为北征预测气象、分析出北征队伍将在塞北遭遇暴风雪，毕竟这种概率太小了。

但南京还是有钦天官曾急急禀报说星象突然有变异了，是灾变，不是吉兆。

但是，南京朝廷没有人去分析“大尺度环流特征”“蒙古冷涡的结构”“蒙古气旋发展”“强盛高空气流”和“中层涡度平流”这些天气形势的预报，而是有些政客就把这“星变”的尿盆子扣到李善长头上了，落井下石，起哄架秧子，因为他们怕李善长的弟弟或门徒将来会报复。

迷信的洪武爷并没有因突来的星变现象联想到塞北的北征队伍，而是认为也许是应该将已被扳倒的李善长送上西天，以应天心。结果李善长倒了大霉，这星变跟李善长其实根本没关系，他也断无死罪。这究竟是谁撺掇洪武爷干的？谜底暂时转包出去，谁能穿越谁去破译，谁能抢答功劳归谁，稿费也归您，咱们继续说正事，毕竟北征将士凶吉未卜。欲知后事如何，且听下回分解。

正是：塞北沙如雪，燕山月似钩。骑兵夜出关，智勇写春秋。干戈化玉帛，消解无名忧。暗流有谁知？瞬间倾覆舟。行船须小心，且待骤雨收。扫北歌一曲，玄机韵悠悠。

第七十三章 漠北凯歌

书接上文。且说晋王朱棡虽然开溜了，而燕军在朱棣和傅友德的率领下继续前进，毫不惧怕晋王的失联，北征的燕师队伍冒雪进入了大漠深处，信念就是：下雪的天气对我方不利，对敌方也不利，敌方正是人困马乏的时候，而我方准备充足，士气高昂，机会难得；而且这场大雪是春雪，推断春雪易融，不会封住燕师的后路……

漠北的天已经暗下来了，洗面的唰唰风雪让塞北的汉子也缩在了屋里和蒙古包里，喝起了老烧儿“闷倒驴”；外出的人们也在急急往家赶，因为漫天风雪已经让塞北大地山河一片灰白，越发显得深邃、空旷与幽寂。是月三十日，燕师悄悄抵迤都山，已经严严地围住了太尉乃儿不花的兵将，胜券在手，敌方已经插翅难逃，有参谋提议立即进入战斗。

“不，劝君莫打三春鸟，子在巢中盼母归！双方的兵士都是爹妈养，一般骨肉一般皮；杀人一万，自损三千。春天是老天爷赐赏的时节，不能有伤天和，一定要先劝降，动刀戈那是万不得已。况且娘娘庙就在眼前，绝不可在此动刀兵亵渎神灵！”朱棣望着山坡上的娘娘庙，态度果决。

朱棣这样做究竟是为什么？这个世界没有无缘无故的爱，也没有无缘无故的恨，明史的确很有深意与殷鉴，更有玄机，难怪毛主席生前最重视明史，这必有原因。此役结果究竟如何？还有没有更精彩的故事与天道的哲理尚没有道破？紫禁城蕴含的历史意义究竟是什么？

历史，只有发现真实的史料后才能过滤出历史智鉴，才是发现了可以攀登未来的岩壁足印登点与攀爬的抓手，粉饰过的什么“红光满室”与“竹篙化龙”神圣事不过是靠不住的流沙。辨出历史的化妆与素颜，这才是真正的去伪存真，才是民族的福音与亚洲和平的福音，不多表。

且说扫北大军已经围住了迤都山，围住了乃儿不花。于是，朱棣与傅友德商议后决定先派与乃儿不花有旧的观童入营劝降，接着大军缩小包围圈进围其营，给对手心理压力。观童的劝说果真起了点作用，原来对手起衅的边患是由于大草原每年都有春饥，很多将士和牧民已经断粮，只能靠宰杀牲口度日。但人不能不吃粮食，开马市的请求又被大明拒绝，所以不得不出来抢粮和抢茶叶。

乃儿不花跟随观童来到了燕师大营，起初他并未真正打算归降，他只是想看看到底是谁把自己围住了，能围住自己的对手究竟长什么样子。不料，乃儿不花与朱棣见面后，被朱棣的诚心诚意感动得眼泪稀里哗啦地往下掉。再加上朱棣痛陈海宇形势的复杂，说的都是掏心窝子的话，使乃儿不花觉得蒙汉应当联手，顺应天道；他觉得燕王这个人靠得住，决意归顺。

凯旋的路上，军歌嘹亮，气冲云霄，队伍按着地图向着张家口长城的目标方向而去。不料这扫北回归的路上，燕师又遇到了一件实在是意料之外的奇事，队伍在半路又遭遇特大暴风雪了，这就是白毛风，就是土生土长的草原人也害怕的白毛风！什么情况？怎么回事？

只见天色与风云突变，白昼霎时变成暗夜，风雪旋转四起并夹裹黄土沙砾，发出怪异的弦音与叫唤，其恐怖超过夜晚狼群幽冥的嚎叫，那怪叫甚至隐约让人感觉到，似乎有一种得意的、诡异的女人的笑声夹杂在里面，不知是真实还是幻觉……

军马惊叫，队伍立刻惊恐了，人与军马及牲畜被那怪异的大声波震慑住了，旋风似乎要把队伍的一切卷到什么地方或埋葬在那里，识途老马和向导都迷路了，世界末日仿佛突然到了！谁都不知道下一步究竟将发生什么。这究竟是怎么回事？这就是草原人自古都叫的“白毛风”！

啥叫白毛风？我的娘耶！白毛风是冬春季节里牧区经常出现的一种自然灾害，大风呼啸，雪粒狂卷，到处是白茫茫一片，致使水平能见度小于二十里，有时小于一二里和一二十米，更有甚者能见度也就是一二米，凡在内蒙古插过队的知青一定不用跟他们解释什么是白毛风；对于“60 后”和“70 后”你只要跟他们提及动画片《草原英雄小姐妹》里的主人公龙梅和玉荣，他们立刻就能明白一些了，但与真实还有差距。

这也是能让人产生幻觉的大漠百慕大，风力顶级至无极，白天也被搅得天昏地暗，冰雪漫天翻卷，遮天蔽日，填平了沟壑、埋没了道路，最关键的是使人失去了方向与目标。若走不出去，拖到黑夜更无法想象，人和牲畜只能随波逐流，不管前方是沼泽还是悬崖，只能一股脑儿顺风往前跑，掉下去后就没有生还的希望。或许比赴地狱恐怖，就连小鬼儿的末日审判都没有，直接灭绝。

白毛风让土生土长的草原人也恐怖，也难以理解。有萨满老法师说，白毛风那是人间积攒的怨气与戾气，那是无端受人欺负、受过冤屈的披头散发的白毛仙姑，由于失去理智就向长生天诉说自己在人间所遭受的冤屈，长生天派来了天兵天将来人间调查冤情，印证此事后，不仅闪现泪光，也大为光火，他调动闪电、惊雷撼动天空，用暴雪、冰雹、海啸、暴风骤雨和白毛风报复大地，清洗人间污浊。老萨满巫师说那白毛风里的笑声就是白毛仙姑出气了，她勾来天兵天将在向这恶世道发疯复仇，格杀一切。

的确，白毛风是飙风世界，雪如铁，如冰刀子，如飞箭；“嗖嗖”地高速飞行、复仇一般地抽打大军，砍杀大军，天地一片白光！春天的白毛风或许更厉害，因为这个时节人们已经放松了警惕，心理准备不足，而且有时雪吹尽后会再扬沙，白毛风又很快就演变成了沙雪夹杂的混合风暴，其来势之凶悍真可谓让人无以言说，勉强地给它捅个词儿吧：灭绝师太！

但是，就在燕王大军和乃儿不花的队伍都手足无措之时，让人意想不到的一件事情发生了，大漠上空突然出现了海市蜃楼一般的光景，一个身骑白马的长髯将军出现在眼前天空，光环闪烁。红色光波穿破雪尘之幕，仿佛在为大军带路！谁也看不清这位将军的面庞，只看见有红光环绕的侧影和背影在前面高处。

“是云……长？是关……关老爷吧？可关老爷骑……赤兔呀，不……骑……白马呀？”有人在冲朱棣喊，由于大风雪噎人，话语断断续续。

“像！咋……办？”朱棣大声喊。

“先……先……跟……跟着……走！”乃儿不花在一旁大声提醒朱棣，他也是关公的崇拜者。

对于一般的白毛风，乃儿不花有经验带着队伍往高地走，可利用岩石、山丘和半月形沙丘、树林附近等有利地形躲避风雪。但面对此刻的特大白毛风，他只能如此了！

朱棣赶紧一挥手，大军队伍就跟着空中骑白马的将军幻影前行了，队伍想接近红光闪烁的白马将军也接近不了，只能跟着走，顶着风暴前进……前进……机械地前进……有时是跪在雪地上爬着前进，爬爬爬，跟着雪幕中的红色光不断向前爬，队伍已经麻木。

话分两头，各表一枝。此刻南京紫禁还在修缮中，主要是加高、加大和加固城墙，城墙高得让南京百姓都感到吃惊，的确是高筑墙。但是，这高高的城墙包裹的仍是隐患。欲知后事如何，且听下回分解。

第七十四章 北平报喜

前进，前进，低头前进，机械地前进，爬着前进……

就在北征大军因白毛风几乎感到麻木的时刻，蜃楼幻境渐渐消失了，白毛风也随之收兵了，大军放眼一望，我的娘耶！还就真的发现张北长城的影子已遥遥在望，队伍终于走出了大漠。长城，你在将士们的眼中可不是灰色的和冰冷的，那是熟悉的、热情的和温暖的，你也是一条纽带，也是大军的接待站。

此役，燕师除了与乃儿不花成了朋友，还悉收其部落数万人、马驼牛羊数十万头而还。但朱棣更关注的是白毛风的传说，他可不想忘了这件事，他在长城脚下久久回味传说中蕴含的道理，从此朱棣一生反对以众暴寡和恃强凌弱，不想让世间出现白毛仙姑，这是底线。这信念不是从哪本书里学来的，而是亲历与经事儿启发了他的心扉，让他明白了一个为官和为王的道理：下民易虐，上天难瞒。

白桦发芽，河水解冻。在张北的大地，也就是张家口口外，春雪已经化作了春雨。这一年的暮春春天里，迤都山老娘娘庙脚下的金达莱，也就是杜鹃花开得特别美丽，大朵大朵地绽放，可以说迤都山老娘娘庙脚下的杜鹃花是世界上最美丽的杜鹃花，从此以后年年如此，您若不信可以亲自去看，去摄影，然后上传到网上让大家点评。

也许这是上天神明对汉蒙一家的奖赏。明初的历史既是血与火的历史，也是汉蒙交融的历史，汉蒙两族的通婚也是在明朝达到高峰的。历史不是单向的、一面的，是合中有分、分中有合，战争中有和平，和平中有分歧，是交替混合发展的，不是简单的分久必合与合久必分，不多说。

当北征的队伍回来，路过居庸关白马坡此地时，有军官恍然大悟，说一定是白马坡的关老爷庙显灵了，所以那天关云长骑的是白马。此时，张太监已经准备好纸笔请求燕王朱棣写牌匾，朱棣带着感情、带着对关公的钦佩欣然命笔写下“春秋庙”三个大字。春秋庙能使朱棣在特大雪暴中走出大漠的显灵消息在北平府之北传开了，从此进香求签的人络绎不绝，春秋庙的香火在京北可是红火了几百年。

且说朱棣的三哥晋王这位三大爷率军出塞，不但无功而还，事后他还提前跑到朱元璋那里讨要功赏；而朱棣事后却谦虚地认为没什么，功不及赏，胜利是老娘娘庙显灵赐予的。这不仅仅是谦虚，也是策略，南京朝廷派系之复杂，眼下仍然一语难表。如果朱棣你领受了功赏，伴随的就是羡慕嫉妒恨，是一大堆麻烦，还是不要为好。

这一年，这个庚午马年到了金秋的时节，天下多地农业果然丰收，多地喜获嘉禾，尤其是两广粮食大丰收，洪武爷的脸上露出了少有的喜悦之色，心情有点小嗨。多年后，朱棣再次与傅友德、宋晟和马和等将领远征挑衅犯边的元朝残部时，先破元将索林帖木儿的大军，再乘胜追击，一直打到兀良哈秃城；又打败当时号称北元砥柱的哈刺兀，迫使北元丞相投降。之后，朱棣又在洪武末年和宋晟将军一道，破辽东黑松林今吉林一带的女真叛将夕阳哈。

此时的马和，虚心学习，其在军中的实际地位已经非同一般，已经成为朱棣的战友加好友。但是，朱棣扫北从不硬来，从不蛮拼混打；受仙师的指点，朱棣是打打拉拉，且打且拉，拉中有打，打中有拉；拉打结合，拉为目的，打为手段，打得都是神仙仗。

但是，纸上谈兵说着是容易的，做到则需要克服许多意外的困难与险阻，得有师父指点，得有有经验的战友的提醒与全力配合，不信您就去试试。但要提醒您：蒙古高原平均每三年就发生一次特大暴风雪，有的地方降雪后雪深可达数丈，大树被风雪埋没得只剩树尖儿，尤其是在春季。打住，天气形势预报的事归口外气象台与内蒙古卫视负责发布。

幸好，此次配合朱棣北征的是久经沙场的名将傅友德。也就是通过这次北征朱棣了解了傅友德这个人，他们结下了很深的战友情。傅友德将军这人尚武少文，性格憨厚、厚道，能挑重担，愿挑重担；能照顾友邻部队，肯在危难时刻看在洪武事业的分儿上拉兄弟一把，为朱棣此次北征的胜利立下了扎扎实实的军功，军功章有人家的一份。

美中不足的就是傅将军性格倔强、冲动，容易犯错，容易被人利用；而且他是朱三儿朱棡的亲家，朱棣不便与之交往，这暂不多说。但是，后来傅友德惨死南京政坛，这是让朱棣对老爷子心怀不满的，毕竟人家没有谋反，没有贪赃。要傅友德的命，这也绝不是朱元璋的本意，皇孙一系辅臣也只是被人牵线的木偶。牵线人是谁？懒得说了，大明南京政坛这潭浑水，黄雀一群，朱衣梦深，翻页。

且说此役之后，降兵多归燕王统帅，从此燕师兵力益强，名声大振。这时的朱棣正值三十岁左右，风华正茂，政治生命之花蕾接近绽放。但是，朱棣很冷静，没有因功而骄，因为当乃儿不花讲述白毛风的神话传说时，只是在讲大漠野外生存。但说者无意，听者有心，朱棣冷静地意识到，任何一个王朝，不管是大明还是大漠，都不应当有强欺弱、众暴寡、让人走投无路的现象。

否则看似孤单无助、弱势的白毛仙姑人家与朝廷虽没人脉关系，但与天庭有关系，就会请来天兵天将报复这个世道，弱势与强势这对矛盾到了极端的时候是可以转换的。此时的朱棣受第一任师父龙文渊的影响虽然有巫气，但他没有把萨满对白毛风的解释当成解闷儿的神怪故事，他从中看到的是民生与王道，还有做人的基本道理。

但是，世间事是思想是一回事，许诺是一回事，做到则完全是另一回事。禅师云：三岁孩儿虽道得，八十老人行不得。俺们且为二十多年后的一个传奇埋下伏笔，明史你就是悠悠余韵啊！而南京的朱元璋在晚年之际看到了四子朱棣已经成为了实际的长子，看到他不仅关心国防，还关心屯垦与农业，做事越来越成熟；看到他与高僧道衍的合作越来越天衣无缝，非常欣慰，曾写诗相赠，此为后话。

且说洪武二十三年这一年里李善长被处死了，这事也并非朱元璋的本意，而是有人做局。这一年，洪武爷原本是挺嗨挺高兴的，他原本也无意要李善长的脑袋。毕竟是李善长把自己捧为红光满室，对李善长处以极刑这也等于打了自己的脸，你们俩都什么眼神儿！但南京萧墙内又是有人利用星变做文章，把李善长给卖进去了。这是谁干的？破译与抢答的机会就留给其他写手们吧，俺们继续赶路。

历史上的朱元璋其实并非完全嗜杀，他在当年的十二月初五，就谕刑部尚书杨靖：自今惟犯十恶并杀人者论死，余死罪皆令输粟北边以自赎。力不及者，或二人或三人并力输运，仍令还家备资以行。什么意思呢？并不是朱元璋喜欢杀人，他的意思是今后要尽量少杀犯人，就罚他们长年的苦役，罚他们给北部边疆的哨所和卫所运送军粮。不多表。

时光到了洪武二十五年，也就是西历 1392 年的初夏，南京紫禁的改扩建几乎全部完工了，但这又是朱元璋的悲痛时刻。太子朱标不幸病逝，八月附葬孝陵东，谥“懿文”。丧葬过后，朱元璋的丧服还是不脱，老人多少有点受刺激了。由此，洪武爷不得不再次考虑江山接班人的问题。幸好，此时的朱元璋身边已经有了懂天象的民间高人异士在暗中辅佐书写《祖制》，女娲补天。

此刻，南京天文台有个女娲般的传奇女人在暗暗帮助朱元璋迁都定鼎，她暗示朱元璋王气在燕，这确实引起了洪武爷的兴趣，他想到了早年华云龙就曾提醒过自己：定都大都。

但是，就在几年后朱元璋想走出南京泥潭、把江山的绣球抛给北平府的朱棣的时候，有人以礼制的名义一言丧邦。欲知后事如何，咱们下回分解。

正是：大都气势天下闻，四时最美北国春。西有太行显虎踞，东有龙蟠隐形深。边墙雄关白云里，城下屯军不劳民。少年行旅随处佳，军歌嘹亮酒一樽。卢沟十里植杨柳，晓月动人喜岑岑。燕辽姬女颜如玉，胡歌野曲也动人。巍峨大舶津门来，军粮如山仓廒屯。和风之日祭仙班，此有关公做军神。良辰吉日天气好，中海演兵畅武魂。素馨茉莉香肺腑，千门灯火耀兵民。秦淮商女何堪论，乱亡之音败帝轮。唯有大都中轴线，西风微醉笑黄昏。

第七十五章 一言丧邦

书接上文。说来从洪武十一年至二十四年，这先后分封的九位亲王，都曾经与虏敌交过手。但真正无畏风沙洗面、对稳定北方控制强虏起到决定性作用的，的确还是时为北平府燕王的朱棣，并无第二位王能建立军功，有的甚至连只兔子都没捉到。

就连朱元璋一直看好的秦边也并无王气。虽然老二秦王朱樉初上任时，也屡次率兵出击青藏部落和蒙古，可以说斩获甚多，但他属于草率举兵，不通政治，恐遗怨怒。由于他的无道和低素质，他的草率出击却为今后造下了更多政治叛乱的隐患，并无功勋与王者之气，就连通晓边事的使者陈诚也上书指责秦王打的仗造下了更大的隐患，纯属添乱。

老话儿说：天道在西北。西北为乾天，秦王这么做必然会给王朝制造麻烦。秦王管辖的西北地区自古华戎成分复杂，反明势力猖獗，叛乱事件迭起，遗留问题很多。解决好那里的问题绝不能简单依赖刀兵，轻易开打，一定要有诸葛亮、韦南康和范仲淹那般的诚心、耐心和智慧，将心比心，站在对方的角度和历史的角度看问题，要慎重稳进，要投入政治上的大精力和时间，求大同存小异。

而朱棣在西北期间简单地依赖刀兵，不图政治上的瓦解，让人不能不怀疑秦王有黩武、冒领军功和朱衣梦的非分之想，这埋下了未来西北的隐患。就算是大明不得不进剿时，也应当要像孔明、韦南康和范仲淹那样先防御，后进攻；先分化，后打击；先争取，后进剿，实行剿抚结合。要有几擒几纵的肚量，要把眼光放长远，要分得清谁是朋友，谁是敌人，否则就永远牵不好牛鼻子。

而北平府有了燕边军民的共同支持，有了神仙级人物的指点，年轻的朱棣领军从北京出发，驰越疆场，每次都是大获全胜。当和则和，肝胆相照；当战则战，分化瓦解，和平至上。由此而引出的燕王扫北的故事传说，就是华北地区田间地头不识字的老农也能给您讲上一两段儿，这让太祖朱元璋可长足了面子。“看，没你们这些开国老臣，我儿子一样行!”

当然，由于南京有一股强大政治势力一直没放过朱棣，总是在扎针，这也加剧了朱元璋对四儿子朱棣的提防之心。洪武爷用你们是用你们，但谁也不许跟我这儿翘尾巴，所谓册封全是临时册封，说你是你就是。

可不管怎样，这些还是让朱棣得以松一口气，也大大加强了朱棣在北方军队中的影响，成就了他的军事实力和军中威名，为他的未来人生打下了坚实的基础，这才有了他后来动人心弦的靖难故事、迁都传奇和北京紫禁城由来的历史密码，我们的秘史传奇这才有了如汪洋之水般无尽的明史素材。

北京为什么最终成为了大明的京师呢？按当时的话说叫王气在燕，按今天的话说叫历史车轮的惯性与历史格局使然，这叫顺天、因时和应人。因为成吉思汗的蒙古帝国体系已经形成，忽必烈的大元已经开创出以大都为中心的亚洲格局与世界格局。所以，北京成为大明的首都这是历史宿命的必然，是历史科学的规律。但由于帝王个人思想文化的局限性，洪武帝没有认准吉壤，没有理解刘伯温，没有整明白历史玄机，选错了金窝儿。

历史的道路是曲折的和螺旋状的，并不是一蹴而就的。“起始维艰”四个字用于初生的大明非常合适，小苗不应该指望一蹴而就，更不能揠苗助长，应深扎其根和顺时应运。其实，在朱棣靖难以前就有一次和平建都北京的机会，但被人一句话给错过了，一言丧邦。这是怎么一回事呢？上一章其实咱们已经提到过了。咱老百姓常说这样一句话：人生有福还要有命。的确，运气也是实力。

因为有福的人常常不一定有命，由于指定的龙椅继位人大头太子朱标早逝，嫡长孙朱雄英也早逝，嫡次孙朱允熥不入朱元璋法眼，且媳妇娘家关系背景复杂，黄雀太多，有外戚干政的政治大隐患；所以朱元璋只好在踌躇不定中依刘三吾等人言勉强册立了朱标的庶次子，也就是自己的第二个孙子朱允炆将来继位。

那个岁月，孝既是一种宝贵的品德，“孝”的表演也是夺取皇位继承权的秘密武器。这个年仅十来岁的皇孙朱允炆在其老师们的撺掇和摆布下表演能力特强，曾日夜守在父亲身边，至少感动了朱元璋，挤对走了所有潜在的对手，疑似应天府戏曲学院表演系的高才生。当然，他对《大明律》的见解也打动了朱元璋。

这时朱元璋已经六十五岁了，须发皆白，生活的打击已经让他变得老态龙钟，絮絮叨叨，疑似耳软心活的，动不动就喜欢哭。晚年丧子的悲痛是自不待言，重要的是要重新确定谁来做事业的继承人。朱元璋曾经不顾真龙天子的面子，在南京宫殿东角门上对群臣痛哭，倘若在他死后汉祚江山不保，二世而亡，他觉得寒碜，自己的一生都会被历史否定。

朱元璋是从枪林箭雨和数次鸿门酒宴中走出的马上皇帝，他明白洪武二十年以来帖木儿帝国的几次朝贡，都是来南京打探军情的，他知道这个亚细亚的天下将要如何演义；他知道要不是白帐汗国的奇葩头领脱脱迷失与义父帖木儿的反目，大明西疆早就可能升起狼烟，早就开打了。

所以，洪武爷对朱允炆其实也是抱着一种复杂的感情，对他的性格又喜又忧：他也怀疑孙子柔弱的肩膀，能否担负得起保卫辽阔江山和治理国家的重任，因为此刻的亚洲正在“三国演义”！因为朱元璋知道此刻海宇的形势是多么的复杂和沉重，谁不希望自己的河山社稷久长？谁愿意二世而亡！山茶花呀山茶花，你何日在龙泉观绽放？这揪心的念叨与希冀，谁能猜得出此刻的圣心与此中的故事？

此前，朱元璋曾想依高人之意将江山交给老四朱棣这个万年枝，因为他知道整个海宇的形势非常复杂多变，大明江山昙花一现、顷刻完蛋、胡虏卷土重来出现个“南北朝”不是没有可能，所以朱元璋就立储问题曾经悄悄征询过大臣的意见，他曾问翰林学士刘三吾说：“太子死了，皇长孙年幼不懂事。治理国家必须选对人，我想让燕王传承社稷，你看怎么样?”

刘三吾从宗法制出发，认为懿文太子之子允炆当继承储位，他说：“皇孙世适，富于春秋，正位储极，四海系心，皇上无忧矣。”刘三吾这个人是个没什么城府、自学成才的老知识分子，是个书癖子，你问他谁当储君，他当然只会本本主义，推荐自己的同类，并没有调研和深刻分析天下的形势。

说来，刘三吾老师这人没少读历史，尤其是汉唐史，朱元璋一度很器重他，让他借给各皇子讲历史课的机会观察诸王，协助寻找接班人。但是，刘老师又是一个从不出远门的人，一个不喜欢调研海宇的人，他不行万里路，他没有实践的人生经历。一个从没有观天下的人何来天下观？天天读史，不出门调研，结果越读越晕。

“立燕王绝对不行！如果立燕王，那诸王怎么办？皇孙朱允炆四海归心，大家都拥护他，您可以安心睡大觉。”刘三吾这个本本主义者摇头说。

朱元璋立刻明白了，这种意见绝不是一个人的意见，这是南京一大批人的意见，如果不依从这种意见，在自己死后江南必乱，甚至会出现军阀混战。所以，朱元璋就和身边的高人开始了新的定鼎筹划。可这洪武帝身边是什么样的高人呢？当然是能补天的高人，就是那位“女娲”。可上天为何会给洪武爷掉下个“女娲”呢？欲知后事如何，且听下回分解。

第七十六章 飞入江湖

安心睡大觉？刘三吾这人平日为人慷慨，胸无城府，自号坦坦翁。写字往往迅笔疾书，不暇操修与锤炼，文雅中也透露出粗疏的一面，很容易被人利用。胸无城府这一点，对朝廷来说，对进入政坛来说不一定是什么好事。

常言道：一言兴邦，一言丧邦。国难当头，他竟然还忽悠朱元璋睡大觉。就这样，北平府又一次与顺利成为京师擦肩而过了，也让洪武爷这张旧船票没能及时搭上繁荣昌盛的历史洪船，让自己的紫禁愿景又拖延了，让刘伯温的理想仿佛如夸父逐日，遥不可及。

但是，此刻的洪武爷还是很从容，因为身边就有高人，是补天的“女娲”。要说的是朱元璋身边何来一位女娲、一位补天的高人呢？这个女人，也不简单，请容俺们细细一说，因为这个人她也认为大明应当出南京，另选首都；这也是个奇葩人物，是女娲般的巾帼英雄，但这也意味着她将来也会有政治上的麻烦。

且说大明初年，政治生态还相当复杂，方国珍的侄子和张士诚的残部仍在江浙沿海活动，占据着一些无名小岛，且和日本南朝败兵倭寇相互勾结。论驱除胡虏的革命资历，方国珍和张士诚都是老一辈的，盐贩子张士诚“十八条扁担闹起义”的故事至今流传江苏。

苏州府的富户们仍然在开口“张王”，闭口“张王”的，叫得那个亲，浑不把朱元璋这老家伙放在眼里，也看不起马皇后这淮西妇人的那双大脚。所以大明虽立，朝廷内外仍有人和海上人等暗中勾勾搭搭，和旧势力旧情难忘，搞海外走私；虽吃着大明的饭，心里想的却是要砸大明的锅。西有胡虏，北有元朝遗种，南有海上敌人，中有怀庆府和东昌府“两面派”与四大王游击队，内有真假“朱衣人”裂土应谶者，这一切真够洪武爷喝一壶的！所以，洪武爷在立国之初就利用无遮大会招聘各路人才，亲自当伯乐。

反正朱元璋曾一直在无门槛地寻找高人，几十年如一日苦苦寻找高人，从不放弃。现在，洪武爷又要开始寻找能预见未来的、张三丰那类的高人，因为他听铁冠道人说张三丰在北方培育成活了山茶花。这是不是在喻示大明可以定鼎北方？所以，朱元璋命令手下寻找张三丰，同时也寻找博学老成的人才。

可张三丰与博学老成之人找得到吗？找不到也得找，茫茫人海，终生寻找，一息尚存就别说找不到。苦心人，天不负，神奇的故事居然真的来了。手下内侍竟然真的为洪武爷找来了一位神仙，还是女神仙，而且也是大脚，也姓马。

明史你居然就这么巧，再高明的编剧也虚构不出来这传奇。这个马姓女人也不寻常，家族开明，自小父母送她到县城读官学，她在父亲的启发下，在自己的钻研下居然会观天象，能为洪武爷补天裂。大明早年的普及教育，男女受教育机会平等，确实得到了实实在在的回报。更重要的是，这是个能帮助朱元璋补天裂的“女娲”，这不是神话，更不是传说。

这个女人到了南京后立即给朱元璋提了两个建议：一是不要将王朝的隐患藏着掖着，不要粉饰太平，要让天下人知道多难兴邦，所以南京后来就出现了“画角说难”这历史一幕；二是这个第二“马大脚”也觉得南京不适合做京师，而且她觉得南京紫禁城的气场不对，城墙虽高，包裹的却是萧寒之气，这正说到了朱元璋的痛处。

接着，这个女科学家既鼓励洪武爷继续学习观天象，也提醒他要研究五岳四渎。要研究地理仙们的地质学，既要仰望星空也要脚踏实地，最重要的是要注重水利科学，因为筑城是逐水而居，龙王爷要居首。但这个睿智的女科学家她不来硬的和急的，她有巧主意和妙办法，这也就更加剧了洪武爷迁都或者是两京制的决心，这也让北京紫禁城的端倪更加清晰地呈现出来。

眼下，为了医国，洪武爷确实也不管什么男女授受不亲这些了，洪武革命尚未成功，同志们要渡过难关，洪武爷要为大明汉祚五百年而努力奋斗，谁还管这些忌讳，而且后人确实没听到一丁点他俩的绯闻，连谣言都没有，咱们就别以小人之心度君子之腹了。翻页乎？

也许这是因为这第二“马大脚”肤色长得比宋小宝还黑，毕竟是海南的，而且这女人还自小总是爬树、摘椰子、下河和下农田。此时的马皇后已经在洪武十五年故去，长眠孝陵，暂不多表。可这个第二“马大脚”究竟有何高招儿呢？她真的能补天吗？她真的是大明的女娲吗？她与朱元璋因何相识？这是怎样的一个过程？她对北京紫禁城有贡献吗？这其实都是后话，后话当然要在后面说。

朱元璋的晚年是相当关心未来的，他所渴求的人才根本就不是什么方孝孺、黄子澄、黄观、齐泰和练子宁他们这些纸上谈兵、下笔千言却胸无一策之辅臣；也不是张玉清、孙碧云这些顺情说好话、天天歌功颂德的马屁道士，这些人都是那盘江南中华象棋上的摆设，如同“士”和“象”。蒙古式象棋的人才几乎都放在了北方，多年来朱元璋渴求的是能预测未来的人，他下诏寻找的与多年来派便衣寻找的，本是一个叫张三丰的救命恩人。

朱元璋已经再度身陷困境，他要提防西番突厥帝国和北朝蒙古帝国的卷土重来，还要防止大明江山裂土；他要南选太平天子下一盘中国式象棋，还要北择国家柱石下一盘蒙古式国际象棋。当然，卜都定鼎更是洪武爷一生的心病，因为南京宫殿改扩建又失败了，败得相当惨，高高的城墙里面却是一座基座下陷的凶宅。朱衣紫禁梦确实如风中灯烛，难免招来内外的觊觎。所以，首都定鼎问题依旧是洪武爷的最大愿景与心病。

“就这样边凉子啦？胡扯！屁晃人！听你们的，大明的社稷也就毁掉了！还能搞幌子该？已经除掉了淮西勋贵死党，打击了吴中文人团伙，抛弃了浙西四杰，但还有个浙东财主集团以汤司令为靠山在追着皇孙，控制皇孙，真拿我老朱当六叶子啦！”洪武爷暗自思量。

……

朱元璋，他是匹夫，是泥腿子，是土鳖不假，但他也是一生征战的老革命和老江湖，也是有一丝神迹的。他绝不简简单单就是个普通农民工，他祖上本是大宋军户，后改为淘金户，他自小与家庭、与农业缘浅，常在村口、集市和戏台听流浪艺人吟唱历史，很着迷、很用心、很投入地接受了中原路社会大学五河分校漂泊系流浪专业的历史课、艺术课和政治启发课；之后在马皇后与军营老师毛骐的帮助下，他在战火的间歇中也研读历史，恶补历史，尤其是汉唐史。朱元璋性格相当顽韧，绝不轻易缴枪。

洪武爷是从汉、东吴、西吴和残元四国演义的无数阴谋诡计中、从血火尸首中走上权力金坛的，他示弱于刘三吾之辈是因为他知道刘三吾这个人不过是个没有结党、没什么威胁、从不出远门、从不观天下、被别人利用了的书呆子；而且当初朝里几乎谁都不愿意出面替自己篡改孟子学说时，只有刘三吾答应了，曾给了尴尬中的朱元璋一个台阶下。

所以，洪武爷面对眼下这一切若真的是无可奈何、束手无策了，那他就不配叫朱国瑞和朱元璋这样的名字了。人到难处想亲朋，朱元璋也是人，他也不能免俗，他开始心曲飘飘，思念一位神仙级的神秘特殊战友，这可是个曾两次救朱元璋命的恩人，这可是个点拨过朱重八的人，这是个一生穿草鞋的志士和仙人，是个迷雾笼罩的人，他叫张三丰。

为什么要寻找张三丰，因为天下有传言说张三丰为了大明紫禁的成功与否在北方某地，大概是山东试种了国花——山茶，这叫上征天意。如果成功那就意味着紫禁与大明帝祚将有光辉的瑞景，作用与云南龙泉观一样，这就引起了朱元璋的强烈兴趣。

可是，朱元璋在寻找张三丰的过程中却奇遇了另一个高人，还是一位女子，这就是马蓬瀛，第二“马大脚”。第二“马大脚”居然也鼓励大明出南京：迁都。但不可硬来，不要劳民，两京制即可，不迁而迁，南北平衡。这似乎应该是个好主意，可朱元璋是如何际遇第二“马大脚”的呢？是怎么个过程呢？天上是不会掉下个马妹妹的，欲知传奇的后事如何，咱们下回分解。

正是：候日台荒月满空，赤乌曾见纪东风。自从玉辇归天上，长使铜壶没地中。秋色万家迷废井，寒烟一带见离宫。蛟龙何岁乘风雨，飞入江湖不可逢。

第七十七章 际遇奇人

兄弟呀，你在哪里？
多少次的呼唤，
你是否能听见？
多么宝贵的尊严，
竟无奈化作了心如刀割。
战友呀，你在哪里？
曾经的相遇，
你是否遗忘？
多么难得的志士，
竟成了神话传说。
兄弟呀，你在哪里？

多少次的思念，

我是否会如愿？

多么宏远的鹏志，

竟改变不了悲哀的眼前。

曾经的手温，

是否已挥散？

多么难得的战友，

竟总是隐没在天边。

……

笛曲飘飘，绕梁不绝，这是心音大意，当然不是原创歌词，这是朱元璋对知音张三丰的思念，谁能听得懂这灵魂的浅吟低唱？所以，朱元璋准备向天下寻觅张三丰这类奇才辅佐自己实现朱衣紫禁梦，可这样的人物一蓑烟雨，五岳四渎，庙观无数，萍踪侠影，这好找吗？洪武爷能找得到张三丰吗？

夸张点说张三丰今天还在活着，而且不止一个，历史终会证明。可朱元璋在得势之后，为了清洗应谶的朱衣人，曾两次恶毒地咒骂过所有红巾军，还声言和红巾军划清界限，一竿子打一船，总是不精确打击，总是冤屈无辜；总是想着肇建辉煌紫禁，而忘记了当初对天下的承诺——救济斯民。说话不算话！

那人家张三丰还看得起他这个不讲信用的人吗？黄河已经几次决口！所以人家已经放弃了他，功是功，过是过，洪武爷您眼下仿佛是挑水的回头——过景（井）了。英雄末路，辉煌的岁月基本就到这儿了。此时，南京的登闻鼓已经失灵，成了摆设，成了悲凉的笑谈；在宿州的灵璧，由于百姓对朱元璋的统治不满，有一首童谣开始悄悄流传唱道——朱大麻子，放牛娃子，重八当皇帝，忘了姓啥子！

在淮安，由于地方官吏的压迫，也有周文良和李妹儿的小起义；在大巴山也有白莲教的起义，在边夷地区也有各种原因的民变，黄河也时不时决口，发出重大信息；中华的历史也可以说就是黄河史，只要黄河安澜与不断流，天下就无大事。

但是，朱元璋是个意志坚强和对天下负责的人，他是忠诚的民族主义者，他的江山来之不易，他只要有一口气在，就要为了目标奋斗。可究竟是什么在支撑朱元璋的意志？除了马皇后当年小村之恋时给他的信念，还有他自己心中的小秘密。

这天，洪武爷抽空走出宫殿来到了附近寺庙，他既没有拜佛，也没有拜神仙和神龙什么的，只是对着寺中的灵璧磬石制作的鱼磬默默嘟囔和膜拜。这种鱼磬敲击时声音独具，清韵悠扬，妙不可言。我国第一颗人造卫星从太空传回的乐曲就是用这种鱼磬敲击演奏的《东方红》，曲调清新悠扬，“50后”“60后”“70后”不会忘记。

朱元璋认为这个鱼磬的各个部位对应着天下的各个地区，哪个省会大旱了，他就敲击对应部位，为之祈雨。朱元璋在烦恼和有心事的时候，也经常喜欢到庙里敲鱼磬，静静心，并诉说难言的心愿。闻磬声，烦恼清，默祈祷，快显灵！

朱元璋自小对庙里神鱼情有独钟，他想让鱼磬显灵，早点找到张三丰帮帮自己。究竟朱元璋能否如愿找到仙人志士张三丰呢？究竟鱼磬能否显灵呢？说来历史真是比小说精彩，朱元璋虽然没找到张三丰，但却找到了另一位高人，也懂星象，居然还是一位女子，这就是我们之前刚刚说过的第二“马大脚”，就是她居然帮助了大明补天裂，往事历历。

谁说女子不如男？谁说女娲补天是传说？这不，人已经到了南京的紫霞洞附近，却是个面色黝黑的健壮女子。可大明妇女能观天象吗？这个女人对朱元璋的事业真的有帮助吗？她到底是个什么来路？俺们现在就说。此女科学家在官差陈二仔的陪同护送下，已经到了南京紫霞湖边，马上就会来到金銮殿和朱元璋见面。

“我不想住皇宫，以后就在这紫霞洞附近给我找一套普通民宅，这一带有灵气。”这个面色黝黑的女汉子说。

“没问题，你是懂天鉴的人，是皇上的客人，给你备两处都行，我说话算数，我这是在给皇上做事！”官差陈二仔赶紧答。

这二人中的那个面色黝黑的女人就是朱元璋即将际遇的奇女子马蓬瀛，明史中的真实人物。五指山呀万泉河，自古你就有娘子军的故事呀，海南出奇女子。马蓬瀛是海南的，自幼聪慧而勇敢，她既享受到了洪武初年王朝重视教育和免费教育的阳光雨露，有机会学习妇德、妇容和《九章算术》等，又随开明的父亲入门深研，逐渐成为精通农事科技、水利、历数和天文的奇女；他老公刘公直也曾是大元国家干部，不嫌弃她的那双大脚。

元朝末年，历任礼部主事、户部郎中的东光县贡生刘公直，在战乱中宦游到昌黎，得知马蓬瀛的奇才，慕名娶了假小子、敢爬树的女汉子马蓬瀛为妻。此刻内臣陈二仔给刘公直留下二百锭银子，奉旨召授马蓬瀛为尚宫司宫，正授冠佩，同时，令县府每年给其家俸米六十石，这在洪武朝可是高规格的薪水，那会儿的钱值钱，不毛。

南京紫霞洞的泉水自山涧而下，形如瀑布，淙淙不竭，凉风栩栩。紫霞洞叫紫溪洞也不为过，这是元末周颠和尚曾隐居过的地方，今天是个军事禁区。相传“文化大革命”期间许世友将军曾避居紫霞洞这里，紫霞洞附近东郊宾馆神秘的一号楼是毛主席曾下榻的地方，不多表，多表也表不出来更多了，惭愧！惭愧！毕竟俺们是草根作者。

且说这个朴素的大脚女人真的是朱元璋渴望寻觅的人才吗？她有张三丰的能耐吗？她在洪武一朝有精彩故事吗？故事还真来了，可以说朱元璋晚年写的《祖制》和这个女科学家有直接的关系，紫禁城的由来与她也有重要关系，这也是明史密码；大明的两京制也与她有关系，女娲补天不是传说，中华的神话是历史的另一种隐喻形式。

古人的星象不是指今天无聊的、报刊亭上兜售的蒙小孩儿零花钱的星座小册子。古时，星辰不仅仅是星辰，它们的形态、运行等都与人事密不可分，就连天气和气候都可以预测。明初朱元璋对星辰有神秘的预测，影响了明朝的这些事儿和那些事儿，以及明初未来的走向，这才带来了传奇、星翰灿烂和大明有深意与玄机的祖制，为改写大明历史和北京紫禁城诞生埋下了难以解读的伏笔。

第二“马大脚”马蓬瀛到了南京宫殿后，这位新任的大明天文台台长立即判断出这里建筑的气场不对，有大问题！马台长不但能发现问题，居然还能解决问题，这女娃思路开阔，不钻牛角尖。复杂的问题到了她手里就变得简单，而不是像自己似的冥思苦想，这可是朱元璋做梦都没有想到的。

让女孩也有学习的机会，也许当年是一念之差，也许是马皇后的叮咛，但眼下却给了朱元璋、给大明、给汉祚、给天下和给海宇一个补天裂的传奇，让大明紫禁又诞生了成功的希望。可这故事是怎么个来龙去脉呢？这马蓬瀛马台长的补天故事究竟是民间传说，还是大明真正的、确凿的历史呢？咱们下回分解。

正是：中元北极紫微宫，北极五星在其中。大帝之座第二珠，第三之星庶子居。第一号曰为太子，四为后宫五天枢。左右四星是四辅，天乙太乙当门路。左枢右枢夹南门，两面营卫一十五。东藩左枢连上宰，少宰上辅次少辅……

第七十八章 女娲补天

“皇上，有大事！城外有个穿草鞋的邋遢人，有点像一直寻找的那个张三丰，但他说自己不是张三丰，是铁伞道人的弟子，是个游方郎中，说能给人治心病，但我觉得他的气质就像您说的张三丰！”锦衣卫便衣气喘吁吁来到北极阁对朱元璋密语。

“啊哦，何以见得此人就是张三丰？这么多年连个影子都没有，铁鞋难觅，这会儿就突然上门来了，你不会是看走眼了吧？”朱元璋从北极阁的一堆天文仪器中抬起头说。

“不会，当我把宝钞和一锭银子放在他面前时，他的眼睛连眨都没眨，他蓑衣虽旧但他的眸子是明亮的。迥异常人！就算他不是张三丰，我也敢肯定这个人绝不是个简单的臭要饭的！”锦衣卫说。

“说什么呢？”洪武爷一瞪眼，这话他岂能爱听。

“掌嘴！掌嘴！爷，他绝不是个漂泊的道家……道家化缘人。我试着扶起躺在地下的他，可根本就扶不动！我也是练家子，居然难起其一只手臂，小时候听我爹说过，这是一种内功叫千斤坠儿！这您懂，皇上！”锦衣卫说。

“还有吗?”朱元璋问。

“啊哦，他腋下还夹着一把小雨伞是铁打的。”锦衣卫说。

“小雨伞？真是铁伞道人的弟子吧？走，我换一下便装亲自去，后面备一顶空轿子候着，你速派一个人先去稳住那人，就说金銮殿里有人得了慢性热病，请他进来给说个方子，有重赏!”

“咱们去几个人？爷?”

“就咱俩。”

……

当朱元璋从北极阁赶到紫禁城外的墙根儿下面时，却发现连个人影都没有，地上只有一本书，上写三个字——无根树。朱元璋打开书一看，头一页就写着一首诗：行云流水不自收，朝廷何必苦征求。从今更要藏名姓，山南山北任吾游。

朱元璋这叫一个郁闷，到嘴的鸭子又飞了，他让手下近侍赶紧去追赶铁伞道人，哪能追得上吗！铁伞道人自幼出家五台，后挂单峨眉，云水天下，武功卓绝。尤其是轻功，寻常墙头，他背着一袋粮食便飞越而过；旱地拔葱，可手捉枝头小鸟，不多表，俺们这毕竟不是武侠小说，给您意思意思、提提神儿就得了。

且说朱元璋是闷闷不乐地又去了西边的武英殿办公，写明天要办的事，写点小纸条贴在身上，因为在谨身殿办公理朝着实不好受，最近这紫禁城的殿宇越来越潮，后宫的六十四位女嘉宾因为位置离燕雀湖最近，就更受罪了!

……

“报!”这时，又来了急报，这个消息让朱元璋又恢复了惊喜，他以为把铁伞道人追回来了。但只见一个叫陈二仔的内臣虽疲倦，但满脸喜色，他带来了一个风尘仆仆、面色黝黑的中年女人，这个女人可不是一般的封建女子，这是位女科学家，不缠足，也是大脚，是个身体健壮的女汉子，这个内臣非要屏去左右才肯跟朱元璋对话汇报工作……

就这样，老天半遂人愿，朱元璋晚年还真悄悄际遇了一位能预测未来的女星象家，此人就是大明朝唯一的女科学家和女星象家马蓬瀛，大明王朝的第一任汉人天文台长。前文说了马蓬瀛是海南人，她也是大明朝唯一能观天象的女人，更是给明史带来神秘故事与迁都故事的人。俺们也惊叹竟然她也是个马大脚，莫非朱元璋和姓马的女人有缘？真说不好。

但是，此人具体跟朱元璋说过什么？说得对不对？准不准？书面历史已经无文字根据可查，连传说都很少，只知道这个女人，不！这个洪武朝天文台长从不乱说话，不论是臣子，还是藩王们，还是东宫三皇孙一系，谁也休想从她那里套走半个字。

从此，也就是际遇了第二个“马大脚”女星象家马蓬瀛之后，洪武爷一边观星象，一边玩儿命地开始在北极阁动笔写祖制，实话实说，不厌其烦，而且是碎碎叨叨地玩起了婆婆禅。不再粉饰太平，不再死要面子；再也不说自己的祖宗是朱熹了，勇敢地承认了自己的出身是淮右布衣，不是朱衣。

因为这个女人，就是那个内臣带来的中年黑肤色海南女人马蓬瀛马台长，在默默地教朱元璋进一步学习观看星象：何为妖云？何为吉星？何为长庚？何为启明？何为南斗？何为极星？何为紫薇？何为九重？何为恒辰？何为彗星？何为连珠五星？朱元璋跟老天爷可不敢作秀，尾巴必须紧紧夹着。

常言道，人过四十不学艺。可朱元璋不管这一套，照样活到老学到老，学得非常认真。朱元璋在得到这个神秘女高人马蓬瀛的指点后，在北极阁还不断书写和完善《祖制》，《祖制》在今天就相当于宪法。在洪武末年，洪武爷在祖制里就摆下了最后一盘秘密残棋，这棋还挺复杂，是中华象棋加蒙古帝国国际象棋，谁胆敢与之博弈谁就要付出代价，这也犹如织下了一张隐形的蜘蛛网。

这张网可太厉害了，既要北御外侮，又要南搞文治；既可粘住妄图控制皇孙的江南财主买办集团，又可化作翻腾的云水、闪震的电雷，雾起烟迷，电闪雷鸣；不但确保江山不裂土，异姓王当朱衣人没戏，还可防止反明复元的一位世界级大君，攘外安内，真是一举三得。朱元璋虽不懂得建设科学和经济学，但他懂军事科学和政治学，这也才给北京紫禁城由来的秘史埋下了一个意外的由头。

此后，朱元璋晚年也常常凭借这点三脚猫的功夫，半夜起来神经兮兮地跑到北极阁去查看天象。哪个星亮？哪一宫冲犯哪一宫啦？什么男女授受不亲，顾不上这么多了！朱元璋在努力向马蓬瀛这个女科学家学习观星术，的确是活到老学到老。

除非是在阴云晦暗的日子，老朱才会无奈地守在屋中，他要永远提防一位海宇大君对大明的剑火威胁，因为这个人的手下不仅打到了莫斯科城堡，还打到了西班牙，西班牙的国王只好管他叫干爹！历史上的南北朝时期，北朝的皇帝也曾管突厥的可汗叫干爹，而朱元璋没这爱好！所以京师定鼎就是国防的第一基石，所以这是洪武爷一直的大心病……

“咔嚓！”一道霹雷震响在南京宫殿的夜空，数道闪电将燕雀残湖照亮，大雨滂沱，湖水渐渐上涨，因选址错误而改造得前倾后洼的南京后宫开始泛出潮气，宫顶结了水珠。南京夜未眠的洪武爷在吴王紫禁宫殿的后宫门口，看着这滂沱大雨打在砖石上溅起水雾，他的两眼放射出两道精光，这两道精光仿佛要穿透这苍茫水雾，探照清楚身后的未知之路……

朱元璋提防的这个威胁大明的海宇大君究竟是个什么样的人呢？他眼下有何打算？与大明将会有什么样的故事发生？这当然就是那个想入主大都的人，也就是想占领北京的人。此刻的朱元璋渐渐明白了元大都的地理位置是多么的重要，但遗憾的是他却一生迷信，没有做过登上长城的好汉。但是，朱元璋决定为子孙铺路，他要做一个慎终如始、负责任的宫产开发帝。欲知后事如何，咱们下回分解。

正是：中原漂泊整八年，孤单乞讨遭人嫌。心头虽有疤与痛，不愿轻易与人言。冻饿疾病谁曾管？几次濒死到边缘。幸有白莲觉者起，宿命召唤反残元。从来天助自助者，贪者不仁断无缘。九死一生争天下，更有安内历数年。虽是江湖庸俗客，信念未曾泯心田。大明江山是朱姓，防备分裂丢皇权。驱逐胡虏路还长，大棋胶着第二盘。孰若斗胆坏《祖制》，灯蛾扑火自玩完。虽云世事实难料，最后一剑也生寒。洪武使命盖如此，紫禁仍是一谜团。

第七十九章 恢恢大网

书接上文。上文说朱元璋织就了一张掌控大明未来的蜘蛛网，可他为何要这样做呢？世界大势和天下大事在大明洪武朝究竟是如何衍变的呢？朱元璋晚年织下的这张诡秘、隐形的网究竟是如何掌控历史走向和翻云覆雨的呢？到底是鱼死网破，还是一网打尽呢？其实，一枚硬币有两面，朋友是敌人，敌人是朋友，在一定条件下可以转化。

历史结果证明，正是这位大君的东征计划才把大明王朝、把永乐朝逼到了北京，这就是历史宿命的诡异。当初没有这位大君的威胁，大明的队伍也许在桨声灯影秦淮和平的香风暖风的夹杂中就烂掉了！在中原少林寺塔林深处有这样一句神秘的偈子：天下对手，教会武僧。大明朝的历史和紫禁城的历史也完全可以说：天下对手，逼出北京！

但是，北京紫禁城不是一口气吹出来的，也不是睡大觉等来的，而是一步步努力跋涉与斗争出来的。漂来个紫禁城？飞来个紫禁城？历史谈何容易。眼下，也就是遇见了第二“马大脚”马蓬瀛之后，朱元璋开始准备向北边的塞王们悄悄放权，只有这样南北平衡，才能确保大明江山无虞，无意中就形成了大明朦朦胧胧的两京制雏形了。当然这也是一张苦心织就的无形政治大网，谁破坏这个平衡谁就要悔恨终生。

女娲马台长的补天裂着实高妙，她不流汗，不出大力气，她设下玄机后自然就会有男人，当然是英雄们和风流人物们为之前赴后继。不信吗？更精彩的历史演出开始了，究竟是谁逼出了北京紫禁？大明女娲这出历史大戏是如何埋下伏笔的？是谁将为之奋斗？有没有引人入胜的传奇？一定要让明史故事与紫禁密码水落石出，一定要让刘伯温如何建北京的理想传奇为世人所知。

今天，有人歧视妇女；古代，也曾更加歧视妇女，但有个漫长时期这个世界女人也统治过男人，因为人类社会也曾经是母系社会。先有盘古开天，然后女娲补天，接着才是伏羲与三皇五帝。女性也曾经辉煌，曾经伟大，花木兰与武则天的例子就是个别的返祖现象。将来有一天也许天道再度轮回，权力再度交给女汉子们一段时期，谁让女娲能补天裂，谁让男人喜欢流浪、喜欢暴力而不顾家和不着调儿呢。

有心有意皆为假，事到无心始见奇；贪心过海无足时，过眼浮云又笑谁。南京火热的天气终于转凉了，燕子南飞，秋风让紫禁中的小西园显得萧瑟，光阴的流逝让洪武爷既觉得年华似梦，又觉得岁月是这般美丽，留不住啊！时间都上哪儿去了？刚娶纳不久的张美人呀，朕还没好好看看你，眼就花了。

……

“爷，假若西北回鹘过来十几万人马到了嘉峪关怎么办？”二代秦王隐王朱尚炳问。此时，洪武爷的二儿子朱樉已经早逝！

“老四说说。”朱元璋说。

“父皇征战一生，棣想听父亲说。”朱棣说。

“说实话，俺现在精力衰微，已经运作不出千变万化的兵法，但有一条请记住，敌若来十几万大军寇边，就先放他抢。大军隐忍，按兵不动，避其锋芒。等粮食、茶叶、锅釜、金银和女人被他们抢到手后，那时我们出其不意出击，敌焉能不败！”朱元璋说。

“如果不是为了抢，而是不走了，要继续闯关怎么办？”有人问。

“那就要依仗耿炳文耿老将军的弟弟、李保儿、宋晟和你四叔了！”

……

南京，朱元璋目送走了几位北疆塞王，对这几个人洪武爷都给了特殊政策，都给了实权，对他们都有不便载于史册的秘密嘱托，目的就是巩固北疆。北方踏实了，牢靠了，皇孙不就可以在南京踏踏实实做太平天子了嘛！尽管吃你的，喝你的，穿你的，玩你的，秀你的，海选你的几十位宫廷女嘉宾妹妹。

洪武爷指望着皇孙在自己殡天后，走一盘中华象棋，南北两头和文武左右两边都不得罪，居中调停，让左手右手相互帮衬。然后自己在深宫把江南的财赋搞好，抓抓减灾防灾，再铸一点辉煌小面子，粉饰粉饰历史记录。南财北军，南文北武。在北面，朱元璋则走国际象棋，强调边防。南北互相配合着，这江山不敢说万年，起码也是一盘五百年的混合大棋呀！

洪武爷读过历史，且一生喜欢研读历史，他也明白中都和南京京师紫禁城建设的失败意味着什么，这绝非是官产与房地产开发的失败，这不是江山万年的吉兆。所以朱哥不可能不小心，因为他已经两次被同一块西瓜皮滑倒，他两次或三次建设紫禁城都失败了！第一次被西瓜皮滑倒，你得骂那缺德的扔西瓜皮的人，第二次滑倒还是那同一块西瓜皮，这是不是也该骂骂自己了？

而且，眼下大明使节郭骥和千人使团还在撒马尔罕被扣押，朱元璋心里能不搓火吗？何止是搓火，这预示亚洲联军东征大明的一场战火。洪武江山来之不易，多少志士牺牲在革命征途，这是前赴后继百年的奋斗，朱元璋必须要做一个对历史负责任的人。否则，将来也没脸见老伴儿马兰儿呀！所以，大明天下的重心又向北方倾斜了不少。

反复仔细掂量洪武末年这段明史，此刻的朱元璋，就像一个无奈的老银匠，把一个沉甸甸、压手的和货真价实的军权大宝，掂了又掂，一咬牙扔给了北边的几位塞王；把一个金光闪烁的、正统的、非纯金的、好看的、外在的、后勤的、经济的、丰饶的、享福的和有名分的留给了南边的皇孙。不是朱元璋自己想这么做，不是他非要偏袒谁，而是海宇的形势逼得他眼下不得不这么做，这是不得已的历史选择。

因为此时的天下是内忧外患，并不是天天都是什么开心的锣鼓与好日子、紫禁的事都能成，是根本就没成。眼下的洪武朝是个什么德行，朱元璋自己心里最明白，远未到开心锣鼓年年响起来和享太平的麻醉时期。可以说，在葱岭高原，若不是因为帖木儿的奇葩义子脱脱迷失突然跟干爹反目，那阳关之西早就如刘伯温家乡童谣预言的那样烽火连天了！

当然，朱元璋这一切新决策与第二“马大脚”马蓬瀛的观天象和补天裂有直接关系，这是破译明史密码最好的线索；论顺藤摸瓜，这也是一条非常宝贵的藤蔓，只是这个女科学家被有点大男子主义的史学家们与明史极客们因羡慕嫉妒恨给忽略了，名气不高，暂不多表，先说故事，因为又来新故事了，接班人皇孙要有动作了。什么动作？什么情况？打仗！打内战！怎么回事，一个小孩子？

且说，人一老就贱，这一天老皇上朱元璋高兴，想孙子了，来到了东宫，到皇孙这里串串门，想嘱咐孙子将来治理社稷要多依靠叔父们，遇大事多和他们商量；将来坐天下离不开叔父与辅臣他们的支持，我死后将是他们背着你跑，但别人背着你跑不等于是你自己真会跑了，你得学会待人处事，要谦虚。老爷子用心良苦。可交谈中爷孙俩有心无心的一番对话，叫朱元璋的后背顿时惊出了微微的冷汗，这他可是没想到呀！

“这还了得啦，骨肉要相互残杀了，我这还活着呢！”

朱元璋当时虽然没表态，回去后却心情久久不能平静，皇孙可谓是不知深浅，这不仅仅是朱家的事，还有边疆国防的事，这牵扯到江山帝祚的绵延。“我马王爷都不愿轻易开战，而你这搞文治的仁柔小娃子张嘴就要兴六师打内战？你带过兵吗？你打过仗吗？这又让困苦中的老朱在南京宫殿夜不成眠，苦命啊！已经当了天子二十多年了却依旧靠苦吃饭呀！锣鼓听声，听话听音。皇孙竟然放话说将来有可能要对叔叔们临以六师，他憋着要动刀枪啊！而且，他还提议撤掉大西北的总兵官宋晟，那自己南文北武御外侮的混合大棋可就完了。皇孙一个屁孩子只是鹦鹉学舌，可学的是谁的舌呢？谁是藏在后面的黄雀呢？这眼下其实已经不重要了，因为除了政敌，自己得罪的天下人太多了，恨自己恨得咬牙切齿的已经数不胜数，恨朱家人的也数不胜数。那二儿子朱樉不就是让人在樱桃煎里给下了毒嘛！”

……

于是，彻夜难眠的朱元璋终于又谋定了一盘大棋。第二天，朱元璋就找来了个人，这人是和尚，就是僧官溥洽，朱元璋认为这是可以托付大事的人。故事也许有点说早了，早就早吧。于是，一个类似戏曲里才有的历史情节出现了，什么情节呢？懂明史的人都知道，不懂明史的人大多也都听说过，就是那一小箧，内有袈裟一、剃刀一、度牒一，在发生不可逆转的事情时，可用它来为皇孙渡过难关。

既然这是天下人都知道的故事，咱们在这儿就不啰唆了，咱们继续赶路说紫禁城诞生的故事。反正一句话，朱元璋生前对许多事是有所预料的、有所准备的。此刻的朱元璋一边准备开凿修复西安龙首渠，一边还很想写一篇文章为将来的迁都再造造舆论。此前其实已经写过一篇了，但洪武爷觉得还不够力度，还要继续为大明迁都造舆论。

但朱元璋也很机灵，他不打算亲自操持迁都，自己就忍着了，这辈子就凑合了；只是为儿女们造舆论与铺路，看看到底谁才是真正的万年枝？谁可以让大明江山万年？谁能读懂自己那颗欲登上上天云谷而封神的紫禁之心？再说，南京也很重要呀，这毕竟是一座英雄的城市，这里给大隋和大唐提供过机会与踏板。朱元璋决定合欢南北，毕竟许多客家人与南京有感情，这是南渡后离中原最近的地方。欲知后事如何，且听下回分解。

第八十章 合欢南北

风云难测，当一股来自西北方向的、略微有点不正经的高空气流通过无遮拦的长江江面路过南京的时候，立刻就与当地暧昧多情的一股暖湿气流搅和成了一场绵绵的秋雨。霎时，玄武湖、秦淮河、鸡鸣寺、栖霞山和聚宝山皆被秋雨笼罩。

秋雨中的牛头山神秘葱茏，但紫禁小西园房檐滴水则显得冷冷清清，看上去是那么的寂寥和悲凉。檐下眺望，秋雨打湿了小桥下的枯荷，把地上也搞得湿湿的；伴着风雨，更多的树叶一片又一片左右摇晃着飘落而下。

廊庑下的洪武爷也没觉得这落叶有什么凄美不凄美的，洪武爷他已经不喜欢整段子、耍贫嘴了。一些雨滴溅在朱元璋的眼角，他也顾不上擦去，看上去略微有些酸楚。朱元璋已经老了，风烛残年，英雄末路，他愿意给孙子讲讲自己的童年，讲讲过去，轻松轻松，可海宇形势与萧墙之争让他老人家还是歇不了心。

更纠结的是，这皇孙自己确实也有点不知深浅。所以眼下，重要的是自己必须再摆下一盘最后的残棋，织一张更加细密的看不见的大网。朱元璋虽不懂科技文化，虽然有点糙，但还算是个老政治家，是个合格的老兵，且一生学习历史。

奇葩的是，洪武爷这张在大明版女娲马蓬瀛马台长指点下的“蜘蛛网”，竟然在他死后真的达到目的了，还算是巧合地符合了浩浩荡荡的世界潮流，换句话说叫顺应天道。这是一张什么样的网呢？洪武帝为什么要这样做呢？

原来，这是由于迁都西安计划因水源问题的暂时冷冻搁置，让朱元璋想走一个折中的计划，当然这里有马台长的秘密指点。因为迁都动静太大且劳民而有危险，不如加大北方塞王们的分量，造成两京制的雏形底子。如此一来，塞王可以制衡江淮，南京的机构以及大批臣子又可以牵制藩王们。而皇孙就好比是个居中调停的裁缝，他应当让南北这两只长袖平衡和谐地为大明起舞，只要他愿意做个好裁缝；当然他也应当像中华象棋里那个不出宫的将帅。

洪武爷为什么要让北边的藩王们牵制着南京呢？这是因为南边的人太痴迷朱衣梦，醒不过来，仿佛永远醒不过来；他们甚至上书不惜放弃琉球、澎湖等海岛，并主张禁海。汤和、黄子澄和皇孙都是这个意思，意见一致。朱元璋是自小在白莲教教门子里混过的，他有心机，明白这些人痴迷地做着朱衣梦；这些苏州府、应天府和台州府的小资大资们总是与朝廷和军界暗中勾搭。

一开始，也就是洪武早年，洪武爷曾想利用自己的发小大将周德兴牵制这股势力，但周德兴这人勇多谋少，把一些朱元璋私下嘱咐的、应该保密的政治私语在酒后全都给秃噜出去了，让人家揪住了辫子，搞得朱元璋很被动，平衡被打破。所以，朱元璋要再次建立南北平衡，这一切都是为了大明江山万万年；不必在历史竹帛上名头多么响和多么猖，晚年的朱元璋要的是大明帝祚的稳和长。

但是，美丽的设想终究是设想，皇孙的一句话让朱元璋大失所望，他从美梦中一下子醒来了。因为皇孙想削藩，想动武打破这种平衡，这让朱元璋惊出冷汗。而且，皇孙还坚决主张撤掉宋晟，撤掉宋晟换谁呢？够资格的只有两个人，一个是耿炳文的弟弟，已经赴任西宁；第二个那就是耿炳文，是皇孙朱允炆的姥爷，是外戚，他一直说自己没有朱衣梦，是王朝忠狗，可他自己说自己这算数吗？朱元璋信吗？

可不同意也不行，将来自己死了，人家还不是想换谁就换谁。所以，洪武爷又有了下一步的两个动作，第一个是同意撤掉宋晟，但顶替的人只能是大将李文忠的儿子李景隆，绝不能是耿炳文！而且耿炳文的弟弟此刻已经控制了青海，朱哥不愿意把西部兵马都交给外戚耿家。许多明史爱好者都会说李景隆这个人不过是个绣花枕头，但历史事实果真如此吗？那朱元璋岂不是在拿西北国防当儿戏？毕竟李景隆乃大诗人李白的嫡系后裔，朱元璋一生读史。

李白又是什么人？仅仅是诗人吗？他还是军旅作家。“本家陇西人，先为汉边将……苦战竟不侯，当年颇惆怅。”史海无涯，只怨俺们这“小薄本儿”实在是暂时没有版面来容纳李白祖先与李文忠父子的军旅故事与诗歌才情的传奇了。单提一个人，懂清史的人一定会意，这也是李白后裔。谁呢？李成梁将军。翻页，必须翻页，否则就是穿越。

第二个是朱元璋要将祖制做更精细的更改，甚至就明明白白写上了藩王有清君侧的权力，可以还手。这可不得了，这下子明史能没有故事、悬念与伏笔吗？是不是洪武爷小时候看戏看多了？他写的祖制哪里像一部严肃的国家宪法，简直就是老戏里精彩的情节，里面甚至神秘地提醒藩王们说：在俺死后你们千万别一起回京，要小心观看提防，要一个一个回来；走了一个看没什么事，下一个再来，意思是别让哪只“黄雀”把你们给一锅儿端喽！

太神了！洪武爷着实在深研历史，继续努力。众所周知，北京城不就是在靖难之役清君侧后才诞生的嘛！这说明，朱元璋对自己的身后事早有所预料，也许洪武爷才是大明历史的真正第一导演，他不许亡天下。谁能让汉祚江山绵延万年，谁就是我真正的孝子贤孙，我重八子身边不缺端汤送药的二十四孝。所以，完全可以说，朱元璋要的既不是皇孙，也不是藩王与朱棣，而是大明与汉祚的江山永延。

但是，第一导演还要有更好的历史执行导演，这应当是谁呢？且说千里马再骏也要奇遇伯乐，这伯乐首先就是君王洪武爷朱元璋要给机会，但由于多种原因，洪武爷曾有一段人生时光总是思想多于行动，想累了就洗洗睡了，多次错过卜都定鼎的大好机遇。其次是遭遇了阻力，是巨大的阻力。起初是胡惟庸势力，后有朱熹学说的门徒势力也反对任用野田佛门公务员。当然，禅门内也是鱼龙混杂，也有真假菩萨，也有纠结和不便说的故事。

眼下更糟糕的是，朱元璋因操劳过度居然又病了，老人家病倒了，热病老病根复发了。大明领路人病倒了，这就让新首都诞生的步伐又迟滞了下来，大明紫禁城的希望又渺茫了。这可怎么办？真是急人，因为大明眼下还面临着剑火威胁和灭顶之灾，因为人家帖木儿帝国不但王宫营造成功，而且已经通知亚洲各个王朝来撒马尔罕参加“蒙古人”大会，这就是东征大明的誓师会，这就是十四世纪的联合国大会与联合国军。

西北战云密布，皇孙却坚持撤掉宋晟换上自己的姥爷，若西北疆保不住，那大明就会像南宋一样被人赶过黄河、赶过长江和赶下海。果真如此那洪武爷还活个什么意思，号称驱除胡虏的革命家居然被域外突厥赶到海里去？就算是去安南、占城国或下南洋到马六甲成立流亡政府，那也是历史的笑谈呀，那还不让盘踞海岛的方、张残部那些人笑抽了啊！

当然，方、张残部也是炎帝一脉的子孙，他们虽与朱元璋有仇恨，有不同政见，但龙的传人从内心深处也不愿出现南宋崖山这一幕，毕竟血浓于水。是的，明史的确曾触目惊心，新生的汉祚王朝悬念重重，任重道远，紫禁城的定鼎绝非官产开发与政绩工程的地皮、面皮与工程款的小事。家和万事兴，封建时代皇家就意味着国家。

甚至可以说就连盘踞海岛的方、张残部都不愿朱元璋败于西北回鹘之手，毕竟都是炎黄子孙，龙的传人。作为大明君王的朱元璋当然就更要避免皇家分裂，早一点让紫禁成功。可这紫禁城的营造对文化基础差的大明国主来说，不知为何竟是这样难。就连孙子都不理解这些，还要来给自己添乱，欲发动削藩内战，这可如何是好?

于是，朱元璋想写一篇文章为将来的大明迁都造造舆论，但又不能在官方文件上发表，影响太大，也有危险，必须在一些不太正规的家长里短的“微博”上叨唠叨唠。这又是个历史的不眠之夜，大明《出南京记》的书写对洪武爷来说谈何容易，这是沉重的赶考与巨大的风险；当然对皇子与皇孙来说，这也是一张不可触摸的无形之网和危险之网。大明紫禁城的故事就这么奇葩。欲知朱元璋与大明紫禁后事如何，且听下回分解。

正是：恋郎思郎非一朝，好似并州花剪刀。一股在南一股北，几时裁得合欢袍?

第八十一章 月暗云霄

书接上文。别人家的历史永远如烟，而自己亲历的历史却如刀刻心头，的确并不如烟。皇孙要打内战的话让朱元璋回忆起了曾经步步惊心的尘封往事。想当年，在自己还未做天子的前两年，自己把犯了错的亲侄儿朱文正贬为庶人，安置六合县，目的是让他悔过，将来改正后再重新起用，毕竟侄子他在洪都保卫战立过大功，这洪武爷总是不能忘。

哪想到这亲侄儿朱文正心胸狭窄，不会做人，竟然买通江湖术士做鬼术诅咒自己，亲叔侄儿俩最后竟然对立到了你死我活的地步。朱文正这个如流星一般的人是朱元璋登基前西吴集团的核心人物，曾任全军最高衙门“大都督府”的一把手，但他在明朝开国前夕却鬼迷心窍，胡作非为，大要流氓骄横，欲做朱衣梦，结果命运如流星一般划过。

洪武三年，为了不忘朱文正曾经的军功，朱元璋封了朱文正年仅八岁的儿子为靖江王，就藩桂林，成为明史上唯一一脉非太祖血统的王族，给他修王府投的资，比燕王朱棣不知要高出多少倍！

“将来皇孙会不会也和朱文正一样心胸狭窄，诅咒叔父们早死呢？明暗一起来？这可就是拆大明的台了，这可就走歧路了。你们愚弄大明可以，可葱岭的帖木儿不吃这个，真是祸起萧墙啊！下一步怎么办呢？”于是，眼下的洪武爷在想着如何将祖制修改得再细致些，更平衡些，保住来之不易的江山。然后再为将来的迁都出南京造造舆论。否则，大明二世而亡，死了也没脸去见牺牲的觉者们，没脸去见张三丰志士，朱元璋是个很重视历史的人。南京的政治虽然复杂，朱衣梦虽然深，但幸好有北极阁，幸好有马蓬瀛在观察北斗，姓马的女人对朱家有助缘啊！

洪武爷准备过两天到北极阁创作祖制时，再给那几个辅臣头上各悬一把剑，让他们头上也有几座大山，不能让他们由着性子随便耍。这大山就是几位塞王，一旦辅臣他们控制了皇孙，或指鹿为马，或者篡权，勾结海上方、张倭寇，反攻大陆，篡我大明江山，塞王就有实力和师出有名清君侧。祖制这张网被朱元璋千锤百炼，“蜘蛛网”织得又细又密，朱也许是姓蛛……

从谨身殿回到皇宫卧榻，殿门外的八个卫士四个一组就坐在屋外毡子上挤成一团取暖，之所以坐在地上并不是缺少岗亭和椅子、凳子，这是为了能听到刺客的脚步声。这都是对朱元璋绝对忠诚的人，愿意用身体做盾牌的卫兵，都是朱元璋解放的穷苦奴隶娃儿，朱元璋对他们的养育恩情胜过他们的父母，这些人睡觉的时候都自愿用耳朵贴在地上听脚步声……

待朱元璋睡着后，这些卫士还要负责迎来八个太监，安排他们睡在朱元璋帘帐外的四周，确保安全问题万无一失，因为与朱元璋结梁子的人太多了！可今夜朱元璋就是迟迟不睡，他睡不着呀，他担忧社稷的未来，洪武爷他当然明白历史亡也忽焉的规律，明白南京紫禁城有大隐患，后宫后座基础已经开始在湖中下陷了。

尽管当朱重八成了朱元璋后，他曾经两次骂红巾军为妖人，几次要和红巾军划清界限，几次清洗红巾军将领，可那不是为了讨好苏州府的财主们嘛！为了从他们手里搞出钱来嘛！那不是怕异姓王搞裂土嘛！以前是作秀，是投机，是演戏，是段子，但人之将死就不能再这么绝了吧？所以晚年的朱元璋写文章称白莲教的老师为“觉者”。人的思想是复杂的，是矛盾的，是发展变化的，不是简单单向的，尤其是君王。

圣心难测，此言不虚。此刻，朱元璋就是要上应天心，下还要称民愿。近，要让萧墙之内的朝班列位过得去；远，要让边疆大吏和塞外诸王不至于成为死棋子；广，要让华夷一体，亲如一家；南，要放些宽子改革开放富起来；北，必须强军、荣军和先军。这可是为了大明帝祚的长久呀！自己都快见梁武帝和隋文帝去了，再不能死要面子活受罪了，得整点负责任的了。

所以老朱哥洪武爷就像渔家姑娘一样，像蜘蛛一样，在死前、在北极阁观星台，他一边观天象一边耐心、细心和及时地在祖制里，织了一张看不见的隐形大网，这网还真厉害，而且是絮絮叨叨和婆婆妈妈的，写得特别细，简直就是故事，就是传奇，就是一出历史大戏的剧本。何为祖制？这就是古代的宪法呀，是根本大法，暂不多说。

且说在南京谨身殿内，朱元璋又回想起了洪武二十八年，二儿子秦王朱樉暴毙是被人下药所害，自己曾教训诸子不以父言为法，杀身之祸必生，白发人送黑发人这不是头一次。想当年太子朱标去世时，令老年丧子的朱元璋悲恸欲绝，二十年的苦心培养竟然是一梦空空。

在朱标死去多日后，思子心切的朱元璋不肯相信这是真的，他穿着丧衣不脱，过了丧葬期了，到了可以脱去丧衣的时候，朱元璋还是迟迟不忍脱去，老人多少受刺激了！

……

烛灯下，朱元璋揉着昏花的老眼，在桌子上边苦读历史边苦思冥想，边有意无意地画来写去，他在替儿孙们筹谋未来，为大明江山的未来苦寻计策，织补皇家祖制的恢恢法网。朱元璋虽然治国后劲儿不够，但的确是一个认真治理国家的人，是个对历史负责的人，是个民族英雄……

“国家将兴，必有祯祥，必出栋梁；国家将亡，必有妖孽！”老迈的洪武爷又遥想起了龙文渊先生当年对自己说的话。可当时洪武初年的社会虽是初定，但风气雄浑健康，再加上龙文渊有股子巫气，朱元璋把这些文艺座谈之话在懂文艺的官员之间热闹了一阵子，最后不了了之，没过于纠缠。可今年开春的时候，有锦衣卫禀报秦淮河畔有戏子男做女声，歌唱风花雪月的《后庭花》，招揽游客搞名头盈利……

“一个大男人在我的家门口用柔美甜腻的女声唱《后庭花》，这还了得，这是乱亡之音，乱亡之音就是亡国之音！我大明计划传国五百年，这刚到哪儿！屁晃人，屁歪马子漏，家里外头一起来呀！”朱元璋还记得龙文渊师父曾偶然与自己谈过声音之道与政相通，音乐是国家兴亡的一种兆头，大体不会有错。朱老粗粗中有细，是通音律的人，还能听明白这音乐与兴勃亡忽的基本道理……

“幸好，明安、隰宁等四驿都快传了捷报，去年老四经宣府、云州、独石口出塞巡边再立战功，在闪电河畔的沙峪和偏岭一带置开平四卫，有的军士就营于斡耳朵。这意味着今年已经完全在大都中轴线立住了脚跟，军粮运输虽有点困难，但总算去了俺的一块心病；明年在兴和与怀来也应该设守御千户所……记得李文忠说过当江淮七九河开的时候，那滦河闪电河和黑风河的冰面还冻得邦邦的，大马车都能在冰面上跑……”朱元璋在看着铺展在案儿上的军事地图图册，思绪万千。

突然，朱元璋感到仿佛一阵阴风摇动灯火，一条黑影在高处的藻井一闪，说时迟那时快，朱元璋急忙本能地抓起桌上的铜镇纸，看都没看，一甩手就飞了出去，“啪!”还算是宝刀不老，但却是虚惊一场……

说是虚惊，但朱元璋不这么认为，洪武爷迷信，他认为这是鳖要翻潭，金銮殿要有怪事发生。可第二天，驿马飞传来的信息却是一串好消息：西安城墙成功加高、秦王府护城河开凿成功、龙首渠也告竣。但是，朱元璋仍感觉南京金銮殿不对劲儿，心里总是疙疙瘩瘩。

历史它就这么巧，果然还真的就来事了，大明著名的“南北榜案”就来了叫板起唱的锣鼓鼓点儿，这是有人第一次对朱元璋的《祖制》草案稿发动了变相的挑战。这究竟是怎么回事呢？一座病宫，其实就是凶宅，能没有奇葩的历史吗？朱元璋的日子能舒坦吗？您家皇宫占了人家的水府，燕雀湖的大王八能不上天庭玉皇大帝那里告你朱重八的御状吗？能不作怪吗？欲知后事如何，且听下回分解。

正是：河山风起萧萧，天边云聚悄悄。啼鹃泪闪，落花恨飘，断魂不饶。月暗云霄，宫沉烟水，角声枭妖。问谁知我苦？镜中白发，雪染就在今宵。极目社稷何处？渺苍茫，南朝百寺几回好梦，随风归去，被烟遮了。谯橹边疆，都生寒冷，天鸿惊高。但看庭前草，凄凄乱乱，不知昏晓。

第八十二章 岁月无情

书接上文。但上文之事却是虚惊一场。可说是虚惊，但朱元璋不这么认为，洪武爷这人一向有点小迷信，他认为这是鳖要翻潭，金銮殿要有怪事发生。历史它就这么巧，果然大明著名的“南北榜案”就叫板起唱了。怎么回事呢？

这是发生在明朝洪武三十年“丁丑科”会试后的一件大事，是一桩大事、奇事和丑事。说它大，是因为它第一次引起了北方落第举子的骚乱，不惜掉头，最后演变成为一场北方举子与南方考官对抗的政治运动，最后朱元璋亲自出马才算搞定。其实这本来就是有预谋的政治招数，这是南京政治势力对朱元璋下放军政权力于北方藩王的不满，这叫釜底抽薪。

最让人遗憾的是，斯文的科举也带来了残酷手段，有二十余名不明就里的考官被凌迟处死，这又何必呢？都是有学问的老师，这有违师道尊严，大不吉祥，有理讲理嘛，不用他不就行了嘛。臊着他，晒着他，流放云南也行啊，何必如此血腥！

而且，中华传统文化认为师乃狮也，狮是瑞兽，所以要尊师重教。再说，选拔人才这是礼部的事情，让他们吵去！你身居皇位、日理万机的大皇上何必大动肝火呢？而且，不仅是洪武爷动了肝火，还动了屠刀。

其实，主要原因还是朱衣梦情结引起了朱元璋对他们这些人的猜忌，因为朱衣人也有指主考官的意思，朱元璋怀疑这些人不仅是有背景、有破坏祖制的目的，而且也怀疑这些人也有自己的朱衣梦，所以才破坏祖制这盘维护南北平衡的大棋。

因为当时的社会环境复杂，台州府的财主希望方国珍的残部反攻回来，苏州府的富户希望张士诚的残部反攻回来，而且有人与南京军界一直暗中勾搭，从沈万三开始就没闲着，朱元璋只好把事情做到家了！其实，朱元璋早就给了所有这些阅卷老师活命的机会，你只要在重新阅卷时随便勾出个北方举子就可活命，而且是继续做官。

你像尹昌隆，就因为勾了两个北方举子的卷子，而继续做官。但还是有些人死硬到底，这就造成了悲剧的发生。朱元璋作为君王必须要考虑天下统一而不是分裂，在结论上朱元璋给有些推波助澜的人留足了面子，因为将来还要用他们辅佐皇孙，躺枪的只能是死了不知几年了的胡惟庸和蓝玉。

但是，您以为处罚别人的人不难受、不生气吗？朱元璋为此也病了一场，他也生气。祸不单行，不久南京宫殿突然就失火了，一个卫士不小心不幸引起了火灾，烧毁了殿宇的廊坊四十多间。南京重臣们和相关火班官员，也就是安保消防部门的领导们，都战战兢兢以为又要倒大霉了，有的上朝前和家人都做了诀别，下意识地不时摸摸脑袋还在不在。

但是，出人意料的是这一次洪武爷连脾气都没发，也没骂街，更别提杀人了，他病倒了。朱元璋因热病和心病重重地病倒了，这一年其实洪武爷已经两次病倒了，他是长期带病工作，病中还嘱咐说不要治罪于那名卫士，说他也不是故意的。洪武爷改脾气了？可真要是如此，还真麻烦了，那咱老百姓都明白一个人晚年改脾气意味着什么！

那大明接下来的路怎么走？新京师定鼎还有希望吗？大明的紫禁城还有希望吗？不管洪武爷抱不抱希望，反正第二“马大脚”马蓬瀛马台长是乐观的，她认为大明建设紫禁成功也不必非在洪武一朝。薪火相传，愚公移山，只要大方向是正确的，天裂自有后人补，自有能人帮助愈合。大明的紫禁城一定会诞生，自有儿女为你补台，只是首都位置不应当肇建在江淮，压不住九州和亚洲这个场子。

尽管朱元璋终于明白了江淮不是天下的战略平衡点，可洪武爷的性格是心重，他还是在重重失败的重压下又病倒了。帝王也有帝王之苦，尤其是朱元璋这样的苦，除了“小苹果”比别人多点，他吃过什么？穿过什么？住过什么？他这个人其实没享过什么福。金窝银窝或狗窝，他其实都没有享到福；表面不差钱儿，其实命苦得很，南京紫禁城是潮湿的，真是死要面子活受罪啊！

但是，只要大明能绵延，汉祚能长久，朱元璋就是再苦再累，心里也觉得甜。这就需要一个能为洪武爷的江山补台的人，可究竟是谁将为朱元璋补台呢？于是，洪武爷准备了两个人，准备了两盘大棋，这是怎样的一个过程呢？这二人究竟是谁，能为大明圆梦、肇建紫禁城成功呢？

其实天下有心人会觉得答案早已经很明显了，因为这洪武朝的迁都定鼎密码就在刘伯温家乡流传的童谣中。只是由于口音问题，影响了“燕子谣”往南京来的速度。但这个预言历史的信息还是被有心人捕获破译了，提前洞悉了历史。

浮生难得半日闲，雪去雨来又一年。话分两头，各表一枝。农历五月的北平府在端午节之后转眼已经进入了夏季，时光的脚步真快。但在这个并不是伏天的季节，早晚的时候还会有丝丝的凉风从太液池的水面穿过树丛吹来，有时使人感觉并不燥热和闷热。此时的朱瞻基已经在燕王府出生，已经是四个月的娃儿了，属虎的，和他奶奶一个属性。

燕王府水多树多，从太液池不时吹来的凉爽的风，一阵阵从光天殿阁楼的南窗穿过北窗，使室内顿生凉爽，这是一座二层的阁楼，这是燕王的办公室。那个年代，湖面上除了打捞水草的小船在推开波浪，没什么人会来这里荡起双桨。只有檐下的燕子时而在窝边轻轻呢喃，时而飞进来，飞出去，穿云抄水，高高低低，在绿树红墙中为下一代而忙碌不息，万物自得其乐。

之前，也就是在洪武三十一年阳春三月里，晋王朱棡朱三儿暴病死了，又是一场白发人送黑发人，对洪武爷精神打击甚大。而此时，燕王府那棵树王又滋出新枝，是生机勃勃。燕边的燕王朱棣在得孙子朱瞻基的头天夜里还做了一个奇怪的梦，梦里父皇朱元璋送给了自己一个大玉圭。玉圭就是测量紫禁与天光地影的。

此事朱棣一直对谁也没敢说，朱棣胆小，不敢找事，找麻烦。多年后传出此事，已是斗转星移在朱瞻基登基后的宣德年间了。由此看，朱棣对朱瞻基很是青睐，而对朱瞻基的爸爸朱高炽反倒不太欣赏，甚至在心理上有芥蒂。这不仅仅是因为朱高炽胖得臃肿，还因为朱高炽小时候和皇孙朱允炆特别投缘，俩人都喜欢南京宫殿，在这里曾玩得火热，有点交情。虽然这也是历史的一丝伏笔，但暂不多表。

岁月如梭催人老，转眼就是百年。洪武三十一年的春夏之交，朱元璋在南北榜案和一场意外火灾的折腾之后，感到了心累，感到了人生的辛劳，话也少了，段子更是没有了。因热病复发，他重重地倒在了西园的病床上，这不是第一次，去年秋天老人家就病倒过一次。

此刻，斜阳无力地残照在南京病宫，很多人都明白了一件不敢言说的事，臣子们上下朝说话时都压低了调门，敢想不敢说。但是，重病中的洪武爷在回光返照的日子里有时还是坚持上朝理政，意志如钢，不断叮嘱年轻的官员要爱民，说爱民可以渡过国难。而且，病中的洪武爷还抽空去探望了也卧病再床、已经失语的汤和哥。

老哥儿俩再次紧紧握手，都是老泪横流，都明白可能是去日无多了，人之将死其言也善，两个发小终于和解了，各自都让了一步。这就是后来汤和墓前的石碑为什么比朱元璋孝陵的墓碑还要高一点的原因，因为汤和始终固执地认为，俺是你洪武帝的革命引路人，是你的老上级，在某些方面就要在规制上比你高一点；而朱元璋心里觉得，俺在五河、信阳与襄阳漂泊的时候，结识的觉者你哪里知晓。

洪武爷探视汤和哥归来后，在五月初七前后，七十一岁的朱元璋在工作中再度病倒在工作岗位上，他自己还以为能熬过去，还能接着干些日子。毕竟还不到七十二呢，周岁七十二才是虚岁七十三嘛！可没想到的是，在迁延几日后，在闰五月初十，洪武爷竟撒手人寰，这么快就崩逝殡天了。钟山肃穆，秦淮呜咽；一代英雄，阴阳两隔；昔我往矣，杨柳依依；今我去也，雨泣霏霏。

岁月就是如此无情，所谓万岁竟然不过百岁，下臣们白白山呼万岁这么多年。可下一步怎么办？大明的紫禁城怎么办？南京紫禁这毕竟是一座病宫，是凶宅，谁来担当历史的责任，不让大明的紫禁理想化作空梦，不让刘伯温的理想化作乌有？最重要的是避免二世而亡与亡天下，不让胡马过江屠城。

历史老人与洪武爷的那张网显得是不慌不忙，只有他们知道该来的一定会来，只是机会的绣球会转瞬即逝。也许刘伯温的在天之灵也知道紫禁历史的结果，否则他家乡的童谣为何那样契合于明史呢？

但彩虹出现前必有一场风雨，建文朝的新故事来了，这逆增上缘无意中就又让北京紫禁城的诞生艰难地往前迈了一步。且说洪武爷崩逝后，儿子们几乎都没来南京，这不能只说藩王们的坏话，不能简单地骂他们不孝，因为历史并不简单，这是有多种原因的。

藩王里也有好的、孝顺的，但以前人家大老远来京城一趟后，有时是生着一肚子气回去的，因为在萧墙之内说什么话的都有：干吗来了？借钱来了？什么目的？想干吗？恶口伤人，来一次，伤一次，直到最后伤不起。良言一句三冬暖，恶语伤人六月寒。说不清的何止是明史皇宫萧墙悬案，还有那清官也难断的一摊子家务事啊，皇家是国也是家。

“常回家看看，回家看看，哪怕帮妈妈刷刷筷子洗洗碗”，唱得真是好听，可这在南京这座紫禁病宫里谈何容易。朱元璋的一位儿子就因“常回家看看”而被卷入一场政治运动，两口子双双自焚，天下岂有放之古今四海而颠扑不破的真理？也许有些人确实是应该常回家看看，有些人则或许是应常出门转转，寻找自己新的家园，创造新生活。要走哪条路，大主意您自己拿。

父慈子孝，孔子的要求原本是双向的，对父亲也有要求，也有约束，不可阉割删节圣人的语录。家犹如新的子宫，既是摇篮，可以养育；也是坟墓，可以殉葬。只有智者才能把握得恰到好处，脱胎换骨，如去如来。一辈子赖在父辈家里的人，幸福将变成痛苦。这是不是有点说深了？罪过罪过，善哉善哉。

可又似乎说得并不深，因为历史即将做证：生于深宫，四书五经，哪儿也不去，就喜欢和女嘉宾妹妹们玩游戏，这怎会事业成功和长久？怎会给江山帝祚带来福气？怎会不红楼梦一场？怎会不和贾宝玉一般沦落江湖几十秋？皇家天天都有故事，因为有人在朱元璋尸骨未寒的时刻就开始做朱衣梦了，想做黄雀，想捕捉螳螂，南京的老童谣给历史做证。欲知后事如何，且听下回分解。

正是：大家去谒灵，强盗装正经。静默十分钟，各自想拳经。

第八十三章 黄雀在后

书接上文。崩前，洪武爷想着张三丰，想着朱升，想着老战友，想着军中老师毛骐和王濂，想着云南龙泉观那尚未登堂入室的大明国花山茶花，想着军港里那五千多艘锈腐的大明战船，想着紫禁窝儿败笔的熬心，想着未竟的汉祚事业，想着被扣留在葱岭的大明千人外交使团，想着自己早年曾发誓要学习尧舜做尧舜，谦虚地留下了五个字：吾不如古人。

一年一度金銮燕，斜风细雨声声唤。宫中密语吾不懂，飞入飞出影如电。穿帘度阁寻故人，尽日呢喃却未见。玉阶寂寞屋檐冷，画栋凄凉感哀怨。岁岁营巢竟不成，三十余秋泪溅溅？可怜今年秋风早，一代雄主今辞汉。寄托子孙莫放弃，筑成紫禁足心愿。

且说为什么洪武帝朱元璋会说自己“不如古人”这样一句话呢？其实在朱元璋的内心深处，他固执地觉得自己的洪武朝没什么大问题，事事皆是按古有绪。但就一个大问题，朱元璋觉得其实自己就有一个人生大遗憾：那就是大明缺少一个合格的紫禁城。因为南京紫禁城居然是一座病宫，是病态建筑，也就是说朱元璋给后代们留的是座后座下陷的凶宅病宫，他自己觉得作为君王这是对江山社稷的不尽责呀……

老人家临终之前还是有些征兆的，朱元璋总是爱跟家人讲起过去的老事儿，讲父母的往昔，讲自己的童年，讲燃灯集、韭山洞、白龙泉和跺花泉；讲自己遭过的罪，讲自己的二姐姐朱佛女如何怜兄爱弟，出嫁后还常往家背粮食。洪武爷临终前还去过寺庙，独自对着庙里的石鱼鱼磬叨叨咕咕；当然还发布了此生最后一道杀令：责殉诸妃。一筐美丽的“大小苹果”都要被朱元璋带走了，对六十四位女嘉宾真是不离不弃呀！

不是朱元璋吃饱撑的非要复辟野蛮残忍的殉葬制度，而是南京宫殿奢华、礼制和正统的背后仍有斗争的阴云重重，许多嫔妃们比皇子们年龄还小，给洪武爷送顶绿色遮阳帽不是没有可能。且嫔妃美人们大多盘根错节，各有团团伙伙，一直在和诸藩王及其军界远近活动，上下活动，有败坏祖制既定方针的可能。尤其让洪武爷不放心的是，这里面还有陈友谅的妻妾以及自己跟她们云雨后的龙子孙呢。所以朱元璋只好把事情又一次做到家了，唉！

这真是：一朝龙袍妆汝身，毁誉参半到而今。当时若着袈裟隐，青史苍茫谁能寻。何必让人论长短，争来吵去语如云。六百余年仍不休，谁言盖棺可定论。难道斋饭不饱人，难道山寺没有春。若非历史使命因，绝不出山惹红尘。

盖棺定论，这是天下人常说的一句话，洪武爷这条龙究竟是凡夫俗子还是君权神授？对此俺们也应该表个态度，这是必需的。但是，洪武爷的死，才正是北京紫禁城由来大戏帷幕的开启之时，毁誉的结论都先甭着急下，更精彩的历史浪花才刚刚激越，故事都是因他而起，大明老宫殿的故事其实就是一部十四与十五世纪的亚洲史，紫禁城由来的老事儿的确老精彩了。

话分两头，且说北平府的农历戊寅年五月，天气已经炎热了，但燕王府光天殿的室内穿堂风还是让人感到凉爽的，这是朱棣的办公室，很明亮。朱棣正在这里破译一首从西域传回的密码诗，然后是琢磨刘伯温的宝图与平西城防图，琢磨刘伯温为何会在“宝图册”里的卢沟桥畔画了一只蝎子，这是什么寓意呢？而且方位与距离卢沟桥的尺寸都标得很严谨。这会不会也是北平府营造的什么密码呢？这很是叫朱棣费解，看来这老精灵当年在北平府下的调研功夫真是不小。

燕王的日子这阵子还算是过得较为安生，朱高炽、朱高煦都早已长大成人；孙子朱瞻基也在早春二月就降生了，虎娃又给燕王府带来了新气息。不管大明社稷继承人的素质如何，既然江山的接替人已定，生活与命运对已经三十多岁的朱棣来说本来就没有悬念，未来的命运似乎只有四个字：永奉北藩。但就在朱棣琢磨北平府西部拒马河、广昌城与无定河的城防图时，老爷子崩逝的消息突然从南京飞传而来。

所以，当朱棣得知了父皇在南京殡天的消息后，准备立即带领卫队出发奔丧，先奔通州张家湾，然后走济宁，走运河，直接航行到南京城的窑湾码头。朱棣很想再看一眼又怕又爱、怕多爱少的父亲的遗容，也去守守灵，为的是让自己心安。当然，父皇《祖制》的精彩伏笔，朱棣也没敢忘，加着小心呢，随行卫士们也都有一定的心理准备。

其实，起初朱棣也没打算立即回南京，毕竟祖制提醒再三，而且朱棣跟老爷子也有不便说的过节。但他的老师道衍禅师说天下没有不孝的神仙，你连老爷子的遗容都不看一眼，这会让天下人笑话你，以后还怎么交朋友啊？一家人过日子，怎么说清对错，父母明理孝何难，父母做得不占理，你还能做到孝顺这才是真孝。中华传统讲究事死如事生，去南京为父母合葬守几天陵，你自己将来心里不遗憾。朱棣一听这话，二话不说，带着卫队就出发上路了。

由于当时大运河淤塞尚未全段通航，朱棣和老军官孟善都喜欢把官船泊在孔孟之乡济宁，所以燕王卫队要陆行一段到山东，在济宁乘船。有故事的事是，在官船的二层的屋檐下有一个燕子窝，年年有燕子飞回在里面哺育小燕子。卫士们喜欢燕子清脆的叫声和矫健的身影，喜欢它那一袭乌黑的缎子般的羽毛，剪刀似的尾巴，像个空中的小战士，也像个叽叽喳喳的小歌手。所以，卫士们没有人打扰燕子们的生活。

但登船时，官船上的燕子不知为何突然炸窝儿了，就是不肯回窝儿和进窝儿，不知都飞到哪儿去了。燕王这人有巫气，感觉此行南京可能事不吉祥。打听了一下消息后，知悉其他藩王并不准备去南京。箭在弦上，不得不发，硬着头皮也得上路呀，不过是更加小心了。果然，燕边卫队在半路上，突然被南京朝廷坚决拒绝了。

也就是在淮安卫，燕王被驸马都尉梅荫设卡拦在大运河畔了，淮安卫这里离南京可谓是一步之遥了，但就是不放行！

“早说呀！都快一个月了！”而且七天你们就把老爷子给下葬了？堂堂一位开国之君，死后几天即被下葬，那么多分封在外地的皇子都没有赶回来看上一眼遗容啊！而且南京是即位而葬，同日并举，急不可待，这正常吗？这不是矫诏是什么！

当时气得朱棣恨不得带兵闯关过淮、过江，去南京找皇侄儿讨个说法，受你们家的气已经太久了，躲都躲不起。但由于旁人的提醒，并看到已经悄悄加岗加哨的、由驸马都尉梅荫指挥的淮安卫实力已经大增，由原来一个卫所的编制增加到了四个卫所的编制，朱棣也没敢轻举妄动，以卵击石。

令天下人意外的是，就在朱元璋驾崩尸骨未寒时，继位的年方十六岁的建文帝朱允炆立刻就化悲痛为力量，不但不许藩王叔叔们来南京奔丧，还在谋臣兵部尚书齐泰和太常寺卿黄子澄的直接参与和撺掇下，在刚刚登基一个月后就违反祖制强行削藩，也给凉州卫降级，撤掉宋晟职务，置大明西北国防藩篱于不顾，下手还真快，收权！

“小祖宗们呀，我死后你们千万别不讲骨肉情谊，互相杀伐，要各安其位，否则就要撞网上了，就是自投罗网……”但朱元璋的祖制已经被南京冷落了，他的原稿几近絮叨，苦口婆心，简直就如他家乡老戏里的台词一般。就差说：“求你们了，小爸爸们，你们让大明帝祚多活几年行吗！”

洪武爷的祖制是公平的，不为张三，不偏袒李四，为的就是避免权臣擅政和藩王不听话，为的就是大明江山的万万年，这样自己在九泉下或者上西天也有脸呀！否则昙花一现，二世而亡，驱逐胡虏又招来戎寇，前门驱虎后门进狼，亡了天下，使胡马过江屠城，谁给你好好修明史，我朱元璋就会被后人骂成是草寇、贼寇和贼王八，归处几乎就是历史垃圾堆，还封神于云霄宝殿？下地狱做鬼都难，都是没面子的二流鬼。

但是，南京朝廷还是没有尊崇祖制。南京削藩，其实最终目的就是冲着燕王朱棣来的：小子你不是有能耐吗？就你对我们威胁最大，意欲捕鸣蝉呀。但是，还是那句话，齐泰、黄子澄、方孝孺、黄观和练子宁这些文官他们算什么，他们不过是一群被“黄雀”利用的木偶。果然，此时明太祖的隐形蜘蛛网真的开始显灵了，这可不是开玩笑，更绝不是戏说，很严肃的，这是改写历史的前奏，这是骤变前夕深夜的宁静。

朱棣和明史的另一个主角——一个大和尚却在烛火下捧起了朱元璋的红宝书——《祖制》，仔细读，爱读，千遍万遍下工夫读，细心领会其道理的深刻壶奥，因为这是历史波涛中的能救命的和救亡图存的浮囊。执行导演终于开始安排历史老人与刘伯温在天之灵的演出脚本了，朱元璋的历史伏笔终于开始显现于他死后的历史了。

当然，这也让刘伯温造北京的理想又艰难沉重地腾飞了一步，“燕子谣”还在艰难而又悄悄地向南京的方向传播，离到达南京的时候应该不远了。且有有心人已经读懂了刘伯温家乡的“燕子谣”，知道南京的殿门将要关张，历史将书写《出南京记》，将会在卢沟桥畔不远的地方诞生宛平城和北京紫禁城。

但是，彩虹出现前却有了一场闻名历史的“靖难”风雨，欲知后事如何，且听下回分解。

正是：鸣蜩善择木，木美叶敷腴。国于美荫中，自庆无他虞。螳螂伺其便，欲进复趦趄。怒臂俄一施，捕取如囚拘。委身青利吻，性命缠须臾。均之细微物，一何强弱殊。蜩科汝无识，自知其过欤。物在宇宙间，谨默洒安居。今汝独聒聒，书夜长喧呼。汝闹力不足，彼静智有余。胜负此决出，谁谓汝非辜。螳螂即得意，自谓点良图。那知仅一饱，燕鹊已窥觎。出尔反乎尔，胡能独全躯。乃知祸与福，不系巧与愚。哓哓固不免，默默复何如。置之不足道，燕坐观厥初。

第八十四章 天下神器

书接上文。且说这位研究洪武爷宝书的人，就是朱元璋生前的秘密诗友、道友和战友，他当然就是那个科学僧道衍，他在洪武三年与洪武八年之间通过国考、通过僧官与洪武帝早就有心交，且有信息的秘密交流，就连当时的胡丞相都不知道。因为道衍也担心大明昙花一现，他要为大明撑起天下，荣光汉祚，避免亡天下；他的法眼已经看出南京朝廷万岁楼空、无有万年枝。

道衍此人不为钱、不为名、不为做官，更不为学区房和“小苹果”，他要为中华民族救火，拯救危亡，他要帮朱元璋的汉祚江山补台，他要继承刘伯温的意愿，出南京，进北京，让紫禁城飞到北京去；他要推动大明进步，将洪武革命进行到底；他要救亡图存，保卫华夏河山，不让突厥胡马下天山、占领北平府。他还要营救被扣压在葱岭的千人大伎团，敢向西域行的人已经派出。

且说朱棣和这个人曾一起反复仔细阅读《祖制》，终于找到、知道、了解了。太祖朱行者《祖制》曾教导我们说：诸王有索取奸臣和举兵清君侧之权！这就师出有名了，心里就有底了。紫禁城历史大戏的第一幕伴随着朱和尚的离去谢幕了，更动人心弦的第二幕悄悄拉开了，主角居然还是个和尚，而且是正宗的大和尚，他愿意继刘伯温与华云龙之后为汉祚赞画一座北京紫禁城。

这一切，其实洪武爷在生前与第一、第二“马大脚”都早有预料，因为《祖制》这蜘蛛网就是朱元璋生前织就的。需要说明的是，朱元璋不是正宗的大和尚，他只是个行者或叫行童，是初级职称，和弼马温孙猴子是一个级别。虽有本事，但不入流，玉皇大帝就这么安排。

朱和尚的职称是行者或行童，是未转正的和尚，工作内容是放牛呀，牧马呀，除尘呀，放哨呀，值夜班看门呀，他顶多是工代干，可以还俗。人家姚和尚是正宗大和尚，有衣钵脉系，有高僧大德心印相传，有正规法号，朱和尚与人家的学识与悟性根本不在一个档次；人家是佛门学霸，洪武爷是释家学渣，尽管太祖一生读史。

开心的锣鼓没有在天下响起，战争的战鼓却即将咚咚响起，朱元璋的《祖制》在南京没人好好读，在内忧外患的情况下南京朝廷居然要挑起一场内战战火。人说，好戏常常在后面，此言也许不虚，因为老天爷手下的星宿居然也掺和进明史来了。天下，真是神器也。什么好戏呢？这是一场人间胜负的预演，这是一场天宫大战，紫禁城的诞生似乎确实也与天意有缘，更与刘伯温有缘，不信您看。

在南京、在浦口、在宿州、在徐州，南斗星君和北斗星君事先下了一盘棋，居然已经预演了历史，预演了一出神奇的天宫大战，这也许就是神话般的明史靖难彩排预演。这也许是张三丰施法了，也许是刘伯温家乡古老瓯江的什么灵物显灵了，您听，小孩子们在南京的大街小巷已经开始歌唱了：燕啊燕，飞过天，天门关，飞过山。历史多么吊诡，明史多么不可思议，刘伯温家乡的“燕子谣”竟然提前预言了靖难这段历史。

究竟发生了什么天宫大战呢？咱们也搞点革命的浪漫主义与封建主义相结合，整点玄乎的吧。南斗星君主生，他老仙家出车、打马、挂角一将，南风阵阵，吹出了生机，也滋生了害虫，南京发生了蝗灾，千军万马，黑压压扑来，日夜吞噬庄稼。可是，出乎意料的是蝗灾的事却被南京朝廷压下了，隐瞒灾情，鸵鸟政策，不想作为，俺正在和刚海选来的女嘉宾玩葬花游戏。

可蝗虫漫天遍野压得下去吗？压不下去也不管，因为这是新君建文帝的意思，先要削藩，先要继续海选几十位宫廷女嘉宾。可主杀的北斗星君要管，北斗星君也有自己的千军万马，鸟王的一声鸣叫后，三车闹士，蚯蚓降龙，将！还招儿了，北风也那个吹吹，北斗星君手下的千军万马——鸟儿已经做好战斗准备，各类鸟儿也铺天盖地，为首的一种就是燕子。

但是，一蓑烟雨的铁冠道人始终在关心天下，关心来之不易的汉祚政权，他判断出，这是要发生战争的征兆，当然这消息也立刻被老江湖张三丰知道了，立刻被北平府的高人知道了。常言道：螳螂捕蝉，黄雀在后。大明要发生削藩内战这个消息也立即被帖木儿帝国侦知了，这就来了域外掺和紫禁的故事。

此刻是征服大明的最好机会，红宝石王“天赐”已经在手，哈烈已经到手，大马士革已经到手，波斯已经到手，南俄草原已经到手，东察合台汗国也逃入了阿尔泰山……入主大都这一天已经等得太久了。马可·波罗呀马可·波罗，谁让你的游记故事这般精彩迷人，红宝石呀红宝石，谁让你如此熠熠闪光。

可眼下新君的辅佐者齐泰、黄子澄和方孝孺朱衣梦深，不管这么多，置天下安危于不顾，非要打内战，想要诸藩王的脑袋。头两年借着洪武爷的刀刚要了傅友德、王弼、周德兴和冯胜的脑袋，拔了刺，眼下新君的辅佐者他们已经秘密下令：做好扣押燕府下级军官于谅和周铎的准备，不信屈打不能成招，抓燕王的把柄，还治不了你一个藩王了！

今天回头再看大明建文朝削藩这段历史，仿佛皇孙他们的折腾，他们的作，使北京城和紫禁城的诞生又加快了历史步伐，让人不得不怀疑这既是愚公移山，也是一场历史宿命。正方在赞画努力，反方也在无意中打了配合，成全了刘伯温的理想，让“燕子谣”成真，这也许就是历史矛盾论的精髓。

当然，这眼下也加剧了南京朝廷灭亡的节奏。但是，事情还不仅仅是如刘伯温家乡童谣这么简单，因为紫禁城的故事是整个亚洲的故事，十四与十五世纪的历史就这么多情、纠结与扑朔迷离。虽云螳螂捕蝉，黄雀在后，可当黄雀准备出击削藩的时候，后面居然还藏有一只鹰，一只天山苍鹰开始起飞准备狩猎黄雀。这又是怎么回事？原来这是亚洲的“三国演义”。

历史确实吊诡，可不成想，苍鹰身后的亚美尼亚那里又出麻烦了，那里又来了一位奥斯曼帝国的猎人，绰号“雷电”，他带着加齐理想武装起来的西突厥勇士们给了葱岭苍鹰帖木儿大君一箭，也可以说是背后一刀，猎人要玩鹰训鹰。亚美尼亚，这是一个美丽如幻、如同飘在云彩上的国家，这里也会有战争？有，且早就被惦记上了。

亚美尼亚也与大明的紫禁故事有历史关系？也有。不提马超的后人，单说道衍的弟子马和正在北平府的观星台，也就是位置在今日东长安街建国门一带的、大元朝留下的古天文台，正在与师父、朱棣和宋晟将军一起冷静地对这个海宇发生的故事与信息进行细致的分析与鉴别，亚美尼亚的故事瞒不住马和，那是他祖上的第二故乡的近邻。马和的故事何止是下西洋，只有探寻到历史的深处才会发现更多、更精彩的传奇：厉害了俺的哥。

原来，此刻无论是“东罗马病夫”，还是倔强的巴尔干塞尔维亚山民，还是好斗的柏柏尔人都已经臣服在奥斯曼帝国的脚下。穆拉德一世与保加利亚夜玫瑰的后裔“雷电”这个猎人，他一直在惦记着亚美尼亚和高加索，他一直想捕捉葱岭苍鹰；他也想做海宇混一事业、做世界大同的君王，他也有加齐理想。正是奥斯曼猎人“雷电”的出现，才迟滞了葱岭“苍鹰”进军甘肃和进军北京的行动；正是由于带着一丝烤羊肉串儿味道的古老奥斯曼军歌唱响到了葱岭，才给了南京建文帝及其辅臣们从容削藩的时间。

此刻，整个亚洲都不太平，南京的削藩也正在如火如荼，南京的天宫大战正在扣人心弦，不但惊动了帖木儿帝国，惊动了北平府古天文台的道衍与马和师徒俩，当然也首先惊动了一蓑烟雨的江湖志士张三丰。此刻身在北太行和山西北武当的张三丰很想为南京灭火，他也立即派了一个人来南京劝架，他也发去了重要信息，警告南京朝廷不要鹬蚌相争，不要曝雷，张三丰推倒了历史的一棵消息树！

这是个什么样的劝架人呢？让您笑话了，江湖嘛，多贫贱奇葩之人。这竟然是历史的疯语：莫逐燕，逐燕日高飞，高飞上帝畿。这更是一场十四世纪真实的历史风雨的预言：靖难。奇葩，明史确实有点奇葩，简直就是《封神演义》的另一版本。所以当有人、有资料说北京紫禁城是对应着天上的紫微星垣时，一向曾“贫下中农不信邪”的俺们，现在也有点开始对历史照影子了，也许这是真的吧。

最巧合的是，在这个乱纷纷的时刻，刘伯温的“燕子谣”终于艰难而又自然而然、水到渠成地到达南京了，此刻在南京的孩子们中间开始传唱了。虽然由于口口相传形成了三四个版本，但大意还是告诉了世人明史的奥秘与北京紫禁城的诞生由来。可当时，除了个别有心人以外，没有人会在意与重视这首童谣，更绝不会想到这是天边荧惑星发来的消息。

正是神树上天使的歌唱，正是这首“燕子谣”的预言，才让靖难之役早已胜负可判，才让南京宫殿在二十年后，也就是在永乐十八年真的飞到了北京。云南龙泉观的大明国花——山茶，最终也登堂入室了，上了封神榜。几百年后，就连著名学者郭沫若也曾在云南龙泉观为大明国花山茶花写诗庆贺，洪武帝在天之灵应当心安了。

更由于后来永乐大典、永乐大钟与七下西洋的成功壮举，大明王朝彪炳千秋，光辉永在史册。但是，这一切的成功不可能仅仅是由于刘伯温家乡的“燕子谣”，历史岂能那么幼稚，理想岂能轻易就化作现实。长话短说虽加快了创作进度，但也很容易让人误以为大明王朝战胜九九八十一难是轻而易举的儿戏。有些历史之页其实是沉重得无法随意翻过的，鲲鹏必定有过遭燕雀讥笑的时刻。

那到底是什么让北京紫禁城诞生的呢？到底是因为谁才让南京宫殿真的飞到了卢沟桥畔的北京呢？不依国主，佛事不兴；不依国主，紫禁不成。北京能诞生紫禁城的第一历史功绩其实还是属于洪武帝朱元璋，因为他在洪武十五年前后、在大明前行的十字路口还做了一个雄奇、艰难和正确的决断：起用两个雪藏的人才。不下汪洋海，怎得夜明珠？

可以说正是由于对汉祚的负责，由于当年朱元璋五湖四海的人才观，他在晚年才再放大招儿，又起用神级别的人才，才让明史埋下了紫禁成功和迁都成功的深邃伏笔，才有了汉祚久长的曙光，才有了刘伯温之梦化作了现实之紫禁城的伟大传奇，才有了人民创造历史的可能；也才有了成功营救千人使团的传奇与破解狼图腾联军的密语。

可洪武帝他当年究竟放出了什么样的历史大招儿呢？登场的将是什么样的历史风流人物呢？欲知后事如何，咱们只能有缘在第二部作品中继续分解了，朋友们，紫禁大戏第一部不得不在从刘伯温家乡刚刚到达南京的“燕子谣”儿歌中徐徐落幕了，这就是紫禁飞来的历史密码与预言。

正是：燕啊燕，飞过天，天门关，飞过山。山也平，路也平，阳关之西最不平。燕啊燕，飞过殿，殿门关，飞过山。山头白，飞过麦，麦头摇，飞过桥……

尾声

紫禁城沉重的翅膀艰难地飞过尚有积雪的北方白色山头，飞过冬小麦北方产粮区，飞过卢沟桥，落户北京。这其实是一万零一夜的故事，这是犹如翻越万叠雪山的历史传奇，不要指望俺们这“小薄本”能囊括明史的一切。一口吃不成个胖子，一箭也不能就定江山，二两的量怎么可能一口气就饮下一缸历史美酒？

俺们的创作也需要像铁匠锻造宝剑那样，一锤一锤来；也要像铁杵成针那样，一步一步来，持之以恒。否则就会犯和洪武爷造紫禁同样的历史错误：急于求成，夸父逐日。当然，也不可且等，创作也需要劈波斩浪和只争朝夕，毕竟一万年太久。只有如此才能感动上帝，感动菩萨派来救兵。

可谁是菩萨派来让作品出彩的救兵与上帝呢？当然是广大读者，希望得到你们的指点。历史作品最能说服人的不是文采，而是宝贵的史料，这传奇的史料也正是俺们第二部作品所急缺和要玩命探索发现的，否则巧妇着急。再说，文学艺术之虚构也不是俺们的强项，对史海的钩沉索引才是我们作品的主菜，也欢迎您加入到创作队伍。

可以提前透露给大家的是关于本作品的两个信息：第一个是第二、三、四、五部续集作品都已经基本完成了，只是尚需打磨和完善；第二个是作品中的主人公之一道衍，也就是那个继承刘伯温遗志的人，也就是赞画北京紫禁城的人，他竟然也是一个阿凡提式的历史人物，他是汉家的阿凡提；他的弟子郑和也是“阿凡提”，祖先就诞生在阿凡提的故乡布哈拉，亦如蒙古族的巴拉根仓、藏族的阿古顿巴、裕固族的王斯哈和汉族盐城的沈拱山。十二世纪到十五世纪的亚洲历史，实在是巧合与奇葩得不可思议。

道衍营造紫禁城的故事与刘伯温的故事不一样，刘伯温大叔性格有点固执，是直来直去，口无遮拦，遇事随时就发感慨，不懂迂回，话说得也满，结果撞了历史的南墙。道衍是勇敢而机智、幽默而风趣的历史人物，他善于讲故事，善于讲笑话，举重若轻，寓严肃于幽默，而轻处又一丝不苟，不舍细节。他居然与那个时代阿凡提的传奇一样奇葩，他是个喜乐性格的人，不信您不笑。

什么意思呢？心有忧愁，灵被损伤，朱元璋朱皇帝就是在紫禁失败的忧愁中离世的，那一刻他的心境很悲伤。朱元璋的一生可用一个字总结——苦。洪武王朝也可用一个字总结，还是——苦。这不是俺们浅薄地在下结论，这是追随了朱元璋半生的僧官宗泐临终前说的一个字，出家人一般不打诳语。不经一番寒彻骨，怎得梅花扑鼻香。

可人不应当只是等待苦后得甘，还应当学会苦中作乐，苦中觅甘。一生无论际遇什么样的艰难困苦都不应该离开那颗幽默的心，离开快乐的心绪，因为《圣经》认为人心若长期被忧愁烦恼占据，活着亦如枯骨。佛祖也把佛法真谛传给了拈花微笑的人，寺院的第一尊佛也是笑口常开的。伊斯兰教中也有开示，能让朋友们开怀大笑的人会得到真主的垂青。这就是紫禁城仙家为何不但要肇建紫禁，还要开创永乐时代，提倡过快乐的日子。所以，相信今后咱们的作品也会随着历史的进步涌现更多的欢笑故事。

笔尖蘸干洞庭湖水，说不尽明史风流人物，说不尽起伏跌宕、力挽狂澜与笑傲湖海的紫禁传奇，说不尽历史中的快活故事。其实俺们这出戏、这“小薄本”还只是道出了紫禁历史密话中的冰山一角，甚至连一角都不配，只是一个小冰碴子。没有对历史的思考，就没有成功的未来；人类只要对未来有望，就离不开深研历史，提炼智鉴；这样才能不贰过，并过上成功与快乐的日子，毕竟前事不忘后事之师。

但紫禁城的这坛文化老酒需要慢慢品，急不得；紫禁城是一本需要慢慢读的历史大书，更是一台听不完的千古大戏。万叠雪山怎可能指望旬日就翻越成功？一万零一夜的大明紫禁故事怎可能在一出戏里就全部囊括？必须依依不舍地与读者暂时道别了，咱们在百花齐放、千花齐放的亚洲历史文艺领域也要学会高筑墙、广积粮和缓称王呦！

创作的道路仍然漫长，也不知前方还有多少未知的困难。期待方家的不吝指点与各路明史极客的加入，愿有缘续章再见。也许届时刘伯温这老精灵一定会高兴地再来与咱们举杯欢聚，并给明史爱好者带来新的、更宝贵的启示录与紫禁城的奥妙密语。落幕了，暂时落幕了；后台休息休息，一休哥；还有刘大叔刘伯温也休息休息，老精灵这一生不容易呦。读者朋友们，最后谨祝您阅读愉快，事业顺利，身体健康，万寿无疆！

跋

文章自古无凭据，惟愿朱衣一点头。史如瀚海，无人尽知；人类对历史的研究其实也还处在童年期，思想体系并未成熟，探索的路的确修远兮。不得不永远真心地谦逊做人和夹着尾巴做人。本书的最高理念是阅读愉快，其次才是探索历史智鉴，所谓历史智鉴也应当由读者您自己评判和提炼。本书也没有结论，所有书中看似结论的都不是结论，而是一种猜测式的推论。

不管故事与历史真实契合与否，毕竟这是一部历史文艺作品，书中所有的人物都是经过一定艺术加工后的脸谱化人物，与真实的历史一定有差距。创作也是赶考，毕竟历史作品不能仅仅是枯骨，要有一个肉身和一个体温，这就离不开推理、推断和演绎。所以，评价历史的标准应该永远在读者自己心中，而不是在本作品中。其实任何历史作品里也都没有真理，都不过是通往真理殿堂的一级级台阶，再高的台阶也依旧是台阶。

特别鸣谢故宫博物院文化中心冯辉老师和书画部伏冲老师，以及院里其他老前辈和朋友们在史料和信心方面的支持，没有他们当年的选题、提醒、建议、友谊与鼓励，俺们没有勇气选择掘淘紫禁城这眼既咸苦又甘甜的历史连环二泉。此刻也很想念已经离休的胡锤老师，还有志岗、赵山等以前曾在院里工作的伙伴儿、朋友们，二十多年未见面了，人生恍然一梦，但愿你们还没有忘记当年青春尚在、不知深浅和“雄姿英发”而肤浅的我。

同时一并鸣谢劳动人民文化宫职工文学培训部的杜芳伦老师，在本作品的起步阶段杜老师曾给予我创作历史文学的方向性与方法性的指点，甚至还有对选择出版社的前瞻性意见。最感谢中国财富出版社的彩霞编辑，是她以马踏飞燕的速度，让亚洲的文艺百花园应时绽放了一枝关于紫禁城的中华历史文艺的小花，但愿这枝文艺小花在应时的和风与甘霖中能馨香久远，怡人可人。

当然，一切荣光应归功于上天的启发，归于今天这个主流追求和平美好与充满希望的亚洲历史新时代。我爱亚洲历史，深深为其精彩的智鉴折服，谨以此书和今后的后续作品献给一切爱好和平的亚洲人民。最后，期待各路豪杰与方家里手您的宝贵意见与批评指教，期待与广大读者在续集作品中能有缘再次喜相逢。阿门！阿米乃！阿弥陀佛！还有俺的无量天尊老天爷！

西历 2017 年中华农历丁酉年初春　作者谨识